मृणाल पाण्डे

मृणाल पाण्डे का जन्म 26 फरवरी, 1946 को मध्य प्रदेश के टीकमगढ़ में हुआ। उन्होंने प्रयाग विश्वविद्यालय, इलाहाबाद से अंग्रेजी साहित्य में एम.ए. किया। गन्धर्व महाविद्यालय से 'संगीत विशारद' तथा कॉरकोरन स्कूल ऑफ आर्ट, वाशिंगटन से चित्रकला एवं डिजाइन का विधिवत अध्ययन किया। कई वर्षों तक विभिन्न विश्वविद्यालयों में अध्यापन के बाद पत्रकारिता के क्षेत्र में आईं। 'साप्ताहिक हिन्दुस्तान', 'वामा' तथा 'दैनिक हिन्दुस्तान' में समय-समय पर बतौर सम्पादक कार्य किया। स्टार न्यूज और दूरदर्शन के लिए हिन्दी समाचार बुलेटिन का सम्पादन किया। 'दैनिक हिन्दुस्तान', 'कादम्बिनी' एवं 'नन्दन' की प्रधान सम्पादक रहीं। प्रसार भारती की चेयरमैन भी रहीं। फिलहाल नेशनल हेरल्ड समूह की वरिष्ठ सलाहकार हैं।

उनकी प्रमुख पुस्तकें हैं—'सहेला रे', 'विरुद्ध', 'पटरंगपुर पुराण', 'देवी', 'हमका दियो परदेस', 'अपनी गवाही' (उपन्यास); 'दरम्यान', 'शब्दवेधी', 'एक नीच ट्रैजिडी', 'एक स्त्री का विदागीत', 'यानी कि एक बात थी', 'बचुली चौकीदारिन की कढ़ी', 'चार दिन की जवानी तेरी', 'माया ने घुमायो', 'सम्पूर्ण कहानियाँ' (कहानी-संग्रह); 'ध्वनियों के आलोक में स्त्री' (संगीत); 'मौजूदा हालात को देखते हुए', 'जो राम रचि राखा', 'आदमी जो मछुआरा नहीं था', 'चोर निकल के भागा', 'सम्पूर्ण नाटक' और देवकीनन्दन खत्री के उपन्यास 'काजर की कोठरी' का इसी नाम से नाट्य-रूपान्तरण (नाटक); 'स्त्री : देह की राजनीति से देश की राजनीति तक', 'स्त्री : लम्बा सफर' (निबन्ध); 'बन्द गलियों के विरुद्ध' (सम्पादन); 'ओ उब्बीरी' (स्वास्थ्य); मराठी की अमर कृति 'मांझा प्रवास : उन्नीसवीं सदी' तथा अमृतलाल नागर की हिन्दी कृति 'गदर के फूल' का अंग्रेजी में अनुवाद। अंग्रेजी—'द सब्जेक्ट इज वूमन' (महिला-विषयक लेखों का संकलन); 'द डॉटर्स डॉटर', 'माई ओन विटनेस' (उपन्यास); 'देवी' (उपन्यास-रिपोर्ताज); 'स्टेपिंग आउट : लाइफ एंड सेक्सुअलिटी इन रूरल इंडिया' (समाज-संस्कृति); 'द जर्नी ऑफ हिन्दी लैंग्वेज जर्नलिज्म इन इंडिया' (पत्रकारिता)।

ई-मेल : mrinal.pande@gmail.com

सेहेलो रे

मृणाल पाण्डे

राजकमल पेपरबैक्स

राधाकृष्ण पेपरबैक्स में
पहला संस्करण : 2017
दूसरा संस्करण : 2023

राधाकृष्ण पेपरबैक्स : उत्कृष्ट साहित्य के जनसुलभ संस्करण

राधाकृष्ण प्रकाशन प्राइवेट लिमिटेड
जी-17, जगतपुरी, दिल्ली-110 051
द्वारा प्रकाशित

शाखाएँ : अशोक राजपथ, साइंस कॉलेज के सामने, पटना-800 006
पहली मंजिल, दरबारी बिल्डिंग, महात्मा गांधी मार्ग, प्रयागराज-211 001
1, अनमोल सोराबजी संतुक लेन, धोबी तलाव, मरीन लाइंस, मुम्बई-400 002

वेबसाइट : www.radhakrishnaprakashan.com
ई-मेल : info@radhakrishnaprakashan.com

विकास कंप्यूटर एंड प्रिंटर्स
ट्रॉनिका सिटी-201 102
द्वारा मुद्रित

मूल्य : ₹299

SAHELA RE
Novel by Mrinal Pande

ISBN : 978-81-8361-854-0

सहेला रे, आ मिलि गाएँ,
सप्त सुरन के भेद सुनाएँ,
जनम जनम का संग न भूलें,
अबकी मिलें तो बिछडि न जाएँ।
सहेला रे...

[बंदिश राग भूप]

वंशवृक्ष-एक

(शेरकोठी वाली)

- नथुआ बादी (नत्थू)
  - मोतिया (पुत्र)
  - हीरा बाई (उर्फ़ विक्टोरिया हिवेट)
    - अंजलि बाई
      - अनाम अवैध पुत्र
        - शाकिर उर्फ़ कंजा

वंशवृक्ष-दो

(बनारस-कलकत्ता वाली)

- हुस्नाबाई (अम्माजी)
  - अल्लारक्खी
    - हैदरी
      - अमाल

वंशवृक्ष-तीन

बाबू कालीसाधन बनर्जी (उर्फ़ काली बाबू)

- सुकुमार बनर्जी
  - शाँटुल (प्रसेनजित)
  - बाँटुल (इन्द्रजित)

वंशवृक्ष-चार

रायबहादुर कुँवर शार्दूल विक्रमसिंह (उर्फ़ बड़े सरकार)

- मँझले चाचा
- अनन्तविजय सिंह
  - राधाप्रसाद
  - माधवीलता (पुतुल)
- (नन्हें चाचा) राधाबिहारी सिंह

वंशवृक्ष-पाँच

पं. अम्बादत्त त्रिपाठी

- गौरी त्रिपाठी — (पति) परितोष सुकुल
  - संजीव
  - विद्या

~१~

नई दिल्ली

प्रिय राधा दादा,

कैसे हो ? पब्लिशिंग जगत के इतने महान् सितारे बन जाने के बाद विद्या और संजीव सरीखे पुराने दोस्त कभी याद आ जाते हैं क्या ?

सही सोचा। याद दिलाए जाने की कोई वजह ज़रूर होती है। बेवजह कोई किसी को याद करे तो क्यों ? एक बार तुमसे मैंने पूछा था कि क्या याद इंग्लिश और हिन्दी में अलग-अलग आती है ? तो तुम दोनों मुझ पर कितनी देर तक हँसते रहे थे ?

ग़ालिब से चुराई जैसी इस टोन पर टोकोगे, पर सच तो यह है कि इतने दिनों कितनी वजहों से कितनी बार तुम को याद किया करै थी। कभी तुम्हारी छापी बढ़िया किताब पढ़ते हुए, कभी संगीत सुनते हुए, कभी सिर्फ बैठकर नीले आसमान तले कुनकुने आलस्य का अथाह सुख लेते हुए।

कल रात देर गए दुनिया के किसी कोने के किसी अनाम स्टेशन से प्रसारित किया जा रहा हुस्नआरा बेगम का शुद्ध कल्याण बरसों बाद कानों में पड़ा, 'मंदर बाजो, बाजो रे...' तो किसी शाख पर अटका पीपल के आखिरी पत्ते सरीखा चित्त यकायक डाँवाडोल हुआ और बड़े जोरों से तुम्हारी और भैया की एक साथ याद आई।

याद का चिट्ठियों वाला साम्राज्य तो कब का सिमट चुका। और ई मेल न जाने कितनी बेवकूफ किस्म की इमोशनल यादों पर स्पैम का ठप्पा मार पते को नफासत से डिलीट बटन दबाकर तुरत सायबर स्पेस में उड़ा सकती है। खैर, इससे पहले कि तुम भी अपने मित्र की देखादेखी 'डिलीट' बटन की तरफ तर्जनी बढ़ाओ, जल्द से यह बेशर्म मेल भेजने की दूसरी वजह सुन लो।

***

तुमको पता ही होगा कि काफी समय से सांगीतिक थियेटर के इतिहास पर खोजबीन का काम करती रही हूँ। उसके शुरुआती दौर की फिर उसके भी शुरुआती वक्त की तरफ जानेवाली कई राहें हठात् खुलती जाने से मन अब उन सबको साथ-साथ

जोड़ने–टटोलने के लिए बड़ा छटपटा रहा है। दिक्कत यह, कि इतनी महत्त्वाकांक्षी योजना को मौजूदा फेलोशिप के विषय में ही समाहित करने का हर रिवाइज़ किया प्रपोज़ल नखत पर नखत और तारे पर तारा ठोंकने की आदी शिक्षा विभाग की बाबूशाही बिन पढ़े रद्द कर देगी। इसलिए समय रहते नए सिरे से शोध के लिए एक ही राह बचती है : प्रकाशन की दुनिया से एडवांस रॉयल्टी ले अपनी जमा–पूँजी मिला कर शुरू किया जाए।

छापा बाजार की दशा मैं नहीं जानती, बस यही सुन रही हूँ कि पश्चिम से उतरी डिजिटल किताबों ने तुम लोगों के बासी भात में भी खुदा का साझा माँगना शुरू कर रखा है। फिर भी क्या तुम मेरे शोध के नतीजों को पुस्तकाकार छापने का बीड़ा उठाकर एडवांस रॉयल्टी से मेरी कुछ आर्थिक मदद कर सकोगे?

जैसा भी जवाब हो, निःस्संकोच दे देना। मैं खुद भी तमाम संकोच त्याग कर ही लिख रही हूँ। उम्र के इस मोड़ पर सिर्फ अपने साधनों से इतनी महत्त्वाकांक्षी योजना को फलीभूत कर सकना मेरे लिए नामुमकिन है। और अपनी वजहों से भैया को मैं किसी तरह की मदद के लिए लिखना नहीं चाहती।

तुम जवाब नहीं भी दोगे तो हर्ज़ नहीं, मैं समझ जाऊँगी।

सस्नेह
विद्या

लखनऊ

प्रिय विद्या रानी,

चकित, विस्मित, पुलकित एक साथ हुआ ई मेल पर किसी पुच्छल धूमकेतु–सी उदित हुई तुम्हारी चिट्ठी पढ़कर। तुम्हारा यह सटीक धूमकेतु नाम तुम्हारी अम्मा ने ही रखा था जो तुमको हम सब से कहीं बेहतर समझती थीं।

अब उलट उलाहना देने की बारी मेरी। तुमने अपने बहुख्यात अकादमिक ग्रन्थ अधिकतर अंग्रेज़ी में ही लिखे हैं! और देसी भाषा में अपना कोई शोध छापने का मौका हीं अब तक नहीं दिया। खैर! यह मान कर चलो कि तुम्हारी योजना, वह जैसी भी है, किसी भी प्रकाशक के लिए स्वागतयोग्य ही होगी। तुमने मुझे इस सम्मान के

योग्य समझा, उससे कृतकृत्य हूँ।

पर पहले यह बताओ कि मेरे यार और अपने भाई संजीव को लेकर अभी तक यह चिड़चिड़ी-सी बेरुखी किसलिए? सचमुच नाराज़ किससे हो तुम? अपने गांधीवादी पिता से, जिनकी महफिली बैठकों और सामन्ती सड़न से गहरी अनकही नफरत ने तुम्हारी माँ को उनके बचपन के मिले-जुले रसिक माहौल से दूर कर दिया? या अपनी माँ से, जिन्होंने पति के जीते जी बड़ी समझदार खामोशी से घर के बाथरूम में नल चलाकर पुराने रागदारी संगीत की बंदिशें दोहराने, या फिर पति की गैरमौजूदगी में तुम दोनों के साथ आकाशवाणी संगीत सम्मेलन सुनने तक खुद को सीमित कर लिया था? या तुम्हारी असल नाखुशी अपने नाना के दोस्त के इस वंशधर से है, जो एक लम्बा खानदानी रिश्ता पालते हुए किसी वायरल बुखार के वाहक मच्छर की तरह निषिद्ध सांगीतिक महफिलों की खबरें और गॉसिप के पुलिंदे पिछवाड़े से चुपचाप तुम्हारे घर के भीतर पहुँचाता हुआ नाहक तुम सबको इस निषिद्ध शौक का लती बना गया?

शायद अपना बौद्ध भिख्खुनीवाला निर्विकार-सा चेहरा बनाकर तुम कहोगी—नहीं, किसी से तुमको कोई शिकवा नहीं। पर मुन्नी, अगर हम सब से कोई नाराज़गी नहीं, तो बेचारे संजीव पर ही यह नज़ला क्यों? क्या इसलिए, कि वह बहुत मेधावी था पर उसने अपनी माँ की तरह अपनी प्रतिभा यहाँ की पारिवारिक ज़िन्दगी के कई दमघोंट तकाजों के नीचे पिसने नहीं दी? वह तो शुरू से ही घरवालों की पारम्परिक उम्मीदों से कोई क्रान्तिकारी निजात पाने के लिए छटपटाता रहता था और जब स्टैनफर्ड की छात्रवृत्ति ने उसके लिए वह राह खोल दी, तो उसने माँ और तुमको भरोसे में लिए बिना सीधे हाँ कर दी और बाहर चला गया। उसके इस फैसले पर इतना मान?

कोई गहरी साध ईमानदारी से पूरी करना यदि एक अपराध है तो क्या मैं और तुम भी कहीं न कहीं इसके दोषी नहीं रहे हैं?

जानता हूँ कि तुम लोगों को संजीव ने शायद बिना किसी गहरी ग्लानि के यहाँ सालों तक अकेला निराधार छोड़ दिया तो तुम पर ही कई तरह की ज़िम्मेदारियाँ आन पड़ी होंगी। यह भी, कि बार-बार बेहद मेधावी पुत्र की निरासक्ति की तरफ इशारा कर माँ को कोंचने का सुख तुम्हारे रिश्तेदारों ने भी शायद नहीं छोड़ा होगा। पर तुम्हारी ही तरह संजीव के सामने भी जब एक सपना साकार करने की सम्भावना आ खड़ी हुई तो वह भी सब बन्धन त्याग कर अपने सपने ईमानदारी से साकार करने में देर नहीं लगाएगा, यह बात क्या तुम इस समय पहले से कहीं बेहतर नहीं समझतीं?

रुको! इससे पहले कि झल्लाकर तुम्हारी अपनी उँगलियाँ डिलीट बटन की तरफ मुड़ें, मेरी सलाह और शर्त है कि तुम मेरे साथ ही संजीव से भी दोबारा सहज नाता

कायम करो। तुमको शायद अचरज हो या न भी हो, मैं और वह दुनिया में यहाँ-वहाँ मिलते रहते हैं। वह कब से अपने और तुम्हारे बीच की उस तकलीफदेह बर्फ के पिघलने के इन्तज़ार में ठिठका हुआ है। हर बार जब उधर जाता हूँ, उसकी आँखों में तुमको लेकर कई दीन सवाल तैरते दिखते हैं तो मन अलोना-सा हो जाता है। खैर!

सोचना इस पर भी।

अलबत्ता यह तुम भली तरह जानती हो कि संगीत पर तुम्हारे काम को छाप कर मैं कोई अहसान नहीं कर रहा। एक अच्छी पुस्तक की पांडुलिपि घर बैठे मिलती हो तो मुझे हार्दिक खुशी ही होगी। और हाँ, रुपए-पैसे की चिन्ता से मैं तुमको मुक्त करता हूँ। बस अपने बैंक का कोड भेज देना।

पत्राचार जारी रखने की, गुस्सा थूक देने की (करुण) याचना सहित।

राधाप्रसाद

दिल्ली

राधा दादा,

सात समन्दर तेरह नदी पार बैठे तुम्हारे परम मित्र की बहन अचानक तुम्हारी ई मेल पर किसी धूमकेतु की तरह उदित हो गई तो बात माथा चकराने की थी ही।

ठीक जाना। इतने बरस तुम लोगों से दूर-दूर रहने की वजह थी। जानती थी कि तुम दोनों आपस में मिलते रहते होगे। और इसी से मेरे अन्दर भी एक हल्का भय था, कि शायद बातों-बातों में तुम्हारे सामने कितना कुछ कहकर मुझसे इतना विरक्त कर गया हो कि तुम बिना पढ़े मेरे इस खत को 'स्पैम' के उदर में डाल दोगे। पर लौटती ई मेल से जवाब पाकर आश्वस्ति मिली।

सच कहूँ तो अब मैं खुद भी भैया से अपनी खिंचावट की बड़ी वजह नहीं समझ पाती हूँ। बस यही है कि परिवारों में कई बार बहुत सारी छोटी-छोटी वजहें मकड़ी के तार की तरह रिश्ते बुरी तरह उलझा देती हैं। और पहले जाले कौन हटाए, की हिचकिचाहट में घर खँडहर बनता रहता है।

हम दोनों को सिर्फ तुम्हारी आवाजाही से नहीं, माँ से ही घुट्टी में संगीत मिला था। और बाबू जी की साफ उपेक्षा के बावजूद गर्दिश के दिनों में भी परिवार और

ननिहाली पुरखों का वह संगीतमय अतीत हम तीनों के बीच हमेशा एक अदृश्य डोर बना हमको तुम्हारे साथ बाँधता था। पर यकीन मानो, माँ जो दादा के पास विदेश में रहने नहीं गईं, उसकी वजह मेरे लिए उनका अतिरिक्त मोह या बेटे के प्रति पोसा मान नहीं था। बस वजह यह, कि जनम-भर अपने देसी साहित्य संगीत से घिरे जीवन को निहायत देसी तरीके से जी चुकी हमारी माँ के आगे अपने कई समवयस्कों की तरह एक नितान्त जड़ मूलहीन ज़िन्दगी वाली परदेस की दुनिया में अपने बच्चों के कौतुकी दोस्तों सहकर्मियों के लिए मात्र एक एथनिक स्पेसिमन बनकर आखिरी घड़ी का इन्तज़ार करना एक निहायत बेहूदा-सा विचार था।

जानती हूँ, अपने बचपन से नाना के साथ हमारी अम्मा भी तुम्हारे मरहूम दादा जी के यहाँ होनेवाली मजलिसों का वैसा ही हिस्सा रही थीं, जैसे कि तुम्हारे पिता और उनके भाई-बहन। तुम्हारे घर की औरतों के साथ उन्होंने चिक के पीछे से रोशनआरा बेगम, अल्लादिया साहिब और भास्कर बुआ सरीखों का उस्तादी गाना और गायन पर जो-जो उस्तादी जिरहें बार-बार सुनीं थीं, उनको उनसे हमने भी बार-बार सुना है। अब तक अधिकतर बड़े गुणीजन तो जा चुके हैं, जो बचे हैं उनको सम्मानित करने के लिए टी.वी. पर सहारे से या व्हीलचेयर से मंच में लाए जाते और पुरस्कृत होने पर कई बार फफकते और उस पर माँ की आँखों को नम होते देखकर सच मानो कलेजा चाक हो जाता था।

बाबू जी के रहते उनके ही शब्दों में घर में 'तुम्हारे मायकेवाली किस्म की महफिलबाज़ी' पर अघोषित लेकिन पूरा कर्फ्यू तारी रहा। उनके इन्तकाल के बाद एक बार जब पाकिस्तान से बेगम रोशनआरा साहिबा तशरीफ लाई हैं सुना तो अम्मा छटपटाईं कि काश उनको सुन लेते। आगे चलकर कौन जाने और कब ऐसा गाना सुनने को मिले न मिले?

बार-बार जब उनको कहते सुना तो संजीव भैया और मैं लाख जतन से तीन ठो पास जुटा कर ले ही आए और फिर अम्मा को लेकर दिल्ली के तालकटोरा स्टेडियम में आयोजित बेगम साहिबा की बैठक को सुनने भागे-भागे गए। उसी दिन बीती धरोहर का वह चेहरा हमने देखा जो अम्मा की पीढ़ी ने देखा था।

रोशनआरा बेगम ने कोयल के सुरों में मुखड़ा उठाया तो तीर-सा बींधता सुर सीनों पर लगा और काठ जैसे दिलवाली दिल्ली में भी वह हॉल सुननेवालों की हाय! से गूँज गया। मीन-मेख निकालने में माहिर और पाकिस्तानी गायकों की ऐसी-तैसी करने को सतत आतुर, सामने पसरे तमाम उस्ताद और पंडित भी सर धुनने लगे। सहज गायकी के आलाप से जैसे पंखुड़ी-दर-पंखुड़ी एक-एक सुर खिलते जा रहे हों। बढ़त की लयकारी के साथ वह मखमली आवाज़ सहजता से

तार सप्तक तक टहलकर बड़े प्यार से ज़र्दा गुलगुलाती-सी वापस मध्यग्राम पर लौटती थी।

तानों में जैसी गति वैसा ही दाना। दूनी तीन गुनी तानों की गमक, मानो बिजली चमकती हो!

अहा, ओस में नहाए किसी ताज़ा तोड़े बैंगन जैसा वह दमकता चेहरा और शोख भड़कीले कपड़ों के बीच पृथुल देह पर यत्र-तत्र लिशकारा मारती सोने की कौंध। भुलाए न भूलनेवाली मुस्कुराहट के साथ उनका अर्से से बिछड़े पुराने रसिकों के साथ चलता रहा अपना खास 'यार को छेड़ चली जाए है' 'असद', वाला सिलसिला। तनिक गर्दन झुकाकर सलाम किया, रुकीं और सन्तई भोलेपन से बोल दिया, 'वाल्दा का तुफैल है ये सब। हम किस जोगी थे वरना? हमारे उस्तादों को सुना होता जो गाते क्या रुलाते थे। हमारे साथवालियों में जिनने उन्से तालीम पाई वो धेला बाई थीं, केसर थीं, गंगू थीं और क्या नाम मोघूबाई थीं, गोआवाली। हम सभी बराबर की तैयार थीं। गाना ही गाना बहता रहता था तब रात-रात भर बैठकों में। यहाँ की हम नहीं जानते पे पाकिस्तान में खयाल टप्पा वगैरा आज नहीं चलता ज़्यादा। मार्शलों बिरगेडियरों के बीच तो नात-शात, या हीर-शीर की ही फर्माइश होती है।'

इसके कुछ बरस बाद भैया बाहर जा बसे, अम्मा रही नहीं। पर आधी रात कभी किसी भूली बिसरी बाई, उस्ताद या बेगम साहिबा का सुर किसी लेटनाइट फर्मायशी स्टेशन से बह-बहकर नींदें उड़ा देता रहा।

सुरों की वह भव्य पुकार, रात गए कानों में पड़ती है तो आज भी जाने कितने चेहरे और बैठकें सिनेमा की रील की तरह आँखों के सामने उतरने लगते हैं। और उसके बाद अरसिकों के आगे काव्य-निवेदन से उखड़े मन में कहीं न कहीं संगीत के राग-विराग, वाद-विवाद-संवाद पर काम करने की गहरी इच्छा मन में मणिधर नाग-सी सर उठाने लगती है।

अरसिकों का किस्सा सुनो ज़रा। दिल्ली की एक बुढ़ाती नर्तकी के घर विदेश विभाग के सरकारी कला संगीत प्रतिष्ठान के एक फितने अफसर से मिली। जनाब विदेशी दूतावासों में यहाँ के कलाकारों को सरकारी खर्चे से भिजवाते हैं इसलिए गुड़ की मक्खियों की तरह कलाकार उनके गिर्द भिनभिनाते उनका अहं दूना-चौगुना करते रहते हैं। एक पुरानी गवनहारी की चर्चा छिड़ने पर बोले, 'वो तो पार्टीशन के बाद पाकिस्तान भागकर मोची गेट जा बसी किसी चन्दाबाई तवायफ की बेटी थी।' ढलती उम्र की नर्तकियों, गायिकाओं ने, जो नामी संरक्षकों के आगे-पीछे घूमकर बेवजह बुलंदियाँ पाने को हुमकती रहती थीं, तुरत सहमति में सर हिलाया। 'यू आर सो राइट सर, विदेशी संगीत के मंचों पर हमारे भदेस चमकीले कुर्ते पहने

बूढ़े उस्ताद लोग या शोख मेकअप और भारी ज़ेवरात पहनकर पक्का गाना गानेवालियाँ अब कितनी अनकूथ, अनसिविल और शर्मनाक नज़र आती हैं। आपके विभाग को उन सबको विदेश भेजने से पहले सही अंग्रेज़ी और नई तहज़ीब सिखाना चाहिए या फिर बेहतर हो कि वे यहीं की किसी गली में पसरे शोहदों के बीच गाएँ।'

असहनीय हँसी।

फिर नया घाव सरकारी सेमिनार ने दिया। चर्चा का विषय था 'हिन्दुस्तानी संगीत की गंगाजमुनी परम्परा और महिलाएँ'। एक अलबेली नेतासुता वहाँ प्रमुख वक्ता थीं। महिला सशक्तीकरण के युग में मीडिया और महिलाएँ, संगीत और महिलाएँ सरीखे मुद्दे दुगुने जोर-शोर के साथ भारी बिकाऊ सरकारी जिनिस बन बैठे हैं। तुम भी देखते ही होगे किस तरह हिन्दुस्तानी संगीत की पारम्परिक गायिकाओं को बेवजह कई तरह की मध्यवर्गीय नारीवादी निष्ठा से जोड़कर सेमिनारों की फंडिंग लूटी जा रही है। और हमारे यहाँ कोई भी बौद्धिक जुगाली महिला से जुड़ी नहीं कि तमाम तरह की कुंठाओं के तेज़ाबी गटर खुलने लगते हैं। खासकर तब, जब मामला पेशेवर तवायफों की महफिलों से भी जुड़ सकता हो।

अपने बेसुरेपन को परम निर्लज्जता से बेगम अख़्तर की आवाज़ की कुदरती टूट से जोड़ने वाली नाज़-नखरे से बोझिल एक गायिका माइक पर आईं। भाषण के शुभारंभ में बड़े घरानों के मर्दाना पंडिज्जी या उस्तादों (नामों पर कान की लबें छूने का नाटक भी कर) के योगदान का ज़िक्र कर बात पेशेवर गायिकाओं तक लाईं। फिर तालियाँ बजवाने के लिए गायकी की खूबियों की बजाय उनकी निजी ज़िन्दगी के कुछ शर्मनाक ब्योरे बेवजह हवा में उछालने पर उतर आईं। इसके बाद अन्य वक्ता और भी छिछोरेपन पर उतरने लगे। ज़ोहरा बेगम की गायकी के प्रसंग में एक सज्जन बेवजह बोले, 'अरे कहाँ की बेगम ? बाई कहो बाई। उसकी माँ श्यामा किसी बड़े घर की मनचली बेटी थी जिसको उसका मुसलमान उस्ताद भगा ले गया था, और ज़ोहरा बाई तो उसके बस छह महीने बाद जनम गई थी, बाप मरे तो रेडियो पर गाने के लालच में ज़ोहराबाई से बेगम बना दी गई।' पूज्यपाद ने अपनी दाईं आँख तनिक दबा दी तो उनके गदाधारी क्रान्ति नन्दन चेले-चाँटे खी-खी करने लगे।

तुम ही कहो, सुरीलेपन की मिसाल खाँ साहेब और श्यामा ताई का ज़िक्र उन सरीखे लोग किस मुँह कर सकते हैं जो उनके पैर की धोवन जितना सुर भी नहीं निकाल नहीं पाएँगे मरते दम तक ? रही बात श्यामा ताई के घर से भागकर ब्याह करने की, सो सचाई तो यह है कि अपनी माँ के मरने के बाद बाप की शराबनोशी और मारपीट से उकता कर श्यामा ताई ही खुद गुरु के साथ दूर गाँव चली आई थी। छुटभैय्ये ढाढी कलावंतों के वंशज कैसे समझेंगे कि खाँ साहेब और श्यामा ताई जैसे सच्चे कलाकार

हिन्दू-मुसलमान नहीं होते। वो दोनों मियाँ-बीबी तो राजदरबार या दरगाह ही नहीं दत्तात्रेय के मन्दिर में भी गाते थे और गाने के बाद बाकायदा प्रसाद लेते थे।

अन्तिम वक्ता जी उनको धन्यवाद देते हुए पान की पीक से भरा मुख ऊँट की तरह ऊपर कर बलबलाए कि भारतीय संगीत का मूल जो है सो उस पवित्र धार्मिक परम्परा में ही सन्निहित है जो हमारे हिन्दू सन्तों, मुनियों ने संस्कृत में गढ़ी है। सुर का थोड़ा-बहुत ज्ञान अगर विधर्मी खानसाहिब को मिला भी था सो श्यामाबाई के पंडित परिवार की संगत से ही। बाद को जब कार का अक्सीडेंट हुआ और खून से लथपथ देह नीचे रखी गई तो अन्तिम साँस में मियाँ साहिब नमाज़ी मुद्रा में गाते हुए गए।

(चेले, जैसा कि उनको उम्मीद थी फिर से खिखियाए।)

इसके बाद सुनने को क्या बचता था?

जगद्विख्यात कला सम्मेलनों को देखिए तो राजधानी में उनकी फेहरिस्तें, तकरीबन सारे आमंत्रित श्रोता, तत्कालीन सरकार के बड़े लोगों और उनके रिश्तेदारों और बड़े डोनेशन देनेवाले सेठों से ही बनती हैं। आप कहेंगे यह तो पुराना ढर्रा है। पर राधा भाई, उन पुराने लोगों की नज़रों में कला और कलावंत के लिए कैसा गहरा लिहाज़ था। आज की राजधानी की संगीत सभाओं में तो अगली पंक्तियों के श्रोता हमेशा बतियाते, खाँसते, और अपने कीमती ज़ेवर तथा मोबाइल झनकारते प्रकट होने वाले लोग हैं। अपनी मुफ्त में हासिल सीटों की तरफ लपकते हुए वे बार-बार कलाकार के साथ रस में भीग रहे रसिकों के पैरों को कुचलकर सब को एक कराह के साथ धरा पर धप्प से वापस ले आते हैं। मोबाइल, आईफोन, आईपॉड और एफ.एम. रेडियो के आतंककारी हथियारों के साथ सभागारों में घुसने वालों की इस भीड़ के बीच सुरों के साथ कोई भी अन्तरंग संवाद बने भी तो कैसे? खामोशी और ताल के नाज़ुक अन्तराल उनके लिए कतई बेमानी हैं। जब तक सुरों या परनों का कोई चमत्कारी रेला न बरसे, कोई मोबाइल पर सन्देशे भेजता रहता है, कोई उस पर आए सन्देश पढ़ता रहता है। किसी तरह जब सभागार दोबारा एकाग्रता में डूबने उतराने लगे, तब उनके फुसफुसाहटी सुर सुनाई देने लगते हैं और लोगबाग प्रतिवाद करें तब तक कोई मोबाइल घनघना उठता है।

बहुत सोच-विचार कर मैंने तय किया है कि भाड़ में जाए सरकारी फेलोशिप के तहत किया जा रहा शोध। कोई संस्थान मुझे इस विषय पर भले फेलोशिप देने को राज़ी न हो, पर अब तो पहले तस्वीर को साफ करना है। लिहाज़ा तुम मुझ पर बस इतना-सा और अहसान करो! एक फेहरिस्त संलग्न है इस विषय के कुछ पुराने, नए जानकार लोगों की, जिनसे मालूमात हासिल करने को मुझे उनसे पत्राचार करना और मिलना-मिलाना होगा। इसमें तुम को खुद जो-जो नाम याद आएँ जोड़ देना।

हाँ, तुम्हारे दादा कुँवर साहिब की चीनी मिल में जो एक मास्टर चंपालाल नाम का कारकुन था, (वही, जिसे तुम्हारी अम्मा ने उसकी नौटंकी कम्पनी बन्द होने के बाद कोई छोटा-मोटा काम पैकिंग गोदामों में दिलवा दिया था), उसका पता कहाँ से पाया जा सकेगा?

किसी संगीत साइट के ऑन लाइन इंटरव्यू में कोलकाता के सुकुमार बनर्जी महाशय ने एक उम्रशुदा गायिका बी अल्लारक्खी का ज़िक्र किया था, जिनके पास उनके अनुसार पुरानी डेरेदार तवायफों के बारे में बड़े दुर्लभ किसम की मालूमात का खज़ाना भरा रखा है। जहाँ तक याद पड़ता है, उनके अनुसार मोहतरमा रामपुर के पास कहीं रहती हैं और अपने ज़माने की नामचीन गानेवालियों में से थीं। अपने लम्बे शीतयुद्ध की बर्फ पिघलाने के लिए मैं अब तुमको और संजीव को एकसाथ अपने काम की बाबत नियमित तौर से इकतरफा ही सही, मेल भेजती रहूँगी, भले ही तुम लोग बिना पढ़े उसको डिलीट करते चले जाओ।

विद्या

कैलीफोर्निया

प्रिय विद्या

अरसे बाद राधा की चिट्ठी मिली, और साथ में अटैच्ड तुम्हारी कुशल-मंगल भी। देर आयद, दुरुस्त आयद।

बीते समय की गायकी ऐतिहासिक किस्सागोई में पिरोने की योजना को क्या कहूँ? यह कोई आसान फैसला नहीं रहा होगा। पर जानता हूँ कि तुम एक बार ठान लेती हो तो फिर पीछे नहीं हटतीं। तुम काम शुरू करो। तुम्हारे इस प्रयास के फलीभूत होने से मुझे अच्छा लगेगा। यात्रा और तमाम दूसरी तरह के खर्चों की फिक्र तुम मुझ पर छोड़ सकती हो।

इससे पहले कि तुम हमेशा की तरह निजी मामले के बड़े भैया बनकर हाथ में ले लेने से बिदको, मैं बता दूँ कि शायद तुमसे परमिशन लिए बिना राधाप्रसाद ने तुम्हारे पहले खत की स्कैंड कापी के साथ तुम्हारी प्रस्तावित योजना की बाबत मुझे चुपचाप मेल भेज दी थी। वह सही कहता है। अर्से से इन्तज़ार था कि इस

बचकाने शीतयुद्ध का इकतरफा अन्त डिक्लेयर हो तो सही। और अब मैं तुम्हारे हम दोनों को समवेत लिखे इस खत को एक लम्बा मौन पिघलने का प्रमाण मान लेता हूँ।

यह जानकर अच्छा लगा, कि तुमको मेरे पुराने दोस्त और अड्डाबाज़ों की दुनिया के रत्न, राधाप्रसाद की याद आई। हमारे समय में गाने-बजानेवालों की दुनिया की झलकियाँ और विभिन्न बैठकों के किस्से-कहानियाँ सुनाने में पूरे कॉलेज में राधाप्रसाद का कोई सानी नहीं था। मेरा यार भले लखनऊ में रहता हो पर आज भी भीषण घुमक्कड़ है पहले दर्जे का। बीच-बीच में कभी अनाहूत आँधी की तरह अमरीका में अवतरित होकर हमारे बीच बीते वक्त के गुणीजनों की भूली-बिसरी गायकी की यादें ताज़ा कर अलोप हो जाता है।

अपने खत में तुमने यू-ट्यूब के हवाले से पुराने संगीतरसिक अड्डाबाज़ों के आदि-गुरु सुकुमार बनर्जी का इंटरव्यू सुनने का ज़िक्र भी किया है। सुकुमार चचा राधा की मशहूर किस्सागोई के जनक उस्ताद हैं और मेरे लिए पुरानी गायकी और उसके साधकों से जुड़ी मालूमात को लेकर राधा और सुकुमार चचा का वही महत्त्व है जो साहित्य में व्यास और संजय का।

जो कुछ भी जानने लायक है, तुम उनके वृत्तान्तों के ही भीतर पाओगी, जो उनके पास नहीं, वह जानने लायक नहीं।

प्लीज़ यह संवाद रोकना नहीं। समय खिसकता जा रहा है और हम सब सफेद बालों वाले हो चले हैं। इससे पहले कि किसी का बुलावा आ जाए, आओ, हम सब अब तक की बहुत सारी मालूमात और जिज्ञासाएँ फिर शेयर करें। क्यों?

इतना लम्बा खत लिख सकने पर मैं खुद आश्चर्यचकित हूँ।

सस्नेह
संजीव

पु.

राधा सुकुमार चचा से मँगवाकर बड़ी अल्लारक्खी बी का पता भेज रहा है। जो यहाँ भी संलग्न है। मेरी (बिनमाँगी) एक नेक सलाह है कि उनसे पहले खत भेजकर पूछ लो (अगर वे इस बीच अल्ला को प्यारी न हो चुकी हों तो), कि तुम उनसे मिलने को कब वहाँ आ सकती हो। राधा का अन्दाज़ है कि आज उनका सिन करीब नब्बे का होगा। इसलिए जितनी जल्द हो सके उनसे मिल लेना अच्छा होगा। यह भी गौरतलब है कि उस ज़माने के जानकारों में शेष जो हैं उनमें से ज़्यादातर

उनकी ही तरह कगार के पेड़ हैं। पर बुज़ुर्ग गंधर्वों की इस पीढ़ी का इतिहास न जाना-लिखा गया तो उसके बाद हमारे नसीब में तुम्हारे आचार्य जी, कलाप्रशासक महोदय या उनके चेले-चेलियों को दाँत भींचकर सहना ही बच रहेगा।

चलो, कुछ तो अच्छी बातों का दौर फिर चला। तुमको जानता हूँ इसलिए बीती ताहि बिसार दे तो नहीं कहूँगा। बस इतना ही, कि लिखती रहना।

संजीव

मेल फॉरवर्डेड

दिल्ली

दादा द्वय,

थैंक्स। मेरी एडवांस रॉयल्टी शायद इस काम के लिए काफी होगी। फिर मेरी अपनी कुछ सेविंग्स भी हैं, इसलिए बाहर से अतिरिक्त रुपया टका भेजना गैरज़रूरी रहेगा। फिर भी पूछने के लिए आभार।

पते बहुत काम आए। सबको खत भेज दिए हैं। जवाब में मिली पहली प्रतिक्रिया की स्कैंड कापी, शेयरार्थ!

विद्या

लखनऊ

प्रिय विद्या,

अब जबकि ऊपरवाले की असीम अनुकंपा से तकलीफदेह मौन पिघल रहा है, तुमको बता दूँ, कि तुम्हारे भाई के पक्ष में मैंने अकारण जिरह नहीं की थी।

अन्तर्मुखी इनसानों को गलत समझना जितना आसान है, सही तरह समझ पाना उतना ही कठिन। जानता हूँ कि विपरीतगामी स्वभाव वालों के बीच गहरी दोस्ती अक्सर आपसी झगड़े से ही शुरू होती है। तुमको पता हो न हो, जब मेरी और तुम्हारे भैया की उम्र बहुत कम थी, उस ज़माने में हमारे नन्हें चाचा ने अपनी अन्त में निष्फल साबित हुई व्यापारिक चेन की एक कड़ी के रूप में हमारे शहर में किताबों की एक दुकान खोली थी। बिगड़ेदिल रईसों की तरह वह खुद अपनी दुकान से अधिकतर नदारद रहते थे, अलबत्ता किताबी कीड़ों को वहाँ न जाने किस तरह नई से नई किताबें लगातार उधार पर उपलब्ध होती रहती थीं। कभी-कभार उनकी दुकान के चक्कर काटना, अकाउंटेंट श्यामल बाबू की साफ हिकारत को अनदेखा कर यारों के साथ चाय-काफी पीते हुए राजनीति और संगीत पर कई बार आस्तीन चढ़ाकर चर्चा करना, गगनभेदी ठहाके लगाकर दूसरे शिष्ट गाहकों को चौंका देना, यह जल्द ही हम जैसों का प्रिय शग़ल बन गया। और वहाँ डेरा जमा कर शुरू हो गए तो अरब के तिलिस्मी उपन्यासों की तरह हमारी कहानियों के पेट से कहानियाँ निकलती जातीं। हमारी बसें, ट्रेनें या ज़रूरी क्लासें अक्सर छूटती रहतीं।

उस धाकड़ मंडली में तुम्हारे भाई संजीव का अपना अलग ही लापरवाह जीनियस वाला रुतबा था। शुरू-शुरू में तो वह इतना गम्भीर और सिंसियर था, कि अकाउंटट श्यामल बाबू हमको उसका उदाहरण देकर कहते रहते, कि भले मानसों का चाल-चलन हमको उससे सीखना चाहिए।

सो तो होना न था, उल्टे धीमे-धीमे हमने उसे ही अपने रंग में रँग डाला। हमारी संगत में आकर बेटा जल्द ही खुलकर हँसने और हँसाने लगा। दरअसल शुरुआती अड्डाबाज़ी में ही हम ताड़ गए थे कि उसके तनिक करुण म्लान (लड़कियों के लिए बेहद इंटरेस्टिंग) चेहरे के पीछे तुम्हारे ननिहाल की बदौलत मिला एक गज़ब का परिहासरसिक मन छुपा था। तुम्हारे बाबूजी अकृत्रिम रूप से सज्जन किन्तु अविकल रूप से गम्भीर जीव माने ज़रूर जाते थे, पर संजीव को यह भाव तुम्हारी अम्मा की महीन परिहासरसिकता से मिला था जिसको तुम्हारे बाबूजी भी मिटा नहीं सके। पुराने परिवारों और पुराने संगीतकारों को लेकर उनके कमेंट जो बेहद गूढ़, लेकिन पुरमज़ाक होते थे, आज भी मुझे याद हैं।

और फिर जीवन में धूमकेतु बनकर घुस आईं तुम।

संजीव ही नहीं, मेरे साथ भी झगड़ना तो मानो जन्मना तुम्हारे सितारों में भी दर्ज था।

शिव महिम्न स्तोत्र का यदपूर्वयक्षमंतर्प्रजानां पढ़ते हुए जाना था, कि मनुष्य के लिए हर अन्तर्मन के भीतर छिपे बैठे गुह्यक यानी यक्ष मन को थाहना कितना टेढ़ा काम है। तुम्हारा खत पढ़ने के बाद अचानक पुस्तक जगत के व्यापार बिक्री के आँकड़ों में उलझे मेरे मन का यक्ष भी भीतरी गुफा से उचककर मुझे दोबारा संगीत के पुराने अड्डों और अड्डेबाज़ों की कहानियों की तरफ खींच रहा है। तुमको चिढ़ाने को नन्हेंचा' द्वारा (संजीव और मेरे अनुरोध पर) तीन ताल में निबद्ध चंद्रकौंस की बंदिश याद आ रही है : 'काहे करति हो झगराऽऽ री छोकरिया...,' (झगरा के 'रा' पर सम किस खूबसरती से आती थी) याद है?

इस सम के साथ तुम जब दाँत-वाँत काटने पर उतारू होती थीं तो तुमको और चिढ़ाने के लिए ऑर्गन पर आल्हा की तर्ज़ में कभी-कभी उनके द्वारा यह भी समवेत गवाया जाता था :

...सिंह राशि की परम कटखन्नी, करै नाग की असवारी,
दाँत निकारे घर ते निकसीं काम जगत की पतख्वारी।

नन्हें चा' के अनुसार हमारे कुलपुरोहित जी ने तुम्हारे नानाजी को पहले ही आगाह कर दिया था कि लड़कों का मिजाज़ लेकर जनमी हो तुम, लिहाज़ा ताउम्र हठी, निडर और एकाकी भ्रमण और विद्या की आराधना करोगी।

दन्त कथानुसार इस तनिक अलार्मिंग फलादेश को सुनकर तुम्हारी नानी अम्मा काफी खिन्न हुईं थीं, पर उससे क्या? विलायत के आचार्यपाद शेक्सपियर भी जनाब हैमलेट से कहला गए हैं कि इट्स ऑल इन आवर स्टार्स!

हम दोनों दीन पुरुष जानते हैं कि तुमने न कभी किसी से पैसा माँगा, न मदद। पर निश्चिन्त रहो। इस बार भी अग्रिम रॉयल्टी ही दी है, जिसकी पाई-पाई किताब से वसूल कर लूँगा।

प्रयास के फलीभूत होने से हम दोनों को भी अम्मा, बाबूजी और बाबा की आत्मा की ही तरह जो परम तृप्ति मिलेगी वही हमारा बोनस होगा। यात्रा और तमाम दूसरे तरह के खर्चों की फिक्र तुम बस छोड़ दो और अपने काम में जुट जाओ।

सस्नेह
राधा दादा

बोस्टन

प्रिय विद्या,

सरप्राइज़! सरप्राइज़!

जनम के आलसी राधाप्रसाद का जवाब इतनी जल्द पाया देख यकीन नहीं होता। अगर प्रस्तावित किताब के लेखन पर उस जैसे नितान्त काँइयाँ प्रकाशक ने भी मोहर लगा दी, तो नतीजा अच्छा ही होगा।

प्यार
संजीव

~2~

दिल्ली

दादा द्वय,

'तपिश' मियाँ के कारखाने दि न्यू चेको म्यूज़िकल्स, रामपुर की तीर्थयात्रा से वापस लौटी हूँ। यात्रा नोट्स को दर्ज करते हुए दिल किया इस एकदम अलबेली यात्रा का हाल सीधे तुम लोगों तक भी पहुँचा ही दूँ। इस प्रक्रिया में मेरे दिमाग में भी कुछ बातों को लेकर बना उलझाव साफ होता रहेगा। तो सुनो।

मेरी ट्रेन स्टेशन पर पाँच घंटे लेट पहुँची, और इससे पहले कि मैं रिक्शा या ताँगा खोजने की सोचती, एक खसखसी दाढ़ी वाला नौजवान तपाक से मेरी तरफ बढ़ा और छोटे शहरों में गायकी के अन्दाज़ में बोली जाने वाली देसी अंग्रेज़ी में सवाल आया—

'मिस विद्या आई प्रिज़्यूम ?'

हामी भरने पर बताया गया कि जनाब 'दि न्यू चेको इंडिया म्यूज़ियम' वाले 'तपिश' साहिब के पोते हैं, नवाज़। नवाज़ मियाँ पहले तो मेरी छोटी-सी स्ट्रोली से चकित हुए, 'बस कुल इतना सामान ? चलिए, गाड़ी बाहर खड़ी है। बी साहिबा और बाबा की सख्त हिदायत थी कि आपको इस स्टेशन से घर आने को कहीं कोई रिक्शा वगैरा न लेना पड़ जाए। आइए।'

और यूँ शुरुआत हुई।

रास्ते में धचकोले भरती गाड़ी में अपनी अटपटी-लटपटी हिंगलिश में नवाज़ ने अपने खानदान की बाबत जो बताया, उसका सार यह था कि एक्चुअली पहले उनके परदादा तारीक उद्दीन खान साहिब वायलिन बनाने के लिए उस्तादों से ट्रेनिंग पाने और ज़रूरी तार वगैरह लेने को लगातार जर्मनी एंड चेकोस्लोवाकिया आते- जाते रहते थे। इस दौरान घर में इन दोनों देशों का नाम, कम से कम उनके खानदान के लिए तो, मौसीकी की दुनिया का ही हमनाम बन गया। सो जब 1993 में उनके दादा के दुनिया से रुखसत होने के दस बरस बाद चेकोस्लोवाकिया का मुल्क टुकड़ों में बँट गया और उधर जर्मनी दो से एक हुआ, तो दादा हुज़ूर ने अपने कारखाने, दि तारीक म्यूज़िकल हॉल का पुराना नाम बदलकर उसे नाम

दिया, 'दि चेको इंडिया म्यूज़िक शॉप'। एक्चुअली में तो अब उनके यहाँ वायलिन कम ही बनाते हैं, मोस्टली गिटार या फर्नीचर ही बनाया जा रहा है। 'वायलिन की डिमांड जब आई तो बस गोआ और केरल से ही आती है। पुराने गाहक हैं, उनको ओब्लाइज करना पड़ता है। पर अब तो वहाँ भी इधर मशीन से बने सस्ते चाइनीज़ वायलिन का चलन बढ़ रहा है। हमारा साज़ दो हज़ार का तो उनका दो सौ का, इतना तक फरक हो जाता है। लिहाज़ा अब्बा और चचा तो अब फर्नीचर पर ही काम ज़्यादा करते हैं। पर दादा जान की ज़िद है कि बाजों की गढ़ाई जब तक चल सके, चलती जाए। लिहाज़ा हमारे घर का हर बच्चा हर तरह का साज़ मिला लेता है।'

फिर अचानक किसी दोस्त का फोन आ जाने से नवाज़ मियाँ हमसे बेज़ार हुए। 'देख गुरु,' उन्होंने अपने दोस्त से कहा, 'हमारे खानदान में अब तक जिस किस्म का म्यूज़िक छाया रहा है, उसे इन दिनों महज़ खुपड़िया हिलाकर आँख बन्द करके दो- चार लोग ही सुनते हैं। जनता में डिमांड है घर-घर बजनेवाले पापुलर डी-जे छाप-हुजूर तेरा सुरूर टाइप वाले म्यूज़िक की, जिस पर नौशे के जीजे-फूफे बमचक डांस कर सकें। सो हमने भी तुम्हारी ही तरह सोचा है कि अब हम सब भी इंडिया गौट टेलेंट के वास्ते अपने बैंड के लिए फरक तरह से सोचें। बस एक बार ये खानदान के बुजुर्गवार पीठ से उतरें तो। क्या?'

निजी फंडा साफ हुआ तो मेरी तरफ मुड़े। गलत उच्चारण से नक्की सुरों में लगातार की जा रही फेसबुक छाप अंग्रेज़ी में नवाज़ मियाँ से जो टुकड़ा-टुकड़ा जानकारी मिली उससे यह और भी साफ हो गया कि खुद उनका अधिकतर वक्त आई पौड पर पंजाबी पॉप संगीत सुनने और टी.वी. रियैलिटी शो की बाबत जानकारी का इजाफा करते गुज़रता है। अपने बाबा या अल्लारखी बी की दकियानूस उर्दू में बतियानेवाली दुनिया से उनका निजी सरोकार खास नहीं रहा। अलबत्ता मेरे जैसी अंग्रेज़ी बोलनेवाली कोई लेडी दिल्ली से उन लोगों से मिलने भागी चली आएगी, जानकर उनके आश्चर्य का पारावार न था।

'लाइक यो मैन, आइ रियली डिग कल्पना राव एंड हनी सिंह! कल्पना का 'रात जाने ना दे' तो एक दिन में बीस बार लगातार सुना! शी इज़ कूल!' फिर नवाज़ मियाँ और खुले। बताया कि उन्होंने अपने चार दोस्तों के साथ जो फंकी रॉक बैंड बनाया है, उसके वे शहर में बहुचर्चित डी जे हैं जिसकी इलाके की शादियों में काफी बुलाहट होती है। उनका सपना है कि एक बार मुंबई जाकर कम्पोज़र विशाल डडलानी से मिलें, 'ही इज़ द गुरु ऑफ कूल मैन! कैन यू हैल्प?' उन्होंने पूछा।

यह बताने पर कि वह मेरे लिए अजनबी था उनका चेहरा बुझ गया। और घर आते-आते उचाट हो चले नवाज़ मियाँ मुझे भीतर कमरे तक पहुँचाकर यह जा, वह जा।

***

शहर से कोई तीस मील दूर 'तपिश' साहब का निवास जहाँ आज बी अल्लारखी अपने अन्तिम दिन गिन रही हैं, पुराना लखौरी ईंटों से बना और एक खास सीली-सी महक और हुक्के के तम्बाकू की खुशबू से रची-बसी, खूबसूरत नक्काशीदार पर उपेक्षित-सी एक विशाल पुश्तैनी कोठी है। बताया गया कि खुद मोहतरमा अब बिस्तर पर ही पड़ी रहती हैं। अब तो बस अपनी पुरानी शेरकोठी से आए कुछेक पुराने मुलाज़िमों की सेवा-टहल के आसरे कट रही हैगी।

खुद अल्लारखी बी तेल से सने तकिये पर निढाल सर रखे अब एक सिकुड़ी हुई किशमिश-सी भले लगने लगी हों, लेकिन खँडहर बताते थे कि रूप की इमारत कभी बुलन्द रही होगी। बड़ी मुहब्बत से पेश आईं। माथा चूमकर असीसें पूरी करके तकिये पर सिर वापस रखा। उनकी पुरानी सेविका रामदेई प्रकट हुई और उनसे कहा गया कि इससे पेश्तर कि बीबी थकान से निढाल हों, मुझे मेरा कमरा दिखाकर फ्रेश होने दिया जाए, फिर चाय-वाय बने।

कमरे तक जाते हुए अपने पोपले स्वर में रामदेई ने जो कुछ कहा उसका सार यह था, कि बरसों बाद वह खान साहिब और बी साहिबा से किसी को बोलते सुन रही है, वर्ना रात-भर गठिये के बेरहम दर्द से जूझती बी साहिबा की बेजान देही तो सुबह तलक बस खोये पंख वाले कीड़ों की सी हो रहती है। खान साहिब की भी उम्र हो चली है, हाथ-पैर लरजने लगे हैं। अब का कही ? सभी बुढ़ाय गए हैं हम सगरे लोग। पर मालकिन की इस दसा में वह कैसे शेरकोठी में ही हाथ पर हाथ धरे बैठी रहती ?

'एकै बिटिया रहिन बी साहेबा की, अंग्रेजी पढ़ाई-लिखाई हुई रही उनकेर बंबई सहर में। बड़ी मालकिन के गुज़रे के बाद बीबी जान बिटिया सहित कई साल बंबई सहर में बस रहीं, पर जी नहीं लगा तो लौट आईं अपनी मिट्टी के पास। कोठी बेच दी खान साहिब के किसी दूर के रिश्तेदार को पर भागवान ही समझो, खान साहिब अपने हाँ बड़ी मनुहार से लाए और सर आँखों पर धरे हुए हैं। पराया घर हुआ तो क्या ? अनत समय हिफाज़त से तो हैं, यह तो खान साहिब की ही नवाज़िश है। पुरनिया आदमी हैं, अब तक नमकख्वारी कर रहे हैं। आजकल के बाल बच्चों की भली चलाई।'

मैं नहा-धोकर फारिग हुई तो सुना बी साहिबा बार-बार उसे पुकार रही थीं।

'रामदेई! कान बिलकुल फूट गए क्या?'

आवत ही! कहकर घुटनों पर बल दिए उठती बूढ़ी खिदमतगार कहती है कि सच कहे तो बाई साहिबा की देही में तो कछु रहा नहीं, मुला दिमागी हालत भी अब दिनोंदिन गिरती जा रही है। वर्ना उनकी जैसी तमीज़दार बीबी दसियों जिलों में ना थी। अपनी तरफ़ से एक पोस्टकारड कभी का भिजवा दिया था बिटिया को कि आखिरी बखत है बी साहिबा का। पुराना सब गुस्सा थूक के अब बेटी को लेके दरसन को चली आओ। हुआ होगा कभी अपनी अम्मी से झगड़ा तुम्हारा। पे महतारी को अइसन कोई भुलाता है भला? अब सुनते तो हैं कि छोटी बाई काम-काज से फारिग होकर तनी देर से ही सही, विलायत से अपनी बेटी को लेके आ रही हैं। चलो उनकी बिटिया भी मूँ देख लेवेगी अपनी नानी का और क्या? हाय कभी क्या ठाठ थे इस हवेली के वो बच्ची क्या समझेगी? अब तो बूढ़ा की ये गर्मी भी कटे न कटे, क्या पता?

चाय आई। कुछ देर खामोशी रही, फिर रफ्ता-रफ्ता रोशनी की ओर लपकते बरसाती पतिंगों सरीखी एक दूसरे से टकरातीं उनकी स्मृतियाँ चारों तरफ से उमड़ने लगीं तो बी अल्लारखी की यादों की नाव भी बह चली।

'बनारस कब का पीछे छोड़ आए पर बनारस है कि पीछा नहीं छोड़ता।

हम खानदानी डेरेदार गवनहारियाँ हैंगी बनारस की। हमारी परनानी थीं मशहूर तवायफ हुस्ना बाई, जिनको हम सब अम्माजानी कर के पुकारा किए थीं।

यूँ तो बनारस बसने से पहिले भी गाँव में हम लोगों का डेरा था जो बनारस के बाद भी बसता-उजड़ता रहा। पर जो बात बनारस की है...क्या कहें?

तआलिल्ला बनारस चश्मे बद्दूर
बहिश्ते खुर्रमो फिरदौस मामूर।...'

'क्या बात है गालिब साहेब की,' 'तपिश' साहिब ने फर्माया।

बी' चालू रहीं..

'मशहूर गवनहारी अंजलीबाई की अम्मा हीराबाई बनारस में हमारी नानी की जिगरी सहेली हुआ करै थीं। हम सुनते भर थे कि इधर कहीं पहाड़ सैड की थीं। बला की हसीन और वल्लाह बड़ी नेक तबीयत गवनहारी। जिसका कलाम गाती, वही मानो सातवें आसमान पर जा पहुँचता। ये दोनों सहेलियाँ हुस्ना औ' हीरा, कहो जिस महफिल में जा बैठीं तो समझो के सौ-सौ चराग जल उट्ठे।

हम कोई सात-आठ बरस की होंगी जब इधर के एक बड़े ज़मींदार साहिब का दिल हमारी अम्माजानी पर आ गया। मोहब्बत परवान चढ़ी तो आखिरकार उनको अपनी बना के हुज़ूर साहिब इधर ले आए और बाद उसके हम दोनों माँ-बेटी इस

सैड में, और हीराबाई और उनकी बिटिया और हमारी सहेली अंजलीबाई बनारस में। साथ छूटा सो जुड़ नहीं पाया।

ये कस्बा जो आपने आते हुए देखा होगा, हमारे बचपन तलक ऐसी नामुराद शकल नहीं रखता था, हरा-भरा था। आबादी कम थी और हवा साफ़। रात को सुराही से छत पर छिड़काव के बाद लेटो तो आसमान लगता था जैसे मोतियों का थाल हो। सड़क-सड़क गाड़ी चलाते हुए आनेवालों को तब दूर से पेड़ों के झुरमुट के पीछे छुपी हमारी कोठी बड़े गौर से देखने पर ही नज़र आती थी जो शहर के बाहरी हिस्से में तब कई खेत खाली करा के बनवाई गई थी। दोनों छोर पर दो फाटक लगवाए गए थे, एक शेर वाला कहलाता था, दूसरा घंटावाला। घंटावाला इसलिए के पहले उस पर बड़ा घंटा लगा हुआ था जो अब नहीं रहा। वो जब-जब महाराज जू पधारते तब-तब बजाया जाता था कि भीतर इत्तला हो जाए। शेर वाले फाटक के दोनों तरफ शेर बने हैं, सो वो कहलाया शेरवाला फाटक। उसी के नाम से कोठी कहलाई शेरवाली कोठी।

हमारी अम्मा के सरपरस्त महाराज जू यानी कालिकानंद सिंघ जू साहेब, पछाँह की एक मशहूर रियासत चंपानगर के राजा की पाँचवीं संतान थे। उनकी माँ बिहार सैड की रियासतज़ादी थीं।

महारानी जू को अम्माजानी से उनके रिश्ते को लेकर शुरू से ही बहुत ऐतराज़ रहा।

महाराजजू ने अम्माजानी को भी जहाँ तक बन सका महारानी जू और उनकी कुटनियों से दूर रक्खा था पर कुढ़नेवालियों ने बस कुछ ऐसा खेल किया कि बिना किसी को साथ लिये उस दिन महाराजजू ड्राइव पर निकल गए थे। बस फिर गुज़रने की ही खबर आई। साठ बरस का सिन भी कोई इतना ज़ियादा नहीं होता कि कार की पेड़ से मामूली टक्कर में इनसान की छाती फट जाए। पर किस्मत को क्या कहिए?

***

बाद को जब गिरामाफून में तवे पर गाने भरे जाने लगे तब हीरा की बेटी हमारी सहेली अंजली ने मार्फत चाभीवाले बाजे के, बड़ा नाम कमाया। बंबई, कलकत्ता, मद्रास सब कहीं महफिलों में बुलाई जाने लगीं। बाद को सुना कुछेक घरेलू मामलात से बेज़ार होके वो वहीं कहीं दक्कन में जा बसीं और खामोशी से इस दुनिया से रुखसत हो गईं। अल्ला उनकी रूह को सुकून दें।

हवस ए सैर ओ तमाशा सो वो कम है हमको
लिए जाती है कहीं इक तवक्को अ गालिब।

हमारी वालिदा ने तो बाद को अपने सरपरस्त महाराज जू के गुज़रने के सोग में महफिली गाना छोड़ दिया था, पर रोज़ी-रोटी का सवाल देख अपने साथ ले जाकर रफ्ता-रफ्ता हमको महफिलों में गवाना शुरू किया। बनारस जैसे शहर से इतनी दूर आन बसने से हम लोगों को वो नामोशोहरत न मिल पाए जो हीराबाई और बाद में उनकी औलाद अंजलीबाई को मिले। वर्ना हुस्नाबाई के सुरों पर तो महाराज जू ऐसा रीझे कि उनके वास्ते शेरकोठी बनवाई और बड़े आदर के साथ उनको यहाँ ला बसाया था।

***

अम्माजानी का दिल फकीरों वाला था। दुनियादारी से कोसों दूर। उनके नाम कोठी के कागज़ात महाराज जू पक्की तौर से मुकम्मल करवा गए थे। वर्ना महारानी का बस चलता तो उनकी आँख मुँदते ही हमको कौवाहँकनी बना के बनवास दे देतीं।

प्यार से महाराज जू अम्माजानी क़ो कहते थे, हुस्नाबाई। भरोसा इतना कि अम्माजानी को पूरी इजाज़त दे दी कि बनारसी गायकी के शिरमौर उस्ताद लोग उनको और बाद को मुझको भी बाकायदा तालीम देने आसानी से यहाँ आते-जाते रहें।

अम्माजानी की देखरेख में हमारा बचपन खूब अच्छा बीता। किसी चीज़ की कमी ना थी। नौ बरस की उम्र से ही बिसमिल्लाह हुआ तालीम का। बड़े से बड़े उस्तादों को बुलवाकर खयाल गायकी, ठुमरी, दादरा, तराना कौल टप्पा सबकी उम्दा से उम्दा तालीम दिलवाई गई हमको। लय के तमाम बल पेंच और पंद्रै मात्रा की पंचम सवारी और ग्यारह मात्रा की अष्टमंगल सरीखी तालों के खानदानी गुर जभी सीखे।

'अरे, तनिक धीमे से लगा पिरिच मुँह पे रामदेई, चाय चादर पे छलक जाएगी... क्या हाल हो गया है खुद पानी का गिलास नहीं पकड़ पातीं अब मेरी उँगलियाँ भी। हँस मत। जो ज़मीन पे आया, सुना रामदेई, जो ज़मीन पे आया, उसे ज़मीन ने खाया अम्माजानी कहती थीं। तब हम भी हँसा करै थीं।'

***

रामदेई छलकी चाय और फिर आँखें पोंछती है। कैसा बहकने लगी हैं बूढ़ा बारंबार। बिटिया आ ही जातीं महतारी का मुक्ख देख लेतीं। चलाचली की बेला है अब तो बस।

'महाराज जू को दो ही शौक थे : संगीत और शिकार। कोई पचास शेरों का शिकार किया था उनने कहते हैं। मिर्ज़ापुर से आए संगतराशों ने जभी बड़े जतन से तराश के पत्थर के दो भारी-भरकम शेर इस कोठी के गेट पर भी लगा दिए थे। शिकार के शौकीन और तराई के जंगलों में घूमते रहे महाराज जू को अकेले में रहना ही सुहाता था, किसी और का यहाँ आना-जाना या कोठी में तीज-त्योहारों पे दूसरों की तरह आम लोगों की पसन्द के नकटा, नकल और या के तमाशे करवाना उनको सख्त नापसन्द था। होली या खास मौके पर बहुत हुआ तो कभी-कभार हमारी नाउन या मालिशवालियाँ कुछ टुम टाम कर लिया करै थीं बस। लिहाज़ा अम्माजानी, चन्द पुराने नौकर चाकर, उस्ताद जी, साज़िन्दों और महाराज जू के लोगों को छोड़कर यहाँ पूरे टाइम मुकम्मल तौर से सिर्फ अम्माजानी, अम्मा और हमीं रहा कियै थीं।'

कुछ देर तकिये पर सर रखे आँखें मूँदे पड़ी रहती हैं बड़ी बी ज्यों सो गई हों।

किसी ने, शायद नवाज़ मियाँ ने बाहर बारामदे में एफ एम रेडियो चालू कर दिया है। तिरछी कमर लचकाती कोई ललना किसी बमचक आइटम नम्बर का इंद्रजाल बिखेर रही है...

***

अब मखदूम मियाँ की बारी है।

'अब अपनी बाबत क्या बताएँ आपको ? बस ये कि हमारे अब्बा हुज़ूर इलाके के नामी शख्स थे और महाराजजू के भरोसेमन्द और करीबी रहे। सो रफ्ता-रफ्ता वु बड़ी साहिबा के दरबार का भी हिस्सा बनते चले गए थे। बड़े नेकचलन खादिम थे। महाराज जू जब नहीं रहे तब भी संगतकारों से डील करने के अलावा शहर से कब क्या लाना है, बी साहिबा के लिए किस महफिल में कब कहाँ जाने को तैयारी करनी है, हमारे ही घर के लोग पीढ़ियों से ये मसले तय कराते रहे हैं। खुद हम भी वही पुराने उसूल निभा रहे हैं वर्ना आज के ज़माने में औलाद भी वालदैन को नहीं पूछती।

चाहते तो हम अपने दूसरे बेटे के पास बरेली जा बसते जहाँ बड़ी 'बी साहिबा ने कभी उसे भी एक फैक्टरी डलवा दी थी मोटर पार्ट की। अल्ला के फज़ल से चल निकली है वो भी। पर इस घराने का नमक खा चुका है हमारा कुनबा, सो हम इधर ही टिके हुए हैं। इन आखिरी घड़ियों में बी साहिबा का साथ छोड़ा भी तो नहीं जाता।'

खुशबूदार फिज़ाँ में सुरों के पंख लगाए-लगाए उड़ते अंग्रेज़ी ज़माने के कितनी तरह के किस्से निकलते गए। अपनी परेशानी के पलों में नासमझ मानकर निपट

बाहरियों के आगे बड़े लोग शायद अक्सर बहुत कुछ वैसे ही उगल देते हैं, जैसे अपने भगवान के आगे।

'पता चला कि पहिले शहर मुरादाबाद में अंग्रेज़ी फौजी बैंड के लिए नए साज़ घड़ने को विलायत से मास्टर कारीगर लोग बुलवाए जाते थे। मशकबीन, भोंपे के कई प्रकार, ड्रम वगैरा। जब पता चला कि यहाँ बसते थे जनाब मुगलिया फौज के लिए तलवारें और जिरहबख्तर तक गढ़नेवालों के खानदान तो उनको डिजैन दिखलाए गए। वो हँस के बोले ये तो हमारे नए-नए कारीगर भी बना लेंगे साहिब। बस जल्द ही इस चतुराई से यहाँ वो सब साज़ बनने लगे कि अंग्रेज़ भी हिन्दोस्तानी कारीगरों की उँगलियों का जादू मान गए।

उसी सिलसिले में अम्माजानी ने किसी अंगरेज़ रज़दन साहिब, कोई मैकलालिन या कुछ नाम था उनका, सो उनसे कहकर जनाब दादा हुज़ूर के लिए वायलिन बनाने का एक नया कारखाना ही यहाँ लगवा दिया। दिल की शाहाना थीं, बोलीं कि जो हाथ सारंगी सरीखा साज़ सँभाल सकते हैं, क्या वायलिन नहीं बना सकते? आखिर दोनों गज से ही तो छेड़े जाते हैं ना?

और उधर क्या नाम साउथिंडिया में तो उस पर कर्नाटक म्यूज़िक भी क्या खूब बजाया जाता है। अलबत्ता अंगरेज़ माथे पर भस्मी लगाए उन पंडतों को खड़े होकर सीने और ठोड़ी के दर्म्यान साज़ सटाकर बजाने की बजाय ज़मीन पर बैठकर पैर के अँगूठे के सहारे वायलिन बजाते देखकर पहले खूब हँसे थे। पर क्या तो उनकी गज़ब की साधना और क्या रागदारी। जल्द ही बगलें झाँकने लगे।'

वापस आ तो गई हूँ, पर बनारस से शेरकोठी तक पसरी एक दुनिया भी साथ-साथ चली आई है। चार दिन उनके साथ बिताकर लगता है कि अलग-अलग वक्तों में पढ़े-सुने तमाम किताबी किस्सों की कड़ियाँ कहीं-कहीं से जुड़ने लगीं हैं। पर अभी बहुत कुछ और बाकी है। नए पते टटोलना, नए-पुराने लोगों को खत लिखना।

प्रतिक्रिया???

विद्या

सहेला रे

लखनऊ

प्रिय संजीव, विद्या रानी,

तमाम हसीनों और तस्वीरे-बुताँ की यादें कुरेदकर तुमने यह क्या कर दिया कि इस उम्र में भी दामन चाक-चाक करते हुए सीधे गाने को जी चाहता है, 'जुलुम कर डारा री मोरी गुइयाँ...।'

नाक पर गुस्सा रखने वाली विद्या रानी से हम बचपन से आतंकित रहे हैं। फिर जब कन्वोकेशन में सात-सात सुवर्ण पदक लेनेवाली इस सुकन्या के लिए सभागार में मौजूद विद्वज्जनों ने दस मिनट तक खड़े होकर साधुवाद किया, तो अकादमिक जगत भी कुलबुलाया था और हम भी नए सिरे से। तब इतनी कम उम्र में लाखों नरशार्दूलों को पीछे छोड़ते हुए सीधे विश्वविद्यालय में पुरफेसरी पा जाना कोई मामूली बात नहीं थी। अब बड़ी अल्लारखी बी से मुलाकात के तुम्हारे रसवंत ब्योरे ने तो एक्केबारी चित्त हर लिया। और खुद अपनी देखी-सुनी जाने कितनी संगीत महफिलों की मन में पैवस्त पुरानी छवियाँ सतह पर आ-आकर मन को मथने लगी हैं।

सबसे पहली तिकड़ी जो याद आती है, 'हमारे नन्हे चा', हमारे दोस्त बाँटुल शाँटुल के पिता सुकुमार चचा और हमारे बाप की है जिनकी तमाम हंगामी बैठकों का टेमप्लेट उनसे भी पहले हुई उनके बापों की बैठकों से निकला था। बाबा और सुकुमार चचा से पहले दोनों के बाप यानी हमारे दादा कुँवर शार्दूल विक्रम सिंह और चाचा के पिताश्री काली साधन बनर्जी महोदय उर्फ़ काली बाबू के बीच भी दाँत काटी रोटी का रिश्ता था और तुम्हारे नाना मरहूम भी कहीं न कहीं उनके अड्डे के मानद सदस्य यानी स्थायी स्पेशल इनवाइटी की हैसियत से जब जी चाहे बैठक में सादर आहूत रहते ही थे।

उस ज़माने का कौन-सा ऐसा बड़ा कलावंत था जिसको इन जिगरी दोस्तों ने पीढ़ी-दर-पीढ़ी अपने घर की महफिलों में न गवाया हो ? और कौन-सा ऐसा घराना है जिसकी गायकी की गहरी सर्जरी करते हुए इन तमाम रसिकों के बीच जमकर भिड़ंत (और अनेक बार कुछेक दिनों तक बोलचाल बन्द) न हुई हो ?

विडंबना देखो, संगीत की घनघोर शैदाई लेकिन परम आज्ञाकारिणी तुम्हारी माँ को तुम्हारे पिता ने इन बैठकों में कभी सहजता से शामिल नहीं होने दिया, न खुद कभी आए। और दूसरी तरफ हमारे घर की महिलाएँ यानी बुआएँ और हमारी अम्मा, बाँटुल शाँटुल की माँ लोतिका बोउदी वगैरा सबको अपनी सासों की ही तरह नाना वजहों से मर्दों की इस अनथक अड्डाबाज़ी से परहेज़ रहा, लेकिन उनमें भी हिम्मत न थी कि मर्दों के शौक की मुश्कें बाँध सकें ? संगीत की महफिलें तब बड़े घरों की रसिकता का स्टाइल स्टेटमेंट हुआ करती थीं।

सच तो यह है, कि उस ज़माने में भले घरों में कारों से लेकर फर्नीचर ही नहीं खानदानी दोस्तियाँ–दुश्मनियाँ भी पीढ़ियों तक चलती रहती थीं।

मैं शायद आठेक बरस का था जब हमारे दादा नहीं रहे। लेकिन आज भी याद है कि उस ज़माने के यह दो असाधारण कलामर्मज्ञ और गहरे दोस्त बड़े सरकार और कालीबाबू हमारे घर की बैठकी में घंटों बैठे–बैठे गवैय्यों, कलावंतों, पुरानी मूर्तियों और इमारतों की बाबत बातें किया करते थे। शहर में यूनिवर्सिटी के तत्वावधान में उन दिनों पुरातत्व की खुदाई के कई स्थल कालीबाबू की निगरानी में दुर्लभ कलाकृतियाँ बाहर फेंक रहे थे। दोनों दोस्तों को पुरानी कलाकृतियों से बेतरह लगाव था। काली बाबू को प्रोफेशनल और दादा जी को कलाप्रेम के तहत।

पुरानी मूर्तियाँ और पेंटिंग बेचनेवालों के बड़े सरकार स्थायी गाहक थे, और काली बाबू से यह छिपा न था कि किस तरह कई दुर्लभ यक्षिणियाँ देवाकृतियाँ और तोरण शहर के कुछ रहस्यमय गुप्त विक्रेता गुप्त रखी गई कीमतों पर उनके घरेलू म्यूज़ियम में पहुँचाते रहते थे। जब–जब राज़ खुल जाता दादा जी तर्क देते कि भाई काली, हम तो सिर्फ मर्मी गाहक हैं, कलाकृति का स्रोत क्यों पूछें? पानी पी कुल पूछना नहीं सयानो काम।

इस जोड़ी की कुछ–कुछ यादें पुतुल दी के पास भी होंगी। कभी टैप करना।

सो कला और संगीत से वह दीवानगी की हद तक लगाव और घर की महिलाओं की तनी हुई भंवें हमारे पिताओं और सुकुमार चचा की पीढ़ी ने विरासत में पाई थीं। बैठक की शाम जब गवैय्ये और बाई जी लोग गुनगुनाते, छम–छम करते अपने शिष्यों और साज़िंदों समेत घर में दाखिल होते, तो जानकार पुरानी दाई, मिसरानी लोग मुँह छुपाकर हँसती थीं। दादी की भृकुटियाँ तुरत चढ़ जातीं। चचा का नाम तो घर की महिलाओं ने रख छोड़ा था 'मीर बिगाड़'।

दिन ढलने पर हमारी रसोई से अक्सर दोनों के वास्ते थालियाँ लगकर बाहर भेजी जाती थीं। अतिथि की खानपान की रुचि–अरुचि भी उन्हीं की मित्र–परम्परा के बीच से लाई गई बहुएँ खूब अच्छे से जानती थीं। लिहाज़ा चुपचाप सामिष रसोई से माँस–मछली पकवाकर कटोरियाँ उसी तरह सुकुमार चचा की थाली में जुड़वा दी जातीं जैसे कभी काली बाबू के लिए किया जाता था। दादी भी अपनी सास की तरह एक नकली उच्छ्वास छोड़कर कहतीं 'मीर बिगाड़ केर सोहबत माँ इहै सब तो होई' और फिर बाबू साहिबन केर सही खातिरदारी के लिए नौकरों को हिदायत देने लगतीं।

पंडित बाप की इच्छा और खानदानी रीत के विपरीत सुकुमार चचा ने विश्वविद्यालय की बजाय टी एस्टेट की नौकरी करना तय कर लिया, क्योंकि यह मोटी तनख्वाह और कम काम वाली चाकरी कई दशकों तक उनके गान और पान

के दो-दो विवादास्पद शौक पूरे कराने में पूर्णत: समर्थ थी। दादी कहतीं थीं कि 'मीर बिगाड़' की माता जी यानी श्रीमती कालीसाधन बनर्जी की (अमंग अदर थिंग्स) उनसे यह शिकायत अन्त तक बनी रही कि ऐसे महापंडितों के खानदान में जन्म लेकर भी उनके खोका ने मामाओं की तरह जनम-भर वैश्य-वृत्ति में ही उलझने की राह चुनी। ढेरों रुपया-टका पैदा करने के बावजूद अपने पुरखों की आत्मा को तृप्त करने के लिए वंश परम्परानुसार एक किताब तक पैदा नहीं कर सके।

खैर वह ज़माना और ननिहाल-ददिहाल की परम्पराओं की समवेत वाहक महतारियाँ तो जाने कब के गुज़र चुके। अपनी टी एस्टेट वाली नौकरी से निवृत्त होकर सुकुमार चचा कोलकाता में अपनी पुश्तैनी कोठी में बस गए हैं। बड़ा बेटा प्रसेनजित (शाँटुल) तो न्यूयार्क में रहता है और गाहे-बगाहे ही घर आता है। और छोटा इंद्रजित (बाँटुल) जो सालों पहले हिप्पी होकर गृहत्यागी बन गया था, अब गोआ में कहीं किसी इज़रायली लड़की के साथ किसी फूस के छप्पर तले विलायती ढाबा चलाता है। इसके साथ अब वह इन दिनों हर मौसम में उमड़े पड़ रहे सैलानियों के लिए कभी-कभार समुद्र तट पर पौप म्यूज़िक के हंगामी आयोजन करवाने लगा है और उससे खासा नाम और नामा कमा रहा है। बाप से साले की बरसों से देखादेखी या बोलचाल नहीं है।

अब तो पति से हिसाब चुकता करने को उसे जी भरकर सर चढ़ानेवाली छुरी जैसी जीभ वाली लोतिका बउदी भी नहीं रहीं, जो उसे सर की कसम देकर घर बुलवा भेजतीं। लिहाज़ा आज की तारीख में चचा अकेले कोलकाता की कोठी में बोउदी युग के चन्द पुराने नौकर-चाकरों की देखभाल में दिन बिता रहे हैं। शरीर अब जवाब दे रहा है। चिन्ता जताने पर कह देते हैं, अरे यार किसी पुरानी गाड़ी की तरह इस पुरानी देह में लगातार ऑयल पानी फिल्टर बदलना लगा नहीं रहेगा, तो की?

मेरी बहन पुतुल तो कोलकाता में है ही, पर वह अपने पति के निधन के बाद बुझ-सी गई है, और इधर वात रोग से ग्रस्त घुटने लेकर भी अवश बनती जा रही है। जब कभी किसी खास समारोह या बुक फेयर के सिलसिले में कोलकाता जाना हुआ तब उसी के पास टिकना होता है। चचा से भी मिलने की कोशिश ज़रूर करता हूँ। न भी जा सका तो फोन पर ही पुतुल अपने चचा की खबर लेती-देती रहती है।

कुछ समय पहले जब गया था तो चचा बता रहे थे कि गए बरस जाड़ों में शाँटुल अपनी तीसरी बीबी, सावित्री उर्फ शीबा के साथ मिलने आया था। आधी बंगाली आधी फ्रेंच, यह तीसरे नम्बर की शाँटुल प्रिया किसी नामी आइवी लीग यूनिवर्सिटी में प्रोफेसर है। सर पर बाल छोकरों जैसे और उस पर हिमाचली टोपी लगाती है और साड़ी ज़मीन से पाँच अंगुल ऊपर रखती है। अच्छा हुआ तुम्हारी बउदी अपनी

नवीनतम संकरित बोउ का अमरीकी मरीन्स सरीखे क्रू कट वाला सिगरेट फूँकता शशिमुख देखने से पहले दुनिया से कूच कर गई।

सुना यह भी कि अपनी यह शाँटुल प्रिया फेमिनिज़्म क्षेत्र की भारी बौद्धिक और ज़ाक देरिदा की पूर्व छात्रा है। बाप फ्रांसीसी और महतारी बंगाली। आधा दर्ज़न योरोपियन भाषाएँ बोलती है (जिसमें बांग्ला शामिल नहीं है)। चचा का कहना था हफ़्ते-भर में मुझ समेत सारे घर तथा शरत से लेकर महाश्वेता देवी तक बंगला साहित्य को वह बगलामुखी पूरी तरह से डिकंस्ट्रक्ट कर गई। आखिरकार दुर्गा पूजा के बाद किसी तरह हाथ जोड़कर उसको बिदा किया, गच्छ गच्छ स्वस्थानं सुरेश्वरि, कहते हुए। उसकी काकदृष्टि चचा की बरसों से जुटाई सांगीतिक जानकारियों के खज़ाने पर है जिसे, मैं जानता हूँ उनकी आँखें मुँदते ही वह लूट ले जाएगी। हरि इच्छा।

हमारे चुहलबाज़ सुकुमार चाचा बऊदी के निधन के बाद से अधिकतर चुपचाप अपने दुतल्ले के कमरे में ही लेटे-लेटे संगीत सुनते रहते हैं।

'पहले फिराक को देखा होता अब तो बहुत कम बोलै है।'

बिन घरनी घर भूत का डेरा कहावत का अर्थ उस घर को देखकर ही समझ पाया। चाची के ज़माने में जिस घर में दिन में दो बार बेंगाल केमिकल के फिनायल का पोंछा लगता था, और शाम को लोबान से घर बकौल बाबा के 'साला कब्रिस्तान बना रहता था', वहाँ अब शायद रोज़ झाडू भी नहीं लगती। घोर गन्दगी और अव्यवस्था का साम्राज्य हर कहीं। चचा के तीन बार घंटी बजाने के बाद एक घड़ा सा चेहरा बनाए भृत्य आया। फिर आधे घंटे बाद दुर्लभ विलायती चाइना के सेट में खास स्वाद वाली चचा की प्रिय मकईबाड़ी की चाय मेरे लिए आई। कप और प्लेट देखने से लगा कि पोस्ट बउदी पाकशाला में बर्तन-भाँड़े शायद ही कभी धोये जाते हों।

चम्मच इतनी गन्दी कि मैं तो चाय में चीनी ही नहीं लेता, कहकर उसे उस लगभग ठंडी चाय में डुबोने से जैसे-तैसे बचा।

पर अपनी तरह के एक ही जीव हैं चचा। एकदम टेका मानुस। तमाम शारीरिक और पारिवारिक अनुताप और एकाकी जीवन की तकलीफें सहकर भी वही रसिकता और गज़ब की याददाश्त। मकड़ी के जालों की बंदनवार वाले उनके कमरे की दीवारें आज भी तमाम गायक-गायिकाओं की तस्वीरों से अलंकृत हैं। विशालकाय डबलबेड के अगल-बगल उन्होंने नवीनतम म्यूज़िक सीडीज़ के शेल्फ और बाँटुल के लाए बेहतरीन सिस्टम के साथ बोस के स्पीकर जड़वाए हुए हैं। कहते थे कि एई जे शाला, तमाम आज के बुडबक अड्डाबाज़ नकली रसिकों की बजाय ये उस्ताद और बाइयाँ, और इनकी आवाज़ों की नज़दीकी मुझे अधिक रास आती है। उनको

बस अब एक ही अफ़सोस है कि जाने से पहले इनके ज़माने और संगीत के खज़ाने को जिसे हमारे घर की कई पीढ़ियों ने देखा-जिया, जब सम्भव था अक्षरों में कागज़ पर नहीं उतार पाया।

आता है। एक कौलेज का छोकरा आता है सुबह-शाम अखबार वगैरा बाँच जाता है, ई मेल और डाक का काम देख लेता है। पर उसका भ्रष्ट उच्चारण सुनकर चचा को लगता है कि जो अंग्रेज़ी से हिन्दी करते हुए मशकूर अली का नाम मजबूर अली और बड़ी मोती बाई का मोटी बाई बना दे, उस गधे से डिक्टेशन देकर लिखवाना परम खतरनाक साबित हो सकता है।

मैंने समझाने की कोशिश की कि आप अंग्रेज़ी में जैसा भी लिख देंगे उसको मैं नहीं तो कोई अन्य सही बंदा तजवीज करके पांडुलिपि बना लीजिए। बाद में उसे एडिट कर के छपाया और उसका अन्य भाषा में ठीकठाक अनुवाद भी कराया जा सकता है। आप लिखिए तो।

चचा का जवाब था, क्या लिखूँ? किसके लिए? आज आई पौड और यू ट्यूब ने घर-घर स्वघोषित तानसेन-कानसेन पैदा कर दिए हैं जो अंग्रेज़ी में हिन्दुस्तानी सांगीतिक विरासत पर धुआँधार ब्लॉग और लिंक दिन-रात पोस्ट करते रहते हैं। श्रुतियों की परख, जुनूनी गायकों और आवारगी से बेवक्त तबाह हुई पेशेवर गायिकाओं की ज़िन्दगियों की बाबत उनमें कोई उत्सुकता मैं नहीं पाता। कोई साला पब्लिशर छापे भी, तो किताब का विमोचन शायद एक्सक्लूसिवली भूतप्रेतों के लिए किसी बरमपिशाच से मसान में कराना पड़ेगा।

फिर भी मेरी नेक सलाह है कि विद्या किताब की बाबत चचा से पत्राचार तुरत शुरू कर ही दे। शायद उस जैसी ही किसी कलम के आसरे वे रुके हुए हैं। बाद को उनका मूड नरमाया तो सूचित करूँगा। तब वह जब उचित समझो उनसे मिलने चली जाए। रहने की व्यवस्था अलबत्ता होटेल में ही करानी होगी। क्योंकि अब उस घर पर नौकरों और उनकी संतति का ही राज है।

समय के कगार पर खड़े जाने चचा सरीखे और भी कितने विशाल बरगद दूरदराज़ के शहरों में बचे होंगे, जिनकी छाया में बैठकर भटकते मनों को तनिक बाँधा जा सके। लेकिन हम लोग फेसबुक पर जा-जाकर सात समन्दर और चौदह नदी पार से शाँटुल की तरह एक सुरसा नाम राक्षसी एका वाली जीवनसंगिनी चुन लाते हैं जो देरीदा के फ्रांसीसी औज़ारों से हमारी सात पुश्तों को दिन-रात डिकंस्ट्रक्ट करे। इसके बाद शाँटुल मोशाय की तरह सिवा दवा ले-लेकर रक्तचाप काबू रखने के और क्या रह जाता है करने को भला? आफ्टर सच नौलेज व्हौट फौरगिवनेस? चचा इलियट मरहूम भी लिख गए हैं!

याद है कि कभी सुकुमार चचा और हमारे नन्हें चा ने मिलकर राग अडाना में झपताल की 'जैक एंड जिल', की अनूठी बंदिश बनाई थी और शाँटुल के जन्मदिन पर औरगन पर बोलतान समेत गाते हुए 'एंड जिल केम टंबलिंग आफ्टर' पर तिहाई लेकर कर, हम सब गुणीजनों को आनंदित चमत्कृत कर दिया था।

ते हि नो दिवसाः गताः। दोज़ वेयर द डेज़ माय फ्रेंड...।

तो परम विदुषी बहन विद्याबाई, डगर-डगर उटंग फ्राक पहने झोंटा जैसे बाल फैलाए उसकी चीत्कारसहित, राधा दादा! कहकर गले आ लटकने वाली छवि को यह अकिंचन भूला नहीं है।

तुम्हारे उसके पत्रों का इन्तज़ार रहेगा।

राधाप्रसाद

दिल्ली

प्रिय दादा,

थैंक्स-थैंक्स-थैंक्स!!!

इसे कहते हैं छप्पर फाड़ बरसना! अम्मा होती तो कहती तू तो किस लायक थी, पर यह बृहस्पति की कृपा है जो तेरे लिए ऐसा पूर्णातिपूर्ण और सहज विद्या योग बन गया है।

यह किताब शायद खुद बखुद अपने को लिखा ले जाए। राधा दादा का खत तो अपने में पूरा एक सरस अध्याय बन सकता है। साथ में लगभग उसी समय मुझे आया सुकुमार बाबू का उतना ही पठनीय पत्र मैं तुम्हें और राधा दादा को समवेत अटैच कर रही हूँ।

सबको प्यार
विद्या

सहेला रे

कोलकाता

चि. कल्याणनीयासु विद्या,

खुश रहो। लखनऊ से सालों बाद राधाप्रसाद का पत्र आया तो जानकर सुखद विस्मय हुआ कि यूनिवर्सिटी के आला प्रोफेसर और परितोष सुकुल बाबू की परम लाडली और आज की सुख्यात इंडोलॉजिस्ट विद्या (चौंकना नहीं, नेट की कृपा से यह बूढ़ा अभी भी देश के शीर्ष रिसालों की मार्फत अकादमिक जगत की रेटिंग्स जब-तब करीब से मॉनिटर करता रहता है) हिन्दुस्तानी संगीत और पुरानी गायिकाओं पर लिखना चाहती है। इसके तुरत बाद सीधे तुम्हारी चिट्ठी पाकर और भी प्रसन्नता हुई। जैसा कि तुमको शायद तुम्हारे लक्ष्मीपति भाई संजीव और उसके सैंको पांज़ा तथा मेरे चिरकुट रहे राधाप्रसाद ने बता दिया होगा, लखनऊ और कोलकाता की संगीत महफिलों का यह बूढ़ा शेर अब काफी कुछ नख दंतविहीन हो चुका है। और उसकी उम्र किसी खुर्राट मकानमालिक की तरह कभी जोड़ों की जकड़न तो कभी साँस की कमी की मार्फत 'घोड़े पर जीन धरो बाबा' की नेक सलाह देती रहती है।

खुद मेरा तो आत्मकथा लिखने का खयाल तो कभी का छूट गया। फिर भी पत्र-पत्रिकाओं और टी.वी. पर अक्सर बहुत से गाने-बजाने वालों को अपनी पुरानी यादें ताज़ा करते सुनना भला ही लगता है। एक हूक सी भी कभी उठती है कि काश समय रहते कलम उठाकर संगीत के जलसों की पीढ़ीवार अड्डेबाज़ी से उपजे उन सहस्त्र रसाख्यानों और अपने समय के कलावंतों से हासिल दुर्लभ अनुभवों को कहीं दर्ज करा दिया होता। तुमने सही समय पर दस्तक देकर बूढ़े को उबारा है।

हाल में हमारे ज्येष्ठपुत्र शाँटुल की तीसरी सौभाग्यवती शीबा उर्फ सावित्री ने हमको नेक सलाह दी, कि बाबा अगर आप कम्प्यूटर पर हिन्दी या बंगला में नहीं लिख सकते तो अंग्रेज़ी में ही लिख दीजिए, तर्जुमा करने को भी कोई न कोई मिल ही जाएगा।

वजह यह नहीं कि वह मेरी अंग्रेज़ी का लोहा मानती है, बल्कि यह, कि उसके पति ने उसे बताया था कि जवानी की अन्य गलतियों के साथ उसका बाप लखनऊ, कोलकाता के अंग्रेज़ी अखबारों में भारतीय शास्त्रीय संगीत की अंग्रेज़ी में नियमित समीक्षाएँ लिख चुका है जिससे परिवार से लेकर अकादमिक जगत तक कतिपय अविस्मरणीय विवाद पैदा हुए थे। उसकी पूँजीवादी दृष्टि से किताब भली हो या बुरी, अगर विवाद उपजाने की गारंटी देती है तो प्रकाशक सर आँखों पर लेंगे और फिर तो लेखक की तगड़ी एडवांस रॉयल्टी कहीं नहीं गई।

अब तो खुद माँ-बाप भी बच्चों को हिन्दी या बंगला की बजाय अंग्रेज़ी में लिखने को प्रोत्साहित कर रहे हैं। उसने कहा।

मैंने कहा कि बऊ माँ, रॉयल्टी को तो मारो गोली। इस उम्र में न डॉलर या रुपिया धेला न ओढ़ सकता हूँ न ही बिछा। पर बड़ी बात यह है कि अंग्रेज़ी की मार्फत उस पूरे माहौल से पाठकों का परिचय करवा पाना एक टेढ़ी खीर है। हमारी हिन्दुस्तानी एक रंगबिरंगी ज़िन्दादिल पोशाकी जुबान है। उसे जबरन अंग्रेज़ी का टाई-कोट और हैट पहनाना उसे कार्टून बनाना होगा।

'अय हब! ये तो हद्दू खाँ साहेब की गमक तान है।

अरे वारी जाऊँ, इस अदायगी में तो ऐन मैन पटियाले के फैज़ मुहम्मद की छब है।

वाह! क्या रँगीली फिरत है, जियऽराज्जा!'

गुणीजनों के कंठ से बेसाख्ता निकले इन शाब्दिक उच्छवासों की कोई सही अदायगी साहब लोगों की कलफ़दार अंग्रेज़ी भाषा में करना क्या सम्भव है? नहीं! कम से कम मेरे लिए तो बिलकुल नहीं।

वैसे बज़िद बकवास करते रहना, कोई सुने या नहीं, भी बूढ़ों का धर्म है। रजब अली खाँ साहिब हम सरीखे नए सींग वाले बछड़ों से तब भी कहते थे कि नई उम्र वाले कलावंतों को बूढ़े ब्राह्मणों की बातें और बूढ़े गायकों के गाने ज़रूर सुन लेना चाहिए। जाने कब कौन सा नायाब मोती हाथ लग जाए!

सवर्णों से घोर अलर्जी रखनेवाले युग में पहली बात की सलाह देना तो शायद पोलिटिकली बेहद इनकरेक्ट ही नहीं खतरनाक भी साबित हो, अलबत्ता दूसरा भाग यानी बूढ़े गायकों को सुनना, आज भी जायज़ बनता है। अपने ज़माने के बूढ़े शेरों से ही हमने भी कभी इस किस्म के गुर सीखे थे, कि किस तरह बागेश्री में पंचम लगाकर कभी-कभार उसे गुणीजनों के बीच खंबाज बनाकर पेश कर महफिल लूटी जा सकती है। कब मारू बिहाग में तार का गांधार यूँ खींचकर लगाया जा सकता है कि सुननेवाले चाहकर भी आँसू न रोक सकें, आदि आदि।

इस लम्बी और ऊलजलूल सी तहरीर के बाद भी तुम्हारा मूल उत्साह ठंडा न पड़ा हो, तो निहायत झक्की फितूरियों, मिरासियों और पीर-फकीरों, परमहंस योगियों के संगीत विश्व के लिए आगरे के हमारे एक उस्ताद साहेब ने कभी तोड़ी में बंदिश बनाई थी :

गुणन की लड़ाई लड़िए, सब गुणी मारो तान
बात करत कछु होवत नाहीं, यही गो यही मैदान।

इस मैदान के किस्से बहुत हैं। ईश्वर तुमको लम्बी उम्र और उनकी बाबत लिखने लायक धीरज दे। पर मेरा बुलावा सशर्त है।

एक होमवर्क करने को देता हूँ। चाहो तो इसे प्रवेश परीक्षा यानी एडमिशन

टेस्ट भी मान सकती हो। बी अल्लारखी के पास तुमको भेजने के पीछे मेरी एक कुटिल चाल थी। उनकी मरहूम माताजी यानी अम्माजानी उर्फ हुस्नाबाई की हमउम्र, उनकी मुँहबोली सहेली और बनारस की अन्य मशहूर गायिका हीराबाई और उनकी बेटी अंजलीबाई का रहस्यमय इतिहास जानने की मुझमें सदा से एक गहरी ललक रही है। जितना सुना टुकड़ा-टुकड़ा उड़ती-सी अफ़वाहों में ही सुना है। वो माँ-बेटी, हीराबाई और अंजलीबाई अपने वक्त की भारी गायिकाएँ ही नहीं, बेहद शातिर महफिली शख्सियतें और करोड़ों की हैसियत रखनेवाली सेल्फ़मेड रईस भी थीं। आज की भाषा में कहें तो नौट जस्ट ग्रेट सिंगर्स बट ऑलसो वेरी मार्केट सैवी परफौर्मर्स।

अड्डेबाज़ों के बीच फिरती अफवाहों और चन्द किस्सों के मुताबिक हीराबाई पहाड़ी इलाके की किसी मिरासियों की बिरादरी से निकली थी और उसकी ठसकदार छोकरी अंजलीबाई वहीं जंगलात के किसी अंग्रेज़ अफसर की औलाद थी। अंजलीबाई का जनम जहाँ भी हुआ हो, पर बताया गया कि इलाहाबाद के किसी चर्च में बाद को उसका बपतिस्मा करा के उसका बाकायदा एक ईसाई नाम धराया गया था। और चूँकि तब तक चर्च नाजायज़ औलाद का बपतिस्मा नहीं करता था (आजकल तो सुना वह होमोसेक्सुअल जोड़ों की शादी भी कराने लगा है) वह जायज़ संतान ही रही होगी। बाद को जब उसका बाप यकायक नदी-वदी में डूबकर चल बसा, तो उस ज़माने की गुमनाम 'बीबी' कही जाने वाली कई देसी रखैलों की तरह यह माँ-बेटी भी अचानक साधनहीन होकर दरबदर हो बनारस की दालमंडी आ पहुँचीं। द रेस्ट यानी शेष अंग्रेज़ी में कहें तो, इज़ हिस्टरी!

काफी प्रमाण हैं कि कैसे दालमंडी आने के बाद इस फर्राटेदार अंग्रेज़ी बोलनेवाली पहाड़न की ज़हनियत और रूप पर रीझे उस्तादों की मेहरबानी से उनकी गायकी बहुत जतन से तराशी गई। और किस तरह और बाइयों की जलन और कुचक्रों को धता बताती हुई हीराबाई हर बड़ी महफिल में न्योती जाने वाली टोस्ट ऑफ दि टाउन बन गईं। पर उनके शुरुआती दिनों पर हमेशा पर्दा पड़ा रहा।

इसमें शक नहीं कि हीरा और अंजली बेहद सोफिस्टिकेटेड तवायफें ही नहीं बेहद ज़हीन शख्सियतें भी थीं। हीराबाई तो पढ़ी-लिखी वाग्गेयकार शायरा भी थीं उनकी कुछेक बंदिशें अभी भी गाई जाती हैं। उस ज़माने में जब संगीत और कला के सबसे बड़े संरक्षक राजे-महाराजे और ज़मींदार हुआ करते थे, सिर्फ हीराबाई की महफिलों में ही अपना कलाम सुना पाने और अपने ड्रामों का पाठ कर सकने को उस ज़माने के कलमनवीसों में वैसी ही हुमक-भरी होड़ लगी रहती थी जैसी कि उस्तादों में अपनी नई बंदिशों को पेश करने की।

यह जीनियस औरत थी कौन? कैसे उसे फेमिनिस्टों के युग के अवतरण से इतना पहले ऐसा ज़हनी सोफिस्टिकेशन मिल गया होगा कि जिस समय औरतें या गृहिणी नामक लज्जा-स्तूप या वार-वनिता इन दो ही खाँचों में देखी परखी जाती थीं, वह इतने मर्दाना किले फतह कर गई? दिस वन मिस्ट्री यू मस्ट सौल्व फॉर मी।

शेष जैसा कि कहते हैं वह हिस्टरी है, जिसमें रागदारी संगीत के विकास और पतन के साथ हीरा तनया अंजलीबाई और उनकी समकालीन गायिकाओं के उत्थान-पतन के अनन्त अचंभादायक किस्से शामिल हैं।

पर यह सब मालूमात मैं तुम्हारे साथ हीराबाई के राज़ खुलवाने के उपरान्त ही सप्रमाण शेयर करूँगा। मेरी राय है कि इधर-उधर भटकने की बजाय यदि तुम हीरा और हुस्नाबाई को ही अपनी अलिखित किताब का अरुंधती नक्षत्र या ध्रुवतारा आदि मान कर उनके जीवन और काम की मार्फत हिन्दुस्तानी संगीत की भरी-पूरी और जटिल दुनिया को टटोलोगी, तो कभी न कभी सही छोर खुद-ब-खुद पकड़ में आ जाएगा।

नीत्शे महोदय काफी पहले कह गये कि सभी कलाएँ संगीत की दिव्य स्थिति पाने की लालसा रखती हैं, ऑल आर्ट एस्पायर्स टु द स्टेट ऑफ म्यूज़िक! अपने 'महाभारत' वाले व्यास बब्बा भी कह गए कि जो कुछ संगीत जगत में है वह किसी अन्य कला में नहीं, और जो यहाँ नहीं है, वह कहीं नहीं।

तो हो सके तो पहले तुम हीराबाई के शुरुआती सालों की बाबत सप्रमाण जानकारी हासिल करो जिसका नाम कभी चि. राधाप्रसाद के स्वनामधन्य नन्हें चचा जो हमारे बाप के परम मित्र भी रहे, के दोस्त बच्चूबाबू ने काशी की शीर्ष बाइयों पर रसिकजनों के बीच (जिसमें कुँवर साहिब और तुम्हारे नाना भी शुमार थे) जारी एक पद्यमय फेहरिस्त में भी गूँथा था।

मेरी फर्माइश गम्भीरता से लेना। यह हाहा-ठी-ठी भर नहीं। देयर इज़ अ मैथड इन माय मैडनैस।

कहते हैं मर्त्यलोक के प्राणियों के लिए पूर्व निर्दिष्ठ चौंसठ लाख योनियों में एक अनिवार्य योनि गदहे की होती है। वैशाखनन्दन यानी गदहा यानी एकाध मस्ती-भरी लोट लगाने के बाद भारी से भारी बोझ ढोता हुआ पथ पर अनथक चलने में समर्थ एक निहायत अंडररेटेड जीव।

मेरा दिया शोध का यह दाय तुम अपना एक गधे की योनि में अवतरण भी समझ सकती हो।

हीरा की बेटी अंजलीबाई और उसकी रससिद्ध गायकी पर यह बूढ़ा अपने हमउम्र मित्रों सहित अपनी विलुप्त जवानी में सौ जान से कुर्बान रहा है। हमारी पीढ़ी के लिए एक निपट कैलकुलेटिंग हिमशीतल हृदय और उतने ही देदीप्यमान रूप की समवेत वह मलिका ताउम्र मोनाको रियासत की महारानी ग्रेस कैली सरीखी अबूझ पहेली बनी रही। जब तुम हीराबाई की शुरुआती ज़िन्दगी के ब्योरे और उसमें अंजलीबाई के उस रहस्यमय अतीत की जड़ों को खोजोगी, सौ-सौ जतन से, अनेकानेक कुर्बानियाँ देकर भी संगीत की धरोहर सँभालने वालों की सरपरस्ती कर खुद गुमनामी के उन अँधेरों में पैठोगी, तो मुझे पूरा यकीन है कि उस जुरासिक पार्क की तरह इस खोई हुई दुनिया की सही तस्वीर तुम्हारे और तुम्हारे पाठकों के ज़हन में मुकम्मल होने लगेगी।

उसके बाद ही इस फन के इतिहास की चर्चा सही तरह आगे बढ़ाई जा सकती है।

तुम्हारे भाग्य से इलाहाबाद के चर्च का वर्तमान पास्टर, रेवरेंड माइकेल गोमेज़ मेरे एक पूर्व टी प्लांटर और संगीतप्रेमी मित्र का बेटा है जो स्कूली दिनों में हमारे कनिष्ठ बेटे बाँटुल का जिगरी दोस्त हुआ करता था। दोनों ने मिलकर एक पॉप ग्रुप बनाया था, नाम था, द हैल रेज़र्स! यथा नाम तथा गुण।

खैर, बाद में नेकदिल माइकेल तो अध्यात्म की तरफ झुककर लॉर्ड जीसस की सेवा में तल्लीन हो गया, पर उसके मापूसा ग्राम के गोआ वाले पुश्तैनी मकान में अड्डा डाले बाँटुल महोदय अभी भी गोआ के समुद्र तट पर हैल रेज़िंग कर रहे हैं, इति श्रूयते।

सगे बेटे की बजाय (या शायद उसके कहने से) माइकेल ही जब-तब फोन कर के मेरी कुशल लेता रहता है। सो उसका पता भेज रहा हूँ। शायद उसकी मदद से इस खोज का मार्ग तनिक आसान हो।

तुम लोगों के अचानक और समवेत मिले खत पढ़ते हुए मुझे भी लग रहा है कि क्या जाने? शायद ऊपर वाला मकानमालिक भी चाहता हो कि नाहक जमा बैठा यह किरायेदार जाने से पहले अपने तमाम अच्छे-बुरे की यादें विद्या माई की गोद में डालकर अपनी छाती हल्की कर ले तो इस बूढ़े की हथियाई उसकी कोठी भी कुछ जल्द खाली हो सके।

अपने भाई, बहूरानी तथा बच्चों को सस्नेह शुभाशीष,

सस्नेह
सुकुमार बनर्जी

~३~

दिल्ली

प्रिय दादा द्वय,

सुकुमार चचा का खत मिला और इलाहाबाद के रेवरेंड माइकल को फोन मिलाया।

कुछ देर तक पादरी साहेब खामोश रहे।

फोन थामे-थामे लगने लगा, शायद किसी भी पल रुखाई से कह देंगे, कि यह सब उनका काम नहीं, या कुछ ऐसा ही। उनका यह कहना शायद बेजा होता भी नहीं।

अचानक आवाज़ आई, 'सुन रहा हूँ। क्या आपको इस बाबत में कोई जानकारी है, कि हमारे इस चर्च में तकरीबन किस सन के आसपास इन हीराबाई की बच्ची एंजेलीना उर्फ अंजलीबाई का बपतिस्मा किया गया होगा?'

बताया कि जहाँ तक जानकारी मिल पाई है, अंजली बाई के माँ-बाप की शादी गदर के बाद कुमाऊँ के किसी चर्च में हुई थी। सम्भव है कि उसके पाँचेक बरस के भीतर ही, मोटी तौर से शायद 1860 से 70 के बीच, उनकी बच्ची का जन्म हुआ हो। और उसका विधिवत् बपतिस्मा शायद उन्हीं बरसों के आसपास किसी दिन इलाहाबाद के मेथोडिस्ट एपिस्कोपल चर्च में करवाया गया हो। शायद चर्च के अधिकारियों ने अपनी ज़िम्मेदारी निभाते हुए बपतिस्मे के रजिस्टर समेत पुराने कागज़-पत्तर सँभालकर रखे हों, जिनसे माँ-बाप के नाम और शादी से जुड़े चन्द और ब्योरे भी मिल जाएँगे।

फिर एक लम्बी चुप्पी। लगा कॉल ड्रॉप हो गया।

अचानक आवाज़ आई, 'देखना होगा। आप दो दिन बाद फोन कर लें?'

जो हुकुम!

दो दिन बाद फोन किया तो मोबाइल बन्द था। लैंडलाइन पर किसी सुर्ती गुलगुलाते अनुचर ने पहले पीक गुलगुलाते हुए फिर तनिक रस बाहिर थूकने के बाद बताया कि 'मॉकिल साहब तनी कौनो काम से जो है सो बाहिड़ गए हुए हैं। बताय गए थे कि दिल्ली से फोन आए तो बता दिया जाए कि ऊ बपतिस्मे के कागजात पाय गए हैं। लउट के फून करेंगे खुद्द। फून रोमिंग पर नहीं रखते साहिब।'

उम्मीद बरकरार रही। क्या पता आजकल में माइकल साहब फोन करें। आखिर पादरी झूठ क्योंकर बोलेगा?

दो दिन बाद ही फोन आ भी गया। मैं या तो अगले हफ्ते कभी भी इलाहाबाद आकर वह रजिस्टर देख सकती हूँ। अगर किसी वजह से एकदम अभी नहीं आ सकती तो फिर महीने-भर बाद ही मिलना हो सकेगा, क्योंकि माइकल को किसी काम के सिलसिले में तीनेक हफ्ते को फिर बाहर जाना है।

मेरा दिमाग खराब था? तुरत कहा कि जैसे भी हो अगले हफ्ते ही पहुँचती हूँ।

चुप्पी के बाद आवाज़ आई, 'ठीक है।'

'लेकिन शहर मेरा जाना-पहचाना नहीं है,' मैंने जल्द से जोड़ा। 'ठहरने की व्यवस्था में मदद की ज़रूरत भी होगी।'

उन्हीं ठंडे सुरों ने सलाह दी, पहुँचने पर मैं स्टेशन से रिक्शा लेकर सीधे चर्च को ही रवाना हो जाऊँ। एपिस्कोपल चर्च तक कोई भी रिक्शेवाला पहुँचा देगा। रेवरेंड होने के नाते वे खुद भी चर्च के हाते में बने एक कॉटेज में रहते हैं। पहले वहाँ जाकर हाथ-मुँह धोकर ताज़ादम हो उनके दफ्तर में बैठकर तमाम कागज़ात देखने के बाद काम बन गया तो उसी शाम ट्रेन पकड़कर वापस दिल्ली लौट सकती हूँ।

विनम्रता के बावजूद आशय साफ़ था, काम से रखो काम, बस फिर बड़ी अम्मा सलाम।

शाम तक वापस लौट ही जाऊँ तो बेहतर हो। यहाँ किसे वहाँ डेरा डालना था?

सो बड़ी अम्मा टिकट कटवाने अभी निकल रही हैं। जब तक वह कीमती जानकारी नहीं बटोरती इस तिलिस्म के अगले पहरेदार, सुकुमार चचा के दरबार में प्रवेश निषिद्ध ठहरा। पर रुकना नहीं है। बिना रिज़र्वेशन रात-भर बैठकर भी आना-जाना पड़ा तो भी हर्ज़ नहीं। आखिर स्वाभिमान भी तो कोई चीज़ है?

लौटकर ही तुम लोगों को रिपोर्ट करूँगी। देखें क्या हाथ आता है वहाँ से। आता भी है या नहीं? क्या पता मैं खुद भी हाथ-गोड़ सलामत लेकर वापस आ पाती हूँ कि नहीं पुरबिया सुर्तीभक्षियों के उस उनींदे देश से।

सस्नेह
विद्या

लखनऊ

विद्या रानी,

जियो। काम करने का यही तरीका सही है। तट पर बैठ लहरें गिनने से कुछ होना-हवाना नहीं, बहरहाल तुम्हारे इस रसमय एडवेंचर में हम लोगों को अभी से किसी उपन्यास का स्वाद आने लगा है।

कहे बिना रह नहीं पा रहा कि रेल की खिड़की से सर बाहर न निकालना और किसी अनजाने का दिया कुछ मत खाना।

शुभस्ते संतु पंथानः।

सस्नेह
राधा

बोस्टन

प्रिय विद्या,

गुड वर्क! हम दोनों को खबर देती रहना। इन्तज़ार रहेगा।

दादा

दिल्ली

प्रिय दादा,

आज सुबह ही वापस आई। एक ठसाठस भरे कोलकाता के ब्लैकहोल सरीखे कम्पार्टमेंट में बिना आरक्षण के बैठे-बैठे दिल्ली से इलाहाबाद तक की गई यात्रा का लोमहर्षक ब्योरा देकर तुम लोगों को बेवजह दु:खी नहीं करूँगी। और सच कहूँ

तो आगमन की शुरुआत बहुत उत्साहवर्धक भी नहीं रही। रेलवई स्टेशन से एक खड़खड़िया रिक्शा पकड़ा, जो नाना वजहों से (जिसमें किसी अदृश्य पाइप से बीच सड़क पर भलभलाकर बहते पानी की कीच और दो साँडों की पूरे मुहल्ले की हाय-हाय हें-हें के बीच हो रही एक दर्शनीय लड़ाई भी शामिल थी) करीब सौ बार रुकता-रुकाता आखिर घंटे-भर बाद मुझे माइकल के उस होली ट्रिनिटी चर्च तक पहुँचा ही गया। नायाब रत्न पाना हो, तो बार-बार विशाल गरजते महोदधि में खुद उतरना ही पड़ता है।

मेरी तमाम आशंकाओं के खिलाफ बाँटुल-बंधु युवा पादरी माइकल तो बहुत ही शिष्ट और मितभाषी बंदा, एक उदार मेज़बान और खुद भी अपने दोस्त सुकुमार चचा तनय बाँटुल की तरह पच्छिमी संगीत का भारी शैदाई साबित हुआ। नहाने के लिए गरमागरम पानी, साफ तौलिया और उसके बाद नाश्ते से लेकर बपतिस्मा रजिस्टर के पन्ने की फोटोकॉपी उपलब्ध कराने तक उसने जो अकृतिम शब्दहीन सज्जनता दिखलाई, उससे इस हाहाहूती दिल्ली में अकेले रहते हुए वज्र कठोर बन चुका मेरा दिल शाम को वापस रवाना होने तक मानो मक्खन बन गया।

नहा-धोकर सीधे भागी चर्च की लायब्रेरी की तरफ। उम्मीद से भी साफ-सुथरी और हवादार जगह को देखकर उम्मीद बँधी कि शायद पुराने रेकॉर्ड्स को यहाँ जतन से ही रखा गया होगा। और सचमुच कोई अढ़ाई घंटे की मेहनत के बाद आखिरकार इलाहाबाद मेथोडिस्ट एपिस्कोपल चर्च में बहुत जतन से रखे गए कागज़ात के बीच उन्नीसवीं सदी का वह जीर्ण-शीर्ण रजिस्टर मिल ही गया। दि. 3 फरवरी सन 1860 को चर्च के आफिशियल चैपलेन हेनरी जे स्टीफंस द्वारा, बेबी कैमीलिया एंजेलीना, वल्द एडवर्ड के. हिवेट, (फॉरेस्ट ऑफ़ीसर टु इम्पीरियल डिपार्टमेंट ऑफ फॉरेस्ट, कुमाऊँ एंड तराई एरियाज़, टु हर मैजेस्टीज़ गवर्नमेंट) और बीबी विक्टोरिया मसीह, के बपतिस्मे की जानकारी उसमें बाकायदा दर्ज थी।

कुल मिलाकर इस किताब के लिए सामग्री का संधान अपने शुरुआती क्षणों से ही तमाम मुश्किलों को चामत्कारिक रूप से रफा-दफा कर मुझे बार-बार सुखद अचंभे में डाले दे रहा है।

अब तक मैंने लिखा छपाया चाहे जितना हो, किसी दूसरी किताब पर काम करने में कभी मुझे अपने स्रोतों या पात्रों के साथ इतना उत्कट लगाव भी नहीं महसूस हुआ। डर-सा लग रहा है! क्या इस पुस्तक में मेरी जैसी रुक्ष अकादमिक यह सब समेट भी सकेगी?

नया कुछ लिखने से पहले गहरी हिचकिचाहट में पसीना-पसीना हो जाना तो मेरी पुरानी आदत रही है। पर सच कहती हूँ इस किताब से और इसके तमाम जाने-

अजाने पात्रों की तरफ अजीब-सा लगाव मुझे सोते-जागते पतंग की डोर की तरह खींचे ले जा रहा है। लग रहा है जैसे बगल में बैठकर यह किताब वे ही मुझसे लिखवा रहे हों।

माइकल ने बताया कि गदर से पहले इस सुदूर कुमाऊँ इलाके में भी लन्दन मिशनरी सोसायटी के पादरियों ने धर्म-प्रचार और गिरिजाघर बनाने का काम किया था। बाद में जब तीस साल पहले एशिया सोसायटी ने अपने इस काम का ज़िम्मा मेथॉडिस्ट एपिस्कोपल चर्च को दे दिया तब से यह उस भारतीय मेथॉडिस्ट चर्च में शुमार हो गया, जिसका प्रतिनिधि माइकल है। सो इस तरह उसका रानीखेत के चर्च और उसके पादरी से सीधा नाता काफी अरसे से बना हुआ है।

यह ज़रूर है कि तमाम बिरादराना परिचय के बाद भी रानीखेत जैसे दूरदराज़ के और सम्भवत: बरसों से उपेक्षित उस चर्च में बीत गए युग के पुराने कागज़ात टटोलना काफी दिक्कतयाफ़्ता हो सकता है। पर मेथॉडिस्ट चर्च आज भी अपने चकाचक प्रबन्धन के लिए जाना जाता है, सो क्या पता गहरे पानी पैठ कर खोजा जाए तो अम्माजानी के माँ-बाप की शादी भी किसी पुराने रजिस्टर में कहीं-न-कहीं दर्ज की हुई मिल जाए?

मैंने लगे हाथों रानीखेत चर्च के मौजूदा पादरी, रोजर मसीह का पता और फोन नम्बर भी माइकल से ले लिया है। बातचीत से ज़ाहिर था कि दोनों सहधर्मी ही नहीं, अच्छे दोस्त भी हैं। माइकल ने आश्वासन दिया है कि वे खुद भी रोजर से अनुरोध करेंगे कि बेबी कैमीलिया एंजेलीना, वल्द एडवर्ड के. हिवेट, सन ऑव (फॉरेस्ट ऑफ़ीसर टु इम्पीरियल डिपार्टमेंट ऑफ फॉरेस्ट, कुमाऊँ एंड तराई एरियाज़, टु हर मैजेस्टीज़ गवर्नमेंट) और बच्ची की माँ, बीबी विक्टोरिया मसीह उर्फ़ हीरा बादी के बारे में चर्च के रजिस्टर से लेकर लोकल जानकारों तक से मिल सकने वाले हर तरह के मालूमात हासिल कराने में मेरी मदद करें।

माइकल से बार-बार वादा किया है कि किताब छपने पर उसे तुरत उसके लिए एक हस्ताक्षरित प्रति भेज दी जाएगी। सुकुमार चचा ही नहीं, उनके छोटे कनफटे पुत्र बाँटुल के लिए उसका अकृत्रिम स्नेह बार-बार उसकी बातों से झलकता रहा और उसने कहा कि वह किताब उसके लिए भी एक अनमोल नेमत ही होगी।

वापसी में क्या कष्ट होना था, जबकि मिशन हीराबाई उम्मीद से बढ़कर सकारथ होने से मन रससिक्त चरम समाधि को प्राप्त था।

सन्तों के अनुसार समाधि के बीच कोई जुरा मरन नहीं व्याप सकते।

अगला पड़ाव रानीखेत!

फिर न कहना खबर न मिली।

प्यार
विद्या

दिल्ली
(एडवेंचर नम्बर दो पर निकलते हुए)

प्रिय दादा द्वय,

'काइंडली वेट यू आर इन क्यौ ऽऽ'...

'आपके द्वारा लगाए वोडाफोन का नम्बर अभी व्यस्त है...और इस रूट की सभी लाइनें व्यस्त हैं...' जैसे डायलॉग तकरीबन दर्ज़न-भर बार सुनने के बाद आखिरकार दि रानीखेत मेथॉडिस्ट एपिस्कोपेलियन चर्च के ब्रदर रोजर मसीह से भी मेरी बात हो ही गई। और उसने भी अपने मित्र बिरादर माइकेल का ही सौजन्य दोहराते हुए मुझे अगले हफ्ते या फिर तीन महीने बाद गर्मियों में आने को कहा, क्योंकि अगले पखवाड़े वह भी दो महीने किसी बैठक में भाग लेने को बाहर जा रहा है।

इससे पहले कि यह नायाब सूत्र हाथ से छूटता, सीधे ऑनलाइन टिकट कटवा लिया। वहाँ सर्दी भरपूर होगी, पर मालूम हो कि जाड़े के इस मौसम में रानीखेत एक्सप्रेस में दिल्ली से काठगोदाम तक का टिकट पाने की सम्भावना बेहतर है। यूँ भी यह काम अब गर्मियों तक रोकना नहीं है। शुभस्य शीघ्रम। क्या पता गर्मियों तक वापस आने के बाद ब्रदर रोजर का तबादला किसी दूसरे शहर को हो जाए?

बताया गया है, कि काठगोदाम पहुँचकर रानीखेत के लिए (उनके किसी परिचित) गुसाईं जी की टैक्सी (यह ब्रैंड नेम लगता है) ले लूँ। और खैरना नामक पुल पार करने के बाद उनको एक मिस्ड कॉल मार दूँ। बस वे या तो खुद मुझे बस स्टॉप पर लेने मौजूद होंगे या उनका कोई प्रतिनिधि जो टैक्सी में मेरे साथ बैठकर मुझे चर्च तक पहुँचा देगा जो बस स्टॉप से बस पाँच मिनट की दूरी पर है।

शेष वापसी पर...

प्यार
विद्या

कलकत्ता

प्रिय विद्या,

शाबाश, लेकिन उम्मीद है कि ठंड से बचाव के लिए पूरे कपड़ों सहित ही यात्रा पर निकलोगी। वहाँ से लौटकर बीमार नहीं पड़ना चाहिए। रानीखेत सुरम्य जगह है। मन करता है कि तुम्हारे साथ मैं भी जा सकता। खैर!

अपना खयाल रखना।

सुकुमार

लखनऊ

प्रिय विद्या,

तुम तो हमारी आँखों के आगे एक एलिस इन वंडरलैंड ही बनती जा रही हो। जियो! तुम्हारे ब्योरों की छटपटाती प्रतीक्षा में।

राधा दादा

सोहेला रे

दिल्ली

प्रिय दादा द्वय, चचा,

भगवान सिंह कार्की के 'कार्कीज़ डाइनर कम इंटरनेट कैफे' में बैठकर तुम सबको यह मेल भेजते हुए मुझे वंडरलैंड में कभी वामन तो कभी दैत्याकार बनती चकित भ्रमित एलिस की याद आती है।

एकदम सच कहा। सर्दियों में भी हरे-भरे वनों वाला, पर्यटकविहीन यह खूबसूरत उनींदा शहर एकदम एलिस का वंडरलैंड ही लगता है। धुंध में अधडूबा, छतनार बाँज और देवदारों की हरियाली में कभी दिखता, कभी ओझल होता यहाँ का मौखिक इतिहास कभी सटीक ब्योरा तो कभी अचानक एक दैवी दंतकथा बन जाएगा, नहीं कहा जा सकता।

अब तक इस दूरदराज़ के इलाके में हीरा बादी उर्फ़ विक्टोरिया मसीह, उर्फ हीराबाई, मदर ऑफ़ बेबी एंजेलीना की लन्दन के खिलंदड़े शिकारी रईस से हठात् जंगलों में टकराने, फिर उनके प्रेम और वैवाहिक जीवन की कथा को लेकर पिछली सदी के अद्‌भुत इलाकाई इतिहास की बुनावट और बातून लोकल जानकारों की बोली में कुमाऊँनी हिन्दी, अंग्रेज़ी और उर्दू की मिली-जुली खनक कभी अचंभे में डालती है, तो कभी हँसने पर मजबूर करती है।

स्थानीय स्रोत ठीक यहाँ के मनमौजी नालों की तरह हैं। देखने में ऊपर से शान्त-तरल, पैर डाले तो खींचने को सतह तले अदृश्य जानलेवा भंवर।

टैक्सीचालक से ही बातचीत का सिलसिला शुरू हुआ। उसके लिए मैं एक लाभकारी शहराती टूरिस्ट थी। 'एकदम कर्रेक्ट रेट पर लोकल शॉल या ट्वीड के कपड़े या शहद और चौबटिया बागान के फ्रूट जूस' मुहैया कराने के नाना सुझावों को नेति-नेति कहकर निरस्त कर अपना असली उद्‌देश्य प्रकट किया तो ड्राइवर साहिब की नज़रों में हिकारत मिश्रित शक झिलमिला उठा।

'ठीक है मैडम फिर।' के बाद रियर व्यू शीशे से एक लम्बी, धीरज धरम मित्र अरु नारी, किसम की परख की जाने लगी।

जाने किस तरह किसी मोड़ तक आते-आते मेरे क्रिडेंशियल जब उसके मन में क्लियर हो गए, तो चाय के गर्मजोश न्योते के साथ हमारी बतकही ने रंग पकड़ा। विलंबित ठेके से शुरू हो पाई उस पड़ताल का ही नतीजा है, सड़क किनारे का ब्रॉड-बैंड सेवा युक्त कार्की रेस्टोरेंट का यह पड़ाव जहाँ से यह ई मेल कंपोज़ कर रही हूँ, ताकि सनद रहे। रानीखेत जाकर शेष ब्योरों सहित भेज सकूँगी। यहाँ कनेक्टिविटी एक लोकल भुक्तभोगी के शब्दों में 'तनिक यौशी यौशी' ही है।

***

पु. रानीखेत से

जब तक हमारे लिए खूब दूध और चीनी वाली अदरकी चाय के गिलास लाए गए, आसपास घाम सेंक रहे कई गुणीजन जुट चुके थे और बस हीरा बादी का नाम सुमिरन करते ही रसमय कहानियों की सहस्त्रधाराएँ फूट निकलीं।

कुल मिलाकर उस दुर्लभ एडहॉक अड्डाबाज़ी सेशन से अब तक यह जाना है :

1850 के आसपास गवर्नर जनरल का कुमाऊँ को भेजा पहला अंग्रेज़ साहिब जब यहाँ आया, तब तक यह भूमि और इसके निवासी मेरे जैसे 'देसी' बाहरियों के लिए भी लगभग अनदेखे अनजाने ही थे। अपने बिरादरों के लिए गर्मियाँ बिताने का सुखद ठौर खोजने के लिए 'हिमलयाज़' की तरफ मुक्ख किए अंग्रेज़ बहादुरों का जत्था तपते धूल धक्कड़-भरे मैदानों से दूर इस एक नए स्कॉटलैंड को पाकर अटक रहा। उनके लीडर को ज़िद चढ़ गई रातोंरात ज़बरन हथियाने की और नई बस्तियाँ बसाने की। चतुर साहब लोग साथ में नाव भी लाए थे और मछली मारने के बंसी-काँटे भी।

तब तक इलाके के कुछ गाँव और उनके ताल देवी की स्थली माने जाते थे जहाँ महज़ दर्शन को ही आया जा सकता था, बस्ती बसाने को नहीं। इन पवित्र तालों में तैरना या मछली मारना कतई मना था। पर चतुर गोरा नहीं माना। फुसला-बहलाकर सीधे-सादे इलाके के प्रधान को सैर को ताल में अपनी नाव उतारकर ले गया। जब बीच ताल पहुँचे तो उसको पानी में उलटा टाँगकर उससे इलाके की मिट्टी के मोल पर खरीद पर हामी भरवा ही नहीं ली, बिक्री के राज़ीनामे पर दस्तखत भी करवा लिए।

उसके बाद से यह इलाका अंग्रेज़ों की सैरगाह और शिकारगाह बन गया।

बाहरिए आए तो यहाँ की जवान-जहान सुन्दरियाँ और लड़के लोग कई रहस्यमय अफवाहों से घिरे-घिराए गायब होने लगे। खैर!

काठगोदाम से शहर में घुसने से पहले तलक मैं मैडम से दिदी बन चुकी थी। 'मुझे भुला कहिए मैडम, भुला मने छोटा भाई।'

राह के बाजारों में भुला और मैं कई बार रुके जहाँ चाय-पकौड़ी और भुने भुट्टों के साथ मालूमात दोहन का सिलसिला चलता गया। अमिताभ हेयर कटिंग सैलून, बिष्ट गिफ्ट हाउस, लटवाल च्याँऊ मीन तथा पाण्डे मिष्ठान्न भंडार आदि के मालिकों और गाहकों सहित गुसाईं टैक्सीज़ के चालकों की आभारी हूँ, जिन्होंने पूछे बिन-पूछे, स्थानीय इतिहास की अनेक उपकथाएँ और घुमेरीदार अन्तर्कथाएँ मेरी जानकारी में सहर्ष जोड़ीं।

अन्य जिज्ञासा कि पादरी साहेब का घर किस तरह खोजा जाएगा ? व्यक्त करने पर भुला साहिब ने मुझे काठगोदाम से रानीखेत तक लगातार भरोसा दिलाया कि पादरी साहिब पक्के बन्दोबस्ती हैं, जरूर किसी को लिवाने भेज रखा होगा।

सचमुच हमारे रानीखेत बस अड्डे पर पहुँचने तक कपाल पर तिलक लगाए एक ठिगने से कद का मार्गदर्शक सर पर बुनी हुई रंगारंग कैप और गले के गिर्द मफलर धारे बस अड्डे पर हमको 'रिसीभ' करने हाज़िर था। ड्राइवर ने उस पर निगाह पड़ते ही अचानक एक गगनभेदी सुर में, 'हल्लो दाज्यू हो!' कहते हुए एक झटके से ज्यों ही उसके एकदम पास जाकर गाड़ी रोकी, ठीक उसी वक्त एक विशाल बस खतरनाक करीबी से लगभग गाड़ी को छूती गुज़रने लगी और उस सँकरी सड़क पर उबासी लेते बूढ़ों, विदा देते दोस्तों को मुट्ठीबन्द लाल सलाम करते कालिजिया छोकरों, विस्फारित नयनों वाली ग्राम वधुओं और चिल्लाते बच्चों से ठँसे भीमाकार वाहनों की रेलमपेल से मैं इतनी आतंकित हुई कि 'दाज्यू' का ठीक से अभिवादन भी नहीं कर पाई। बहरहाल जब तक सँभलती, एक सलज्ज अभिवादन के बाद मेरा फुँदनेदार एस्कोर्ट ड्राइवर साहिब की बगल की सीट पर बैठकर गर्मजोशी से उसका हाथ पम्प की तरह फींचने लगा था।

'बढ़िया टाइम में आ पहुँचे डियर! कल हीरालाल साह जी को काठगोदाम से यहाँ आने में करीब चार घंटे लग गए। बता रहे थे कि साले राती घाट इलाके के पास फिर भारी जाम लगा हुआ था। पहले ही पहाड़ गिरता रहता है वहाँ, सुना कल कोई बस-हस नीचे खड्डे में गिर गई थी सुना। चालीसेक...' इतना कहकर उसने हाथ से खलास का इशारा किया। टैक्सी चालक ने च्च च्च जैसी कुछ आवाज़ निकाली, और सर हिलाते हुए गाड़ी स्टार्ट कर दी। कुछ इस आशय की बात सुनते हुए कि ड्राइवर की ज़िंदगानी ठहरी ही ऐसी...

हमारी टैक्सी एक दिल दहलानेवाले झटके के साथ बढ़ चली। एस्कोर्ट साहिब भुला को उसकी अनुपस्थिति में शहर में घटी कुछेक रसमय वारदातें समझाने में मशगूल हुए। राह दोनों की जानी-पहचानी थी सो उस पर कोई चर्चा नहीं हुई।

जनसंकुल बाजार से होते हुए टैक्सी कैंट इलाके की साफ-सुथरी चढ़ाई चढ़ने लगी और एक अन्य झटके के साथ आधे घंटे बाद एक बेहद खूबसूरत चर्च के हाते में घुसकर एक छोटे से बंगलानुमा मकान के आगे रुक गई।

ड्राइवर साहिब और एस्कोर्ट महोदय सस्नेह अपना दाय लेकर रुखसत होते, तब तक पादरी की पोशाक पहने एक शख्स बाहर आ गया। दोनों विनय से दोहरे हुए, नमस्कार रोजर सर!

अहा, तो यह था फादर रोजर मसीह।

'रास्ते में परेशानी तो नहीं हुई?' उसने नरमाई से पूछा। मैंने उनको एक अच्छी टैक्सी और मार्गदर्शक का प्रबन्ध करने को धन्यवाद दिया। वे मेरे संगियों को देखकर कुछ मुस्कुराए से, 'सब अपने ही लोग हैं।'

'अच्छा दिदी फिर मिलेंगे एक अगली टूरिश्ट पाल्टी भी लानी है' कहते मेरे भुला और दाज्यू नामधारी नए भ्राता एक अन्तिम स्नेही नज़र डालकर अगली पाल्टी लाने निकल गए।

यह बंगला ब्रदर रोजर का निवास तो है ही, इसका एक विंग चर्च का अपना गेस्ट हाउस है जहाँ उनके आदेश से मेरा सामान तुरत रखवा दिया गया। गेस्ट हाउस की तरफ जाते हुए पता चला कि हिमालय की घाटी में बसे इलाके में अंग्रेज़ों ने सबसे पहले अल्मोड़ा और रानीखेत में दो चर्च लगभग एक ही समय में बनाए थे। उस समय इस चर्च के संस्थापक पादरी बिशप बडन की अविवाहिता बहन मिसी बडन भी उनके साथ ही रहती थी। मिसी बडन शिक्षाविद् थीं और उन्होंने मिशन चैपल के भीतर दो कमरों में लोकल बच्चों के लिए एक-एक स्कूल भी अनिवार्यतः बनवाया।

गदर के बाद रानीखेत चूँकि अंग्रेज़ों की सेना की बड़ी छावनी बन गया था, गोरों की फौज के लिए यहाँ और भी कई चर्च बने। अधिकतर लोकल बच्चे आज भी इन्हीं मिशन स्कूलों से पढ़कर निकलते हैं। और इनकी अंग्रेज़ छवि की लोकल लोग जितनी भी निंदा करें, अब तो इलाके में सन्त कबीर एकैडमी, दि कूर्म एकेडमी जैसे कई नए स्कूल भी अंग्रेज़ी मीडियम में पढ़ाने की सगर्व घोषणा करते हैं। अलबत्ता चन्द लोकल राजनेताओं की टेढ़ी नज़र मिशनरियों को मिलनेवाली बाहरी इमदाद पर लगी रहती है। वैसे भी अब चर्च जानेवाले लोग यहाँ कम ही हैं सो रफ्ता-रफ्ता कई पुराने गिरजाघर शॉल या ट्वीड बुनने की फैक्टरियों या सेना के गोदामों में तब्दील हो रहे हैं। गई सदी की अधिकतर इमारतें जिनमें अंग्रेज़ों के लिए थियेटर या डांस हॉल चलते थे, अब गिर चुकी हैं। पहले कुछ सालों तक उनमें सिनेमा के पर्दे चले पर अब टी.वी., वीडियो के फ़ज़ल से इस इलाके के सब सिनेमा हॉल बन्द हो गए हैं। बहरहाल इस चर्च में अभी भी नियमित उपासना होती है।

फर्क इतना ही है कि पहले नेटिव्स के लिए सुबह हिन्दुस्तानी में और अंग्रेज़ों के लिए दोपहर में अंग्रेज़ी में अलग-अलग दो प्रार्थना सभाएँ हुआ करती थीं, अब हिन्दोस्तानी में रविवार को सुबह के समय ही होती है।

***

हरे-भरे पेड़ों से घिरा-घिराया शान्त छावनी इलाके का यह चर्च रास्ते-भर टूटे या तोड़े जा रहे पुराने मकानों के आसपास बेसिर-पैर तरीके से बसी संकुल बस्तियों

से कतई अलग गुलाब की लतरों का मुकुट धारे एक नन्दनकानन-सा चमकता है। घुसते ही सबसे पहले हाईड्रेंजिया के नीले फूलों वाली झाड़ियों के बीच हाते की दीवार के एक आले में हाथ में जपमाला लिए मरियम की सौम्यमुखी मारबल की मूर्ति। पास लगी पीतल की पट्टी पढ़ने से मालूम हुआ कि चर्च के तामीर होने के बाद मरियम की यह मूर्ति सेना के ही धर्मप्रवण कमांडर विलियम नौर्टन ने 1885 में अंग्रेज़ सिपाहियों की मदद से नीचे गगास नदी से मँगवाकर लगाए पत्थरों के बीच स्थापित करवाई।

घने पेड़ों के बीच जहाँ धूप शहतीर-सी चमकती थी, घड़ी-घड़ी अदृश्य पर्वती बुलबुलों की अनवरत पी-क्वी-त्विट-त्विट...या मैनाओं की चुर्र-चुर्र रेडियो-रेडियो...हरियाली को घंटी-सा खनखनाती थी। वहाँ खड़े रहते हुए यात्रा की तमाम थकान जाने कब खुद-ब-खुद बिला गई।

हाथ-मुँह धोकर नाश्ता करते और बेहद साफ-सुथरी चर्च लायब्रेरी में रजिस्टरों की ढेरियों को करीनेवार तह से लगाते हुए अल्पभाषी पादरी महोदय से जितनी बातचीत हो पाई है, उससे ज़ाहिर है कि ब्रदर रोजर इस चर्च और इलाके के बारे में अच्छे जानकार हैं। वे चर्च तथा स्थानीय क्लब की लायब्रेरी की पुरानी किताबों और गज़ेटियरों को अकेले बैठे काफी गहराई से पढ़ते-गुनते रहे हैं। खुद उनका परिवार भी पास के ज़िला अल्मोड़ा में धर्मांतरित स्थानीय परिवारों के लिए बसाए गए हीराडुंगरी मुहल्ले में रहता आया है। सोचा बाद को कभी समय हुआ तो वहाँ जाकर उस मुहल्ले पर भी शोध करना चाहिए। तुम कहोगे आए थे हरिभजन को औ' ओटन लगे कपास। क्या किया जाए यह विस्मयकारी कपास है ही इतनी बहुरंगी।

इति।

सबको प्यार
विद्या

रानीखेत

प्रिय दादा,

वापस लौट रही हूँ पर निकलते-निकलते तुम लोगों को स्थानीय टैगोर, कबीर और वाज़िद अली शाह की तिकड़ी से हुई एक जादुई मुलाकात के बारे में लिखने

का लोभ संवरण नहीं कर पा रही।

शाम को ब्रदर रोजर मुझे स्थानीय लायब्रेरी के उन कुछ पुराने और जानकार सदस्यों से मिलवाने ले गए, जिनको उन्होंने बरसों से इलाके के इतिहास के बारे में तरह-तरह की जानकारियाँ जमा करते और आपस में उन पर रोचक चर्चे करते सुना है। उनका कहना था कि वे तनिक झक्की किस्म के बूढ़े हैं। लेकिन अगर मैं चुपचाप निर्विकार भाव से उन लोगों की सनक झेलते हुए अपनी नेकनीयती और गम्भीरता का तसल्लीबख्श सुबूत दे सकी, तो सम्भव है कि वे मुझे मीटिंगोपरान्त हीराबाई के घर-परिवार के बारे में कुछ खासे महत्त्वपूर्ण मालूमात लिख भेजने पर राज़ी किए जा सकें।

शहर में सबको पता है कि रोज शाम को चार से पाँच बजे लायब्रेरी में बैठकर दैनिक खबरों के पारायण के बाद पाँच से छह बजे के बीच ज्ञानियों की यह मित्र बिरादरी, जीव-जगत-जिग्यासा पर 'फ़रदर' गहन बातचीत के लिए लोकल कृष्णा स्वीट शॉप पर चाय पीते हुए पाई जा सकती है। ब्रदर की मार्फत इलाके के विद्वानों की उस बेजोड़ वृहत्त्रयी से मेरा मिलना मेरे अकादमिक जीवन का एक अनन्य यूरेका क्षण साबित हुआ।

इस विद्वत्परिषद् के सदस्य हैं पीतांबर दत्त (रिटायर्ड) हैड मास्टर सा'ब, जन जागरण अखबार के पुराने संवाददाता हिम्मतसिंग 'निर्भय' और इलाके की कई दुकानों-कोठियों के मालिक और लोकसंगीत के रसिक जानकार और निर्लिप्त संग्रहकर्ता लाला परमलाल शाह जी।

पीतांबर दत्त जी दुर्बल काया और लम्बी काठी के जीव हैं। पक्का रंग, तीखी गरुड़ की चंचु की तरह तनिक झुकी तीखी नाक के अगल-बगल कोटरग्रस्त लेकिन चमकदार आँखें, धँसे हुए गाल और खरखराती अधिकारसम्पन्न आवाज़ जो जाने कितने छात्रों को तराश-तराश कर ज्ञानी बना चुकी हो। 'आने कि' उनका तकिया कलाम है। रिटायर हुए दसेक साल बीत चुके पर अभी भी 'फॉर हैल्थ रीजंस' हर सुबह ठीक साढ़े सात मील घूमने जाते हैं। पैंट-कोट पहनते हैं और कभी-कभार सर पर तनिक तिरछी फ्रेंच कैप। घड़ी के बेहद पाबन्द और वर्तमान शिक्षा प्रणाली के घनघोर निंदक हैं।

'मेनली प्राइमरी शिक्षा, आनेकि स्कूली शिक्षा', उन्होंने मुझसे कहा, 'इस पिछड़े इलाके में समाजशास्त्रियों की भाषा में कहें तो गिभ्स भैल्यू ओरियेंटेशन टु लाइफ़, समझीं?'

उनको बहुत दुःख होता है कुकुरमुत्तों की तरह उग रहे कोचिंग इंस्टीट्यूटों की बाबत सुनकर। अपनी प्रिंसिपली के दौरान उन्होंने स्कूल परिसर में कुंजी तक नहीं लाने दी थी।

उनसे उम्र में कुछ ही कनिष्ठ और अपने शहर में बरसों तक हॉकी के फॉरवर्ड और फुटबॉल के गोलकीपर रह चुके ठाकुर हिम्मतसिंग जी उनसे पूरी तरह सहमत हैं जो खुद मँझोले कद के, तेज़-तेज़ चलने और तनिक रुक-रुककर बोलने वाले लोकल पत्रकार हैं। बरसों मैदानी इलाके के एक बड़े हिन्दी अखबार के अंशकालीन संवाददाता रहे, पान के शौकीन, रुझान से वामपंथी और ज़ुबान के तेज़ माने जाते हैं। पिछले साल पेड न्यूज़ मसला उछलने के बाद अपने अखबार की गैर धंधई होती जा रही नीतियों के विरोध में एक जनसभा में मालिकान के खिलाफ चन्द कहनी-अनकहनी बातें कहने के आरोप में वे कार्यमुक्त हो (या कर दिए) गए। इन दिनों वे कूर्माचल का एक वृहत्तर सांस्कृतिक इतिहास लिखने की योजना बना रहे हैं जिसे पूरा कर पाने की उनकी क्षमता को लेकर उनके मित्रों में गहरा संदेह है। फिर भी उनकी निर्भीकता और हॉकी-स्टिक की तरह भाषा की मार्फ़त खबरों से खेल सकने की क्षमता के सभी कायल हैं।

***

इन दोनों विद्वानों के विपरीत तीसरे मित्र लाला परमलाल जी एक निष्फिकरे, अन्तर्द्वंद्वविहीन और हँसमुख जीव हैं। गोरी गुलाबी रंगत लिए गोलमटोल चिकना आनन्दी चेहरा, एकदम रामलीला में जनक लली बनने लायक, शायद बनते भी रहे हों। मँझोले कद पर उभरी खानदानी तोंद और मुँह में पान का खुशबूदार बीड़ा। अट्टहास करते हैं तो तनिक मंगोल टच लिए उनकी तिरछी आँखें मुँद-मुँद जाती हैं, दामी महीन कताई के पशमीने के कुर्ते तले तोंद थिरकती है, और सुगन्धित पीक के फव्वारे छूट पड़ते हैं। छोटे-छोटे गदबदे दाहिने हाथ की कनिष्ठा उँगली में बड़ी-सी पन्ने की अँगूठी थी और बाएँ हाथ की तर्जनी में चारेक रत्ती के पुराने पुखराज की। शौकीन बहुपाठी बहुश्रुत किस्म के आदमी हैं। दुधारू पशुओं से लेकर घोड़ों तक की परख कर सकते हैं और संगीत के अलावा लोकल व्यंजनों और कस्तूरी के प्रामाणिक संकलनकर्ता और जानकार करके भी जाने जाते हैं।

'डो ही शौक हैं हमको विद्या जी', पान गुलगुलाते मुझसे बोले, 'उम्दा खाना और उम्दा गाना!'

इस पर तुरत उनके मित्र हिम्मत दा ने कुछ इस आशय की टिप्पणी की जिसके बाप-दादे इतना छोड़ गए हों कि नोन, तेल, लकड़ी के उपार्जन को देह या दिमाग को अधिक नहीं पदाना पड़े तो ऐसा आदमी खाने गाने जैसे क्या नाम बूर्ज़ुआ शौक पाल बैठे तो इसमें कुछ नया जैसा जो क्या ठहरा?

मित्र की टीप पर परमलाल जी ने एक भारी ठहाका लगाया। संगीत-साहित्य-कला विहीन इन साले पुच्छविषाणहीन कौमरेडों को तो मानव-जीवन सुखद बनाने वाली हर चीज़ से जने क्यों बैर जैसा होने वाला ठहरा। तभी डियर, इस बार चुनावों में तुम्हारी पालटी देवभूमि केरल ही नहीं, कलाभूमि बंगाल से भी सदा को गोल हो रही।

हिम्मतसिंग 'निर्भय' इस कुटिल आक्षेप पर कुछ देर वीतराग भाव से छत देखा किए जैसे वहाँ कोई गुप्त कैमरा लगा हो। फिर बोले कि पूँजीवादी धड़े के आधारस्तंभ रहे आए वणिकों के लिए अपनी अल्पबुद्धि से मार्क्स का गहन दर्शन समझ पाना उतना ही दुष्कर है जितना कालिदास के शब्दों में छोटी-सी उडुप नैय्या से दुस्तर सागर पार कर पाना। क्या?

***

बहरहाल अपने शहर में लखनऊ विश्वविद्यालय से स्नातक डिग्री हासिल कर आए परमलाल जी स्थानीय समाज में शास्त्रीय संगीत के पक्के गाने के आचार्य सर्वमान्य हैं। लखनऊ से बनारस, पटना तक के कई नामी पक्का गाना गाने वालों का नामोल्लेख वे सहज मित्र भाव से करते हैं। पता चला कि हमारी तरह वे भी अपनी यूनिवर्सिटी के दिनों में सुकुमार चाचा को जानते रहे हैं।

'फितरतन अड्डेबाज ठहरे हम भी। उनके बाप विश्वविद्यालय के बड़े जाने माने प्रोफेसर हुए अंग्रेज़ी के। संगीत के भारी जानकार भी हुए। बेटे को उन्हीं से विरासत में यह खानदानी रुतबा और ज्ञान मिला ठहरा। हम हुए जूनियर, सीधे पहाड़ से आए भुच्च देहाती टाईप छात्र। सुकुमार दा से डरनेवाले हुए। फितूरी रहीस आदमी, जाने कब पकड़ बुलवाएँ और कहें लगा साले फर्शी सलाम! पर यह उनकी शागिर्दी का ही प्रताप है कि शहर का सबसे सुरीला पेटीबाजा (सुकुमार दा की मार्फत कलकत्ते की पकड़ाशी कम्पनी से ऑर्डर देकर मँगवाया हुआ) और पुराने रिकार्डों का एक दुर्लभ खज़ाना आज भी हमारे पास है।'

'जिसे हमारे दाज्यू होली या किसी बड़े जलसे के लिए बहुत अनुग्रह के साथ ही किसी दूसरे को छूने देते हैं,' किसी पुराने हिसाब को बराबर करते हुए कॉमरेड हिम्मतसिंग जी ने जोड़ा।

अब तक तीनों बुज़ुर्गवार अपनी-अपनी तरह के स्थानीय विश्वकोश प्रमाणित हो ही चुके थे। सो अगले दिन मिलने का वादा कर हम प्रसन्न मुख से रुखसत हुए।

अगले दिन चाय पीते-पीते मेरा जो समवेत इंटरव्यू लिया गया, वह शायद किसी बड़े विश्वविद्यालय के इंटरव्यू बोर्ड के लिए भी मानक बने। करीब पौने तीन

घंटे तक हुई बातचीत के दौरान तीनों विशेषज्ञों ने खुद भी मेरी शिक्षा, मेरे परिवार और मेरे काम के बारे में असाधारण जिज्ञासा और जानकारी का प्रदर्शन कर मुझे अपना पक्का ताबेदार बना लिया है।

बहुत गर्मजोशी के साथ मुझे विदा करते हुए तीनों ने अपने पते और मोबाइल नम्बर मुझे दिए हैं, और मेरे सम्पर्क की जानकारियाँ जेब में रखते हुए यह वादा भी किया है कि वे इस नेक काम को योग्यतानुसार आपस में विभाजित कर-कर के समवेत रूप से इस बाबत लोकल, भौगोलिक और सांगीतिक जो जानकारियाँ मिलीं, फौरन से पेश्तर मुझे उपलब्ध करावेंगे।

अब मैं वापस दिल्ली के लिए निकल रही हूँ।

शेष फिर।

प्यार सहित
विद्या

~४~

दिल्ली

प्रिय दादा द्वय,

रानीखेत की विद्वत्परिषद के खतों की छटपटाती प्रतीक्षा थी। और आज एक महीने के भीतर साफ-सुथरे और मेहनत से जुटाए ब्योरों के साथ उन तीनों के पत्र आ पहुँचे हैं। जितनी जानकारियाँ अब तक मिल चुकी हैं, उनको लेकर सुकुमार चाचा के दरबार में प्रवेश का जोखिम भी शायद उठाया जा सकता है।

तीनों खतों की कापी पेस्टेड है।

तुम लोगों की राय?

प्यार
विद्या

रानीखेत

परम आदरणीयासु विद्या दीदी के चरणनतल,
ठा. हिम्मतसिंग 'निर्भय' का सादर नमस्कार।

मुझे आशा ही नहीं, इस बात का पक्का भरोसा है, कि हम तीनों मित्रों में से मेरी चिट्ठी तथा जानकारी ही आप तक सबसे पहले पहुँचेगी। कारण यह, कि यद्यपि हम तीनों ने इस योजना पर काम करना एक साथ ही शुरू किया था, किन्तु हमारे परम आदरणीय पद्दा हैडमास्टर साहेब अपनी पुरानी आदतानुसार पहले घंटों तक हर स्रोत से मिले हर ब्योरे का शुरू से अन्त तक पारायण करने ही वाले ठहरे। और फिर कुछेक दिनों तक उसके उचित प्रस्तुतीकरण पर विचार जुगाली करने के बाद ही अपनी कलम उठाकर पत्र लिखने बैठेंगे। उस समय शायद वे पाएँगे कि कभी पुराने

प्रान्त के माननीय मुख्यमंत्री जी द्वारा उनको उपहार में दी गई उनकी कलम, जिसे वे प्रेम से 'निर्झरझरिणी' कहते हैं, उनका पोता या कोई अन्य परिजन उठा ले गया है। इस बिन्दु पर आकर, जैसा कि पहले भी अनेक बार हो चुका है, क्रोधविह्वल होने से उनका ब्लड प्रेशर बढ़ जाएगा और समझिए फिर उस दिन का लेखन स्थगित। टेंशन से उनका पुराना बायगोला भी जाग गया, या कि किसी दाढ़ में दर्द शुरू हो गया तब तो बात फिर हफ्तों तक टल सकती है करके ऐसा सब लोग जानने ही वाले हुए।

पर फिर भी जब लिखा, तो पद्दा का हर वाक्य ब्रह्मा के लेख की तरह उनके द्वारा उठाए विषय के साथ तटस्थता सहित पूरा-पूरा न्याय करेगा, इसका आश्वासन पक्का ठहरा। इसीलिए हमारे पद्दा को लोगबाग हँसी-हँसी में पोप कहने वाले हुए यहाँ वाले। न खाता न बही, जो पद्दा पोप कहें वो सही, करके एक कहावत जैसी भी मशहूर ठहरी उनके मुलाकातियों के बीच।

उनके विपरीत हमारे दूसरे कामरेड लाला परमलाल हुए 'नारि मुई गृहसंपति नाशी' टाइप के वीतराग संन्यासी टाइप। पर जैसा कि इधर की साइड में कहते हैं, कि 'कटते-कटते उग जाता है वन, बहता पानी भले थम जाए पर थमता नहीं मनुख मन!' यह कहावत जैसे लाला परमलाल जी के ही लिए बनी ठहरी। इस उमर में भी अचांचक उनके दिल में कुछ खास किसम के लोकसंगीत को सुनने की लहक उठ गई तो अचानक अपना पिट्ठू और एप्पल का आई-फोन उठाकर दूर दिशा को चल देंगे। न ये कि कब लौटेंगे, न ये कि किस टाइम? बाद को भी पूछो तो चुप्प! जब तक उनकी घरवाली जिन्दा रहीं, उनकी ऐसी तमाम झक्की आदतों पर झींकतीं रहीं। मेरी घरवाली से वह कहनेवाली ठहरीं कि हमारी मुन्नी के बाबूजी कभी-कभी हारमोनिया पर बैठ के आऽऽ आऽऽ शुरू करैं हैं, तो लौटैं ही ना हैं। खाना रखा-रखा ठंडा जावे तो उनकी बला से।

सुना एक बार तो चैत के दिनों में शगुनिया रितुरैणा के गीत गाती द्वार-द्वार जा रही किसी बादी पतुरिया के (जिसे आजकल लोक-गायिका कहना हुआ) रस-भरे गाने पर हमारे यार ऐसा रीझे कि टेपरिकौर्डर लिए साथ-साथ सीधे उसके डेरे तलक चले गए, और फिर दो-तीन हफ्ते बाद ही पलटे।

इन्हीं आदतों के कारण उनके लिए यहाँ के लोग-बाग भी कहते हैं कि हारमोनियम या दरी वगैरा देने से लेकर होली की बैठक में आगमनी तक के लिए परमलाल ज्यू की भागीदारी पहले से तय करा सकना, बाघ मारे बिना बाघंबर पर पलथी लगाने की मूरख कल्पना करने जैसा हुआ।

आपको आगाह करना हमारा कर्तव्य था सो किया, अलबत्ता एज़ प्रोफेशनल ह्यूमनबीइंग्स, हमारे दोनों भाई ठहरे निखालिस चौबीस कैरेट का सोना। जो भी

जानकारियाँ यह दोनों बन्धुजन आपको अन्ततः देंगे, खरी से खरी ही होंगी यह भरोसा रखें हंड्रेड परसेंट!

अब मैं अपने हेतु विचारोपरांत निर्दिष्ट विषयवस्तु पर आता हूँ।

हमारे लोककवि गुमानी ने अल्मोड़ा के विषय में लिखा था कि, 'अंग्रेज़ों ने अल्मोड़े का नक्शा औरै और करा'। कवि की बात गदर के बाद के इस पूरे मध्यहिमालयीन क्षेत्र पर भी लागू होनेवाली हुई। जब ऐतिहासिक तौर से एडवर्ड हिवेट साहेब नाम के एक अंग्रेज़ जंगलात अफ़सर और स्थानीय बादी गायक जनजाति की दो कन्याओं की यह दुर्लभ प्रेम कहानी शुरू होती है। पृष्ठभूमि बना इलाके में अंग्रेज़ों का लागू किया जल जंगल ज़मीन का नया सरकारी बन्दोबस्त।

यह सही है कि मैदान जैसी मारकाट यहाँ गदर के दौरान नहीं हुई, पर गदर के दौरान इलाके में शान्ति बनी रहने की बड़ी वजह उस बखत यहाँ के कमिश्नर रामजे साहिब थे। बहरहाल सरकारी दस्तावेजों और परिवार की वृद्धाओं से मुझे मिली जानकारी के अनुसार यहाँ उस जमाने की हवा को समझाने के वास्ते बस एक घटना को मेंसन करना चाहता हूँ। उस समय नैनीताल के एक जाने-माने रहीस व्योपारी अंग्रेज़ों के एक अवैतनिक खजांची थे जिन्होंने लुट-पिट कर आए अंग्रेजों को खर्चेपानी के लिए जरूरी कर्ज़े से लेकर रहने को ठौर और राशन पानी सब हासिल कराया। रामजे साहिब की फुल्ल कृपा से उन्होंने अंग्रेज़ से तमाम किसम के ठेका-ए-जंगलात के साथ रायसाहबी की पदवी भी पाई और उनकी पीढ़ियों ने भरपूर ठाठ किया।

उनके विपरीत एक पोस्टमास्टर अमीन खाँ हरदिलअज़ीज़ और बेहद ईमानदार आदमी हुए। जंगल, शेर, भालू और खराब सड़कों के बावजूद कर्मठ इतने कि मजाल क्या कि लोगों को जरूरी चिट्ठी-पत्री समय पर न डिलीवर हो? पर रामजे साहिब गदर के बाद से भाबर के रुहेलखंडी मुसलमानों से कुछ नाखुश ठहरे। उनने अमीन खाँ पोस्टमास्टर पर तराई के विद्रोहियों की चिट्ठियाँ छुपाने और उनको यहाँ की खबरें चोरी-छिपे देने का बेसिरपैर का इल्जाम लगवाकर बिना सुबूत आनन-फानन में उनको बरखास्त कर दिया। पद्दा ने अपनी ताई जी से सुना था, कि अमीन खाँ पोस्टमास्टर सैप की नौकरी बचाने को इलाके के लोग शहर कलकत्ता तक भागे गए और वहाँ से पोस्टमास्टर जनरल से रामजे साहिब के लिए लाट साहब की तरफ से एक सिफारिशी चिट्ठी लेकर आए। पर रामजे साहिब ने यह कहकर दरख्वास्त नामंजूर करा दी कि गदर में ज्यादेतर मुसलमान अंग्रेज़ों के शत्रु प्रमाणित हुए हैं। बख्शे जाने के बाद यह मिठबोला पोस्टमास्टर लोकल लोगों को कहीं फिर न भड़का दे, करके।

तब अंग्रेज़ कमिश्नर इलाके का राजाधिराज हुआ, उसके हुकुम के खिलाफ

यहाँ कलकत्ता के हाकिमों की भी नहीं चलनेवाली हुई। फिर रामजे साहिब तो बड़े खानदानी और हेनरी लेक्सिंगटन नाम के कमिश्नर साहिब के दामाद हुए। किंग ऑफ कुमाऊँ कहलाते थे। खुद को कानून का बाप समझनेवाले हुए। कहते हैं कि गदर के बाद उन्होंने गुस्से में किसी वकील की किताब के, जो उनकी अदालत में बगावतियों के इनसानी हकूक को लेकर कानूनी जिरह कर रहा था, पन्ने के पन्ने फाड़ दिए। कहा, कानून यहाँ वही चलेगा जो मैं चलाऊँगा। सो जनता की अनसुनी करते हुए हमारे अमीन खाँ नौकरी से हटा दिए गए और अपने घर जिला नजीबाबाद को रुखसत हुए। उनका क्या हुआ किसी को नहीं मालूम। लेकिन जबरदस्त का ठेंगा सर पर रहनेवाला ठहरा। जो खूँखार कैदी जेल से छूटकर गदर के बगावतियों को वापस भाबर पार खदेड़ने में पुलिस के मददगार बने थे, उनको जेल वापसी की बजाय पुलिस की वर्दी बख्श दी गई।

कहाँ की सुनवाई? किसकी सुनवाई?

बड़े दम्भ से जो हमारे बाप की पीढ़ीवाले कुछ लोग कहते थे कि आज़ादी के बाद के सुराज से तो अंग्रेज़ का ही राज ठीक था, उनसे हमारे एक कामरेड और पद्दा के कज़िन हीराबल्लभ ने भरी सभा में कहा, 'सालो एक तो गू खाया, तिस पर फख्र करते हो?'

बड़ी हाय-हाय मची, पर घर की औरतों ने तक कहा, खापड़ी (मुख) का खराब हो भले लड़का, पर उसकी बात गलत जो क्या थी?

खुर्राट काबिल अफसर ठहरे रामजे। अवध के मैदानों से जैसे ही कम्पनी सरकार के खिलाफ रियाया और फौज के बगावतियों, अवध की बेगम और दिल्ली के बादशाह के बीच गठजोड़ की खबर आई, इलाके में तुरत कठोर मार्शल लॉ लगा दिया। अब अफसर बहादुर के रसूख से कहो या कि उसके संगीन वाली बन्दूक धारे सिपाहियों के डर से, बागी भाबर से यहाँ आकर मार-काट नहीं मचा सके। लोकली जिसने तनिक चूँ-चपड़ की, उसे बिना मुकदमा चलाए सीधे फाँसी पर लटका दिया गया (आपकी सूचनार्थ यह बता दूँ कि एक ऐसी जगह, फाँसी गधेरा नाम से अभी भी जिला नैनीताल में मौजूद है)।

गढ़वाल का खून ज्यादे गरम ठहरा। वहाँ के कुछ बगावतियों को चानमारी से मारा भी गया। चानमारी समझती हैं? शूट एट साइट हुकुम के तहत बगावती को देखते ही गोली मार देना। कुल कितने पहाड़ी लोग मारे गए इस दौरान, यह तो आज बताना नामुमकिन है। न अखबार हुए उन दिनों, न घट घटव्यापी टी.वी. मौजूद ठहरा उस बखत। अलबत्ता यह तय है कि पहाड़ों की बजाय नीचे तराई भाबर के इलाके में जंगलों में घुसे बगावतियों की खूब ही मार-काट हुई।

समय को भाँपकर रामजे साहिब ने बड़ी महीन रणनीति रची थी। मार्शल लॉ के बाद सोचा कि अगर्चे नीचे मैदानी इलाकों में मुठभेड़ों में अंग्रेज़ों की कड़ी मार से कुचले गए बगावती रजवाड़ों और उनके लुटेरे सैनिकों को पकड़कर पेड़ों से लटकाने की बाबत यहाँ खबरें फैला दी गईं, तो यहाँ अंग्रेज़ों की मुखालफत को तैयार अधिकतर लोग ठंडे पड़ जाएँगे। साथ ही स्वामिभक्त रियाया के लिए कुछ इनाम-अकराम की घोषणा भी करा दी। नतीजा उनकी उम्मीद के अनुसार क्यों नहीं होता?

रामजे साहिब का इलाके में सोलवाँ बरस था और वह अब तलक यहाँ के लोगों की नस-नस ही नहीं, इस इलाके के चप्पे-चप्पे को भी भाँप चुका था। उसने जब कालाढुंगी की राह से आ रही बगावती टोली से लड़ने को इलाके की जेलों में बन्द शातिर खूनी बदमाश छोड़े तो उनको भरोसा दिया कि वे विद्रोहियों को खदेड़ने में यदि सरकार बहादुर की मदद करेंगे तो बाद में उनको जेल से छोड़कर पुलिस में भर्ती कर लिया जाएगा। वर्दी पहनने के उपरांत बदमाशों का असली रूप तो आगे रियाया को लूटने वाले सिपाहियों के रूप में उजागर हुआ। उससे भारी बददिली भी फैली। पर यह विस्तार से बताना अभी विषयांतर हो जाएगा। अस्तु।

लोकल रजवाड़ों में से (दिल्ली के बादशाह ज़फ़र और लखनऊ की बेगम हज़रतमहल के विपरीत) नवाब रामपुर वफादार बनकर अंग्रेज़ों की तरफ हो गए थे। फिर भी दिल्ली, लखनऊ के भरोसेमन्द समझे गए ताल्लुकेदारों की खुली बगावत से साहिब लोगों का मुसलमानों पर भरोसा काफी हिल ही जैसा गया था। उनके भेदियों ने रामजे साहिब तक यह भी खबर पहुँचा रखी थी, कि दो लोकल मुसलमान नेताओं, काले खाँ और फज़लहक के साथ कोई चारेक हज़ार बगावती रियाया चार तोप लेकर बरास्ते बहेड़ी के जंगलात इधर आने की ताक में है। यह गुप्त सन्देश पाकर बकरीद के आसपास तराई और मेरठ, बरेली, मुरादाबाद और रामपुर से अनेक गोरे साहिब लोगों को अपनी मेमों और बच्चों सहित यहाँ पहाड़ों को भाग आने की सलाह दी गई।

बुज़ुर्गों से सुना है कि उसके बाद एक के बाद एक इतने अंग्रेज़ लोग भर गए नैनीताल शहर में, जितनी यहाँ जगह-ठौर भी नहीं थी। होटल- फोटल तब नहीं ठहरे। न बिजली और नल का पानी। जान बचाकर रातोंरात भागे परम प्रतापी साहेब लोगों के परिवारों की हालत और तादाद बड़ी दयनीय हुई। पर रामजे निकला अपनी कौम की रक्षा के प्रति अखंड रूप से तत्पर। अपने लोगों को बचाने के लिए पानी से भी पतला होने का हुनर हुआ अंग्रेज़ अफसरों के पास।

ईस्ट इंडिया कम्पनी हटने और मलिका का राज कायम होने से यहाँ फिर नए सिरे से राजकाज शुरू हुआ। पर अंग्रेज़ हुए कम्पनी के लोग भी, अंग्रेज़ ही हुए मलिका के अफसरान भी। कहने को हुआ कि मलिका ने अधिकतर बगावतियों को

माफी दे दी है और अब जल जंगल जमीन के मामलों में सबका साथ सबका विकास ही नए ब्रिटिश हुक्मरान का धर्म होगा। पर उसका क्या? 'मैं और मेरा'—वाद उनके लिए भी सर्वोपरि हुए। हम ही कुकुर-बिलाव जैसे लड़ते रहे।

सुनते हैं कि जब लाट मेयो साहिब इलाके के दौरे पर आए तो इलाकाई बन्दोबस्त से वह इतने खुश हुए कि उस भिज़िट के बाद रामजे साहिब तरक्की पाकर 1884 तक राज करते रहे। उनके जंगलात के प्रबन्धन और हिवेट साहिब के जंगल में मंगल वाले राज की बाबत आपको हमारे आदरणीय हैडमास्टर साहिब विस्तार से लिखेंगे। अस्तु।

पहले तराई के जंगलों की बारी आई जहाँ पहली बार अब तक लोकल राजाओं द्वारा भी देवसम्पत्ति माने गए वनों पर बरतानिया की महारानी का कायदा-कानून लागू हुआ। इस नई व्यवस्था से यवनिका उठने पर नाटक में हीराबाई के पहले पति और हमारे कथानायक, एडवर्ड के. हिवेट, फॉरेस्ट ऑफ़ीसर टु इंपीरियल डिपार्टमेंट ऑफ फॉरेस्ट फॉर कुमाऊँ एंड तराई एरियाज़ टु हर मैजेस्टीज़ गवर्नमेंट बनकर पधारे। कथानायिका हीरा यानी बीबी विक्टोरिया मसीह से इलाका मुआयने के दौरान उनके मिलन की भूमिका इस तनिक लम्बे सन्दर्भ बिना नहीं समझी जा सकती, यह मेरी अकुंठ राय है। इसलिए इतना लम्बा-चौड़ा ऐतिहासिक ताना-बाना पेश किया है।

मेरी तरफ के इस विनम्र योगदान के ब्योरों की बाबत कोई भी जानकारी आवश्यक हो तो अवश्य सूचित करें। जैसा कि गाँव में कहते हैं, कि 'बाघ की खाई बकरी का रकत अभी है ही, दो आँखर चाहे तो बोल दे बखत है ही।'

सादर आपका शुभेच्छु
हिम्मत सिंग 'निर्भय'

रानीखेत

स्वस्ति श्री सर्वोपमा योग्य विद्या देवी को सप्रेम नमस्कार

अत्र कुशलं च तत्रास्तु। हिम्मतसिंह ने बताया कि वह अपना वृत्तांत आपको भेज चुका है। हम लोगों को यही उम्मीद भी थी। कारण यह, कि हमारे हिम्मत भाई पुराने पत्रकार होने के नाते चटपट खबर पकड़कर उसे स्टोरी बना तुरत सटासट

गंतव्य तक भेजने में हम लोगों से कहीं अधिक प्रवीण हैं। वैसे मेरी निजी राय है कि आज के पत्रकार वर्ग में व्याप्त अत्यधिक त्वरा से कई बार उनकी कलम से स्टोरी की आत्मा के साथ न्याय नहीं हो पाता और गहरे विषय की छिछली सतह ही पाठकों के हाथ लगती है। फिर भी यह निःसंशय कहा जा सकता है कि अपना नाम सार्थक करने वाले हमारे हिम्मत भाई एक निडर, ईमानदार और बेहद मेहनती पत्रकार हैं। इसीलिए परमलाल और मैंने उनको 1857 के गदर की पृष्ठभूमि में कुमाऊँ गढ़वाल इलाके की स्थिति पर प्रकाश डालने का काम सौंपा था।

हमको उम्मीद ही नहीं पूरा विश्वास था कि जब तक हम लोग आप तक इस कथा की नायिका हीराबाई उर्फ़ विक्टोरिया तथा उसके पति एडवर्ड हिवेट के इस इलाके में बिताए बड़े ही रोचक और असाधारण जीवन के जटिल ब्योरे निकाल और व्यवस्थित बनाकर भेजेंगे, हिम्मतसिंह के पत्र की मार्फ़त आपको मोटामोटी इलाके के गदरकालीन माहौल का परिचय मिल चुका होगा।

अब मैं आपको मूल पात्रों के अलावे 1857 के गदर के बाद अंग्रेज़ों के द्वारा किए इलाके के उस प्रशासकीय बन्दोबस्त की बाबत एक साथ लिखता हूँ, जिसके तहत हीरा उर्फ़ विक्टोरिया और उसकी बेटी बेबी कैमीलिया एंजेलीना उर्फ़ श्यामाबाई के पिता, एडवर्ड के. हिवेट साहिब, फॉरेस्ट ऑफ़ीसर टु इंपीरियल डिपार्टमेंट ऑफ फॉरेस्ट, कुमाऊँ एंड तराई एरियाज़, टु हर मैजेस्टीज़ गवर्नमेंट, जैसे पात्रों का चरित्र गढ़ा गया।

जंगल, शिकार और औरतों के भारी जानकार और शौकीनमिजाज़ मित्रों के बीच 'एडी' नाम से मशहूर अपने हिवेट साहिब इंग्लैंड के किसी बड़े सामंती खानदान के बिगड़ैल तीसरे नम्बर के बेटे थे। आप तो जानती ही होंगी कि इंग्लैंड में तब इन अमीर घरानों की खानदानी ज़मीन–जायदाद सिर्फ बड़े पुत्र को ही विरासत में मिलती थी, इसलिए इन खानदानों के शेष बेटे कई दफे छुट्टे साँडनुमा बनकर दबंग गुंडागर्दी की राह पकड़ लेते थे। एडी हिवेट के भी यकायक एक दिन अपने किसी खादिम की बेटी से बलात्कार और उसकी हत्या के आरोप से घिर जाने पर उसके परिवार ने इस विवादित पुत्र के वास्ते रातोंरात हिन्दुस्तान में तैनात ईस्ट इंडिया कम्पनी की सेना में बड़े अफसरी पद का इन्तज़ाम करा दिया। परिवार की नाक बची और आवारागर्द एडी, हिवेट साहिब बनकर इंडिया आन पहुँचा। सो आज के बड़े बापों के बेटों की ही तरह बड़े बाप के इस बेटे को भी पारिवारिक सम्पर्क के बलबूते पर जेल की बजाय परदेस में अंग्रेज़ सेना में बड़ा अफ़सरी पद मिला। और जल्द ही अफ़ग़ानिस्तान की लड़ाई में सेना के एक दस्ते का नेतृत्व करने का अवसर भी उसके हाथ आ गया।

मरजीवड़ों के बीहड़ देश अफ़ग़ानिस्तान में अनादि काल से बाहरी आक्रमण–कारियों की कब्रें खुदती रही हैं। लिहाज़ा वहाँ दोस्त मुहम्मद के बेटे अमीर अली की

सेना के हाथों अंग्रेज़ी सेना की भी करारी हार हुई। उसके अधिकतर सैनिक खेत रहे या काबुल, कंधार के गुलाम बाजारों में बेच दिए गए। इस शर्म का बोझ लेकर जब एडी हिन्दुस्तान वापस आया तो सेना के नए और कठोर बन्दोबस्त से उसका तालमेल नहीं बैठा। एक बार फिर उसने अपने ऊँचे खानदान का हवाला देते हुए कलकत्ता में बड़े लाट यानी वाइसरॉय को अर्ज़ी भेजी कि वह सेना से स्वैच्छिक अवकाश लेकर किसी पहाड़ी इलाके में सिविलियन ज़िन्दगी जीना चाहता है। उसके नसीब से उन दिनों कलकत्ते से लगातार बर्मा और लंका की तरफ भी महारानी विक्टोरिया का साम्राज्य वढ़ाने में जुटे ब्रिटिश लाट भी चाह रहे थे कि इंडिया में सेना ही नहीं, प्रशासन में भी अंग्रेज़ों की तादाद बढ़े। और साहिब लोग खुद हिमालय के इलाके के घने जंगलों की सम्पदा पर कब्ज़ा करें। मालगुज़ारी की सम्भावना तो पहाड़ी इलाके में खास नहीं थी, किन्तु इलाके के विशाल जंगल बेशकीमती लकड़ियों और दुर्लभ पशु-पक्षियों से पटे थे।

तय हुआ कि महारानी की सरकार अपने कुछ विश्वस्त एजंट उस इलाके में बन रहे नए जंगलात विभाग में लगा देगी, ताकि नए उपनिवेशों में रेल लाइन बिछाने को लगातार उत्तम इमारती लकड़ी और योरोप के रहीसों को निर्यात करने को कस्तूरी, शेरों की खालें और जड़ी-बूटी सरीखी कीमती वनोपज सरकार को मुहैय्या होती रहे। यूँ हिवेट को तबादले की अर्ज़ी देते ही बड़े पद पर जंगलात के बन्दोबस्त के लिए पहाड़ में पोस्टिंग मिल गई। अन्धा क्या चाहे दो आँखें! सुखद शीतल आबोहवा, सीधे-सादे पशुपालकों, सुन्दर भोली महिलाओं और घने जंगली पशुओं वाले वनों से सजा यह दूर दराज़ का हिमालयी इलाका औरतों और पशुओं के शिकारी एडी हिवेट साहिब को इतना रास आया, कि इलाके का राजा बनकर रामजे की ही तरह वह भी सालों को इधर ही बस रहा।

यहाँ यह भी स्पष्ट करना उचित होगा कि महारानी विक्टोरिया के शाही बन्दोबस्त तले आने के पहले तलक तराई समेत हिमालय के इलाके का शासन और जंगल जमीन नाममात्र के लिए ही स्थानीय राजा के थे। राजा या प्रजा दोनों बड़े भक्तिभाव से इलाके को देवदत्त भूमि मानकर यहाँ के जंगलों या जमीन से बेमतलब छेड़छाड़ नहीं करते थे। बस जरूरत लायक ही सामग्री जंगलों से उठाते थे, वह भी देवता की आज्ञा लेकर। राजकाज, कर वसूली का काम भी जन प्रतिनिधियों के दो गुट ही चलाते थे जो अपना हिस्सा बतौर तनखा काटकर राजा को उसका कराधान का हिस्सा देते रहते थे। खुद राजा की अपनी जमीन भी उसके निजी खर्चे से जोती-बोई जाती थी।

गदर के बाद वह सब बदल गया। एडी साहिब के राज में अब सारी जमीन, जलस्त्रोत और जंगल विक्टोरिया महारानी के बन गए और महारानी की सरकार और परजा के बीच जमीन की बाबत बाकायदा लिखा-पढ़ी होने लगी। सरकारी अमलकारों

ने लोगों को बताया कि यह साहिब द्वारा इंगलिस्तान से लाई गई बन्दोबस्त (यानी इन्तज़ाम) की नई प्रथा है। लोगों तक महारानी का हुकुम लागू कराने और फिर सरकारी रपट बनाकर सुपीरियर अफसर को भेजने वाला स्थानीय कारिंदा कहलाया बन्दोबस्ती। यह बनकर उसने सबसे पहले यह किया कि जनता का काम हाथोंहाथ होना रोक दिया।

अपने अंग्रेज़ ऑफीसर की ही तरह जब पहले नज़राना मनमुताबिक पा लिया तभी दरख्वास्त आगे बढ़ाने वाला हुआ बन्दोबस्ती। ऊपर से जब मंजूरी आ भी गई तब फिर मुट्ठी गरम करने के बाद ही काम शुरू कराने वाला ठहरा। लोगों को बताया गया कि सेंत-मेंत में कुछ काम नहीं होगा। उनके पास रुपए नहीं तो क्या जंगल़ का शहद हुआ, फल हुए, सुहागा और अखरोट हुए इनको भर के बड़ी सी डाली पहले विभागीय बन्दोबस्ती के घर पहुँचा दें तब काम निकलेगा।

गोरखों के आने तक बावड़ी, कुएँ, तालाब, देवालय और पेड़ सब पवित्र लोकसम्पत्ति हुए। पर रानी की सरकार ने मद्रास से हिमालय और उसकी तराई तक सब जंगलों को राजसम्पत्ति और परजा को उसका सम्भावित दुश्मन बता दिया। मुट्ठी गरम करने वाले बाहरी लोगों को काठ, बाँस, कत्था सबकी निकासी का ठेका देकर बन्दोबस्तियों ने बाकी जंगल सुरक्षित बना दिए जिनमें बिना हुकुम पत्ती तोड़ने तक पर सज़ा और जुर्माना होने लगा। गाँव के सीधे-सादे लोगों की पकड़-धकड़ और उन पर जुर्माना लगाने का काम पतरौलों को दे दिया गया। बाघ की मौसी बिल्ली हुए वे भी। बहुतों पर मार पड़ी। कई जेल गए। सुनवाई कुछ नहीं। बस ठेकेदार और पतरौल भी हो गए खूब मालामाल।

इलाके में तब कुमाऊँ के हिवेट साहिब के अलावा गढ़वाल के जॉन कैम्पबैल साहिब और तराई भाबर के पी क्लटरबक साहिब (जिनके नाम से कालान्तर में वहाँ कलट्टर गंज जैसे मुहल्ले बसे) ये तीन अंग्रेज़ अफ़सर धुरंधर शिकारी ठहरे। हिवेट की तैनाती के बाद उसे और सर पर सोला हैट लगाए बिरजिस और शिकारी बूट पहने उसके बन्दूकधारी मित्रों को चुस्त बन्दोबस्ती के एवज में निगरानी के बहाने शिकार खेलने या इलाके-भर के जंगलों में जब चाहे घुसकर जानवरों का शिकार करने और औरतों को उठा लेने की अलिखित छूट मिली ठहरी।

स्थानीय लोग जिन्होंने गदर के बाद लोगों को चानमारी से मारे जाते देखा था बन्दर की पिछाड़ी जैसे लाल-लाल चेहरे वाले इन लम्बे-चौड़े बन्दूकधारी साहबों से डरते थे। सरकार को इन अफ़सरों के दिए ठेकों और पशु चराई पर लगाए करों से उम्मीद से ज्यादा आमदनी हो रही थी अत: जब अफ़सरान जनता के बीच अपनी ज़रूरतों के तहत ज़्यादा घुसने, लड़कियाँ उठाने लगे, तब भी सरकार का स्वार्थ सर्वोपरि रहा।

रियाया को हिवेट साहब कभी-कभार चीड़ की सूखी पिरूल और लकड़ी घास बीनने का हक दे देते थे, पर अक्सर यह उन्हीं को मिलता था जिनके घर की औरतों या कमसिन लौंडों पर साहिब की नज़र आ गई। जिन सयानों तथा थोकदारों के घरों की लड़कियाँ अचांचक गायब करा दी जाती थीं, उनके डंगरों की चराई भी माफ़ हो जाती। उस कठिन समय में किसानों वनराजियों को अपने जिनावर औरतों से ज्यादे कीमती प्रतीत होते थे। सो वे लोग कलेजा कड़ा करके यह सब सहन करते रहे। लड़कियों की एवज में साहिब से छूट प्राप्त करने के बाद जो बचत हुई उससे अपने लिए वे दूसरी घरवाली खरीद लाते थे। घर-गिरस्थी तो चलानी ही हुई। शिकायत किससे?

हिवेट साहिब ने तो सुना कई जगह खुलकर कहा कि ये जंगल देवताओं या राजाओं के नहीं, अंग्रेज़ों के बनाए हैं, इन पर रियाया को कोई हक नहीं दिया जा सकता कर के। वही जबर्दस्त का ठेंगा सर पर वाली बात हुई। अब आप इसको कामरेड का भ्यू पॉइंट कहो या कुछ। मैंने तो जैसा जाना वैसा बयान कर दिया।

इलाके का जीवन बदलने लगा। अनहोनी होने पर ग्राम पंच या पुरोहित की बीच-बचाव की बैठकें बन्द हुईं। पति-बच्चों से बँधी औरत जात कहाँ जाए? लम्बे तड़ंगे लालमुँही दैत्य सरीखे अंग्रेज़ अफ़सर बन्दूक लिये घोड़े पर आते दिखे नहीं, खेतों से औरतें और बीच बाजार नाचने-गानेवालियाँ सब भागकर झाड़ियों में छिपने लगीं। औरत की हुड़क लगी, तो साहिब लोग बहू-बेटी, बाजारू गवनहारियाँ, सवर्ण अवर्ण के बीच भेद नहीं समझनेवाले हुए। देवालयों में, घरों की रसोइयों तक में हंटर और चमड़े के बूट समेत लाओ, निकालो कहते जा खड़े होने वाले हुए।

पैसा कमाने में जंगलों को दुहने में गजब के हुनरमन्द हुए साहिब। उन्होंने पहाड़ियों को अच्छी तनख्वाह दे-देकर देवता के कोप के डरे बिना इमारती लकड़ी के लिए पेड़ों को आरी से चीरना सिखा दिया। फिर तो बर्मा में, लंका में रेलवे लाइन बनाने के वास्ते ऊँचे-लम्बे पेड़ काटकर उनकी तिजारती गैलियाँ बनाकर बाँज के, देवदार के पेड़ों को नदी मार्ग से बहाकर भाबर में जा पकड़ना भी जोर-शोर से शुरू हो गया। उनके मन की करो तो अंग्रेज़ भरपूर पैसा देने वाले हुए मजूरी अलग, दारू, शिकार ऊपर से।

पहाड़ियों ने नगद पैसा कहाँ देखा ठहरा? चमक गए। और अंग्रेज बहादुर ने पैसा ही नहीं दिया, बाजार में लेन-देन आसान बनाने को पीतल के गोल चके में छेद वाली नई-नई हुंडियाँ भी चला दीं। नन्दा देवी मेले में मनचलों ने गाना बनाकर गाना शुरू कर दिया : आग लगौ सरकारा डबल में पड़ो टोट (आग लगे इस सरकार को जिसने पैसे में भी छेद बना दिया।) मैंने खुद इन हुंडियों की एक माला अपनी आमा (दादी) के काठ के बक्से में देखी है।

आमा कहती थी कि हिवेट साहिब के बाद जब उनकी चलाई हुंडियाँ बेकार हो गईं तो उनकी सास ने कलुआ कबाड़ी को तराजू में पीतल की रद्दी की बतौर बाल्टी भर-भर वह नामुराद हुंडियाँ बेच दी थीं। हाँ रानीखेत के मन्दिर में हिवेट साहिब का चढ़ाया पीतली घंटा, जिसे उन्होंने नरभक्षी बाघ से जान बचाने की एवज में पशुरक्षकों के स्थानीय देवता को चढ़ाया था, अभी भी वहाँ बजाया जाता है। अगली बार आपको वह जगह भी दिखाएँगे।

शेष हाल सामान्य हैं। आशा है आप तथा आपके प्रियजन स्वस्थ प्रसन्न होंगे। परमलाल जी जल्द ही आपको अपना मसौदा भेजेंगे जिसके साथ, मैं समझता हूँ आपको अपने अधिकतर प्रश्नों का उत्तर प्राप्त हो जाएगा। फिर भी कोई जानकारी यदि छूट गई हो तो हमें नि:संकोच सूचित करें। आपके काम में सहयोग देकर हम तीनों को अतीव प्रसन्नता होगी।

शुभकामनाओं सहित
पीतांबर दत्त पंत
(भू.पू. हैडमास्टर)

रानीखेत

चि. प्रिय बहन विद्या जी

सस्नेह शुभाशीष। अत्र कुशलं च तत्रास्तु।

आपसे मिलकर और आपकी सादगी, विनम्रता और संगीत के प्रति सच्चे लगाव को देखकर चित्त बहुत प्रसन्न हुआ। मेरी राय में भी आज नई तकनीकी और सोशल मीडिया द्वारा बिना शोध किए जा रहे कला के ताबड़तोड़ प्रचार से हमारे संगीत और संगीतकारों को नुकसान ही अधिक हो रहा है फायदा बहुत कम। बटन दबाकर या माउस पर चटका लगाकर आज हर किसम के स्वघोषित संस्कृति गीध (कल्चर वल्चर्स) हमारे संगीत को नेट नाम्ना अन्तर्राष्ट्रीय आकाशीय मार्ग से कर्ण रंध्रों में अवतरित करा सकते हैं, पर शास्त्रीय कला तो साक्षात् दुर्गा की तरह दुर्गेण गम्यते इति, हुई। आज भी वह कठिन दुर्गम मार्ग तय कर ही प्राप्त होती है। बिना पसीना बहाये, बिना गुरुओं के चरणों में बैठे हर गली हर कोने में पान मसाले के

पाउच की तरह उपलब्ध संगीत का भला क्या! कला फुर्सती रसिकों के आगे अपने गूढ़ रहस्यों को नहीं खोला करती। संगीत के सुर तो देवता हैं जो अपने सच्चे साधकों और रसिकों के आगे ही अपना पूरा स्वरूप उजागर किया करते हैं।

अभी बेहतर हो कि हम मूल कथा पर ही ध्यान केन्द्रित रखें। मेरी विगत युवावस्था के एक परम मित्र सुकुमार चटर्जी बाबू ने कभी कहा था कि प्रेम की कथा को छन्दहीन नीरस गद्य में बाँचना गाय के लिए बाघ पकड़ने सरीखा कर्म है। डेढ़ेक सौ बरस पहले की दो-दो सुन्दरी बादी गायिकाओं, गुलाब और हीरा और जंगलात के हाकिम एडी हिवेट साहिब के त्रिकोणीय प्रेम की कथा लिखते हुए यह बुढ़ाता अकिंचन भी उस बात की सच्चाई फिर अनुभव कर रहा है।

बचपन में मैं अपनी माँ को अक्सर कहते सुनता था कि जहाँ हर बरस घर-घर में बीमार बच्चे, टीबी, प्रसूति से, खाई में छलाँग लगा के या जंगल-सड़क की दुर्घटनाओं में फँसकर जवान आदमी, औरतें लगातार मरते रहते हों उस इलाके में सदा-सदा को कुछ नहीं मरता। उनकी, उनके प्रेम की कहानियाँ अजर अमर रहती हैं। बस उसे सुनने, हुंकारा भरनेवाले मिल जाएँ, कथाएँ ही कथाएँ पातालीे झरने जैसी फूट पड़ेंगी। कभी यह स्थापना मुझे तनिक अटपटी लगती थी। पर अब पाता हूँ कि माँ की बात में खास अतिशयोक्ति नहीं थी। हिवेट साहिब और हिरुली ही नहीं, किस्मत के भँवर में बाँज की शहतीर जैसे बहते हुए जने कितने बड़े योद्धा और प्रेमी युगल कहाँ से इस दुनिया में आए, कहाँ को चले गए। वो तो बुआई-कटाई के मौसम में हुड़का, बाँसुरी के साथ घर-घर खेत-खेत में उनकी कथा गाने वाले हमारे अनपढ़ जनगायकों ने संगीत के रस से सिद्ध कर प्रेम और शौर्य की सारी गाथाएँ अजर-अमर बना डालीं।

बेहतर होता यदि मेरी तरह आप अपने को गंधर्व किन्नरों के वंशज बताने वाले हमारे इन शर्मीले प्रशंसाभीरु वनरौतों, बादियों के रचे मनोमुग्धकारी सांगीतिक किस्से खुद उनके मुख से ही सुन पातीं। पर अभी समयाभाव से मुझे ही हिवेट साहिब, गुलाब और हिरुली की सरस प्रेमगाथा को अपने नीरस गद्य में आपके आगे प्रस्तुत करना पड़ेगा। भूल-चूक लेनी-देनी क्षमा करें।

हिरुली और एडी साहिब की प्रेमकथा का पहला गायन मैंने कई बरस पहले वसन्त पंचमी पर घर-घर चैत्र मास के लोकगीत गाकर अनाज और पैसा बटोर रही बादी गायिका के मुख से सुना था। इस अजीब रहस्यमय कहानी ने मुझे ऐसा बाँधा कि उसके पीछे-पीछे उसके गाँव जाकर मैंने उसे पूरे का पूरा रिकॉर्ड कर लिया। बादी जाति हमारे इलाके में कलाकारों की बहुत पुरानी जाति है जिसका इस इलाके के गीत-संगीत में भारी योगदान है। इस सृष्टि में संगीत की शुरुआत शिव के आदेश से जिन गंधर्वों ने की थी, बादी खुद को उन्हीं का वंशज मानते हैं। वे कहते हैं कि

उनको आदिदेव शिव ने ही अपने इलाके में बिठाते समय उनको खेती-बाड़ी करने की बजाय खानाबदोश बने रहने का हुकुम दिया था। साथ ही यह भी, कि वे सपरिवार गाँव-गाँव घूमकर कृषि की समृद्धि के लिए संगीत के सुरों से भूमि दोष निवारण और अच्छी फसल के लिए मांगलिक कर्मकांड कराने जाते रहें।

तब से वे घुमक्कड़ शैव साधुओं की तरह रहते आए हैं। उनके पुरुष कान में कुंडल पहनते हैं और जटाजूट रखते हैं और उनकी औरतें घुँघरू पहनकर ढोलक की थाप पर नाच- नाचकर पुरानी कथाएँ गाती हुईं तीज-त्योहारों पर किसानी घरों से दान में पैसा, नमक, अनाज और कपड़े बटोरती हैं। शादी-ब्याह ये आपस में ही करते हैं। इनमें स्त्री-पुरुषों का व्यवहार निःसंकोच होता है, शराब भी इनमें खूब चलती है। इसलिए गृहस्थ इनसे तनिक दूरी बरतते हैं। नए संगीत के इस इलेक्ट्रोनिक युग में यह घुमंतू जाति मिट चली है पर उत्तराखंड की सामाजिक-सांस्कृतिक जानकारियों की बाबत इनके रचे अनेक विशद गीत ब्योरे आज भी लोगों के भीतर मौजूद हैं। जभी गाँवों में पूजा कर्मकांड के समय अगर ये मौजूद हुए तो इनसे आदर का व्यवहार किया जाता है।

इस जाति की किसी परतिमा देवी को जब मैंने सुना, वह गुलाब नामक नर्तकी गायिका की तरफ से अपनी जाति की भूमिहीनता का दुख बयान करती हुई ढोलक की थाप पर फिरकिनी लेती हुई देवाधिदेव महादेव को मायके की किसी रूठी बेटी की तरह कोस रही थी, 'हे महादेव तुम पर हम बादियों का सराप पड़े। क्यों तुमने हमको धरती का हिस्सा नहीं दिया? तुम्हारी ही आज्ञा से रस्सी से भयंकर पहाड़ी ढालों पर फिसलते हुए भी हमारी पीठ हर तरह की चोट को क्यों खुली रहती है!'

मेरे पैर वहीं रुक गए। खुली टीपदार आवाज़ में सदियों पहले की किसी भूमिहीन जाति का दुःख निडर गायिका की मार्फ़त कैसे अपनत्व से सीधे महादेव को सम्बोधित कर रहा था। तुरत उससे रुकने को कहकर घर भागा और टेप रिकौर्डर लेकर वापस आया। पूरा गाना सुनाने का मेरा अनुरोध सुनकर परतिमा ने एक वारवधू की सरल-सहज भंगिमा से कटाक्ष सहित मेरी तरफ देखा, 'गुलाब हिरुली जैसों की तो कित्तनी जो लम्बी कथाएँ हैं बाबज्यू हमारे पास। लेकिन हम तो हुए घुमंतू लोग। विर्ती (वृत्ति) के लिए इधर-उधर डोलते रहने वाले ठहरे हम। जिमीदारों, बाबू लोगों की तरह बैठने का गप्पाष्टक करने को बखत हमारे पास कहाँ? ठीक से हमारा गाना सुनना है तो पहले मुट्ठी गरम गला तर करो। चलो हमारे संग डेरे तक आकर हमारे सब लोगों को दारू-मटन खिलाओ। उसके बाद अपने बक्से में नेताजी से लेकर गुलाब हिरुली, हिब्बेट साहब, सब का गाना भर लेना।

किया।

इतना दुर्निवार आकर्षण था कलागुरु देवाधिदेव तक को बेखौफ कोस सकने वाली गवनहारियों की महागाथा का, कि बिना समय गँवाए मैंने परतिमा की सब माँगें पूरी कीं और पूरे दो सप्ताह उसके साथ उसके खानदान और गाँववालों के बीच सुदूर डाँगचौरा गाँव में टिक कर रहा। वापस आया तो शहर में जितने मुँह उतनी बातें हो रही थीं। कोई कहता कि मैंने एक बादी औरत घर बिठाने का इन्तज़ाम कर लिया है, कोई कहता कि चन्द दिन रंगरेलियाँ मनाकर उसे मारमूर के खड्ड में फिंकवा के वापस आया हूँ करके।

खैर! लोग देखकर कुछ दिन कन्नी काटते रहे, जने कहाँ किस के पीछे, क्या करने गया होगा यह कुलनाशक। पत्नी भी दो महीने तक नहीं बोली। फिर सब यथावत हो गया। होना ही था। और मुझे जो किया उसको लेकर कोई संकोच न तब था न आज है। अगर न गया होता तो आज यह नाचीज़ आपको वह अमर सांगीतिक प्रेमगाथा कैसे सुना पाता जिसे वह इतने बरसों से किसी सही पात्र को थमाने की उम्मीद में सूम के धन की तरह छुपाए रखता रहा?

मोटे हिन्दी अनुवाद में गाने की शुरुआत कुछ इस तरह है :

'धराली गाँव में थीं वो दो किशोरियाँ, नाम जिनका था गुलाब और हीरा। रूपसी, मृगनयनी, बड़ी हुईं दोनों पानी पीकर सिरकंठ नदी का। उनके रूप का जल पीने लगे तब कई-कई किशोर। घिस गईं पत्थरों की बटियाँ नदी तट पर छुपते ताकते लड़कों के बूटों से, वहाँ जहाँ नहाती थीं बुआ-भतीजी। फिर बुआ तो ब्याह दी गई दूर नैक्याणा के कुमय्यों में, वहाँ भतीजी की, सिरकंठ नदी के पानी और फाफर की रोटी के स्वाद की याद में रोती-रोती पियूँडी के फूल-सी मुरझाने लगी बेचारी गुलाब...।'

इसके बाद गाना तफसील से बताता है कि किस तरह नैक्याणा गाँव में जालिम सास की मार से डरी और पति द्वारा परित्यक्त गुलाब को वापस उसके मैके गढ़वाल ले जा रहे उसके भाई नत्थू बादी और उसके परिजनों से किन्नौरी घोड़ी पर सवार जंगलात के दौरे करता हिवेट साहिब अचानक ही जा टकराया। अपनी भतीजी के गले में हाथ डाले चलती निडर सुन्दरी गुलाब ने घूरते हिवेट से मजाक किया, कि 'ओ साहब तू हम छोरियों को मत ताक, पहले अपनी ये पीली काली धारीवाली पैंट तुरत उतार, वर्ना जंगल में चरती हमारी भेड़ें तुझे बाघ समझकर घाटी में कूद जाएँगी, और घर जाकर नाहक पिटेंगे उसके छोटे देवर जैसे नन्हे अनाथ चरवाहे, जिनकी माँ अभी भी उनके बालों की लटी (चोटी) बनाती है।

खिलखिल हँसती सुन्दरी के मदभरे बाण से घायल साहिब पहले तो ठठाकर हँसा, फिर उसने अपनी पैंट खोलकर फेंक दी और लड़कियों को आँख मार के अपना घोड़ा मोड़कर जाता रहा।

लड़कियाँ तो लड़कियाँ। बस खिलखिल करती अपने लोगों के साथ घर चली गईं। चार दिन बाद सीधा घोड़ा दौड़ाता साहिब नत्थू के घर भागीरथी घाटी तक आन पहुँचा और बिना बूट उतारे उसकी गुफा जैसे घर के भीतर घुसकर बोला, मैं हिवेट साहिब जंगलात का मालिक, मुझे भा गई तुम्हारी रूपसी बहन गुलाब। अपने सेव के बगीचों वाले उस जहाज़ी बँगले में इसे बीबी बना के रखने आया हूँ, जिसे देख सब ठगे रह जाते हैं, बोलो क्या दाम लोगे?

यहाँ आपको बता दूँ कि तब जनजातियों में पहला घर छोड़ चुकी या पति द्वारा त्यागी गई लड़की की रज़ामन्दी से उसे खरीदना-बेचना बुरा नहीं मानते थे। सो आगे गाना जो कहानी कहता है वह, कुछेक स्थानीय स्रोतों से जोड़ी गई जानकारी के साथ संक्षेप में इस प्रकार है :

'लालची नथुआ बादी से बहस के बाद साहब का राज़ीनामा तैयार हुआ और नत्थू बादी की बहन गुलाब हिवेट साहिब के घर जा बैठी। गुलाब के नसीब में अधिक दिन का सुख नहीं था। वह तो हिवेट साहिब के घर जाने के साल-भर के भीतर ही प्रसूत बिगड़ने से चल बसी और एक साँवली रंगत वाली मरगिल्ली औलाद पीछे छोड़ गई। कहनेवाले हुए लोगबाग कि यह औलाद रंगीनमिजाज़ गुलाब के किसी बादी आशिक की हुई साहिब की जो क्या? पर तब तक साहिब की नज़र उसकी सुन्दर कमउम्र भतीजी हीरा पर पड़ चुकी थी। उसने एकबार फिर नत्थू को कहलाया कि वह हीरा से शादी करने को भी राजी है। लोगबाग कहते हैं कि पहली बार नत्थू को प्रेमातुर साहिब से कुल पाँच सौ रुपए मिले थे और भूमिहीन चरवाहे नथुआ के लिए यही रकम इतनी बड़ी थी कि कुछ दिन तक उसके पैर जमीन पर नहीं पड़ते थे। पर अब तक साहिब की कोठी का ठाठ-बाट देख-भाँपकर वह और उसका परिवार इस शादी से मिल सकने वाली सहूलियतों की शकल भाँप चुका था।

'गुलाब की औलाद का भी सवाल था।

'हिवेट साहिब के शौक सब जानते थे। यहाँ बात नहीं पसन्द आई और साहिब कोई और औरत ले आया तो इस लौंडे का क्या होगा? घड़ी भीतर यह सब सोचकर दुनियादार नत्थू ने कहा रुपया-पैसा तो साहिब जो मुनासिब समझें दिला दें। पर एक ही शर्त है कि उनकी गुलाब को कुमाऊँ रास नहीं आया था। हीरा भी वहाँ से डरती है। साहब बस इतना करें कि अपना तबादला गढ़वाल करा लें ताकि उसकी कमसिन हिरुली अपने मायकेवालों के करीब रह सके। और यह मंजूर हो तो साहिब नत्थू बादी के परिवार के लिए भी एक पक्का घर बनवा दें ताकि इतने बड़े साहब की पत्नी को आनेजाने वालों के आगे रिश्तेदारों की दशा को लेकर शरम बात न महसूस हो।

'कुछ सोच-विचार के बाद चतुर अंग्रेज़ इस पर भी राज़ी हो गया।'

दरअसल इसके पीछे खुद उसका अपना स्वार्थ भी हुआ। उसके आचरण को लेकर कलकत्ता को लगातार काफी शिकायतें मिल रही थीं और रामजी साहेब एक-दो चिट्ठियों में छुपे तौर से उसे आगाह कर चुके थे कि तनिक सँभलकर चले।

गढ़वाल का इलाका और लोग उस समय तक बहुत ही सीधे और सहज विश्वासी हुए। वन सम्पदा ठहरी वहाँ अथाह, पर तिजारत की समझ एकदम ही मामूली। जल, जंगल, वनों से मुनाफा भी कमाया जा सकता है यह खयाल तक नहीं महसूस हुआ ठहरा वन देवता से डरनेवाले वनराजियों को। यह तमाम ऊँच-नीच भाँपकर हिवेट ने हीरा के बाप से गढ़वाल जाने की रज़ामन्दी भर दी। साथ ही अपने तबादले की अर्ज़ी भी कलकत्ता बड़े लाट को भेज दी। और इस तरह कुमाऊँ में घनघोर आतंक फैलाने के बाद हिवेट साहिब का तबादला गढ़वाल को हो गया।

लेकिन हिवेट कम हुशियार नहीं ठहरा। कहते हैं तबादला करवा लेने के बाद भी गढ़वाल ले जाने से पहले साहिब ने रानीखेत के गिरिजाघर में पहले हिरुली का धर्मांतरण कराया। और पादरी जी ने उसको जब हीरा को विक्टोरिया मसीह नाम दे दिया, तब वहीं गिरिजाघर में हिवेट साहिब ने उससे बाकायदा शादी कर ली ताकि रामजे साहिब को उसकी बदफैलियों की खबर से गुस्सा न आए आगे जाकर। विक्टोरिया मसीह के नाम से वही हिरुली बादी हिवेट साहिब की पत्नी, उनकी पहली शादी के पुत्र नथानियल (जिसको उसके ननिहाल वाले और उनके चाटुकार लोकल लोग नत्थू साहिब कह पुकारते थे) की विमाता बनकर मसूरी में साहिब की आलीशान कोठी में दाखिल हो गई।

मसूरी आने के बाद एडी साहब ने पास की ढाल पर एक अच्छी जगह देखकर हीरा के परिवारवालों को बसाने की ही तरकीब नहीं कर दी, हीरा के छोटे भाई मोतिया को भी ईसाई बनाकर मसूरी के नए ईसाई स्कूल में मार्टिन नाम से अंग्रेज़ी पढ़ाई के लिए दाखिल करा दिया। मोतिया लड़का सुन्दर था, पीढ़ियों से अनपढ़ परिवार में जनमा था तो क्या? बुद्धि विधाता ने ठीकठाक ही दे रखी होगी। कुछेक बरस में ही अच्छा पढ़-लिख गया। हीरा की सौत का बेटा, मोतिया का भांजा नत्थू उसके पीछे-पीछे लट्टू बन के घूमने वाला हुआ इसका बाद को मार्टिन ने खूब ही गलत फायदा उठाया। पर पढ़ाई खतम करके गाँववालों के बीच वह मार्टिन मास्टर करके मशहूर हुआ और देखते-ही-देखते हीवेट का बड़ा भरोसेमन्द निजी सेक्रेटरी बन गया।

अब हीवेट साहिब ने हीरा को मेम बनाने की शुरुआत की। कहते हैं कि वह विलायत से सिर्फ किसी मालदार अंग्रेज़ अफसर से ब्याह करने के मकसद से समन्दर पार से जहाज़ में बैठकर आई गैर खानदानी अंग्रेज़ मेमों के नकली नखरों और नेटिव औरतों के प्रति अंग्रेज़ दंपतियों की नस्लवादी हिकारत से खार खाता था। सो खासतौर से उनको चिढ़ाने को उसने अपनी नेटिव बीबी को रखैल की जगह चर्च से ब्याहता का दर्जा दिलवाया। फिर उसके भाई को अंग्रेज़ पादरियों के स्कूल में भेजकर अंग्रेज़ों जैसी अंग्रेज़ी सिखाई और फिर इलाहाबाद जाकर के चर्च में अपनी नई जनमी बेटी का बपतिस्मा कराया। हीरा को अंग्रेज़ी भाषा और कायदे के साथ तराई के नवाबज़ादों की बेगमों जैसी उर्दू की तालीम देने को विलायत से पढ़कर आया एक मुसलमान ट्यूटर महमूद बख्श तनख्वाह पर रखा गया जिसका बाद को हीरा को बाहर ले जाने में बड़ा योगदान रहा।

महमूद ही बड़ा अच्छा शिक्षक था या कि हीरा भी अपने भाई मोतिया की ही तरह ज़हीन थी, यह तो हम नहीं जानते लेकिन सुनते हैं कि साल-भर के भीतर हीरा फर्राटे से अंग्रेज़ी बोलने लगी थी। खुश होकर महमूद बख्श की तनख्वाह हिवेट साहिब ने दुगुनी कर दी। सुना अपनी बेटी का बपतिस्मा करा के लौटने के बाद साहिब ने मसूरी क्लब में एक बड़ी भारी पार्टी दी थी जिसमें गर्मियों में पहाड़ घूमने आए नेटिव नवाबों के परिवार ही नहीं, जिले के सब अंग्रेज़ अफसर भी अपना गुस्सा थूककर आए क्योंकि अब तक हिरुली के नसीब से कहो या उसकी नई जनमी बच्ची कैमीलिया एंजेलीना के, हिवेट साहिब का जंगलाती लकड़ी, कस्तूरी और खालों का कारोबार सोने जैसा चमक गया था।

साहिब अपनी भाग्यशाली बेटी पर लट्टू हुआ। कहने वाला ठहरा कि गोरी, उजली, नीली, हरी आँखों वाली बेबी एंजेलीना उसे बिलकुल अपनी इंगलिश माँ जैसी लगती थी। कलकत्ते से उसके लिए बेहतरीन से बेहतरीन पोशाकें मँगवाई गईं, और बेटे नत्थू के लिए नई तरह की अंग्रेज़ी किताबें। पर गुस्सेबाज़ नत्थू ने वह किताब-हिताब दूर फेंक दिए कि उसे भी अपनी बहन जैसी ही मखमली पोशाक चाहिए थी। अपनी माँ के बाद घर में दूसरी माँ बनाकर लाई गई हीरा से गजब की खार खानेवाला ठहरा गुलाब का लड़का।

अपने बाप को नत्थू ने मुसलमान टीचर को सर चढ़ाने पर कुछ-कुछ उलटा-सुलटा कह दिया तो उससे भी ज़्यादा गुस्सैल बाप ने उसे डंडे से पीट दिया। बस तब से ही दरार जैसी पड़ गई नत्थू साहिब और बाप के बीच भी। रोज़ कोई न कोई कांड कर आता नत्थू और फिर पिटता तो चिल्ला-चिल्लाकर विमाता, उसके यार महमूद, मासूम एंजेलीना और बाप को गन्दी गालियाँ बकता। सोने जैसी हीरा की

गिरस्थी को नज़र लग गई हो जैसे। घर पर मेहमान आए हों तो डरनेवाली हुई हीरा कि जाने कब किस बात को लेकर नथुआ पर भूत सवार हो जाए और वह बाहरवालों के आगे इज्जत उतारकर रख दे ? हिवेट साहिब के कहने से स्कूल के पादरियों ने काफी समझाया, बाइबिल पर कसम भी धराई, पर नत्थू के रूप में जैसे घर में कंसावतार आ गया हो। बस मामा का ही बस चलनेवाला हुआ उस पर। ज़्यादा तोड़- फोड़ करने पर नत्थू को कमरे में बन्द करा गया तो वही आ के खुलवाने वाला हुआ ताला।

वो तो बहुत बाद को पता चला कि बाप-बेटे को अलग करने और महमूद बख्श टीचर के साथ फँसी होने का कलंक लगाकर हीरा के खिलाफ षड्यंत्र रचनेवाला और कोई नहीं वही हीरा का मिठबोला भाई मार्टिन मास्टर था। उसी ने बार-बार भांजे के कान माँ-बाप के खिलाफ भरे थे और उसे सत्यानाशी चरस की वह लत लगा दी थी, जो उसके सिर्फ पचीस साल की उम्र में उसकी अकाल मौत का कारण बनी।

नथुवा जने कब से मार्टिन बहन के जहाज़ जैसे घर और पैसे पर नज़र गड़ाए हुए था और चाहता था कि किसी तरह बहन को साहिब से जुदा करा के सब खुद हासिल कर ले। इसमें अपने लालची बाप की भी शह हुई उसे। कागज़- पत्तर सब वही सँभालता था। पर हिवेट भी कच्ची गोलियाँ नहीं खेला था। पाई-पाई का खुद भी हिसाब रखने वाला हुआ।

खोजते सोचते बड़बोले गुस्सेबाज़ नथानियल के रूप में मार्टिन को जड़ खोद सकनेवाला मददगार घर के भीतर ही मिल गया और उसकी बन आई। नत्थू को चरस पिला के उसने कठोर बाप और चरसी बेटे के बीच तकरार इतनी बढ़ा दी कि बेटे ने एक दिन कहा वह मामा के घर ही जा के रहेगा। मामा ने कहा उसे कोई ऐतराज़ नहीं, जैसा यह घर, वैसा वह घर। अपनी पहली बीबी के साँवले, विद्रोही और बदज़ुबान बेटे से खिन्न साहिब भी थोड़ी हिचकिचाहट के बाद राज़ी हो गया। इस तरह नथानियल मामा के घर चला गया और उसकी देखभाल की एवज में मार्टिन मास्टर ने महमूद बख्श से भी आगे जाकर अपनी तनख्वाह तिगुनी करवा ली।

बस इसी के चन्द बरस बाद एक दिन जब नत्थू कोई सोलह साल का रहा होगा और बेबी एंजेलीना करीबन बारह की, भिलंगना घाटी के दौरे पर गया हिवेट साहिब अचानक लापता हो गया। कुलियों ने बताया कि उसको आखिरी बार भिलंगना नदी के किनारे बन्दूक उठये घुरड़ का शिकार करने जाते हुए देखा गया। नदी उफान पर थी और पानी बरस रहा था मूसलाधार। हिवेट की लाश कोई

सप्ताह-भर बाद बुरी तरह क्षतविक्षत हालत में हरिद्वार के पास बरामद हुई। कोई कहता है कि नदी में फेंकने से पहले हो न हो गोली से मारा गया था साहिब को वर्ना धाकड़ तैराक हुआ वह। कोई लोग अचानक बाघ का सामना होने और पैर फिसलने से धारा में गिर पड़ा होगा ऐसा बताते हैं। किसी की राय में घर में बढ़ते कलह और मार्टिन की असलियत जानकर उसने खुद ही ज़िन्दगी खत्म करने का फैसला कर लिया हो। क्या पता?

जो हो, हिवेट की मौत भी उसकी ज़िन्दगी जैसी ही नाटकीय रही। साल-भर बाद सब कुछ मार्टिन की मुट्ठी में आ जाने के बाद तो शायद ही किसी को याद रहा हो कि वह भी कभी था। बस बादियों के गानों में ही ज़िन्दा रह गए मार्टिन साहब और गुलाब-हिरुली यह तीनों।

हिवेट की कब्र सूखी भी न होगी, कि चतुर मार्टिन मास्टर वसीयत के कागज़ात लेकर कलकत्ता भागा। साहिब की दस्तखत वाली नकली-असली किसी चिट्ठी के आधार पर सरकार ने हिवेट का रुपया-पैसा, और पेंशन फंड, सब उसके बेटे नथानियल को देना मंजूर किया और वारिस बनाया गया मामा को। इसके तुरत बाद कोठी में मामा-भांजे और परिवार समेत रहने को आ गया और चन्द दिनों में नत्थू बादी के परिवार ने सब कुछ कब्ज़ा कर हीरा से कह दिया कि या तो हम ही ठीकठाक मोलभाव करा के तुझको किसी के घर बिठा देते हैं, या फिर तुझे जहाँ ठौर मिले अपनी लड़की को लेके चली जा। हीरा की दुहाई पर जाति पंचायत भी बैठी। पंचों से बाप ने कहा वह बुढ़ापे में विधर्मी माँ-बेटी की और उनकी अंग्रेज़ी पढ़ाई- लिखाई का खर्चा ज़िम्मेवारी नहीं उठा सकता। मकान अब उसकी बहन के लड़के का हुआ, जो फिरंगी बाप की नहीं किसी बादी की औलाद है और उसको पेट में लेकर ही गुलाब मायके लौटी थी।

नत्थू की अपनी विमाता से नहीं पटती यह भी सबको पता था। हीरा यहाँ रही और इसकी यह गोरी-नीली आँखोंवाली बेबी कैमीलिया एंजेलीना अंग्रेज़ी स्कूल जाती रही तो सम्भव है कि देर सबेर यह पूरी जायदाद फिरंगी मिशनरी ले लें, हम सब टापते रह जाएँ। इसलिए सब देखभाल कर पंचायत फैसला कर दे एकबारगी से।

बैठक से पहले पंचों ने हीवेट की कोठी जाकर देखी तो वहाँ की सम्पदा देख बिरादरी की आँखें भी कपाल पर चढ़ गईं। बताते हैं साहिब की कुर्सियों पर बैठकर मेज़ पर खूब शराब, मांस, भात खाया गया और वापस आकर पंचायत ने हीरा और विकी की बजाय नत्थू साहिब को ही हिवेट साहिब का वारिस और उसके अभिभावक के रूप में उसके नाना और मार्टिन मास्टर को चुना। हीरा को एक महीने की

मोहलत दे दी गई कि अपना ठौर कर ले। सुन्दर विधवा को अच्छा दाम लेके अन्य के घर बिठाने में उनकी जात में माँ-बाप खास देरी नहीं लगाते थे उन दिनों, खासकर जब साथ में सुन्दर बछेरी भी हो।

हिवेट से अति लाड़-प्यार और अंग्रेज़ी-पढ़ाई लिखाई पाने से नकचढ़ी ज़िद्दी बन गई हीरा अड़ी रही कि शेर की घरवाली अब गीदड़ों के बीच रहने नहीं जाएगी करके। ऊबकर सबने कहा हमारी तरफ से तो फैसला हो गया जी। औरत जात सर पर बिना अपनी बिरादरी के मरद के, इस जायदाद को जने कहाँ से कहाँ ले जाएगी। गोद में अपना लड़का होता तो भी बात थी। लड़कीवाली विधवा को कैसा हिस्सा, कैसी भागीदारी ? बड़े घर की अंग्रेज़ विधवा का स्वांग करना है तो देस मैदान चली जाए जहाँ उनके अस्सी नब्बे मिशन हैं। वहाँ रहे। यहाँ से अब इसका अन्न-जल उठ गया समझा जाए।

इसके बाद स्थानीय सूत्र कुछ और बताने में असमर्थ ही रहे हैं। बस इतना उड़ते-उड़ते से ढंग से सुना कि हीरा अपनी बेटी को लेकर अपने महमूद बख्श मास्टर के संग कहीं मैदान देस की तरफ चली गई। न कुछ किसी से कहा न सुना। कहती भी तो सुननेवाला था ही कौन। अपनों ने तो पीठ में छुरा भोंक ही दिया था।

रहे हिवेट के अंग्रेज़ दोस्त अफसर। वे पहले से ही हिवेट की एक नेटिव औरत को खानदानी मेम बनाने की ढिठाई से खफा थे। कौन कहता है कि वर्ण श्रेष्ठता सिर्फ हमारे ही समाज में होती है। अंग्रेज़ों में तब अपनी गैर अंग्रेज़ रियाया को लेकर जो यह गहरी घृणा थी उसी ने शायद कालांतर में हिटलर को गढ़ा हो।

बहरहाल हीरा और बेबी कैमीलिया एंजेलीना की कहानी का इस इलाके से जुड़ा छोर बस यहीं तक हमको लाता है। सम्भव है कभी किसी सुखद संयोग से आप उसे पुन: पकड़ने में समर्थ हो जाएँ। कालोह्ययं निरवधि, विपुला च पृथ्वी।

अनेक शुभकामनाओं सहित

विनम्र
ला. परमलाल शाह

~९~

दिल्ली

प्रियजन,

'तपिश' साहिब का खत संलग्न है, अपनी बी अल्लारखी नहीं रहीं। ऊपरवाला उस क्लांत रूह को सुकून दे।

विद्या

रामपूर

मोहतरमा विदिया बहन जी को नाचीज़ मखदूम आलम खान 'तपिश' का आदाब कुबूल हो। बड़े अफसोस के साथ आपको इत्तिला करना चाहिता हूँ कि मोहतरमा बी अल्लारखी आपके जाने के बाद बावजूद इलाज के सेहतमन्द न हो पाईं, और गुज़िश्ता जुमे के रोज़ दारेफानी से कूच कर गईं। अल्लाताला उनकी पाक रूह को करवट करवट ज़न्नत नसीब कराएँ।

अफसोस ये भी, के उनकी इकलौती बेटी हैदरी बेगम और उनकी धेवती अमाल जान उनका मुँह न देख पाईं, सबब ये कि उनको अमरीका से हिन्दोस्तान तक का सफर तय करने के वास्ते वक्त पर हवाई जहाज़ की फ्लाइट नहीं मिली। जब तलक दोनों पहुँचीं, बी अल्लारखी को सुपुर्द-ए-खाक किया जा चुका था। लिहाज़ा अल्ला का नाम लेकर अम्माजानी और बी अल्लारखी की कब्र पर लोबान जलाकर दुआ करने के बाद अगले ही रोज़ दोनों वापस अमरीका को रवाना हो गईं।

जाती बिरिया बी' के लबों से कान सटा के हमने जो पूछा कि कोई आखिरी संदेस, सो लरज़ती आवाज़ में बोलीं कि हैदरी से कहना अम्मा कहिन मेरुखंड ही हमारी मौसीकी का पारस है, उसका रियाज़ न खुद छोड़ें न अमाल बिटिया को छोड़ने दें। बस।

आह ये बन्दए गरीब, आप से लौ लगाए क्यूँ,
आ न सके जो वक्त पर, वक्त से याद आए क्यूँ।

जब हैदरी बेगम और अमाल जान पहुँचीं तो सब कुछ खत्म हो चुका था। बी' का आखिरी संदेसा उनको दिया तो हैदरी माँ की पाँती से लगे उनके तंबूरे पर हाथ फेरतीं हिलक-हिलक कर देर तलक रोती रहीं। अल्ला को यही मंज़ूर था शायद।

हमारा क्या रिश्ता था बी' से ? आपने तब पूछा था पर हमने जवाब नहीं दिया था। क्या देते ? वो लगाव कितना उनके गाने से था, कितना उनसे हम आज तलक समझ नहीं पाए। बी' के दिल में अलबत्ता हैदरी के वालिद पंडत मोती के बाद न कोई समाया ना ही समा सकता था। बस बी' की राग देसी की बंदिश में दर्ज सचाई दोहराने को जी करता है :

साँची कहत हैं सदारंग ये नदी नाव संजोग।
कौन किसी के आवे जावे, दाना पानी किस्मत लावे,
यही कहत सब लोग।

थोड़ा कहा बहुत जानिएगा।

आपने दिल्ली वापसी के बाद भेजे अपने एक खत में बी अल्लारखी से इल्तजा की थी के हो सके तो अम्माजानी की मुँहबोली सहेली हीराबाई की बाबत 'गर कुछ भी जानकारियाँ उनके ज़हन में हों, उनसे आप को वाबस्ता करवाएँ।

आप तो जानती हैं कि तबियतन बी' कम बोलनेवाली और बहुत गम खाने वाली खातून थीं। और इतने बरसों काम की बात के अलावा उनकी निजी ज़िन्दगी पर हमारी उनसे कोई खास बातचीत न हो सकी। पर अपने इन्तकाल से कुछ ही पेश्तर बी ने नाचीज़ को बुलाकर कहा था, के याददाश्त पर जोर डालने से उनको जो कुछ भी बाबत हीराबाई के याद आ रहा है उसको वो आपकी किताब के वास्ते बोलकर मुझसे लिखवाना चाहती हैं। इसके बाद दो रोज़ तलक धीमे-धीमे उन्होंने अपने ज़माने की मौसीकी और हीराबाई की बाबत कुछ बातें कागज़ के सीने पर उतरवाईं, और मुझे हुकुम दिया के मैं आपको बता दूँ के कुछ मालूमात जिनका ज़िक्र आपसे मुलाकात के दौरान वो नहीं कर पाईं थीं, आपके लिए मेरे पास छोड़े जा रही हैं, क्यों कि कगार का यह पेड़ जाने कब ढह जावे।

***

उनका यह भी पुरजोर इसरार था कि ये पन्ने जस-के-तस आपको डाक से दिल्ली भिजवा दिए जाएँ ताकि सनद रहे, और जब आप बाबत उस ज़माने की मौसीकी

के चन्द बुलन्द पाया सितारों पर अपनी किताब को अंजाम दें, तो ये चन्द मालूमात भी उसमें शामिल की जा सकें। यह हो पाया तो यकीन जानिए इससे उनकी रूह को बड़ा सुकून मिलेगा।

आपको जान के खुशी होगी कि हमने आपका पता वापस अमरीका जाती हैदरी बेगम को भी नोट करवा दिया है। और कहा है कि बेगम साहिबा की आखिरी ख्वाहिश थी के अगर कोई मालूमात बनारस और शेरकोठी की बाबत उनके पास हों, तो वो भी आपको हासिल करा देवें। वह सारा पुलिंदा बरास्ते खत वा ई मेल आपको, जब मसौदा तसल्लीबख्श तरीके से तैयार हो गया, भेज देंगी। उनका कहना था के माशेअल्ला उनके खानदान में सबसे पढ़ी-लिखी अमाल बिटिया ही हैं। वो अगर राज़ी हो गईं, तो वापस लौटने के बाद उनके हाथों जितना कुछ दर्ज करवा पाईं, मार्फत डाक या ई मेल के अमरीका से आपको भिजवाएँगी।

हमारी बी अल्लारखी की ही तरह हैदरीजान भी कमगो हैं। पर हमने उनको ये बता दिया के बी' किस कदर खुल के आपसे मिलीं थीं। और यह भी, के उनको जाने तक पक्का भरोसा हो चला था कि बाबत उनकी उन यादों को आमफहम जुबान में तरीके से सिलसिलेवार पेश करने के वो कूवत अगर किसी में है तो बस आप में। लिहाज़ा हम सबका फर्ज़ बनता है, के जितनी मालूमात हम सब मिल के हासिल करा सकें कराएँ। कौन जाने इससे उनकी मायूस रूह कुछ सकून पाए?

यूँ कहने को तो हमने अपने पोते मियाँ नवाज़ से भी कहा है कि बी हैदरी की ई मेल वो आपको भी मुहैया करा दें। खानदान में कंपूटर वगैरा का काम वही बेहतर जानते हैं। अंग्रेज़ी पर भी माशेअल्ला उनकी पकड़ अच्छी, कमज़कम हमसे कहीं बेहतर है। पर आज की नस्ल का इन मामलात में ऐतबार करना मुश्किल है। हमारे लिए तो बी के जाने के बाद जैसे सब कुछ खत्म हुआ। अपनी यादों को सीने से लगाए हम भी अब अपनी आखिरी घड़ियाँ गिन रहे हैं। बी साहिबा की ही तरह हमको भी बेहद खुशी होगी अगर यह चन्द सतरें आपकी किताब में किसी मुनासिब जगह में शामिल की जा सकीं।

अल्ला आपको लम्बी उम्र दे।

तेरी खूबी तेरी इज़्ज़त, तेरा इकबाल दूना हो।
तू औरों के लिए दुनिया में नेकी का नमूना हो॥

आपका खैरअंदेश
मखदूम आलम खान 'तपिश'

मखज़ान ए उल्फत ए हीराबाई, बज़ुबान बी अल्लारखी, बकलम मखदूम अली खान 'तपिश' :

जल रहे हैं दाग ए दिल तुरबत पे जाने के लिए।
रोशनी कम हो रही है नींद आने के लिए॥

'मेरी नानी हुस्नाबाई, जिनको हम अम्माजानी करके पुकारा किए थे, बनारस की नामी-गिरामी डेरेदार तवायफ और शहर के जाने-माने सारंगीनवाज़ उस्ताद आशिक अली खाँ साहिब की गंडाबन्द शागिर्द थीं। खयाल टप्पा, ठुमरी और तराना गायकी में उन्होंने बड़ा नाम कमाया। शहर बनारस तब संसकीरत के पंडतों के अलावा गाने-बजाने वालों का शहर भी मशहूर था और अपने फन की महारत दिखाने को तकरीबन हर घराने के उस्ताद और गुणी कलावंत यहाँ गंगा जी को सलाम करने आते रहते थे। हमारे ज़माने में बनारस की डेरेदार तवायफों के यहाँ मौसीकी के फनकारों, जानकारों, खानदानी रईसों के अलावा अज़ीम शायरों और अदीबों का लगातार आना-जाना उठना-बैठना होता था।

महफिलों की जान और शान और मौसीकी के दो उम्दा नगीनों : हमारी अम्माजानी और उनकी सहेली हीराबाई की शुहरत की एक बड़ी वजह यह भी थी के दोनों ने उस वक्त के कुछ नामी-गिरामी उस्तादों से मौसीकी की बाकायदा तालीम के अलावा बनारस के मौलवियों और टीचरों से भी तहज़ीबी टूशन ली थी। तब के बनारस में तमाम नामी-गिरामी गानेवालियाँ और उस्ताद या तो बस गए थे या फिर आते-जाते रहते थे। देस-भर में यहाँ की मासूमन, बड़ी मैना बाई, नोखीबाई, डल्लूजान, चंपाबाई जैसी फनकारा और बाबू हरिचंदर, जनाब शेरबहादुर उर्फ बच्चूबाबू, काशी के राजा परभूनारायन महाराज जू जैसे संगीत के जानकार सरपरस्त मशहूर थे। उस्तादों में धुरपद खयाल की कहिए तो गोपाल मन्दिर के छन्नू जी, मिसिर जी, बड़े रामदास जी रहे। सितारियों में बीनकार आशिकअली का बड़ा नाम था, जो अहरोरा के पांडे ज़मींदार की सरपरस्ती में रहे। तबलियों पखावजियों में बलदेवसहाय और टप्पा ठुमरी गायकी में गनपत राव और ताज मियां का नाम दूर-दूर तक मशहूर था।

आप चाहें तो रायबहादुर किसन जी के पोते राधापरसाद जी से भी इस बाबत खत ओ किताबत कर सकती हैं। उनके परदादा के पास उस ज़माने के फनकारों की कुछ बड़ी नायाब चीज़ें धरी रहती थीं, और अगर अनजाने में फिंक-फिंका न गई हों तो उनसे मँगवाई जा सकती हैं। खुद हमको बनारस में रहने के कुछ ही बरसों की याद है, क्योंकि हम कोई चौदह बरस की थीं जब अम्माजानी बनारस छोड़कर हमको साथ लेकर शेरकोठी में बसने को आ गईं। बनारस छोड़ना हमारे लिए बड़ा

तकलीफदेह था, उसी सरज़मीं पे जनमीं हम, पली बढ़ीं, सहेलियाँ बनाईं, मौसीकी की तालीम शुरू की।

पर किस्मत का क्या कहिए, एक रजवाड़े थे किसी बड़ी इस्टेट के कालिका परताप सिंह जू, उनसे आशिकी हो गई, रंग इस कदर गहरा हुआ कि राजा साहेब की बाँह थाम कर उनकी कोठी में रहने दूर पछाँह रुहेलखंड में चली आईं। महाराज जू ने कोई कसर नहीं छोड़ी उनकी दिलजोई की, पर मन को भटकने से किसने रोका है? बनारस का ज़िक्र करतीं तो हाय! कहकर चुप पड़ जातीं।

दरअसल यहाँ वो बेहद अकेली पड़ गई थीं और जब महाराज जू कई-कई दिन नहीं होते, तो दिन काटना दूभर हो जाता। लिहाज़ा उनने परमिशन ले ली थी कि जी करे तो हुस्नाबाई अपनी पुरानी सहेलियों के साथ टूरिंग कम्पनियों का डिरामा देखने आस-पड़ोस में जा सकती हैं। थेटर का एक नया शौक भी शायद इसी वास्ते यहाँ आने के बाद अम्माजानी को लगा था, जिसने उनके नसीब को खा लिया बाद में। पारसी सेठों की कम्पनियाँ होतीं थीं, जो बड़े-बड़े उस्तादों से ड्रामे लिखवाकर शहर-शहर उनको दिखाया करतीं थीं। गाने भरपूर होते थे उनमें सो गवनहारियों और उनके उस्तादों का बड़ा मान करते थे सेठ लोग। भरहाथ तनख्वाहें देकर रख लेते और रहन-सहन, सफर पर फर्स्ट किलास आना-जाना सब कम्पनी पर!

मूनलाइट कम्पनी का उन दिनों बड़ा नाम था। बस कल की ही बात लगती है जब हम अम्माजानी के साथ उनका भरतमिलाप नाटक देखने गईं थीं। डिरामे की हीरोइन पेशेंस कूपर थी बला की खूबसूरत : गोरी चिट्टी, सुनहरे भूरे बाल, नीली-नीली गहरी झील जैसी आँखें। अम्माजानी ने बताया था कि तीन बला की हसीन ऐंग्लोइंडियन बहनें आती थीं कलकत्ते से उन्हीं में एक थी पेशेंस मेमसाब। उनकी एक रिश्तेदार अमीलिया कूपर जमिला बाई के सरपरस्त आशिक चरना इस्टेट के महाराजा जू की अंग्रेज़ी की ट्यूटर बन गई थी। और दोनों ने मिलकर हमारी अम्माजानी को भी साथ-साथ कम्पनी के नाटकों का चस्का लगा दिया। अपने शहर या आसपास के कस्बे में कोई नाटक होता मजाल थी कि तीनों सहेलियाँ पहला शो न देखें? लिहाज़ा इस नाटक के टिकट भी मँगाए गए।

***

इस बार ये तीनों सहेलियाँ हरचन्द ये नाटक देखने को आना चाहती थीं, क्यों के इलाके की एक और मशहूर बाई, बनारस की शरीफा जान की बेटी कज्जन पहली-पहली बार इसमें सीता का छोटा-मोटा रोल कर रही थी। कंजी आँखें थीं उसकी सो कज्जन कज्जन कहलाती थी, असल नाम उसका था चंपाकली। बी शरीफा ने

कहला भेजा था अम्माजानी को, कि उनके सर की कसम, जो शहर में कम्पनी आई तो उनकी लौंडिया का काम देखने उनको आना ही होगा इस बार।

हाय होनी को कौन टाले?

उसी शो में महाराजा जू के एक रंगीन तबीयत साले साहिब भी आगे की सीट पे बैठे हुए थे। जनाब बुंदेलखंड साइड के कोई बड़े ताल्लुकेदार हुआ करते थे। स्टेज पे कमसिन नाज़ुक कज्जन की खास हरी नीली चितवन पर ऐसा रीझ गए के बस, महाराजा जू के सिकेटरी के हाथों रुक्का लिखकर उनको विंग्स में भिजवा डाला कि फौरन से पेश्तर कज्जन की वालिदा बी शरीफा उनसे आन मिलें।

बी शरीफा की जान साँसत में। उनकी लौंडिया कुल पंद्रै बरस की नादान हुदहुद बछेरी, कैसे यूँ ही भेज दें? दरबार के सिकेट्टी मुए को सब जानें थे। कमबख्त पल्ले सिरे का दोमुँहा शख्स था, इधर कहता के हुस्नबानो को भेज दो, उधर महल जाके रानी साहिबा को उकसा कर उस गरीब को मार जूतियों से पिटवाता। रईसों के घरों में तब बड़ी-बड़ी भीतरी किटपिट चलती रहती थी। कोई किसी का सगा नहीं होता था। शहर में मशहूर था के खुद दरबार के सेकेट्टी एकतरफ तो साले साहिब के हमप्याला हमनिवाला थे, दूसरी तरफ खुद रानी साहिबा का काँटा भी उनसे भिड़ता था। बड़े घरों के बड़े राज़। कौन मुँह खोलकर आफत मोल लेता?

भाई की तरह ही रानी साहिबा भी बला की झक्की थीं। किसी बुंदेलखंड सैड की बड़ी रियासतवालों की मुँहचढ़ी बेटी थीं, एक बार में दो बोतल शराब पी जाती थीं। वहीं की कोई तीखी शराब, अनार की तो कभी अदरक की। फिर देर रात गए तक ड.फ़ पर गाना सुनती थीं, सोती तब जाके थीं जब मार्फ़िया का फुल्ल डोज़ दिया जाता। खैर...! चल निकले तो किस्सों का क्या ठिकाना कहाँ से कहाँ ले जाएँ? थेटर की बता रहे थे। कौन जानता था कि किसी निगोडे भरतमिलाप नाटक से शुरू हुआ यही मामला सीधे चलता हुआ आखिरकार अम्माजानी और हिज़ हाइनेस महाराजा जू की जुदाई का सबब बन जाएगा जिसके बाद ज़िन्दगी के सारे सुर जैसे बेसुरे होके बज उठेंगे।

आखिरकार रुपए-धेले का हिसाब बिठा, गुस्सा, डर सब थूक के शरीफ़ाबाई ने बेटी कज्जन को साले जू की पनाहगाह भेज ही दिया। तवायफ की औलाद, उसे कौन-सा सती सवित्तरी बनाना था? कज्जन पूरे आठ बरस साले सरकार की मुँहलगी रखैल बन के रही। इस बीच अम्माजानी बताती थीं कि सोने से मढ़ दिया था उसे और उसकी माँ शरीफा बी को साले सरकार ने। पे पेट की कच्ची निकली हुस्नबानो। रंडी का खून। एक दिन उगल ही तो दिया लड़की ने साले सरकार के आगे कि हुज़ूर जब आपका रुक्का आया था, तो महाराज जू की शेरकोठी वाली

बाई से अम्मा ने मशवरा किया था। और जो है सो हुस्नाभाई ने ही अम्मी को हमें आपके पास ना भेजने की सलाह दी थी। वो तो वह ज़िद पर उतर आई तो अम्मी मान गईं।

बस यह होना था तो रानी साहिबा के भाई ने समझो के बात गाँठ बाँध ली, और बदले में आखिरकार अम्माजानी को अपने हुज़ूर से जुदा करा दिया। पहले उनके लोगों ने किसी चुड़ैल की मार्फत महाराज जू के फकीरी गुरु जी का दिया आशीर्वादी लबादा छुपा दिया और फिर एक नामुराद जानलेवा कार अक्सीडेंट करवा दिया।

अब बात करते हैं अम्माजानी की गहरी सहेली हीराबाई की बाबत, जिनके अफसाने की खोज में आप जुटी हुई थीं। हमने सुना था कि वो गदर के कुछ बरस बाद अपनी बेहद हसीन और शोख बेटी एंजेलीना को लेकर कहीं हिमाला के पहाड़ों की जानिब से बनारस आ गईं थीं। बनारस की नगरी तब तमाम मशहूर नाचने-गानेवालों और उनको पालनेवाले रईसों की नगरी थी और दूर-दूर से नाचनेगानेवालियों में से जिनमें सचमुच का हुनर होता, वो भरपूर नाम कमा सकती थीं ये मशहूर था। हीराबाई तबीयतन पक्की गवनहारी खानदान की परवरिश से तैयार बेहद तहज़ीबयाफ्ता खातून थीं। उम्र उनकी, जब वे बनारस आईं, कोई सताईस-अठाईस बरस की रही होगी। पर उन दिनों डेरेदार तवायफें पन्द्रह की होते न होते निगाहों में आ ही जाती थीं। लोगों को कुछ तअज्जुब ज़रूर हुआ, कि इतनी गुणी गानेवाली इतनी देरी से गुनीजनों के शहर क्यों कर पहुँची होगी? तालीम किससे ली होगी इसने? पर यह राज़ राज़ ही रहा।

अपनी पिछली ज़िन्दगी की बाबत माँ-बेटी कम ही खुलती थीं, पे उनकी आपसी अंग्रेज़ी गुटरगूँ से ज़ाहिर था के दोनों तालीमशुदा और किसी तहज़ीबदार घराने से थीं और किसी मजबूरी में नाच-गाने के पेशे में उतरीं थीं। इलाके की दाइयाँ कुटनियाँ जिनको भेद ताड़ने और खुफिया खबरें लाने ले जाने में बड़ी महारत हासिल थी, बताती थीं कि हीराबाई पहाड़ों में किसी बड़े घराने के एक अंग्रेज़ अफसर की बीबी बन के कई बरस रहीं, मालिक के गुज़र जाने पर सर से साया उठ गया तो ही इन गलियों का रुख किया। अब अल्ला जाने उनसे निकाह किया था के नहीं।

उस ज़माने में कम्पनी बहादुर के कई जवान गोरे साहब, जो अपने मुल्क से अकेले यहाँ पैसा कमाने को चले आते थे, दिल ओ जिस्म के तकाजे पूरे करने को अच्छी शक्लोसूरत वाली किसी हिन्दोस्तानी औरत को घर बिठा लेते थे। उसको बीबी का तखल्लुस बख्श के साहिब की बड़ी सी कोठी के हाते के भीतर एक छोटी काटेज बनवा के रिहायशी जगह दे दी जाती थी। यह छोटी कोठी बीबीघर कहलाती थी। पुराने शहरों में बीबीघर नाम से इस तरह की टूटी-फूटी कोठियाँ अभी भी चन्द

बड़े हातों में मौजूद हैं। पर आज कम ही लोग जानते हैं कि इनका यह नाम क्यों कर पड़ा। खैर!

तो सुना के अपने अंग्रेज़ मालिक की तरफ से हर हिन्दोस्तानी बीबी को महीने के अमूमन चालीस कलदार विक्टोरिया वाले हाथखर्च के वास्ते दिए जाते थे, खाना-पीना सब कोठी से ही बनता था, और साहिब ज़्यादा मेहरबान हुए तो कुछेक नौकर-नौकरानियाँ भी बीबीजान और उनकी औलादों की परवरिश के वास्ते अलग से रख लिए जाते थे। अलबत्ता गोरों और उनकी मेमों की बैठकों से देसी बीबी लोग अमूमन अलग-थलग ही रखी जातीं थीं और विलायत में सिर्फ विलायत से हिन्दोस्तान आई या लाई गई मेमें ही ऊँची सोसैटी में उठने-बैठने के काबिल मानी जाती थीं। साहिब लोग हमेशा को रहने को तो इस मुल्क में आते नहीं थे, भर हाथ पैसा कमाने लिया तो आखिरकार एक दिन वो खुशी-खुशी अपने-अपने बिस्तर बाँध के अपने मुल्क वापस चले जाते। उस सूरत में उनकी बीबी बेचारियाँ अक्सर रातोंरात सड़क पर आ जातीं। कभी-कभार ही सुना होगा कि किसी साहिब ने अपनी बीबी के या उनसे हुई औलाद के लिए ताउम्र खर्चेपानी का इन्तज़ाम किया हो।

गीध की तरह हर बीबी के सड़क पर आते ही दलाल गिर्द भटकने लगते उनके और फिर उनकी सरपरस्ती में अधिकतर बीबियाँ आह भर के दालमंडी या हीरामंडी वगैरा की तरफ रुख करतीं। पीठ नहीं, ये पापी पेट ही हमको गिराता है।

बनारस में हम सब बाहर-बाहर से यही सुना किए थे कि हीराबाई के शौहर भी कोई बड़े मालदार ओहदेदार गोरे साहिब थे पहाड़ी इलाके के। उनने पहले वहाँ के जंगलों की सरकारी पैमाइश करवा के फिर बाद को जंगलात की ठेकेदारी से भरपूर कमाया, लुटाया। और बाकायदा उनसे शादी भी कर ली थी। पर जब साहिब का वहीं पहाड़ों में अचानक शिकार खेलते हुए हादसे में इन्तकाल हो गया, तो बाद उसके, जैसा कि हमेशा होता है, तब तक उनको पान के पत्ते की तरह फेरने वाले लालची मैके वालों ने उनके बेटे को साहिब का वारिस बताकर हमारी हीरा को कोठी से बमय बेटी अंजलीना के निकलवा दिया और खुद उनके बंगले पर काबिज़ हो गए। हिन्दोस्तानी पहाड़न की तरक्की से जले-भुने बैठे साहिब के मौकापरस्त फिरंगी यारों ने भी मजलूम बेवा की फरियाद पर गौर नहीं किया। साहिब का खाते में जमा सोना-रुपया साफ करवा लिया और मजलूम बेवा से अपनी निगाहें फिरा लीं। आखिरकार हालात की शिकार कई दूसरी कमनसीब बीबियों की ही तरह हीराबाई और उनकी बच्ची को भी उनका कोई होता-सोता बनारस पहुँचा गया।

हीराबाई शक्ल से बेहद हसीन, गोरी-चिट्टी, घुंघराले बालोंवाली खातून थीं। निकलता हुआ कद, ऊँची पेशानी, तोते जैसी आगे से कुछ मुड़ी हुई सुतवाँ नाक और

कुछ-कुछ अंबरी आँखें, नशीली सी। कमरे में दाखिल होतीं तो निगाहें अटक-अटक जातीं। ज़हीन थीं, पर तबीयतन कम बोलनेवाली। आवाज़ में कुदरती सोज़ था। साहिबों की सोहबत में रहने से अंग्रेज़ी की अच्छी जानकार थीं ही, और निहायत साफ-सुथरी उर्दू भी बोल सकती थीं। लिहाज़ा उनका सिक्का जल्द ही इलाके की महफिलों में चल गया।

उनकी सबसे करीबी सहेली, यानी हमारी अम्माजानी हुस्नाबाई, ठीक उनके उलट इन्तहाई खलीक, बावज़अ और ज़िन्दादिल खातून थीं। खुले दिल से हँसतीं-बोलतीं। खुली पाटदार आवाज़ में बनारसी बोल-बनाव की ठुमरी और कजरी चैती गाने के लिए वे दूर-दूर से महफिलों में बुलवाई जाती थीं। तालीम तो ज़्यादा न थी, लेकिन मुस्तकिल मतालमे से उन्होंने अपनी नालेज में खासा इज़ाफा कर लिया था। याददाश्त भी अच्छी थी, जो पढ़तीं याद हो जाता। पढ़ने का शौक दीवानगी की हद तक था। हमारी अम्मा बताती थीं के हुस्नाबाई को सड़क चलते अखबार या किताब का उड़ता पन्ना भी मिल जाता तो उठवा लातीं। बावर्ची जिस पुड़िया में लपेटकर बाजार से सौदा सुलफ लाता उस पर किसी शायर या अदीब का नाम दिख जाता, तो उसे खाली करवाकर जब तक पढ़ न डालतीं, चैन से न बैठतीं। शायरी, छपी किताबें पढ़ने और काशी और मिर्ज़ापूर के कजरी दंगल में साथ-साथ गाने का साझा शौक उनकी हीराबाई से गहरी दोस्ती का सबब बना।

आम तवायफों की तरह हमारी अम्माजानी तंगदिल और खुदगर्ज़ नहीं थीं। पक्का सहेलापा कायम होने के पहले भी उन्होंने बाहर से आई हीराबाई की फर्क कटाव की बोली और उठक-बैठक को इलाके की दूसरी रंडियों की तरह मज़ाक का सबब नहीं बनाया। और बाद को उनको न सिरफ बनारसी पुरबिया बोली सिखाई, मिर्ज़ापुरी कजरी और बनारस की बोल-बनाव की ठुमरी गायकी की कई बारीकियाँ भी समझाईं और साथ ही हिन्दोस्तानी महफिली चाल-चलन और पोशाकों की बाबत ज़रूरी जानकारी भी देती रहीं। उधर हीराबाई की सोहबत में अम्माजानी भी अंग्रेज़ी ज़ुबान की काम चलाने लायक जानकारी पा गईं और कुछेक अंग्रेज़ी के गाने भी, जो मलका-ए-बरतानिया की शान में लिखे गए थे और विलायती औरगन पे गाये जाते थे, उनने सीखे और कई महफिलों में साहबों से वाहवाही पाई।

अपने हुस्न और फन के लिए मशहूर बनने के बाद सुना हीराबाई की बेटी अंजलीबाई ने भी वो कई गाने बाद को कोलकाता में रिकॉर्ड में भरवाए। अंजली तब भी बड़ी ज़हीन बच्ची थी और मेरे उलट उसकी ज़िन्दगी के उतार-चढ़ावों ने बहुत कम उम्र में ही उसे बातचीत की चतुराई और बला की खुदगर्ज़ी भी सिखा दी थी। हुस्न का गुरूर तो उसे था ही। खैर खुदा झूठ न बुलवाए, वक्त की चाल भाँपने

में दोनों बेहद शातिर थीं। इसी से फन को तराशने और वक्ती तौर से बेचने लायक बनाने में हम और अम्माजानी उनके कतई पीछे रही आईं।

हमारे इधर आने के बाद भी महफिलों में उनके गुरूर, उनकी नायाब अदाओं, पोशाकों और ज़ेवरों के कई चर्चे शेरकोठी तक अम्मा के उस्तादों-संगतकारों की मार्फत आते रहते थे। अलबत्ता अम्माजानी कहती थीं के शुरू-शुरू में उनकी सिखावट से ही हीरा और अंजलीना, उर्फ अंजली बाई ने हिन्दुस्तानी लिबास को तवज्जो देना सीखा था। वर्ना वे दोनों माँ-बेटी मेमों की जानिब निहायत सूफियाना रंगतों के कपड़ों में नज़र आतीं थीं। भारी-भरकम ज़ेवरात और भड़कीली पोशाकों से भी उनको परहेज़ रहता था। अम्माजानी की अहसानमन्द इस बाबत दोनों रहीं भी।

बनारस में रहते हम भी जब कभी अम्माजानी के साथ हीराबाई से मिलने गईं, वो दोनों माँ-बेटी बड़ी मोहब्बत से पेश आईं। और जब हमने कभी उनसे कुछ खास अंग्रेज़ी के गाने औ' अपने इलाके की चन्द बंदिशें गाने का इसरार किया उन्होंने बेझिझक वो चीज़ें हमको सुनाईं, सिखाईं। यानी और तवायफों की तरह माँ-बेटी कमीनी नहीं, दिलदार थीं। हमने उनसे कुछेक पहाड़ी धुनें सीखीं थीं जो हमारी चैती की ही तरह उधर की साइड में खास चैत महीने में गाई जाती थीं।

एक बंदिश का, जो हमको पूरी याद नहीं रही, मुखड़ा उठता था, 'यो आयो चैता को महीना'। चैत का महीना कैसा उतपतिया है यह तो हम अपनी तरफ की चैतियों-दादरों में सुनती ही रही थीं। तो पहाड़ में भी उसी चैत के महीने में मायके से दूर हुई कोई बेटी छै महीना पहले अपने माँ से गुँथवाई अपनी चोटी पर हाथ रखती है, और उसे अपनी गली में घर लौटती गायों की गलघंटियाँ और छूट गई माँ की बेसाख्ता याद आ जाती है।

इसे गाते हुए हीराबाई कई बार रो-रो पड़ती थीं और सुनती हुई अम्माजानी भी। मुहर्रम की सोज़ख्वानी की तरह इस चीज़ को हीराबाई जब चैत की महफिलों में बगैर तबले सारंगी के गाया करै थीं, तो इस कदर पुरसोज़ आवाज़ थी उनकी, के पहाड़ी लफ्ज़ों को न बूझने वालों की आँखों से भी अश्क तारी हो जाते। सच ही कहा है कि चैत का महीना ही उतपतिया है। बदन को अलसाता है, बीती यादों को जिला देता है।

हम गवनहारियों के आँसुओं का क्या? पुरानी यादें सुरों पे सवार हो के सामने आईं नहीं, कि सावन के बादल आँखों से बरबस बरस पड़ते हैं, और क्या?

हीराबाई के गले की कुदरती मिठास को परखने के बाद कहते हैं के काशी के मिसिर भाइयों ने खुद आके उनको शागिर्द बनाने की पेशकश की। उनसे गंडा बँधवाया गया और बाकायदा खयाल, टप्पा और ठुमरी की तालीम उनको मिलने लगी। मिसिर भाई बाद को नेपाल महाराज के दरबार में चले गए। कहते हैं चालीस

दिनी सालाना मौसीकी के एक दंगल में काशी महाराज की तरफ से इन दोनों भाइयों को जुगलबन्दी के एवज में सवा लाख रुपए बतौर इनाम मिले थे। तब के सवा लाख तो अब करोड़ों के बरोबर थे। हाय, अम्माजानी उम्मीद लगाए थीं कि हमको भी उनसे सिखलवातीं पर दोनों सितारे राजा नेपाल के बुलावे पर उनके दरबारी गायक बनकर नेपाल जो गए तो फिर नहीं लौटे।

हीराबाई के कंठ का हीरा तब तक वे तराश गए थे सो उसकी चमक मन्द नहीं पड़ी। किसी महफिल में उनकी गाई बागेश्री की 'मालिन लाई चुन चुन कलियाँ' बंदिश सुनने के बाद उन पर उस वक्त के एक और मशहूर बनारसी गवैय्ये उस्ताद बशीर खाँ का भी दिल आ गया। और उन्होंने बाई को बड़ी मुहब्बत के साथ धुरपद और टप्पा गायकी की उम्दा तालीम दी। खाँ साहिब भी बाद को कलकत्ता चले गए। उन दिनों वहाँ मटिया बुर्ज़ में नवाब वाज़िद अली शाह की आमद से बड़े गुणी गवैय्यों और उस्ताद लोगों का अच्छा जमावड़ा लगने जो लगा था।

हाय कितनी यादें पैवस्त हैं इस दागदार दिल में। आज भी कोई बंदिश छिड़ी नहीं कि कोई न कोई किस्सा ज़हन में आ जाता है। कल राग जौनपुरी में, 'भोर भई मिलन भइलवा' बंदिश सुनी तो याद आया के किस तरह कभी अम्माजानी के एक मराठी गुरु भाई ने बताया था कि इसी खयाल के साथ अधभूखे मुसलमान उस्तादों के थप्पड़-लात खाने का जोखम उठाते हुए उनकी तालीम की शुरुआत हुई थी। भाऊ पंडत गरीब बिरहमन घर के बच्चे थे। आवाज़ बचपन से ही सुरीली थी पर बाप की जो कमाई बस इतनी कि नमक लाने में बाजरे की रोटी खत्म हो जाए। बड़े भाई के साथ एक मराठी नाटक कम्पनी में भर्ती हो के उनने शुरू में शहर-शहर घूमते हुए गा-गाकर कई जनाना रोल कर चुके थे।

इसी दौरान एक बार जब इंदौर में उनकी कम्पनी का नया नाटक खेला जा रहा था, तो किसी दरबारी गवय्ये खाँ साहेब की नज़र कैकेयी का रोल करनेवाले इस सुरीले लड़के पर पड़ी। रंग पक्का था तो क्या? आवाज़ में जैसे वंशी कूकती हो। खाँ साहेब ने तुरत बुलवा भेजा उसे और आनन-फानन गंडा बँधवा के अपना शागिर्द बना लिया। यूँ किस्मत के धकेले से बुवा अचांचक घरानेदार गवैय्यों के सरताज जनाब बुंदू अली खाँ साहिब के चरनों में आन गिरे, जो सिर्फ अपने ही घराने के बच्चों को तालीम देते आए थे। बुंदू अली साहिब की गुरूर भरी गायकी का जलवा ऐसा, कि उनके नाम से धाकड़ से धाकड़ तबलिए-सरंगिए भी थर्रा उठते थे। बिला एक भी बोल छोड़े पूरा अस्थायी एक बार में गाकर सम पे इस तरह मुखड़ा पकड़ते, कि अच्छे-अच्छे बेताला हो के रह जाते थे। अम्माजानी के सारंगीनवाज़ लल्लन मियाँ ने कभी संगत की थी उनकी। वो हमेशा कानों की लब छू के कहते, के उस

घराने का असल इल्म अगर किसी ने हासिल किया, तो घर के लड़के-दामादों ने नहीं, सिर्फ इसी एक पंडत बच्चे भाऊ बुवा ने।

लल्लन मियाँ ही ये भी बताते थे के गंडाबँधाई के वक्त बच्चे की जेब खाली दीखी तो गुनी उस्ताद ने खुद सवा पाई उसकी हथेली पे धर के कहा कि चलो यही मेरे हाथ में दे दो बतौर गुरुदच्छिना, औ' आज से तुम हमारे बेटे और शागिर्द हुए। जो इल्म हमारे पास है वो अब तुम्हारा होगा।

और उस्ताद की फुल्ल किरपा पा के, मराठी नाटक कम्पनी की मुलाज़िमत में जो लड़का शायद 'जो मम नयन चकोर इन्दु' गाते हुए अपने लिए बमुश्किल नून-रोटी का जुगाड़ कर पाता, अपने ज़माने में मौसीकी का लखपति सितारा बन गया। औ बस फिर तो यूँ रगड़ के कराई शागिर्दी, के तीन महीने जब तक कम्पनी रही शहर में, तब तक ढेरों राग सिखा दिये भाऊ बुआ को गुरु ने। बाद को बुआ ने कम्पनी की नौकरी छोड़कर बस संगीत से ही लौ लगा ली। हँसकर महफिलों में बताते थे पंडत जी, कि उनकी शागिर्दी मामूली नहीं थी। कहते हैं ऐसे धुनी थे कि बिरहमन होते हुए भी, कि अपनी हथेली में चार-चार उस्तादों का थूका बलगम तबर्रुक समझ के उठा लेते थे। एकाध बार उस्ताद के कहने पर गोश्त खरीदने भी गए और भरी सभा में उस्ताद का थप्पड़ कई बार खाया। आखिर में गुरु खुश हुए और तराश कर हीरा बना गए उनको।

और तवायफों की ही तरह हीरा ने भी और अम्माजानी ने भी उन पर डोरे डालने और उनकी बिदिया पा लेने की कई कोशिशें कीं, पर पंडत आदमी थे, और लंगोट के पक्के। सुनते हैं कि बस हाथ जोड़ देते थे कि मैं तो मौसीकी को ब्याह दिया गया हूँ बहन, दोबारा किसी और से मुहब्बत के काबिल नहीं रहा।

रात को जगरमगर उजाले में भी, औ' बेनूर दिन के उजाले में भी इस तरह के अनगिनत बोल-बनाव भरे किस्सों-सुरों को लिये-दिये ही तो बढ़ती हैं हम गानेवालियों की बंजारा ज़िन्दगियाँ। ये किस्से कहने-सुनने वाले न हों बीबी, तो कहो कैसे कटें हमारे दिन-रात? ऊपरवाला झूठ न बुलवाए गाना-बजाना तो अब हर जगह है, पे अब पहले की तरह किसी दिलदार फनकार को रू-ब-रू बिठा के इस तरह के किस्सों की अतर गुलाब जैसी फुहारों के बीच गाना-बजाना नहीं होता। मुहल्ले-मुहल्ले किसी नसीबोंजले के लैपटॉप पे रूखी-सूखी बंदिशें बिना महफिली आह या वाह के, बिना किस्सों के अतर-फुलेल के सीधे आसमान से नीचे उतारी जाती हैं और फिर हमारे नवाज़ मियाँ जैसे छोकरों के कानों में खुँसी पिलास्टिक की खूँटियों से सीधे बस उनके ही भेजे में जा घुसती हैं। इसके बाद उनके जिगर से दाद और कलेजों से बेसाख्ता वाह-वाह अगर निकले भी तो कैसे? दिन-रात इन पिलास्टिकी

खूँटियों से संगीत को अपने भीतर उतारनेवालों से मौसीकी या पुरानी महफिलों की बाबत बोलने बुलवाने की कोशिश करो तो जवाब नहीं मिलेगा या भलामानस यूँ देखैगा जैसे खा जाएगा।

अरे, किसी महफिल में बैठे संगीत के सुननेवाले, गुनवंत के साधे हर बढ़िया सुर की चाल पे हज़ार जान से कुर्बान न हो सकें तो कलावंतों के दिल और संगतकारों के बाजों के सुर सब किसी रोज़ अपने मकाम पे पहुँचने को छटपटा के न रह जाएँगे? अब हाल ये हो गया है कि टैम-बेटैम गाना सुन-सुनकर इनसान भूल गया है कि रूह तक गाना पहुँचाना क्या होता है? गए साल सुना दो भले खासे छोकरे रेलवेलाइन पार करते समय कान में खूँटी खोंसे संगीत सुनते हुए अंजन की सीटी तक ना सुन पाए और पटरियों पे उनके टुकड़े-टुकड़े हो गए! सब बस खुद में ही कैद होके रह गए हैं मोबाइल के ज़हूरे से। अक्सर तपिश साहिब कहते हैं कि आप तो कम गो थीं ही अब हमको भी वही हो गया है कि अब तो दादुर बोलिहैं हमहि सुनेगो कौन? दिनों गुज़र जावें हैं, आपसी हाँ हूँ के बाद बिगैर ज़ुबान हिलाए। किससे बतियाएँ? और किस पर?

अभी चन्द रोज़ पहले कोई आया किसी अंग्रेज़ी अखबार से, बोला के बी साहिबा से पुराने दिनों की गायकी पर बात करने आया हूँ। आओ भई। हम भी जानें इतनी तरह के तारों, मशीनों और टी.वी. के तामझाम से हर घड़ी गाना सुननेवाली तुम्हारी पीढ़ी असल हिन्दुस्तानी मौसीकी की बाबत क्या राय रखती है। पर बस चन्द किस्से सुन के तबीयत उकता गई। जनाब जब निहायत बेवकूफी से संगीत में हिन्दू हिस्सेदारी-मुसलमान हिस्सेदारी और गंगा-जमुनी तहज़ीब पर नेताओं जैसी बात करने लगे तो हमने उनको सलाम किया और बिल्लू को पुकार लगा के कहा जनाब को बाहिर का रास्ता दिखा दें। उनकी चले तो अब गानेवाले की कौम पूछ के, उसकी कौम के वोट जोड़ के तब उसके सुरों का मोल तय किया जाए। जबकि हमने तो सदा इसका उलट ही देखा-सुना। इधर उस्ताद रहमत खाँ ओट में बैठे गाना सुन रहे हैं और बिना शक्ल देखे गायक को सुनते-सुनते सर हिला-हिलाकर दाद देते जाते हैं, 'सुभान अल्ला भाई वाह, क्या बात है!' कोई सुर कलेजे के पार हुआ तो झुक के उस्ताद साहिब अपने आसपास बैठे किसी शागिर्द से पूछते हैं, के भई ये कौन? अगला फुसफुसाता है, हुजूर ये तो ज़ात का पंडत है पंडत। 'नहीं यार, ये पंडत या उस्ताद का गाना नहीं, ये तो हड्डी का गाना है।' उस्ताद फरमाते हैं। और बजा फर्माते हैं। वो जानते हैं कि सुरों का यूँ, के न वो जात-पाँत मानें न देस-बिदेस। बस संगीत से लौ लगी तो दिन-रात सुरों की खोज में इधर-उधर भटकना। कभी कहीं न टिकना। बस चलते ही जाना। फकीरी ठाठ है।

काशी तब ठहरी कलावंतों की दरगाह और मुल्क के हर कोने से गंगा जी के दरबार में आनेवाले गुणी जन अपने शुरुआती दिनों में किसी न किसी तवायफ की सरपरस्ती पा जाते थे। किसी नामी बाई साहिबा के डेरे पर जिस किसी का यूँ कुछ समय के लिए भी ठिकाना बन जाता उसे देर-सबेर किसी बड़ी महफिल में अपना हुनर दिखाने का मौका मिल जाता था। और बस, वहीं से उनको बड़ी महफिलों के वास्ते बुलवाए जाने का सिलसिला शुरू हो जाता। लिहाज़ा जैसा आज लोगबाग समझते हैं, बाई की सोहबत सिरफ देह के लिए नहीं की जाती थी। डेरेदार बाइयों के भीतर तब कई-कई पीढ़ियों की तालीम पैवस्त रहती थी। आपकी पीढ़ी को तो शायद ये मालूम न हो, के कितने तमाम बड़े-बड़े शहनाईनवाज़ उस्तादों सितारियों-बीनकारों के साज़ों में कंठ गायकी की मींड़, गमक, मुर्की और खटका दालमंडी वालियों ने ही बड़ी मुहब्बत के साथ डलवाया था।

बाइयों की तब बड़ी धाक थी रजवाड़ों-ज़मींदारों में। तमाम कलावंत इन्तज़ार करते थे कि बाई की सरपरस्ती से उनको भी किसी अच्छी महफिल में गाने-बजाने का मौका मिले तो उनकी किस्मत का सितारा भी चमक उट्ठे। उस्ताद बशीर खाँ ने भी यही किया। अपनी सरपरस्त हीराबाई जी की सिफारिश से वो कलकत्ते के बड़े रईसों की महफिलों में बुलाए जाने लगे। पर ज़रा नाम हो गया, तो बेमुरौव्वती से बिना तनिक वक्त गँवाये इस माहौल से मुँह मोड़कर कलकत्ते का रुख करने में उन्होंने देर नहीं की। उनको मालूम था के दरबार में दाखिल होके वसीका पा गए तो उनके नाम के आगे भी उस्ताद या पंडत का तखल्लुस खुद-ब-खुद लग जाएगा। अलबत्ता उस्तादों की गर्दिश के दिनों में खुद का हुनर गला कर भी अपने यार के फन का चिराग रौशन रखने वाली कई तवायफें बाई की बाई ही रह गईं अर्से तक।

भला हो उनका, के जिन्होंने उस ज़माने में सैकड़ों कलावंतों और उनके फन को आँचल की ओट देनेवालियों को एक दिन आल इंडिया रेडियो से जोड़ दिया। जब वहाँ के कुछ गिरस्थों ने बाइयों के नाम पर नाक-भौंह चढ़ाई तो उन खवातीनों के नाम के आगे भी बेगम और देवी लगा दिया गया। जहाँ चाह वहाँ राह। अल्ला मनिष्टर साहेब को जन्नत नसीब करे। बड़ा मान रखा उनने तवायफों का हम गरीबनियों के गाढ़े दिनों में। और क्या टूट के गाया उनने भी साहब, रेडियो पर! बावजूद इसके, कि कई दफे पार्टीशन के बाद नए-नए रईस बने लोग अपनी महफिलों में डेरेदार तवायफों से बड़े ही हल्केपन से पेश आते। बहरहाल हमको बी साहिबा बस गौड सारंग की एक बंदिश में सब कुछ कह गईं कि 'मन रे, अपन सों साँचो रहिये।'

अपने वक्तों के बनारस पर सोचने बैठें तो सबसे पहिले ज़हन में आती हैं वहाँ की गलियाँ। तीन हाथ से आठ हाथ की चौड़ाई लिये इन गलियों की गुँजलकों में शहर की रूह बसती है। पक्के महालवाले हिस्से से चौखंभा की तरफ सँकरी होतीं इन गलियों में दोनों तरफ दुकानें-ही-दुकानें हुआ करती थीं : साड़ियों की, बर्तनों की, बिसातखाने, मिठाई और पान की। गलियों से गुज़रता हर कोई शख्स मुँह में पान का रस गुलगुलाता मुँह तनिक ऊपर करके बोलता था, के पीक न टपक पड़े। गंगा जी के घाटों की अलग ही निराली छटा। गुलाबी जाड़े आए नहीं कि बजडे एक से जुड़े और उन पर संगीत की पुरवैया बहाती गवनहारिनें, उनके खास-खास संगतकार और वाह-वाह करते बाबूलोग। एक बाबू ने तो उस वक्त की तमाम बनारसी गानेवालियों का नाम दोहों की कविताई में गूँथ दिया था। बेसवा स्तोत्र नाम से वह किताब भी छपी थी, खूब बिकी भी। हीराबाई के पास भी एक अदद कापी हुआ करै थी।

बनारसी महफिलों में हीराबाई और अम्माजानी का सितारा जब बुलन्दी पे था, और उनका बहनापा अपनी मिसाल आप बन चला था, तभी मानो दोनों को नज़र लग गई। पंजाब साइड के एक पठान सितारिये जनाब मनव्वर खान साहेब बनारस तशरीफ लाए और राजा बनारस के दरबार में कुछ रसूखदार सरपरस्तों की पैरोकारी पर अपना काबिल-ए-तारीफ हुनर दिखाने का मौका उनको मिल गया। सूरत और सीरत दोनों के धनी खान साहिब को दरबार में जगह मिल गई तो उनका परिवार भी इधर ही आ गया।

रईस साहेब का पंदरह बरस का बेटा ताजुद्दीन भी तब निकलते कद का बेहद गबरू लड़का था, खुशलिबास और शौकीन। गुज़रता तो गली खुशबू से गमक उठती। तिस पर आवाज़ में बला की मिठास। उसका जिगरी दोस्त इकराम तब अम्माजानी के कोठे पर कुछ काम करता था। उससे बार-बार ताज मियाँ की गायकी की तारीफ सुन अम्माजानी ने उसे बुला भेजा। तवायफों और कलावंतों की महफिल में हीराबाई समेत एक से एक नामी-गिरामी बाइयाँ और कलावंत ताजुद्दीन मियाँ को सुनने बैठे। गाना खतम हुआ तो वाहवाही की झड़ी लग गई। सुग्गन बाई से लेकर आशिक अली खाँ तक सबने उसकी पीठ ठोंकी, और यों कहिए कि तवायफों की टोली ने एक तरह से उस परी चेहरा बच्चे को अगवा करा लिया। उनकी होड़भरी देख-रेख में ताजू मियाँ बनारसी गायकी ही नहीं महफिली सलीके की भी तमाम बारीकियाँ सीखने लगे। उनके वक्त पर किसी तरह की पाबन्दी तो थी नहीं सो भरपूर रियाज़ के बूते वो बड़ी तेज़ी से महफिलें हथियाने लगे और साथ ही दालमंडी की कई जमी-जमाई बाइयों के बीच चलने वाली होड़ का फायदा उठाकर इधर की उधर करने लगे, तो हवा बदल गई।

ए बीबी हम गवनहारी रंडियों की दुनिया की अपनी ही रवायतें हैं जो सीधे पेट से जुड़ती हैं, दिल से नहीं। रंडी का दिल हुनर को पोसते हुए भले दरिया का पाट हो जाता हो, पर वही पेट पर लात पड़ने के अंदेशे से काठ का दरवाज़ा भी बन जाता है। बस! सो जहाँ ताजुद्दीन की वाहवाही परवान चढ़ी, बलाएँ लेने वालियों ने ताजुद्दीन मियाँ को भाव देना बन्द कर दिया। वे कभी किसी कोठे पर पहले की तरह गाना माँगने आते, तो किसी दाई या दरबान से निहायत बेमुरौव्वती से कहला दिया जाता कि आज बाई जी का सर दुःख रहा है तबीयत नासाज़ है। आज नहीं मिल सकतीं।

इसी वजह से हमारे उधर भी ताजू मियाँ का काफी आना-जाना हो चला था। अम्मा ने बताया के हीराबाई ने अम्माजानी से शिकायत की के किसी बच्चे को पहले इतना सर चढ़ाने के बाद इस तरह बेरुखी दिखाना सही नहीं। आखिर क्या कुसूर था उसका? यही ना के गले के साथ सूरत-सीरत से भी अच्छा था और महफिलों में लगातार शोहरत हासिल कर रहा था। इस पर अम्माजानी चढ़ बैठीं। बोलीं हमारा मुँह न खुलवाओ बी, तुम्हारी बेटी का उस पर दिल आ गया है तो क्या हम भी उसे दामाद मान लें? अय बासी भात में खुदा का साझा? तुम भी तौबा करो बी वर्ना नथ उतराई हो चुकी तुम्हारी बिटिया की। पछताओगी, हाँ।

लोग सकते में आ गए! इसके बाद कई दिनों तलक हमारी उनकी बोलचाल बन्द हो गई।

तो जैसा कि हमने पहिले कहा मुल्क बदल रहा था सो शहर बनारस भी अछूता कैसे रहता? बड़ा बदलाव आने लगा था चारों तरफ। गांधी बाबा, पंडत मोतीलाल जैसों का नाम सुनाई देने लगा था हमारी महफिलों में तक। कुछेक रईस खादी का कुर्ता-टोपी पहनने लगे। हमारे बीच भी एक बाई थीं सुरसती, खयाल ठुमरी टप्पा गाने में बड़ा नाम कमाया था। ओस लहर में वो स्वदेशी से जुड़ गईं और कांगरेसी जलसों में देश पिरेम के गाने भी गाने लगीं। अपनी विदियाधरीबाई तो जाके बापूजी से मिलि भी आईं थीं और एक क्या नाम, हाँ तवायफ संघ नाम का कलब दूनों ने मिल के बनवा डाला जो हिंद सुराजी फंड में लगातार चन्दा देता था।

एक तरफ तो ये सब था, दूसरी तरफ तवायफों की ज़मीनी ज़िन्दगी की जद्दोजहद अपनी जगह कायम रही। रोज़ कुआँ खोदो रोज़ पानी पियो।

एक साल काशी और मिर्ज़ापुर के कजरी दंगल में बनारस के मशहूर रईस पिरेमघन बाबू जी की रची हीराबाई की गाई कजरियों की धाक रही, कि 'सिर पे सही ओढ़े रे ओढ़निया खेलें कजरी, जिलि मिलि के सब झूला संग, झूलें सभी सखि प्रेमभरी।' अम्माजानी और हीराबाई के दरम्यान रिश्ते उन खत्री रईस और शायर की

करीबी पाने की होड़ और ताजुद्दीन मियाँ वाली बात से लगातार खटाते चले गए। बाबू जी का खानदान बनारस के नामी जौहरियों का था। और हीराबाई से उनका टाँका कुछ ज़ियादा भिड़ते देख के उनकी रूठी वालिदा उनकी ब्याहता और अपनी दुलारी बहू को लेके तीरथजातरा पर निकल गईं थीं। यह बात इलाके की तवायफों में खासी चर्चा का बायस थी ही। अम्माजानी यह किस तरह सहन करतीं ? आगे जब बुढ़वामंगल आया तो अम्माजानी ने भी अपने एक सरपरस्त की याद में—'कहाँ गयो मेरो होली को खेलैया, सिपाही रुस्तमअली बाँको सिपैया।' वाले बैन गाकर हज़ारों को रुला दिया।

उसी साल अम्माजानी का तआर्रुफ हुआ एक बड़े बजरे में बुढ़वामंगल का गाना सुनने आए महाराज जू से। महाराज जू यानी कालिकानंद सिंघ जू साहेब पछाँह की मशहूर रियासत चंपानगर के राजा की पाँचवीं संतान थे। माँ भी बिहार सैड की रियासतज़ादी थीं। उन दिनों पूरब में जादू-टोना करवाना किसी के बंस का नास कराने को बड़ा आम था। महाराज जू के इकलौते बड़े भाई की खूनी पेचिश से मौत के पीछे खानदान की ही किसी टोनहिन का हाथ माना जाता था। भाई की मौत के बाद वे आसनसोल के पास के रानी साहिबा के गुरु किसी काली मंदर के बाबा के आशीर्वाद से जनमे थे सो नाम धरा गया कालिकानंद। तीन बरस तक उनको भी टोनहिनों के डर से महल की दूसरी मंज़िल तक ही महदूद रखा गया। हर दीपावली पर उनके नाम पूजा कराई जाती रही उस मंदर में। सो कालिकानंद जू साहिब जब बीस के हुए तब बाबा जी ने उनको कहते हैं एक खास आशीर्वादी चोगा दिया और हमेशा साथ रखने को कहा। उसे महाराजजू हर हाल में, रियासत में हों, तब भी, और बाहिर हों तब भी, साथ रखते थे। कहते हैं जब उनकी कार का अकसीडेंट हुआ तो महल की किसी कुटनी ने वह चोगा कहीं छुपा दिया था, जभी यह हादसा घटा। वरना साठ बरस का सिन कोई इतना ज़ियादा नहीं होता कि कार की पेड़ से मामूली टक्कर में इनसान के पिरान-पखेरू उड़ जाएँ।

संगीत से महाराजजू को अजहद लगाव था। उनके बाप को भी था पर वे उतनी बारीकी से संगीत नहीं समझते थे। महाराजजू खुद क्लैरिनेट भी बजाते थे और तब नए-नए चले गिरामाफून रिकॉर्ड खरीदने के भारी शौकीन भी। हमेशा हमसे कहते थे, रूह से गाओ, गले से नहीं। सरस्वती पूजा में शेरकोठी में ही पूजा करते। चमेली की माला अपने हाथों पहनते, अम्माजानी को पहनाते और सारे साज़ों पर रखवाते। गाना हो रहा होता तो रूमाल से ढँक के शराब पीते थे ताकि उस्तादों को बुरा ना लगे। कहते हैं काली मन्दिरवाले बाबा ने उनकी वालिदा से कहा था कि ये बालक नागलोक में गंधर्व से गाना सीख रहा था। एक लय टूट गई तो सराप से भूमि पर

आया है। लय ना टूटती तो ये इस संसार का जीव नहीं होता। सच में देवता आदमी थे महाराजजू अपने!

तो बुढ़वामंगल की बैठक के बाद से अम्माजानी का अपने महाराज जू के साथ दिली रिश्ता कुछ ऐसा जुड़ चला, के वो भी काशी से सब छोड़-छाड़ के इधर पछाँह की तरफ चली आईं और यहीं की हो रहीं। हम लोग अम्माजानी के साथ जब शेरकोठी आन बसे तो बस काशी से जुड़ा तार टूट-सा गया। हीराबाई से अम्माजानी का मिलना हुआ दो-चार बार, पर कहते हैं न कि टूटे से फिर ना जुड़े, जुड़े तो गाँठ परि जाई।

जाते-जाते हीराबाई ने अलबत्ता सहेली की नेक सलाह गाँठ बाँध ली थी। लिहाज़ा वे ताजू मियाँ से बेटी के बढ़ते मेलजोल को लेकर सख्ती बरतने लगीं। अम्माजानी की बात कड़वी भले हो, गलत तो नहीं थी। खुद हीराबाई के गले में भी अब कभी-कभी बुढ़ापे का घुँघरू खनकता सुनाई देने लगा था। लिहाज़ा वो बेटी के रूप सिन और फन को देखते हुए उसकी नथ उतरवाई के लिए तमाम बड़े रजवाड़ों के बीच ऊँची बोली लगवाने की तैयारियाँ करने लगीं। ऐसे नाजुक दौर में किसी सितारिये के बेटे से उसकी आशनाई कैसे बरदाश्त की जा सकती थी? आखिरकार बेचारे ताजू मियाँ कहीं ढाका साईड जाने को मजबूर हुए। किसी को नहीं पता कि अचानक हीराबाई ने अंजली बाई की नथ उतराई क्यों टाल दी और फिर उसका हाथ थामकर रातोंरात कलकत्ते को किसलिए चली गईं।

कहने को कह दिया कि कलकत्ता मौसीकी के असली पारखियों का शहर है। अंग्रेज़ों के सबसे बड़े लाट भी वहीं बसते हैं वगैरा।

कलकत्ता जाके माँ-बेटी ने बिछुड़ने के बाद भी अपने को समेटा, सँवारा और फिर उम्मीदों के मुताबिक कोई साल-भर बाद अंजली बाई की पहली महफिल बिहार साईड के किसी ज़मींदार के यहाँ बड़ी धूमधाम से हुई। अंजली के हुनर को बंगाल के बड़े-बड़े गुरुओं से और भी तरशवाया जाने लगा। आखिरकार हीराबाई की उम्मीदों के मुताबिक बेटी ने वो नाम कमाया बंबई, मैसूर तक, कि पूरब अंग की गायकी अंजलीबाई के ही नाम से जोड़ी जाने लगी। अम्माजानी हमसे कहती रहतीं कि अब पुराने गुणीजन तो रहे नहीं, क्यों न हम भी हीरा और अंजलीबाई की तरह रीत का गाना कुछ बदलें और उसे हाव-भाव सहित इन नए रईसों और रिकॉर्ड कम्पनीवालों के आगे पेश करें। पर हमारा दिल इसकी गवाही नहीं देता था।

हमारे लिए सुर भगवान हैं और उनको जकड़कर महज़ पेट पालने का बायस बनाना कुफ्र बकने के बरोबर है। हम देख सकती थीं कि किस तरह अंजलीबाई

अंग्रेज़, मराठी, गुजराती और पारसी सेठों की पसन्द में तमाम बोलियों में तमाम तरह की श्रुतियों को समेटकर मार्गी संगीत को लगातार बदलने लगी थीं। हमारी राय में मार्गी संगीत आम पब्लिक के लिए नहीं सिरजा गया है। पब्लिक के बीच मौसीकी के कठिन लेकिन पक्के रूप की जानकारी बढ़ाना हमारा काम है। उसको हम भी सच्चे ज़ायकों की तमीज़ सिखाने की बजाय दो मिनट में पकनेवाली नूडल के ज़हर-भरे ज़ायके का लती बना दें तो वह तो धीमे-धीमे साफ-सुथरी गिज़ा खाना ही छोड़ देगी।

हमें इल्म था जैसा कि दालमंडी से हीरामंडी तक हर तवायफ जानती है कि आशिक से बेरुखी बरतते समय उम्र तेरह की हो या तीस की, वो घर की इकलौती कमासुत हैं। लिहाज़ा उस्तादों या सुहागवंतियों जैसा गुमान पालना या सत निभाना उसको हर हाल में भारी पड़ता है। जवानी होती है चार दिन की चाँदनी, और अपना भला खुद न सोचा, तो पहलवान और रंडी का बुढ़ापा बड़ा बुरा कटता है। लिहाज़ा बारहा-दर-बदर की गई अंजलीना ने भी होश सँभालने के साथ ही समझ लिया होगा कि अपने हक की हिफाज़ती के लिए जो भी दाँव ज़रूरी हों, आजमाने से न झिझको। अब दुनिया इसे तिरिया चरित्तर कहे या कुछ और। रोटी, कपड़ा, मकान, ज़ेवर, संगीत, यह हर किसी को, हर उम्र में चाहिए। तवायफ हो कि बाबू लोग और उनकी सुहागवंतियाँ। सो इसके लिए जिनका न बाप न भाई उन तवायफों के लिए कलेजे पर पत्थर रखकर भी समय रहते अपनी अगली पीढ़ी को धन्धे में बाकायदा उतारना उन दिनों बेहद ज़रूरी था। और इस नज़र से ताजू भी उसकी राह का रोड़ा बन सकता था।

हीराबाई के चन्द खतों से जो उनने अम्माजानी को लिखे, अलबत्ता इस बात का रंज झलकता है कि उनको अंगरेज़ी इस्कूल में पढ़ी हसीन बेटी को अपनी कमाई के लिए रियासतों के हर तरह के ऐब रखनेवाले रजवाड़ों के बीच उतारना पड़ा, लेकिन चारा ही क्या था? एहि ठैयाँ मोतिया हिरानो हो रामा...गाती-गाती वो कभी बेतरह उदास होकर अम्माजानी से पहले भी कहती थीं कि हम सब रंडियों को अपनी आबरू का मोती यहीं खोना है और एक बार खोया तो फिर खोजने पर भी मिलने से रहा। अल्ला उनकी रूह को सुकून दे। बड़ी उम्दा तबीयत पाई थी उनने।

अपनी इन आखिरी घड़ियों में यह सब लिखवाती हुई हम भी सोचने पर मजबूर हैं कि क्या आज की तारीख में यह सब पढ़कर कोई गुज़िश्ता ज़माने की उन तवायफों के सुख-दुःख समझेगा जिन्होंने अपना खून-पसीना और जोबन कुर्बान करके भी पक्के गाने की लौ को बुझने न दिया। उनके आसरे की छाँव न होती तो बीबी, यकीन जानो आज की तारीख में कई-कई उस्तादों और गुरुओं की गद्दी पर

बैठे लोगों की कला फटेहाली के सबब से परवान न चढ़ पाई होती? पर जब जी चाहे मज़े से बस बटन दबाते सुरों की गंगा को कम्प्यूटर से डाउनलोड कर कानों में खूँटी लगाए कुर्सी पर बैठे-बैठे उनसे मुखातिब होने वालों दुनिया आज क्या बाइयों की उस गुज़िश्ता दुनिया के भीतरी अँधेरों को समझना भी चाहेगी भला?

इस गर्दिशे इफ़राक से फूले न फले हम।
सब्ज़ा रौंदे सा उगती गईं पाँवों के तले हम।

घुमड़ती बदलियों की फुहारें सब भोगते हैं। कितने जानना चाहते हैं के वो कहाँ-कहाँ से उमड़ीं और कहाँ जा के बरसीं? और जब बरसीं तो क्या बच्चे क्या बूढ़े औ जवान, कितनी रूहों को किस तरह कितने भीतर तक भिंगो गईं? अम्माजानी, हीराबाई और उनके साथ पली-बढ़ी तमाम औरतों के ज़हूरे से सौ-सौ बरस तक मेंह की लड़ियाँ बरसती मौसीकी के उस नायाब नखलिस्तान को सींचती, उसकी हरियाली को बचाती रहीं। उनकी ही नवाज़िश थीं के वो नमी वो हरियाली आज भी हमारे बीच है। जिसकी झलक आज फिर आप जैसी किसी को हम तक खींच लाई।

अम्माजानी के बक्से में एक ही खत मिला हमको हीराबाई का, वो भी मसौदे के साथ में भिजवाया है। अल्ला करे आप की किताब दुनिया-जहान को उन भूली बिसरी बदलियों की छटा एक बार फिर से दिखलावे जो कल उमड़ी थीं, और आज मिट चुकी हैं।

तमाम शुद।

कोलकाता

प्यारी बहन हुस्नाजान,

ताजू मियाँ के जाने के तुरत बाद बनारस से हम माँ-बेटी, हीरा और अंजलीना जुदा हुईं कलकत्ता जाने के लिए, जैसे बुलबुलें गुलशन से, बू-ए-गुल चमन से जुदा होती है। तकरीबन साढ़े चार सौ मील का भारी दिलों के साथ तय किया वह हमारा सफर शहर कलकत्ता की नखौदा मसजिद के पास बहूबाजार के किराये के मकान में जाकर खत्म हुआ। अंजलीना और हम अब धीमे-धीमे बंगाल के नए माहौल में जीना सीख रहे हैं। अलबत्ता लगता है कि हुनर के पारखी यहाँ भी अभी ज़िन्दा हैं,

जो जिस्म बेचनेवाली कंचनियों, चूनेवालियों और डेरेदार तवायफों के बीच का फर्क बखूबी समझते हैं। लिहाज़ा जगह भले बदल गई हो पर गाना, खाना या हाथखर्च शायद तंग नहीं होगा। आगे ऊपरवाले का ही भरोसा है।

जब से यहाँ आए हैं, किसी न किसी वजह से अंजलीना बिटिया की बढ़ती जिस्मानी कमजोरी की वजह से तबीयत लगातार परीशान रहती है। अभी भी कमबख्त यादों में ही खोई-खोई रहती है। खाना-पीना सब छूटा हुआ है। मछली के नाम पर उबकाइयाँ लेती है। इसमें उसकी भी गलती क्या खोजना? जब हुई तो निखालिस साहिब की बेटी थी, वैसी ही परवरिश पाई। सही तरह उसे छुरी-काँटे से खाना सिखाने को मरी एंग्लोइंडियन बीबी तक रखी गई थी। क्या पता था अन्त में उसे एक तवायफ की औलाद बनना पड़ेगा? जब पेट में आई तो मुझे उम्मीद थी, कि सभी लोग बेटा चाहते हैं सो बेटा ही दे खुदावंद। लेकिन हुई बेटी। फिर भी उसका फूल जैसा चेहरा और नीली आँखें देखकर उसका बाप उस पर बेतरह रीझा। मैंने भी सीने से लगाए रखा और सौ-सौ जतन कर पाला। खुद हलक में निवाला न भी गया हो तो उसके लिए माकूल गिज़ा और तरबियत में कमी नहीं आने दी। इसीलिए उसके मिजाज़ में तेज़ी और खुदगर्ज़ी घर करती गई। बाप कहता था कि वह हू-ब- हू उसकी माँ की शक्ल पर गई है और कहता कि वह उसे विलायत भेजकर पढ़ाएगा। वहाँ पढ़कर सोसायटी में अंजलीना बेबी हमारा नाम रोशन करेगी। बेतरह लाड़ ने उसे काफी ज़िद्दी भी बना दिया। पर जभी बाप खुद ही दुनिया से रुखसत हो गया और फिर उसके बचपन का घर भी हमसे छुड़वा दिया गया।

काफी दिन तक अंजलीना हलकान रही। बार-बार पूछती थी पापा काँ? ये नहीं खाना, ये नहीं पहनना। चीज़ें फेंककर गुस्सा ज़ाहिर करती। फूट-फूटकर रोती और अपनी नन्ही-नन्ही मुट्ठियों से मुझे मारने लगती कि क्यों मुझे यहाँ लाईं, वापस घर चलो। बनारस में एकदम नए माहौल में आ गई गाहकों की बाट जोहती उसकी माँ मैं उसको इन सवालों के क्या जवाब देती? घर? किसका घर? जिनको अपना समझा उन्हीं ने पीठ में यूँ छुरा भोंक दिया तो उसके बाद मेरी दुनिया की समझ सिरे से बदल गई। ज़िन्दा रह पाना और वह भी अपनी कमाई पर, बस यही सवाल बड़ा था मेरे सामने। शक, डर और खीझ के उन दिनों में तुमने और तुम्हारी बिटिया अल्लारक्खी ने हमको न उबारा होता तो वे दिन काटे नहीं कट सकते थे।

अफसोस कि जब तलक अंजलीना ने कुछ-कुछ होश सँभाला, तुम लोग शेरकोठी चली गईं। जिस मनमुटाव के बीच हम जुदा हुए, उससे फिर दोबारा उसका दिल ही न टूटा मुझे लेकर भी उसके दिल में मानो बाल-सा पड़ गया है। बोलचाल दुआ-सलाम सब है, लेकिन उसकी नज़रों में मेरे लिए कोई अपनापा कोई भरोसा

खोजकर भी नहीं पाती। सब कहते हैं अंजली ने मेरे बुढ़ापे को सँवार दिया, पर मन की कहूँ तो मुझसे अभागी और कौन माँ होगी?

तुम सही कहती थीं बहन, रंडी की बेटी को ताजुद्दीन जैसों से दिल लगाने का कोई हक नहीं। हमारा दिल हमारा कहाँ होता है? अपना होता है तो सिर्फ हुनर।

बड़ा पछताई मैं उस नमकहराम को लेकर। जाते-जाते भी मेरी बेटी का दिल साथ ले गया और उसकी जगह उसके सीने में मानो बरफ की एक सिल्ली रख गया। अब हाल ये है कि माँ और मर्दज़ात दोनों ही के नाम से अंजली को गहरी चिढ़ हो गई है। इतनी कि महफिलों में जाने से पेश्तर मुझे बनते-सँवरते देख दिल पर सौ-सौ बान चलाती घायल करती रहती है। वाह बाई जी, क्या खूब जोड़ा पहना है आज! कौन कहेगा कि इत्ती बड़ी बेटी की माँ हो! भई आज तो हमको कोई ना पूछेगा। जी करता है जोड़ा तार-तार कर फटा-पुराना लपेटकर बैठ जाऊँ। फिर खयाल आता है दाल-रोटी का। धन्धे की लाज का। ऐसा नहीं कि वह साथ नहीं जाती है। महफिलों में उसकी उठती जवानी को उसके हुनर को देखा-परखा भी खूब जाता है। फिर भी मुझे जाने क्यों अपना दुश्मन समझती है। मेरी हर बात में कीड़े निकालना और महफिल में तमाम वाहवाही पाने के बाद लौटती बिरिया में किसी न किसी तंज़ से मुझे सौ-सौ आँसू रुलवाना कभी नहीं भूलती। टेक वही, कि तुम जबरन मुझको बिल्ली की तरह मुँह में दबोचे-दबोचे यहाँ-वहाँ क्यूँ कर डोलती फिरती हो? रो-रो के रात-भर सोचती हूँ कि क्या यह मेरा ही खून बोल रहा है?

सीने में हो गया है दिल-ए-नाउम्मीद ख़ूँ,
देखा तो क्या सुना भी ना ऐसा सुफैद ख़ूँ।

खैर! छोटा दिल, छोटी-छोटी बातें। ऊपरवाला खैर करे।

मैं समझाती हूँ उसे कि ऐ लड़की, बड़े दिलवाले तो दुनिया इधर से उधर हो जाए तो भी पलक नहीं झपकाते। यहाँ मटिया बुरज़ में जबरन ला बसाये गए बादशाह-ए-अवध जान-ए-आलम को ही देखो। मौसीकी और रहस से उनका जनूनी लगाव कम नहीं हुआ। यहाँ तक, कि आने के कुछ ही रोज़ पहले होली के दिन पेशवाज़ पहिन के उनने राग तिलक कामोद की मशहूर बंदिश, नीर भरन कैसे जाऊँ सखी पर निरत भी पेश किया था। पर उसका जवाब होता है कि वो ठहरे बादशाह। हाथी मरा भी तो सवा लाख का। और हम हुईं तवायफें हमारे आशिक भी मरे तो कौन जाने किस गली में?

अब कोई क्या जवाब दे? उम्मीद है वक्त का मरहम काम करेगा और ताजुद्दीन की याद को धुँधला देगा।

हाल में अवध में मौसीकी, रहस और कथक पर बेपनाह दौलत लुटानेवाले उन्हीं बादशाह मटिया बुरज़वालों के 'हाँ से न्योता आया। अब वहाँ की सुनो।

बड़ी पुरलुत्फ़ महफिल और वैसा ही इन्तज़ाम। बड़े खुलूस से सब पेश आए कि ये बाई तो अपनी ही तरफ की हैंगी। गाना शुरू हुआ। हमसे पहले सुल्तानखाने की महफिल में यहाँ की मशहूर तवायफ ताहिरा बीबी ने जान-ए-आलम की ही रची दो चीज़ें; 'जब छोड़ चले लखनऊ' और 'बाबुल मोरा नैहर छूटो जाय' गाकर हमको तनिक दुविधा में डाल दिया क्योंकि हम माँ-बेटी भी घर से रियाज़ के साथ यही बंदिशें गुनगुनाते निकले थे। बहरहाल ऊपरवाले को मन ही मन सज़दा किया और जान-ए-आलम के दो और बेहद सलोने कलाम, पहला वो मशहूर दादरा, 'दिलबर मेरा गयो कौन से देस, इस नगरी में आन पड़ो अंदेस' और फिर ठुमरी रागनी खमाज, 'राम कैसे पार उतरे क्या करूँ, कुछ बन नहीं आता', दिल में पैवस्त अपनी जड़ों से उजड़ने का सारा दर्द समेटकर अता कीं। बेटी ने भी साथ दिया। जब गाना खत्म हुआ तो पाया कि जान-ए-आलम के बड़े-बड़े नैन अश्कबार हैं। इनाम-अकराम के साथ-साथ ऐलान कर दिया गया कि हम उनकी शाही गवनहारी होंगी। बच्ची अंजलीना को भी बहुत दुलार किया, मोती की एक लड़ उसके गले में पिन्हाई और दुआ दी कि ये बड़ी होकर तुम्हारा नाम रोशन करेगी।

और सुनो! उसी महफिल में लखनऊ से बुलवाए गए हँड़िया तहसील के नटवरी कत्थक के मशहूर उस्ताद किसुनलाल महाराज भी मौजूद थे। उनको हुकुम हुआ कि वे अंजलीना को गंडाबन्द शागिर्द बनाकर बाकायदा नाच की तालीम देंगे।

अन्धा क्या माँगे ? दो आँखें। ए बहन तुम सच कहती थीं कि ऊपरवाला जो करता है भले के लिए ही करता है। देखो नए माहौल में आके उम्दा तालीम पाकर हमारी लाडोरानी का दिल भी कुछ राहत महसूस करे और हमारे दिलों में जम गया खून फिर गर्माहट हासिल करे। जानती हूँ कि तुम्हारे दिल से बेसाख्ता निकला होगा, आमीन!

उम्मीद है तुम और बिटिया आरामो चैन की ज़िन्दगी बिताती होगी। कभी वक्त मिले तो दो कतरे लिख भेजना :

इक हाल में इंसां की बसर हो नहीं सकती,
अब रंग तबीयत के बदल जाएँ तो अच्छा।

तुम्हारी मुँहबोली बहन
हीरा

बी साहिबा का हीराबाई को लिखा एक अधूरा खत :

शेरकोठी
जिला रामपूर

जानेमन, राहत ए जाँ, बहसरे रियसज़ मेरी दुलारी सखी बहन, इक अर्से के बाद तुम्हारा खत मिला तो आँख से आँसुओं की झड़ी लग गई। बनारस छोड़ महाराजजू की सरपरस्ती में हम हमराह बन के हुज़ूर की हमारे वास्ते तामीर कराई इस शेरकोठी चली तो आईं, लेकिन जब कभी बनारस छोड़ते हुए अपनी बहनों और कोठों के अमलों का हसरत-भरी निगाह से देखकर आँसू बहाना याद आता है, हिचकियाँ लग जाती हैं। रामपूर पहुँच के महाराज के पुराने नमकख़्वार जनमाब मख़दूम ख़ान 'तपिश' साहिब की कोठी में हम और अल्लारखी मुकीम हुए। रजब भर महीना वहीं बीता। तब नई कोठी में कदम रखा। यहाँ आके बिटिया हमारी बहुत बीमार पड़ गईं। जिस कदर नज़रो-नियाज़ मान सकती थी मानी, आखिर वो सेहतमन्द तो हुईं। पर कुछ बुझी-बुझी सी रहतीं हैं, और तुमसे क्या छुपाना, पुरसाहाल लेने जाएँ तो हमको जाने किस वजह से रूठी निगाहों से देखकर कमरे में जा पहुँच रहती हैं। शुबरातन कहतीं हैं कोई आसेब आ गया है। महाराजजू आते रहते हैं, उनके हुक्म से मुजरा बन्द हुआ, बस उनके ही लिए गाना होता है। तुनुकमिजाज़ हैं, लाख कहती हूँ मेरी तरफ से शुबह बेकार है, मैं तो अल्ला जानता है खुद ही सब किस्म के रगड़े-झगड़ों से दूर भागती हूँ।

साहब कहते तो कुछ नहीं, पर मुझे लगता है कि उनको डर है कि कभी उनकी नज़र बचा के पुराने हमारे बनारस के शैदाई पीछा करते-करते दर तक आन पहुँचे तो क्या होगा? दिल को शायद यह हौल भी होगा कि ये अकेलापन दोस्तों-हमउम्रों से बिछड़ी रंडी की बेटी पर जाने कैसा असर डाले? आखिर उनकी महलों में पली बेटियों की जानिब उनकी परवरिश तो नहीं हुई, उनका बचपन तो बनारस की उन गलियों में ही बीता है जहाँ हर आने-जानेवाला खुद को वहाँ की रहनेवालियों से दुआ-सलाम का हकदार मानता था। कई बार कहते हैं इसे सर पर दुपट्टा तमीज़ से रखना सिखाओ। या कि इसे आहिस्ता बोलना-चलना क्यों नहीं आता? बच्ची अलग डर से हलकान होकर लगातार कमगो होती जा रही है। क्या बताऊँ बहन, अजीब मुसीबत में तबीयत फँसी है। बहरहाल महाराजजू का इतना करम है कि बिटिया की मौसीकी की तालीम जारी रखने का बन्दोबस्त करा दिया है। बड़े-बड़े उस्तादों से उसकी कुदरती चमक तराशी जाती देखकर लगता है कि चलो, इंशाल्ला हमारे पुश्तैनी हुनर की मशाल इन्हीं के हाथों महफूज़ रहेगी।

~७~

प्रिय दादा द्वय,

रानीखेत और इलाहाबाद से मिली जानकारियों की बटोर सुकुमार चाचा तक मैंने पहुँचाई। तुरत डाक से जवाब भी आ गया। (तुम सही कहते थे चचा का न्योता आया तो ई मेल नहीं, पुरानी किस्म की डाक की ही मार्फत आएगा)। किसी पुराने पसन्दीदा कलम से लिखे छोटे से रुक्के में लिखते हैं कि मेरे भेजे ब्योरे ने बरसों से हीराबाई, अंजलीबाई, हुस्ना और मुश्तरी की बाबत उनको व्याकुल करते रहे कई रहस्यों से जाले हटा दिए हैं। लिहाज़ा अब मेरी सांगीतिक जानकारी के स्तर और शोध निष्ठा को लेकर वे आश्वस्त हैं। और चाहते हैं कि मैं जल्द से जल्द वहाँ जाकर उनके पास जो कुछ जतन से जुटाए और सँभाले गए चन्द ब्योरे (बमय उस ज़माने की चन्द दुर्लभ फोटोग्राफ़्स के) उपलब्ध हैं, उनको मैं उनसे हासिल कर लूँ। इसके बाद अपनी अन्तिम थाती बी अल्लारखी की तरह ही एक भरोसेमन्द शोधकर्ता को सौंपकर वे भी चैन से इस दार-ए-फ़ानी से कूच कर सकेंगे।

कोलकाता यात्रा और प्रवास के लिए कुछ अतिरिक्त राशि की ज़रूरत पड़ेगी। जितनी भी मुनासिब समझो मेरे अकाउंट में ट्रांसफर करा देना। तुमको पता है कि मुझे किसी तरह का विशिष्ट विलास नहीं चाहिए। बस इतना हो कि अजनबी शहर में किसी साफ-सुथरी जगह में हफ़्ता-भर तक टिकना, और ट्राम, मेट्रो या बस से रोज़ सुकुमार चचा के घर तक आना-जाना सम्भव हो जाए। और हाँ, राधा दादा से उनकी बहिन पुतुल दी का पता भी यदि मँगवा सको तो बहुत अच्छा हो। बचपन में उनको देखा था। और इतना याद है कि तब भी उनकी किस्सागोई की विलक्षण क्षमता और संगीत की विशद जानकारी से विस्मित हुई थी। दोबारा मिलकर पुरानी यादें फिर ताज़ी कर सकूँ तो भला लगेगा।

विद्या

सिएटल

प्रिय विद्या,

कृष्णन् से कहकर अभी पैसा ट्रांसफ़र करवा रहा हूँ। राधाप्रसाद से भी इस बाबत बात हुई। उसका पुरजोर आग्रह है कि कोलकाता के किसी होटल की बजाय तुम दक्षिण कोलकाता पुतुल (उर्फ माधवीलता) के घर पर ही रहो। पुतुल का घर खासा बड़ा है और प्रोफेसर साहब की मृत्यु के बाद अपनी पुरानी भृत्य टोली, तीन कुत्तों और पुस्तककीट पति की हज़ारों किताबों से समृद्ध लायब्रेरी के बीच वह वहाँ अकेली ही रहती है। उसका निवास सुकुमार चचा के घर के भी काफी करीब है। राधा को तो तुम जानती हो। तुरत उसने पुतुल से फोन पर बात की और सूचित किया है कि पुतुल को इस मेहमाननवाज़ी से हमारे तुम्हारे घरवालों के बीच चली आ रही सनातन मैत्री का पुराना क्रम ताज़ा करके बहुत खुशी होगी। उसका पता, ई मेल, मोबाइल आदि संलग्न हैं। उसे सूचित कर दिया गया है। अब बस तुम इतना करना कि जब समय मिले, अपने पहुँचने की तारीख और फ्लाइट का सम्भावित समय उसे बता देना।

सस्नेह
दद्दा

पुनश्च :

विदेश में गुरुकुल चला रहे संगीत गुरुओं पर चचा और अपने इंटरएक्शन से जुड़ा एक रोचक संलग्नक राधा ने भेजा था, उसे अटैच करने का लोभ संवरण नहीं कर पा रहा हूँ। चचा का मिजाज़ भी इससे तुम कुछ हद तक थाह सकोगी जिनका मानना है कि जिस समय सात समन्दर पार के संगीत के साथ जबरन की जा रही जुगलबन्दी जब स्वदेश में हमारे संगीत के आनेवाले कल के लिए एक खासा नारकीय ट्रेलर गढ़ रही है तो उधर बाहर विदेश में चन्द अतिउत्साही जोकरों की कृपा से हमारा शास्त्रीय संगीत एक सर्कसी चमत्कार बनाकर पेश किया जा रहा है! दिस इज़ जस्ट नॉट ऑन! शायद इस तनिक नाज़ुक मुद्दे पर भी (मूड देखकर) चचा से चर्चा हो सकी तो उसके बाद अपनी पुस्तक के उपसंहार में कुछ नया जोड़ सको।

संलग्नक :

लखनऊ

प्रिय संजीव,

इस बार जब किसी पब्लिशर्स सेमिनार के सिलसिले में न्यूयॉर्क गया था तो पता चला कि चचा और चाची अपने बड़े बेटे के घर गर्मियाँ बिताने आए हुए हैं। मेरा धंधई काम तब तक निबट चुका था सिर्फ घूमघाम के लिए अपने एक दोस्त के खाली फ्लैट में अड्डा डाले बैठा था। चचा के आने की खबर सुनकर खुश हुआ कि खूब गुज़रेगी जब मिल बैठेंगे...। चचा ठहरे पुराने उजड़े रईस, उनको भी मेरे सरीखा एक मुसाहिब चाहिए था। सो पहुँचा तो बड़े प्यार से गले लगाकर देर तक बतियाते रहे। चची की भोली खुशी भी दिल खुश कर गई। चाचा और मैं, उनकी राय में वी वेयर जस्ट मेड फॉर ईच अदर इन न्यूयॉर्क!

बेटे बाँटुल और उसकी सहशायिनी पार्टनर से घुलने-मिलने या अंग्रेज़ी बतकही में चचा को कोई निजी रुचि नहीं थी। बिचारी बऊदी दिन-भर उनकी खुचड़िया बुड़बुड़ाहट झेलती हुई गठियाग्रस्त शरीर को घसीटती हुई अपना दिन शाँटुल को लम्बे खत लिखने या बाँटुल के लिए खास बांग्लादेशी दुकान से खरीदी मछली का कलिया पकाने में बिता रही थीं। बेटे-बहू के सुबह-सुबह काम पर निकल जाने के बाद सूने हो जानेवाले अपार्टमेंट में अकेले बैठे चचा उनसे क्रमशः लड़ें फिर चुपचाप उदास बैठे सोचा करें, यह उनको भी तनिक नहीं सुहाता था। सो मुझे आदेश हुआ, कि जब सम्भव हो, सुबह की पहली बस पकड़कर पहुँचूँ और फिर उनके हाथ की लूची आलू पोस्तो का नाश्ता करने के बाद चचा को किसी पार्क या कलावीथिका की सैर कराने निकल पड़ूँ।

मैं साला भी पास्ता, बर्गर और हॉट डॉग खा-खाकर किसी कदर उकता चुका था। परम स्नेही उदारता से पकाये परोसे जानेवाले बउदी के पकाए व्यंजनों से वाकिफ भला कौन माँ का जाया यह ऑफर ठुकरा सकता था? सो उसके बाद दो हफ्तों तक सुकुमार चचा का पानबहार का डब्बा और ज़रूरी उपकरण उठाए हम उनके पीछे न्यूयॉर्क की गलियों में यत्र-तत्र सर्वत्र घूमा किए तो बस घूमा किए। काम का मारा बाँटुल बेचारा अपने लगभग परित्यक्त बाप-माँ के सामने अपनी दौड़भाग भरी जीवनशैली को लेकर काफी ग्लानिविगलित रहता था, सो उसने भी बड़े उत्साह से इस पहल का स्वागत किया। कई बार मेरा यार बात-बात में मेरे सामने पड़ने पर थैंक्स की ऐसी झड़ी लगाता रहता था, कि आखिरकार चार-पाँच शुद्ध यूपी की गालियाँ देकर साले का मुँह बन्द कराना पड़ा। अरे चचा- चाची तो जब ये जनाब पैदा भी नहीं हुए थे तब से हमारे चचा-चाची हैं ना?

फिर भी बेचारा हर दूसरे दिन किसी–न–किसी रोचक प्रदर्शनी या महफिल का टिकट जुगाड़ता रहता था। एक दिन वह न्यूयॉर्क में फिफ्थ एवेन्यू के किसी पॉश इलाके में अपने किसी भारतीय बैंकर दोस्त के द्वारा आयोजित संगीत की महफिल का एक न्योता ले आया। नाना तरह की बुरी या बहुत बुरी भारतीय संगीत की महफिलों से तंग आ चुके चचा और मैं यह जानकर अचानक हरकत में आए कि इस महफिल के शिरमौर थे प्रख्यात भारतीय संगीत गुरु श्री समरकांत उर्फ प्राणमणि। चचा से पूछा तो कनफर्म हुआ कि ये अपने गोदौलियावाले वही समरकांत महाराज हैं, जो संगीत के घरेलू भेदियों के बीच एकमुश्त नामी मगरूर ब्यूटी सकीना बाई के प्रणयी, और अमुक इस्टेट के किसी रसिया राजा साहिब की 'बेगम समरू' करके जाने जाते थे। यानी एकदम द्विस्तरीय मामला!

ऐज़ यूज़ुअल चचा वॉज़ बैंग ऑन! जानकारों की राय में समरकांत उर्फ गुरु प्राणमणि का किरदार प्रेम–प्रसंगों को लेकर शुरू से ही कुछ दोरुखा रहा था। खास रुझानवाले पुरुषों को उनकी अदायगी में एक रिझानेवाला कोमलकांत स्त्री भाव नज़र आता था, जबकि तवायफें उनकी कोमल मर्दानगी और महीन फ्लर्टेशियस वाक्चातुर्य पर लट्टू थीं। लिहाज़ा जब विपन्नता के दौर में उनके स्ट्रगल के दिन थे, समरकांत को उन दिनों की एक ठसकेबाज़ तवायफ, सकीनाबाई ने उनको अपने कोठे पर स्थायी तौर से दिलजोई के वास्ते रखकर कई दुनियावी चिन्ताओं से मुक्त कर दिया था।

चचा के अनुसार बाई जी की संगत से, प्रतिभा के धनी समरकांत के हाथ में किसी बन्दर के उस्तरे की तरह उपशास्त्रीय संगीत की गहरी समझ के साथ भर हाथ पैसे खर्च करने का हुनर भी आ गया। नफीस कपड़ों से लैस इत्र से महकती महपारा बने रहनेवाले इस नखरीले गायक की खूबसूरत अदाओं ने ही कोठों के पुराने गाहक एक रसिक रईस राजा साहेब का दिल भी इकदम रिझा लिया। कहाँ तवायफ का कोठा, कहाँ महलों की ठसक भरी अभिजात ज़िन्दगी। समरकांत को बेहतर सरपरस्त छाँटने में देर नहीं लगी। सकीना बेगम से मुँह मोड़ वे अब राजा साहेब की कोठी की शोभा बढ़ाने लगे। चचा के कानों में दिलजली तवायफों की तरफ से उड़ी कुछ इस आशय की अफवाहें भी पड़ी थीं, कि आशिकमिजाज़ राजा साहिब ने लाड़ से समरकांत का नया नामकरण किया था : समरू, बतर्ज़ बेगम समरू!

पर जब प्रिवी पर्स पर इंदिरा गांधी ने कैंची चलवा दी तो भारत में संगीत के महफिली कलाकारों के सरों से पुराने रईसों के वरदहस्त जाते रहे। मर्द जात की आदतें तो नहीं छूटीं, पर अंग्रेज़ी पढ़े काले साहिब लोग विक्टोरियाई मूल्यों के असर से इस तरह की खुली सोहबत से परहेज़ी हो चले थे और कोठों के तो नाम से बिदकते थे। हाय रे अंग्रेज़! तिस पर लड़ाई का ज़माना, बाजारों से माल गायब,

कालेबाज़ारियों की बन आई। लखनऊ से बनारस और कोलकाता से पटना तक डेरेदार तवायफों के बुरे दिन आ गए। दर्जनों जगर-मगर बाइयों के कोठों पर जाले लटकने लगे, सरे-शाम चहक-महक से भरी रहनेवाली उनकी गलियों पर वीराना तारी हुआ। और दर-बदर तबलिए-सरंगिये भूखों मरने की कगार पर। कहते हैं कि जब सब दरवाज़े बन्द होने लगें तो ऊपरवाला एक खिड़की खोल देता है। सो अब विलायती रेकार्डिंग कम्पनियाँ उनके लिए त्राता बनकर आईं। चचा के वालिद चुरूट पीने वाले कम्पनियों के साहिबान के पथप्रदर्शक बने और फिर उनने हिन्दुस्तानी रिकॉर्डिंग कम्पनी के लिए कलकारखाना खोलने में पैसा लगाया। बस एक नया युग शुरू हो गया। चचा के घर में पड़े कागज़ात से विद्या को इस कलयुग की कई और दुर्लभ मालूमात हासिल हो सकती हैं।

पर समरकांत सरीखे गायक जो बिना नाम गँवाये नामा कमाने के लती थे, उनको साठ का दशक आते-आते बाहर भागूँ-भागूँ की मिर्ची लग गई। उनकी कला की कोई ज़रूरत नए उभरते देसी संगीत बाजार में नहीं थी। नई पीढ़ी के मिड नाइट्स चिल्ड्रन पर पहले बीटल्स का जादू चलने लगा था। खाली जगह हार्ड रॉक, एसिड रॉक, कव्वाली और रैप संगीत ने भरनी शुरू की। हाल में सुना कि बीटल ज्यॉर्ज हैरिसन द्वारा बनारस में बड़े समारोह के साथ खरीदा गया पकड़ासी का तीन रीड वाला ऐतिहासिक हारमोनियम जब नीलामी कम्पनी सदबी ने बेचा तो उसे सिर्फ तीन सौ डॉलर में कोई उठा ले गया। वह भी लगता है साज़ की गुणवत्ता के कारण नहीं, बल्कि गोरे बीटल गायक की पूजनीय उतरन समझकर!

बहरहाल समय की रुझान भाँपकर गाना भुनाने में तेज़ समरकांत के इतिहास पर लौटें। उन्होंने भारतीय संगीत को पहले तो अध्यात्म और योगा से जोड़ा और फिर कुछ फिरंगियों को मूँड कर गोआ जा पहुँचे जहाँ देस-बिदेस के पॉप गायक कंसर्ट करने जुटने लगे थे। उनमें से ही एक बुढ़ाते धनकुबेर रॉकस्टार के साथ समरू का ऐसा नाता बना कि लट्टू हुए सरपरस्त ने उनको आनन-फानन में अमरीका का हरा कार्ड दिला दिया। अमरीका आकर उन्होंने फिर कई चोले बदले और अन्तत: कई गुणों का बड़ी चतुराई से रचा गया एक सिद्ध पंचामृत बनाने में सफल रहे। उनके अमरीकी सरपरस्तों के लिए यह सांगीतिक प्रकार एक एक्ज़ॉटिक ऑर्किड पुष्प और अनिवासी भारतीयों के लिए, जो मातृदेश और माता-पिता को बाँटुल की तरह निर्ममता से पीछे छोड़कर अरबपति बन गए थे, एक संकरित हिन्दू पहचान का परमादरणीय प्रतीक कारक बन गया था।

द्विमुखी प्रतिभाओं के पुराने स्वर्ग माने जाने वाले अमरीकी भोगनगरी लॉस एंजेलीस में आकर जनाब समरकांत पहले प्राणमणि बने और फिर देखते-देखते

अपने जनसम्पर्क कौशल के बल पर भारतीय संगीत के सबसे बड़े मठाधीश तथा थोक विक्रेता बन बैठे। उन दिनों न्यूयॉर्क में विराजित मालदार प्रवासी भारतीयों के नूरेचश्म समरकांत महाराज का लॉस एंजेलीस में भी एक बड़ा भारी गुरुकुल चल रहा था। वहाँ से वे साल में तीन चारेक बार न्यूयॉर्क आकर अपने कुछ पुराने छात्रों को भी पगधूलि दे जाते थे। बताया गया कि समरकांत जी का अब भारत जाना नहीं होता था क्योंकि अब ट्रॉपिकल उमस और धूल की अलर्जी से उनकी छाती, गला तुरत तकलीफ देने लगते थे। जब हमको उनके दर्शन हुए तब तक क्या भव्य व्यक्तित्व बना लिया था गुरु ने! चचा पर नज़र पड़ी तो लपके आए। चरण छूकर अपनी विनम्रता का भारतीय संस्करण पेश किया और फिर अमरीकी अंग्रेज़ी में उपस्थित बिरादरी को बताने लगे कि चचा संगीत के कैसे ओल्ड स्टाइल खानदानी रसिक शिरोमणि हैं जिनको बाप-दादों से संगीत-प्रेम विरासत में मिला था। बनारस में इनका घर तो पुराने कलाकारों का मन्दिर था मन्दिर! आखिर चचा धीमे से बोले अब बस भी करो बेगम समरू, कुछ गाना-वाना शुरू कराओ!

पर खानदान और विरासत का ज़िक्र हो गया था, तो ललवानीज़, खन्नाज़, कुमार्स, चरतामल्स सबकी जनानियों ने मुस्कुराकर करतल-ध्वनि कर चचा का अभिनन्दन शुरू कर दिया। दो-तीन भारी बदन की मोहतरमाएँ हिलती-डुलती चली आईं और उनसे आग्रह करने लगीं कि चचा आगे जाकर बड़े रसिकाज़ के बीच बैठें। मैंने सुकुमार चचा के तनते हुए चेहरे और उनकी तीखी नज़रों में आती जा रही व्यंग्य की चमक पर डरी हुई नज़र डाली और माँ काली से कहा कि रक्षा करे!

अमरीकी रुझान के अनुसार मजलिसी कमरा बहुत ठंडा था। हाय रे ठगवा एंद्रजालिकों की यह मायानगरी! हिमशीतल हवा के झोंके से सिहरते मैंने सोचा। गुरु महाराज बन बैठे समरकांत जी के इस घेरदार काश्मीरी कढ़ाई से युक्त चोगे की कोर चूमने को हमारे यहाँ से कितने-कितने सितारिये, सरोदिए, तबलिए, नृत्यांगनाएँ येन केन न्यूयॉर्क आकर श्री चरणों में बैठकर कुछ अनिवासी भारतीय कुबेरों की संस्थाओं में कार्यक्रम पाने की बेशर्म जुगतें भिड़ाते रहते हैं? यह भली तरह जानते हुए भी कि एक नामुराद हर्राफा की तरह यह देश देरसबेर अपने हर प्रेमी को ठंडी उपेक्षा के घूरे पर डालकर नया आशिक चुन लेता है।

चचा फुसफुसाए कि सप्रयास अधमुँदी आँखों से श्रोताओं को थाह रहे समरकांत जी के चेहरे को देखते हुए उनको राजा साहिब की याद आ रही थी जब न तो अपने गली-कूचों की धूल हवा समरकांत को उद्वेलित करती थी, न ही गली- कूचों में दिवंगत सरपरस्त के साथ अपने रहस्यमय रिश्तों पर ठिलठिलाती चिमगोइयाँ। सफलता पाने के बाद बेहद बेरुखी से उन्होंने बनारस से मुख मोड़

लिया और किसी दिल्ली की सोशलाइट मेमसाहिब का आँचल थामकर दिल्ली चले आए जिनके यक्ष जैसी पृथुल देह वाले पति का कारोबार चार भुवन चौरासी लोकों तक फैला हुआ था। वहाँ से फिर गो गोआ गौन।

उपेक्षिता सकीना बाई ने गुमनामी के बरसों में खुद अपने ऊपर लाख कष्ट झेलते हुए समरकांत और उनकी प्रतिभा को जिलाए रखा था, जाने कब बनारस छोड़कर चली गईं। कोई कहता संन्यासिनी बनकर हिमाला की तरफ निकल गईं, तो कोई कहता गंगा जी में जल समाधि ले ली। शहर के कुछेक मुंबई जा बसे एकाध युवकों को वहाँ की गलियों में उनकी झलक सी मिली, पर बात सत्यापित नहीं की जा सकी। कभी चकोर की तरह सकीना बेगम का नूरानी चेहरा ताक कर तान भरने वाले समरकांत की नज़रों में आज एक दूसरे तरह की उस्तादी झलकने लगी थी। बोलचाल, चेहरे की रौनक और पहनावा सब खालिस भारतीय ढंग का। एथनिक म्यूज़िक सुनने आए देसी-बिदेसी श्रोताओं के बीच अब वे महफिलों के सहज शिरमौर थे। महफिल में उस रोज़ उनका साथ, लाख-लाख नखरों के बोझ से समां को बोझिल बनानेवाली उनकी एक छात्रा देने को बैठी थी, जिसका न तो स्वर गुरु से मेल खाता था, न ही व्यवहार में शिष्या सरीखी भावना का कोई लेश था। अपने गुरु से ठिठोली करती, उनके गाल से गाल सटाये जब वह नैनों की अश्लील बतकही और फिर आँख मारने पर उतर आई तो चचा के दुर्वासा होंठ फड़कने लगे। और मेरी बाईं आँख!

कहर बरपना ही था। परदेस में बहुचर्चित इस नई प्रतिभा का परिचय विदुषी शोभना कुसुमारकर, गायिका और संगीतविद् के रूप में दिया गया। गायिका ने गुरु के चरण छूने का विलासी नाट्य करते हुए एक ठो आई पैड पर अपना आई-तानपूरा छेड़ा, और फिर गुरु के साथ चचा से, 'आज्ञा है?' का विनम्र नाटक करते हुए, खम्माज की होरी उठाई :

होरी खेलत मोसों नई रे नई रे, का कहों ननदी अनोखे पिया सों,
बरजोरी कर मोरी बहियाँ गहत है
अपनी कहत अरु कछु ना सुनत है
आज लाज मोरी गई रे गई रे...

निहायत बेसुरा बेताला गायन, मुरकियाँ सुरों से फिसली लड़खड़ाती हुईं। यकायक मेरे बगल में चुप बैठे चचा का धीरज जवाब दे गया और वे फट पड़े। 'लाहौल बिला कूवत यार! ये क्या हो रहा है? गाना है कि गाने की पैरोडी? बन्द कराइये ये नौटंकी।'

तनिक सकपकाहट के साथ गायिका महोदया उठीं, और फिर उनकी जगह आए एक ब्लॉंड केशराशिवाले तबलावादक। श्रोताओं के सामने उनकी गुरुओं की लम्बी शृंखला का स्मरण किया गया, उनकी बचपन में ही पैर पसार चुकी मेधा का गुणगान हुआ और फिर ठेके से शुरुआत। चचा ठीक कहते हैं, कि जो पहले के गवैयों के रोब थे, वो सब विदेश में बसे उनके इन साज़िंदों ने ले लिए हैं, और गवैये रोब छोड़कर बन गए हैं गुरु दार्शनिक। हर तरह के साज़ सुनो यहाँ, वही लड़ंत-भिड़ंत, धूम-धड़क्का सरोद हो या सितार लगता है कोई गदर मच रहा है। सीखने को जो आते हैं वो भी अक्सर इन्हीं बातूनियों के पल्ले बँधकर शुरू होने से पहले ही भटक जाते हैं।

हाल में सुना कि दमे के अचानक पड़े एक दौरे से गुरु प्राणनाथ जी अन्ततः गत वर्ष गोलोकवासी हुए। सोशल मीडिया में उनका चौथा उठाला दिनों तक चलता रहा। उसकी राख अभी भी यू-ट्यूब पर कई कलशों में मौजूद है।

सच इज़ लाइफ ब्रदर!

तुम्हारा
राधा

कोलकाता

कल्याणी विद्या,

तुम्हारी ई मेल से पहले ही राधा दा ने मुझे फोन से तुम्हारे काम के सिलसिले में कोलकाता आने का सुसमाचार दे दिया था। तुम्हारी, तुम सबकी इतनी चर्चा दादामोनी लोगों से लगातार सुनी है। और मेरे पति जो काम के सिलसिले में कई बार इलाहाबाद जाते रहे तुम्हारी प्रेममयी माँ की खातिरदारी का गुणगान करते नहीं थकते थे। दादा ने विस्तार से मुझे यह भी बताया कि कहाँ-कहाँ जाकर पुराने गायकों और गायकी पर कितनी कुछ दुर्लभ ज्ञान सम्पदा तुमने अब तक कितनी भव बाधा पार करके बटोर ली है। आँख खोलने के बाद जवान होने तक इतने बड़े-बड़े कलावंतों का अपने घर की चारदीवारी के भीतर बैठे साहचर्य पाया, लेकिन दूसरों के लिए उनके दिव्य फन पर रोशनी डालनेवाले ग्रन्थ लिखना तो दूर, उस पर

विधिवत चर्चा करने-कराने की बजाय दादा समेत हम सब अपनी ज़िन्दगी की अब बेमतलब लगने लगी दौड़भाग के बीच ऐसे ही बैठे रह गए। जो सुना और सराहा, न उस पर तफसील से आगे सोचा, न सुकुमार चाचा की तरह उसका हाथ लगा अंश आगे बाँटने को जमा किया। सिर्फ अड्डाबाज़ी हा-हा ठी-ठी करते रहे। होते-होते आसपास के तमाम गली कूचे उस तरह के न रहे और अड्डे भी बिला गए। अब तो लगता है कि इस तरह कचड़े और भीड़ से भर चुके शहर में नदी भी न जाने कितने दिन रह पाएगी?

मायके की रौनक, वहाँ की बातून महफिलें, गाना बजाना, वह सब याद करती हूँ तो कोलकाता में बैठे-बैठे वह सब एक बीता सपना ही लगता है। शादी होकर आई तो सास ने घंटे जैसा मुँह बनाकर कहा था कि इस घर में संगीत-उंगीत की बात पुरुष ही करते हैं, हम औरतें नहीं। और महफिली गाना सुनना हो, तो पुरुषों को भी बाहर ही जाना होता है। लखनऊ बनारसवालों की तरह वे अपने घर-भीतर यह सब बर्दाश्त नहीं करतीं। सुना, वह भी सुन लिया और घूँघट में ही हँसी। मेरे होने वाले दूल्हे की कला के लिए रुझान को खूब परखकर ही राधा दादा ने रिश्ता कराया था। जब तक वे थे, पहले पीछे के और बाद को मेन दरवाज़े से पति के साथ बाहर जाकर अनेक महफिलों का आनन्द लेती रही। सास ने उदारता से अनदेखी कर दी। समझदार थीं। जानती थीं कि जिस शहर में हम जनमीं, खेलीं, जुबानदराज़ी करती बड़ी हुईं, जब उसे ही शादी के बाद जबरन त्यागना पड़े तो भीतर एक किसम का सूनापन हो जाता है। पति-बच्चे कुछ साल ही उसे भरते हैं। और वे चल दिए, तो बाहर कौन सी ऋतु है, विक्रमी संवत की कौन सी तिथि, यह सब अर्थहीन होकर भीतर का वह पुराना सूनापन कब बाहर के एकान्त से एकाकार हो गया, पता ही नहीं चल पाता। सूखी पत्तियों को पेड़ भी कहाँ तक याद रखें? वे झड़ीं सो झड़ीं।

बहरहाल बरसों बाद तुम जैसी विदुषी से मिलकर और सुकुमार चचा और तुम्हारे बीच पुराने संगीत और फनकारों पर रिसर्च की विशद चर्चा सुनकर इस नीरस जीवन में कुछ समय को तो रस बहेगा, खूब सुख होगा। तुम्हारे शोध के बहाने सुकुमार चचा से भी देखा-देखी हो जाएगी सो अलग। बऊदी और प्रोफेसर साहिब थे तो इस या उस घर में लगातार अड्डाबाज़ी होती थी, उन दोनों के गुज़रने के बाद तीज-त्योहार पर फोन के अलावा सुकुमार चचा से सीधा मिलन हुआ ही नहीं। खफ़ा होंगे ज़रूर, पर हम दोनों की दशा देखकर अल्हैया बिलावल की पुरानी बंदिश याद आती है, कि 'ना मोरे पाँय न पंख न उर बल, ना काहू सुध को लिवैया...।' खैर छोड़ो भी। फिर बहक गई। हमारा ड्राइवर हरिराम तुमको एयरपोर्ट पर तुम्हारे नाम की तख्ती लिए मिल जाएगा। मैं स्वयं आती, पर एक तो कारों के जाम और

उससे उपजे धुएँ से श्वास की तकलीफ उभरने के भय से मैं बाहर कम ही निकलती हूँ, फिर इधर घुटनों के दर्द से भी कुछ परेशान हूँ। राधा दादा कहता है कि मारुति की चैसी पर ट्रक बिठाओगी तो और क्या होगा?

बहरहाल तुमको मेरे रोग-शोक से आतंकित होने की आवश्यकता नहीं। हाँ, किसी कारण से तुम्हारी फ्लाइट यदि अधिक लेट हो जाए तो मुझे फोन कर देना। लोकल फोन करो तो भी ये नामुराद एयरपोर्ट वाले अक्सर या तो उठाते नहीं या उठा भी लिया तो सही सूचना नहीं देते।

और हाँ, यह तो तुम्हारा घर है। जितने दिन चाहो रहो।

सस्नेह
माधवीलता

कोलकाता

प्रिय दादा,

पुतुल दीदी की कृपा से बड़े आनन्द से उनके घर आ पहुँची हूँ। फ्लाइट लेट थी, किन्तु यथासमय, यथास्थान ड्राइवर हरीराम महोदय विराजमान थे, हाथ में 'बिद्या देबी' के नाम की तख्ती उठाए। अपनी तरफ के और काफी बातून निकले। रास्ते में माँजी के स्वास्थ्य की जानकारी देने के साथ ही मेरा भी लघु साक्षात्कार ले लिया। अपने दिवंगत मालिक का ज़िक्र बड़ी श्रद्धा से करते रहे कि कैसा पान के पत्ते जैसा फेरते थे भाभी जी को। अहा! बेचारी कुम्हला गईं हैं एकदम। बस तीन कुत्तों का ही साथ है, उनको ऐसी ममता से पालती हैं जैसे बच्चे हों। अच्छा है आपके साथ जरा घर से बाहर बनर्जी साहिब के घर भी हो आएँगी। बड़े हँसमुख हैं साहिब। पर बऊदी जी के जाने के बाद वो भी घरै में कैद हो गए हैं।

एकाकी बुजुर्गवारों से उनके पुराने सेवकों का एक निरन्तर बतकही का रिश्ता बन जाता है। सो हरीराम जी भी सुकुमार चचा से लेकर पुतुल दी के कुत्तों के अलग-अलग मिजाज़ से ही नहीं, मेरे आने की वजह, मेरी आइटनरी से भी अप्रत्यक्ष रूप में ब्रीफिंग पा चुके लगते थे। मेरी हूँ-हाँ से भी उनका प्रश्नाकुल उत्साह घटा नहीं। शादी बियाह नहीं किया तो फिर जीवन का लक्ष्य क्या बना रखा है? उनके इस सवाल

के पीछे स्नेह और कुतूहल का वह निखालिस हिन्दुस्तानी मिश्रण था जिस पर नाराज़ होना मुमकिन नहीं।

लिखने-पढ़ने को इतना कुछ हो, तो उस सबका समय नहीं मिलता, मेरी इस चालू दलील को सुनकर, हरीराम जी बहुत प्रभावित न भी हुए हों, लेकिन कुछ स्थापना नहीं दी। सिर्फ यह बताया कि स्व. प्रोफेसर साहिब के रहते घर पर कैसे देश-विदेश के पढ़ने-लिखनेवालों की लगातार आवाजाही बनी रहती थी। बसन्त पंचमी, होली और तीज आदि पर खूब गाने-बजाने के उत्सव होते थे। बंगाली, अबंगाली हर तरह के उस्ताद और पंडित लोग आते थे। खूब खाना-पीना और गाना-बजाना। रात गए महफिल उठती तो हँसी-हँसी में अपने 'जल खाया है' वाली बंगाली हिन्दी बोलनेवाले बंगाली मेहमानों से बाबूजी ठिठोली करलीं, कि की रे हारान बाबू! ई बार जॉल ही खाया, कि कुछ फलाहार भी पिया?

घर पहुँचते समझ गई कि प्रोफेसर साहिब और सुकुमार चचा की मैत्री की बुनियाद कहाँ टिकी थी।

पुतुल दीदी कम ही कमरे से बाहर आती हैं, लेकिन मोटर रुकने की आवाज़ सुनकर जाने कितनी तकलीफ सहती, सरकती-सी चाल से बारामदे में आ निकल आईं और खूब भींचकर दुलारती हुई भीतर ले गईं। सामान हाथोंहाथ मेरे लिए तैयार कमरे में चला गया, हम दीदी के कक्ष में आए। खूब बड़ा पुरानी चाल का कमरा, बीच में कई गावतकियों से मंडित अपने छपरखट पर दीदी बैठ गईं, मैं कुर्सी पर। मिठाई की तश्तरी के साथ पानी-वानी आया। फिर दीदी से अनुमति लेकर मैं नहाने चली गई। बाहर आई तो दोपहर के कोई बारह बजे होंगे। दीदी चिन्तातुर मुख लिये बैठी थीं। पता चला सुबह-सुबह सुकुमार चचा बाथरूम में फिसलकर गिर पड़े। पीठ पर चोट आई। भगवान की दया से शेष देह सलामत है, पर कमर दर्द की वजह से कल ही मिलना होगा।

कोई बात नहीं कल ही चले जाएँगे, मैंने कहा तो पुतुल दी का चेहरा खिल गया। तब तो आज शाम भर हम तुम बतकही करेंगे।

ईमान से कहूँ तो अगल-बगल तकिया डालकर, परनिन्दा रस में बहते हुए की जानेवाली फुर्सतिया बतकही से बिदकनेवाला मेरा मन कुछ-कुछ आशंकित हो उठा। पर इतनी पुरजोर मेहमाननवाज़ी की कुछ भरपाई तो करनी ही होगी जानकर सहमति में सर हिला दिया।

बाकी वापस लौट कर।

प्यार
विद्या

~६~

कोलकाता

प्रिय दादा,

रात, सुकुमार चचा से मिलने की बेताबी। सुबह, पुतुल दी की पाकशाला का सुर-दुर्लभ खाना।

भूख गायब। डर शाही व्यंजनों का नहीं, चचा की अदालती पेशी का है।

—ये तो है। पुतुल दी हँसीं। इतना भी मत डरो, दिल बहुत बड़ा है उनका। आज पहले किसी का घटश्राद्ध हुआ तो मेरा ही होगा। इतने दिन कहाँ थी? लो खाओ।

फूल जैसी हल्की लूची खिलाते-चबाते पुतुल दी को अपने लखनऊ के ददिहाल की भी बेसाख्ता याद आ गई जहाँ की विशाल हवेली बड़े शौक से दुनिया-भर से बेहतरीन सामग्री मँगवाकर बनवाई गई थी। क्या तो रसिक पारखी जन। खाना कहो तो, गाना कहो तो।

लखनऊ और उसके आसपास की रियासतों के अनगिनत राजे-रजवाड़ों और नवाबी खानदानों के पेचीदा दीवानी मुकदमे कितनी सफलता से निबटाये थे उनके दादा कुँवर साहिब ने। फीस की बतौर आजन्म उनके कृतज्ञ रहे मुवक्किल उन पर उपहारों की झड़ी लगाते रहते थे, वेनिस का कटग्लास और झाड़-फानूस, ब्रिटिश चीनी के डिनर सेट, मेक्सिको की चाँदी के बरतन, रत्नाभूषण।

बचपन के दिनों में गर्मियों में छिड़काव से महकती मेहँदी की रविशों से घिरे बगीचे में अपने बाबा कुँवर साहिब से संगीत पर घंटों बतियाते काली बाबू का बादल जैसा गम्भीर स्वर सुनना आज भी अहा, याद है। सीधे जा उनकी गोद में जा बैठने पर उनकी सेमल की रुई सरीखी सुन्दर, नरम, कोमल, हँसी से थिरकती तोंद का स्पर्श होता। घने घुँघराले बालों से भरा उनका श्वेत-श्याम सर लगातार संगीत की नई पुरानी बंदिशों पर कुँवर साहिब के साफाधारी सर के साथ हिल-हिलकर दाद देता था। काली बाबू की खुली हा-हा के विपरीत कुँवर साहिब की हँसी उत्तर प्रदेश के ठेठ सामंती खानदान के कर्ता की हँसी थी, मूँछों के बीच एक रहस्यमय स्मित में सिमटी सिमटाई। पर काली बाबू ठहाका लगाते

तो मुँह से सुगंधित पान की खुशबू के भभकारों के साथ उनकी नाक के नथुने फड़कते, मुख से सुगंधित कत्थे और सुपारी के नन्हे छींटे उड़कर मलमल के पंजाबी कुर्ते को चितकबरा बनाने लगते थे। उनकी विराट् तोंद इस कदर हिलकोरे लेने लगती विद्या, कि उनकी गोद में बैठे हुए लगता जैसे ट्रेन के हिचकोले खाते डब्बे में हों।

नई महफिल और रागों के अछोभ प्रकारों की बात उठी तो मानो नन्हे बच्चे के हाथ नया-नकोर खिलौना लग गया हो। टुकड़ा-टुकड़ा तोड़कर हर अदायगी को बारीकी से परखा जाता कि यह मुर्दार राग इस बार भला ऐसा हैरतअंगेज़ असर किस तरह छोड़ सका हैगा। जब तक विगत बैठक की गायकी पूरी तरह डिकंस्ट्रक्ट नहीं हो जाती, दोनों मित्रों को चैन कहाँ? किस कलाकार ने क्या राग क्या सोचकर गाया होगा और उसमें उनके उस्ताद की छाप किस हद तक मौजूद या गायब थी? अस्थायी की चाल कहाँ किससे कितनी भिन्न थी? अमुक उस्ताद इसी बंदिश में अलाँ या फलाँ सुर भी लगाते थे तो क्यों? जैसे महान् मसलों पर जो चिंघाड़ती गहमा-गहमी होने लगती वह आज शायद टी.वी. पैनलों की चर्चाओं में भी नहीं दिखती।

कोई बड़ा मुद्दा उलझकर सुलझाए न सुलझा तो निराकरण के लिए परिवार में महफिलों के सबसे बड़े थिसॉरस, प्रमोद बिहारी उर्फ नन्हें चा' की पुकार उठती। शहर-भर में अपनी दुर्लभ सांगीतिक याददाश्त के लिए मशहूर नन्हें चा' प्यार से खलीफा करके भी जाने जाते थे।

'यार नन्हें, ज़रा बतइयो के उस बरस लखनऊ में सेठ वादीलाल ने मोतीबाई को रामकली का राग-रूप बिगाड़ने पर फटकार लगाई थी कि ललितागौरी के आलाप पर टका था उनको?'

नन्हें चा' आदतन नासिकाग्र पर उंगली बजाते हुए सोचने का नाटक कर पहले गरम पड़ते माहौल को तनिक ठंडा करने के लिए कोई माकूल डिप्लोमैटिक जवाब देते। मसलन, अब भाई वादीलाल जी का तो सभी जानते हैं कि सुबह-सुबह उठकर दंड पेलने और अदरक की चाय पीनेवालों में हैं। एक तो जनाब पहिले से कुढ़े बैठे थे कि खादिम हुसेन साहिब से सीखा रामकली का विलंबित खयाल मोतीबाई ने उनके घर पर नहीं गाया, दूसरे पिछले कमरे से दो बड़े पेग गटक के आए थे। बस, चढ़ गई।

'हो जाता है कभी-कभार। इनायत ने भी तीन बरस पहिले उनके घर जो दरबारी बजाया वह हमारे इहाँ पिछले साल वाले अमुक खाँ साहिब के दरबारी से बेहतर था।'

'यार, हमको बस ये बताओ कि वादीलाल जिस अस्थायी के बिगड़ने पर इस कदर दामन चाक-चाक किये डाल रहे थे, उसका स्वरप्रयोग शास्त्रसम्मत था, कि नहीं?'

इस तरह के गोले उछलने से जब नन्हे चा' जोश में आकर कोई स्पष्ट फतवा देने पर उतारू हो जाते तो कई बार रसमय बहस-मुबाहसा लम्बा खिंचने से अक्सर अँधेरा घिरने लगता। जब फानूस रोशन होने लगे तो घर के भीतर से मित्रों के लिए सामिष निरामिष खाने की थालियाँ लिए हमारी बुआओं में से शम्मो, दम्मो या कम्मो बीबी में जो कोई घर पर हो, नौकरों की फौज की अगुआई करतीं, हिदायत देती बाहर निकल आतीं। खाना परसा जाता और कुछ क्षण बाद चिक के पीछे से हमारी अम्मा लरजती आवाज में कहतीं, 'अब रउरा के कौर तोड़ा भी जाए वर्ना खाना ठंडाय जैहै।'

ये जानो विद्या कि बार-बार की मनुहार के बाद ही जब पहला कौर तोड़ा जाता, तो दादी कहतीं का खाक पूड़ी का स्वाद अउता होगा, तनिक ताज़ी भिजवाई जाए, और फिर ताज़ी-करारी मिस्सी रोटी, या पूरियों को हाँक लगने लगती।

'भई अब चला जाए,' किस्से के साथ खाने का समापन कर पुतुल दी ने कहा। आजकल ट्रैफिक का मामला हर कहीं पहुँचने में विलम्ब करवाता है और चचा हैं अंग्रेज़ों की तर्ज़ के समय के पाबन्द। चलें?

***

गाड़ी में बैठे तो बारी आई सुकुमार चचा पर बैकग्राउंडर की।

बहुत पहले उनके पिता कालीसाधन बनर्जी उर्फ काली बाबू कोलकाता के गोरा बाजार वाले घर को छोड़कर लखनऊ यूनिवर्सिटी में पढ़ाने आए थे, और फिर वहीं के हो रहे। चचा लखनऊ में ही जन्मे, पले, शिक्षित हुए। आजकल तो कैंपस में पीएसी के जवानों के टेंट ही ज़्यादा नज़र आते हैं। रस्सियों पर सूखते उनके धारीदार कच्छे वाले लॉनों और खस्ताहाल अर्थनीति और समाजशास्त्र विभाग की धूल-भरी लाल पत्थर इमारतें देखकर आज कौन जान सकेगा कि कभी कैसी शान थी इस कैंपस की। हाय!

चचा के पिता का प्यारा लखनऊ, कोलकाता के बाद उत्तर में पच्छिमी और पूर्वी कला और बौद्धिकता का संगमी तीर्थ था। यूनिवर्सिटी उसी का प्रतीक। मजलिसी संगीत और अहर्निश मित्र संलाप का संस्कार तो कोलकाता से ही साथ लिये-दिये चले आए थे प्रकांड विद्वान् काली बाबू। बस कुछ ही बरसों में शहर के रसिक सुजनों के लिए उनका कैंपस में मेहँदी की रविशों से घिरा घर उच्चस्तरीय

अड्डाबाज़ी का अनन्य केन्द्र बन गया। यहीं से शुरुआत हुई पुतुल दी के दादा कुँवर साहेब उर्फ बड़े सरकार, से उनकी उम्रभर की मैत्री की।

बड़े सरकार शहर के नामी वकील और कलारसिक ख्यात थे। संगीत की डोर से दोनों के बीच ऐसा गठजोड़ बना, कि रोज़ कभी वे कालीबाबू के घर, तो कभी काली बाबू उनके। कुछेक बरसों बाद कोई ऐसा आवाज़ का धनी गायक-वादक नहीं रहा, जिसने शहर में आने पर इन दोनों मित्रों में से किसी एक की बैठकों में अपना गाना पेश करने की इच्छा न ज़ाहिर की हो, और सुयोग मिलने के बाद गद्गद भाव से अपनी पीठ ठुकवाई करवा खुद को धन्य न समझा हो।

समाजशास्त्र और अर्थशास्त्र ही नहीं, शास्त्रीय संगीत में आज भी शहर में गुणीजनों-रसिकों के बीच सुकुमार चचा के जनक के नाम का सिक्का ऐसा चलता है कि दुनिया-भर में फैले उनके नामचीन अर्थशास्त्री या समाजशास्त्री चेले भी सबसे पहले काली बाबू की शागिर्दी के बल पर ही पहचान और सम्मान अर्जित कर पाते हैं।

निजी जीवन में काली बाबू जिंदगी-भर दुनियावी जोड़-तोड़ से विरक्त, मैहर के बाबा अलाउद्दीन खाँ सरीखी निर्लोभ परमहंसी परम्परा के जीनियस गुरु रहे आए। कोलकाता के पुश्तैनी गोरा बाजार वाले उनके घर को बाबा और उनके सुख्यात पुत्र कई बार पगधूलि दे चुके थे। पर बाद को उस घर की तरफ मुखर्जी परिवार का पूजा में ही जाना होता था। जब जीते जी खुद को लखनवी परम्परा का रसिक कहनेवाले उनके बेटे सुकुमार चचा ने बाद को मुंबई में अपने मामाओं के नक्शे-कदम पर चलते हुए किसी बड़ी ब्रिटिश स्वामित्व वाली कम्पनी का बॉक्सवाला साहेब बनना तय किया, तो कुछ समय तक देस से जुड़ा तार काफी कमजोर होने का अंदेशा पैदा हो गया था।

लखनऊ में अपनी पढ़ाई-लिखाई के बावजूद नौकरी चचा को मुंबई ले गई। और वहाँ कई बरस साहबी लोगों की कम्पनी का पदभार सँभाले रहे। लेकिन अपनी मिट्टी खींचती रहती है। रिटायरमेंट का समय आते-आते जब पति-पत्नी ने अगले पड़ाव पर समवेत विचार किया तो लखनऊ और यूनिवर्सिटी कैंपस की गति-मति देख, लखनऊ की बजाय कोलकाता के गोरा बाजारवाले पुश्तैनी घर में जा बसना तय किया गया।

यह घर, जहाँ आज हम चचा से मिलने जा रहे हैं, भी सच पूछो तो चचा की माँ और कालीबाबू की जीवनसंगिनी हरिबाला देवी के इंजीनियर पिता रथींद्रनाथ उर्फ राँगा बाबू की समझदारी से ही बना है। बन भी पाया इसलिए कि तब ज़माना सस्ता था और अंग्रेज़ साहिबों को हर तरह से खुश रखने में पटु दुनियादार राँगा बाबू

का मन अपने 'बोका' जमाई की खाऊ उड़ाऊ प्रवृत्ति को लेकर सशंक और बेटी और नाती के भविष्य की चिन्ता से ग्रस्त रहा। समझदार जन थे सो इस मुद्दे पर दामाद को टेढ़ी-सीधी सुनाने की बजाय अतिरिक्त तौर से रक्षातुर और उदार बने और गाँव की ज़मीन बिकवाकर शहर में यह ज़मीन खरीदवा ही दी। उसके बाद काली बाबू तो डूबे रहे अपनी किताबों में पर बाप-बेटी छाता लगाकर साइट पर नियमित फेरे लगाते रहे और अपनी किफायती देखरेख में अन्ततः रेत में दूब उगाने जैसा काम यानी कलकत्ता की यह कोठी बनवाना, राँगा बाबू काफी सफलता से कर ही गए।

अब कई चालू नए बिल्डर उन सुन्दर बंगलोंवाले पुराने कोलकाता का नक्शा भद्दे भीमाकार फ्लैट बना-बनाकर लगातार बदलने लगे हैं। इतने बड़े हाते पर बनी यह कोठी-मकान भी उनके निशाने पर होगी ही। लेकिन फिलहाल चचा के रहते मकान की बिक्री का विषय छेड़ने का साहस वे भी नहीं करेंगे।

हमारे आजू-बाजू शहर सचमुच बदल रहा था। कितने तमाम पुराने इलाके गायब होते जा रहे थे, न जाने कितनी ऐतिहासिक इमारतें किसी मॉल या सोसायटी कॉम्प्लेक्स के भीतर बिला भी चुकी होंगी। मलबे और ठेलों से पैदल पथ कब के मिट गए थे जिन पर ट्रैफिक बदस्तूर चींटी की रफ्तार से रेंगता रहता था, पर इनसान की फितरत किसी मर्तबान की तरह खुद को तनिक हिला-डुलाकर सब कुछ स्वीकार कर लेने की होती है। सो उस धूल-धक्कड़, कर्णकटु हार्न या रिक्शों की ट्रिंग-ट्रिंग से हलकान परीशान हुए बिना पुतुल दी से लखनऊ बनाम कोलकाता के अनेक रसमय वृत्तांत सुनाती रहीं।

लम्बे रास्ते की कृपा से अप्राप्य रसमय ब्योरों की छवि-भर पाई। फिर भी हाथ जोड़कर अरज करना बनता ही था कि पुतुल दी, जितना याद हो, उतने अपने बचपन के ऐसे रसमय संस्मरण अगर ई मेल या कागज़ पर दर्ज कर-कराके भेज दें तो उनकी चरण धूल सर पर।

पुतुल दी शर्मा गईं। अरे कहाँ विद्या ? हम ठहरीं निखालिस गिरस्तिन, बस दूर से संगीत को सुननेवाली। तुम्हारे ऐसी पंडताइन को उन घरेलू ब्योरों में क्या मिलेगा ?

पर मैंने भी ज़िद पकड़ने की ठान ली। बार-बार दोहराती रही तो बात धीमे-धीमे रंग ले ही आएगी मुझे इसका भरोसा है।

गोरा बाजार के बहुचर्चित मकान के सामने पोर्च पर अब हमारी गाड़ी रुकी। हम उतरे।

सड़क से लोहे के गेट के परे नीची चहारदिवारी से घिरा सुकुमार चचा का बड़ा-सा मकान, जैसे कोई पुराना झबरा कुत्ता धूल-धूसरित हो ऊँघ रहा हो। सामने

बगीचे में नारियल, शरीफा, आम के पेड़ों के साथ किसम-किसम के नींबू और अमरूद के जो गाछ थे वे भी धूल-धूसरित।

कैना की अधसूखी झाड़ी के पत्तों को छूकर धूल-धूसरित उँगलियाँ रूमाल से झाड़ती पुतुल दी ने दुःख से च्च-च्च करते बताया कि कैसे इस हरियाली को जब से इस घर में दोनों बूढ़ा-बूढ़ी बंबई से चचा के अवकाश प्राप्त करने के बाद रहने आए थे, यहाँ-वहाँ से मँगवाकर बउदी ने प्राणों जैसे जतन से सहेजा था। एक बेटा बहू परदेस में, दूसरा दूर गोआ के तट पर। उनका तो आना-जाना रहेगा रामभरोसे, यह जानकर सदा की व्यावहारिक बउदी ने फूल भी लगवाए, तो ऐसे, जिनको अधिक देखभाल नहीं चाहिए : टगर, रक्तजवा, जुही, हुस्नेहाना। गेट के ऐन बाहर दो कटहल-चम्पा के पेड़ तो बउदी ने कोलकाता आने के बाद कोठी को दोबारा आबाद करते समय खुद अपने हाथों लगाए थे। कुल्लमकुल चार फूल, लेकिन खुशबू से सारा उजाड़ हाता आज भी भरा हुआ था। राधा दादा ने सही लिखा था कि इस बागान के पीछे उपेक्षित खड़ा चचा का विशाल दुमंज़िला मकान उनको बिन घरनी घर भूत का डेरा कहावत का जीवंत प्रतीक लगता था।

तीन पायदान वाली सीढ़ी पार कर हरे रंग के पीतल के स्याह पड़ गए शेरमुखी हैंडल वाले दरवाज़े से भीतर घुसते ही सबसे पहले बैठक। प्रदर्शनहीन पर किसी सुरुचिपूर्ण शख्स के खरीदे सामान और फर्नीचर से भरा। मेज़ पर काला पड़ चुका एक चाँदी का कटोरा था। डबडबाये नेत्रों से पुतुल दी ने बताया कैसे रूप सुगंधि की प्रेमी बउदी हर रोज़ इसमें हरसिंगार या बेले की कलियाँ भरकर रख देतीं थीं। किन्तु आज सब एकदम खाली, श्रीहीन धूल और जालों के बीच उदास, शायद कमरे में बरसों से कोई न बैठा हो। कौन कहेगा कि कभी भले दिनों में दोस्तबाश चचा के साथ पुतुल दी के पति ही नहीं, कितने महफिली कलकतिया लोग दिन-रात बउदी के बुड़बुड़ाहट के मसालों समेत भिजवाए गए सुर-दुर्लभ व्यंजन असम्भव मात्रा में भकोसते हुए चचा के साथ संगीत पर लड़ते-झगड़ते ठहाके लगाते इस कमरे और घर को गुलज़ार रखते जमे रहते थे।

ड्राइंगरूम से बाहर प्रशस्त बारामदा। बारामदे के बगल में ऊपर दूसरी मंज़िल को जाने की सीढ़ियाँ थीं। ऊपर का बारामदा नीचे के बारामदे के ऊपर ही बना था, लेकिन वह रेलिंग से घिरा हुआ था। बउदी और उनकी मिलनेवालियाँ बाल सुखाने को, अड़ोस-पड़ोस की खबरों पर गप्पाष्टक करने को, नई बहुओं-सासों या गहनों-साड़ियों के प्रकारों की निंदा-प्रशंसा करतीं हर दोपहर में यहाँ अपना अड्डा जमाती थीं। पुतुल दी की कमेंटरी जारी थी। बउदी को पूरा शक था कि कनरसिया चचा उनकी बातचीत सुनने को ही भीतर अपने कमरे में नींद का नाटक करते रहते थे।

चचा को नींद वह भी दोपहर की, बहुत प्यारी थी। उसे कहते थे भातघूम यानी भात खाकर आनेवाली मीठी नींद। या तो वे बैठक में मिलते या फिर अपने शयनकक्ष में अपने भीमाकार बर्मी सागौन के बने छपरखट पर, जो उनकी माँ के दहेज़ में साथ आया था और बारह जनों ने हाँफ-हाँफ कर चार टुकड़ों में ऊपर पहुँचाकर दोबारा जोड़ा था।

हम चचा के उसी कमरे में घुसे।

राधा दादा ने सही खाका उतारा था। डिज़ाइनदार, आलीशान कारीगरीवाले उस डबल बेड के चार कोनों पर पायों में बाघ के पंजे उकेरे गए थे। हाथ भर चौड़े सिरहाने पर खूबसूरत नक्काशी आज भी ध्यान खींचती : ऊपर लतर, नीचे लतर, बीच में हाथियों की दुम पकड़े कतार की कतार। आसपास चारेक सागौन की ही अल्मारियों के एक-एक पल्ले पर चमचमाते खूबसूरत बेल्जियन शीशे लगे हुए थे। आल्मारी खोलनेवाली घुंडी भी बेल्जियन कटग्लास की। छपरखट पर मोटे-मोटे चार तकियों और दो भारी भरकम गावतकियों का सहारा लिए एक हरी कढ़ाईदार चादर से शक्तिहीन पैरों को ढाँके सुकुमार चचा हमारा इन्तज़ार कर रहे थे। दुर्बल शरीर, लकीरों भरा किन्तु तेजस्वी ललाट, उन्नत गर्वीली कुछ-कुछ फैले नथनोंवाली नाक, पतले रसिक अधरोष्ठ और बड़ी-बड़ी आँखों में आज भी एक जीवंत ज़िन्दादिल चमक थी।

सुकुमार चचा के कमरे में पैठना किसी भव्य पुराने मन्दिर के गर्भगृह में पैठने का भय, हर्ष और झिझक का मिला-जुला स्वाद लिये दिये था।

वे मुस्कुराए—यह सब क्या? अहा, बूढ़े के घर में दो-दो देवियों का समवेत पदार्पण और यह बूढ़ा तुम लोगों के स्वागत को उठ भी नहीं सकता, न शंख फूँक सकता है? क्षमस्व परमेश्वरि! बैठो! आराम से बैठो पीठ पीछे कुशन धर लो। पदधूलि वूलि ग्रहण करना कबका छोड़ दिया साला!

और ये पुतुलमणि? आज याद आई तुझको चचा की? आ हाँ, अब कहेगी कि अली अकबर खाँ के मलुहा केदार के शुद्ध निषाद की तरह ड्राइवर ऐन समय कहीं गायब हो गया था।

अहा सो तुम हो विद्यासुन्दरी, परितोष बाबू की पुत्री। जानती हो, तुम्हारे नाना मरहूम अंबादत्त त्रिपाठी जी हमारे असिस्टैंट हैडमास्टर थे। ऊँची धोती, आधी बाँह की सदरी, मुँह में पाइप और मार्शल टिमोशैंको जैसी मूँछें। संगीत के प्रबल जानकार थे साथ ही बेहद कठोर अनुशासनी स्वदेशीवाले आदमी थे। तुम्हारी माँ का ब्याह सब देख-परखकर अपने ही जैसे कम हँसने बोलनेवाले खादीधारी तुम्हारे बाप से कर दिया। 'अहा चंपे की कली जैसी लखनऊ की नाज़ुक कन्या गौरी त्रिपाठी को गांधी

का निरामिष चेला पारितोष सुकुल ले उड़ा,' कहकर अनीस के, 'हाय हसन हम न हुए,' मर्सिये की तर्ज़ पर लखनऊ के कई युवकों ने उच्छ्वास छोड़ते हुए तीन दिन तक बाँह पर काली पट्टी बाँधकर सोग मनाया था।

'बुरा मत मानना चचा की बात का। दिस चचा इज़ ऑल बार्क एंड नो बाइट! बस तुमको देखकर तुम्हारी माँ की छब याद आ गई।

'आओ माँ बैठो।

'अरे साला जगन! चाय-वाय भेज कुछ, हाँ कुछ नाश्ता भी साथ में। बड़े दिन बाद घर में बेटियाँ आईं हैं। बाद को जाकर कहेंगी कि मेल शॉवनिस्ट बूढ़ा चचा इन दिनों जेंडर जस्टिस की मर्यादा तोड़ रहा है। हमको हाथ रोककर सिरिफ चाय पिलाता है।'

हम बैठे। कुछ मिनट बाद बहुत दामी लेकिन गन्दे-संदे और चिप्ड प्यालों में चाय आ गई, साथ में एक पुरानी चाँदी की तश्तरी में कुछ मीठा। कुछ देर उस सब की व्यस्तता रही। फिर प्याले रख दिए गए और ननिहाली ढाका के स्कूल की याद के साथ चचा की यादों की पहली झिर्री खुली।

'सफेद ड्रिल की हाफ पैंट और टुइल की शर्ट। पैरों में सफेद मोज़े और सफेद कैड्स से लैस कर, काँख में टिफिन का डब्बा देकर एक छलांग में हम रिक्शे पर सवार करा दिए गए थे। उसके बाद साला, तरह-तरह बरसों तक भेजा गया। तरह-तरह की पढ़ाई। अंग्रेज़ के थ्री आर्स यानी रीडिंग, रायटिंग, रिथमेटिक सायंस की जगह बंगाली थ्री एसेज़ पढ़ाते हैं : सायंस, सोशल सायंस और संगीत। बंगाली का लड़का तभी साला पनपता नहीं सोलह में चश्मा लगाने लगता है और सत्रह में पेट के अल्सर पाल बैठता है।

'नाना ने माँ को सलाह दी थी, एक ही लड़का है तो खोका-खोका करके तुम और सास मिलकर छोकरे का माथा फिरा दोगी। घर से दूर रखकर खूब पढ़ाना। साथ में एकदम सादा वैष्णव खाना, और पोशाक में भी साल में बस अद्धी के दो कुर्ते, दो खाकी हाफ पैंट, दो सफेद और दो छापेदार फुल शर्ट इससे अधिक नहीं। इस नुस्खे से पाले उनके अपने दो सुपुत्र यानी मेरे मामाद्वय में से एक बांबे में बड़ी साहिबी कम्पनी के मुलाज़िम थे, दूसरे सिविल सर्विस की शोभा बढ़ा रहे थे। सो प्रत्यक्ष को आईना क्या? वाली मुद्रा में उन्होंने बात का समापन किया और मामा के पास बंबई रह कर पढ़ने का अपना नसीब सील हो गया।

आज तुमको यह सब आईने-अकबरी के किस्से लगेंगे, पर तब लोग बात को अधूरा नहीं छोड़ते थे फौरन दो आने गज के हिसाब से नानी ने हमारे लिए दो

खाकी पैंट और चार शर्ट के कपड़े खरीदे थे जो घर में ही बैठकर हाकिम अली टेलर से घर्र-घर्र करती नानी की पफ मशीन पर सिलवाकर माँ को थमाये गए।

'चाय और लोगी? एक कप से क्या होगा? अरे साला जोगेन चाय ला ताज़ी बना के!

'हाँ तो हमने बंबई से शहर लखनऊ और पूजा के दिनों कलकत्ते में रात-रात भर खूब ही गाना सुना। भातखंडे कालेज में तो लगातार बहत्तर घंटे का उत्सव होता था जिसमें गावतकिया, पान की पिटारी और चाय के थर्मस सहित हमारा और ये राधा-पुतुल का सारा परिवार रात-भर भोर होने तक जमे रहते थे। तुम्हारे नाना आते तो बड़े आदर से हम लोग उनको घर के बुज़ुर्गों के साथ खूब आगे और अपने बातून मजमे से दूर सादर स्थापित करवा देते।

'1936 की नुमाइश में किराना घराने के मंझी खाँ साहिब तशरीफ लाए थे। उनके कूट तानों की पेचदारी में ही अधिक समय लगाने और ठुमरी न गाने से विरक्त लखनऊ के मूडी साकिनों ने उनको इगनोर कर दिया। झूठ क्यों कहें, हमारी टीम का भी इसमें योगदान रहा। हमने भी दाद नहीं दी। मुँह बनाए बैठे रहे। सुना खाँ साहिब आग-बबूला होकर अगले दिन चले गए वापस बंबई। माना हमने कुछ ज़्यादा ही रैगिंग कर डाली पर भाई अपने गुणी पंडत जी भी तब कम वयस के थे। उनके साथ अन्याय हुआ। वे तो बड़े शिक्षक ही नहीं गुणी गायक भी थे। फिर भी मुंबई की मराठी बिरहमन सेंट्रिक संगीत पॉलिटिक्स ने उनको उनका यथायोग्य कभी नहीं दिया। वर्ना कभी-कभार पूर्वा, पूरिबा, सोहनी, सांजगिरी जैसे राग एक के बाद एक सुनाकर तो वे महफिल का क्या कोई कम चित्त न हर लेते थे? नसीब ही खोटा था उनका। फिर भी बेचारे जनम स्ट्रगलर ही रहे और बिना शिकवा-शिकायत किए अधपेट खाकर भी तमाम सारे उम्दा गायक शिष्य अगली पीढ़ी को दे गए। जब तक ये आकाशवाणी वगैरा बने और उनकी गुहार हुई कि भैया आव और हमको उम्दा गायक छाँटने में मदद करो, खुद उनका अपना गला जा चुका था। फिर भी संगीत की आन का सवाल था। बड़ी फराखदिली से बेहतरीन ग्रेडिंग सिस्टम बनवाकर रेडियो के लिए उम्दा गायकों की मार्फत असल रागदारी संगीत उतारने का काम तो यह बुज़ुर्गवार कर गए।

'आज की पीढ़ी उनको कितना याद करती है? ज़ीरो।

'फिर भी उनका बनाया ग्रेडिंग सिस्टम अभी भी कायम है। एक बड़े सरोदिए बड़े 'कीन' थे अपने साधारण से बेटे को ए ग्रेड दिलवाने को, दसेक एम पीज़ के साथ मिनिस्टर साहिब की पैरवी भी साथ लाए थे, पर साहिब, एक्केबारी से टर्न डाउन कर दिए गए। सत्तर का दशक था, और बंगाली स्टेशन डायरेक्टर पुरानी तर्ज़

के दबंग अफसर थे। उन्होंने साफ कहा कि या तो मिनिस्टर महोदय उनको फाइल पर लिखित में पुराना ग्रेडिंग सिस्टम खारिज करने का आदेश दें या फिर संगीत के नामचीन विद्वानों वाली ग्रेडिंग कमेटी का अविकल फैसला माना जाए। 'अंडर दि प्रेज़ेंट सिस्टम द यंग मैन मेरिट्स नो मोर दैन लो 'बी' कैटेगरी', लिख के दे दिया उनने।

'तब तनिक शर्म बाकी थी राजनेताओं में भी। दुबक गए मिनिस्टर साहिब।

'बड़ा मज़ेदार किस्सा है आकाशवाणी ऑडिशनिंग के शुरुआती दिनों का भी। हर नई शुरुआत में हल्ला मचाने का हिन्दुस्तानी रिवाज़ रहा है अपने यहाँ। सो तमाम घरानों के खलीफाओं ने एक भारी असहयोग आन्दोलन छेड़ दिया। कहा कि पिस्ते-मुनक्के जितने बंगाली-मराठी जूरी मेंबरान के हाथों अपनी ग्रेडिंग कराने के वे खिलाफ हैं। कई दिन बुरा मानकर दूर बैठे रहे। जूरी कमेटी ने भी चुप्पी साधे रखी। आखिरकार झख मारकर आए, गाये बजाये, और देश-भर में प्रसिद्धि पाए। दरअसल अधिकतर पुराने खलीफाओं में गाने की तो सिद्धि थी, पर अनपढ़ थे। लिहाज़ा शास्त्र से जुड़े सवालों के जवाब देने की कुव्वत उनमें नहीं थी। तोड़ी के बाद मुल्तानी तो खटखट बजा देते, पर पूछा जाए कि दोनों में फर्क क्या है तो पसीना पोंछते जवाब देते, 'दोनों ही अपनी जगह लाजवाब हैं जनाब!'

खैर!

हाँ तो विद्या बेटी, तुमने बाबत अंजलीबाई और हीराबाई मेरी फर्माइश पूरी की, सो यह बूढ़ा तुम्हारा चिर ऋणी है। अब तुमको बताने में लिहाज़ क्या, कि हमारे ज़न्नतनशीं बाप और उनकी पीढ़ी के अनेक संगीतरसिक अंजलीबाई के शैदाई रहे। हमारी अम्मा को उनसे वाजिब ही था कि खार लगती। हमारे पिता जी के पास उन तवायफों के कई दुर्लभ चित्र और खुतूत थे जिनको नष्ट करने की उनकी कई कोशिशें भी नाकामयाब रहीं क्योंकि भनक पाकर वह सारा मसाला मैंने अपने भरोसेमन्द जासूस सुकुमार से उड़वाकर अपनी गिरफ्त में ले लिया था। बस एक अदद जेनुइन रसिक की बाट जोहता वह माल अब तुमको जल्द मिल जाएगा। बहुत कुछ पुराना पांडु जीर्ण हो चुका है उसका। लिहाज़ा सब तरतीबवार करवा रहा हूँ। वह काम खत्म हुआ नहीं, कि तमाम फाइलों फोटुओं समेत सामग्री तुमको भेज दी जाएगी।

किताब तुम्हारी जब तक बनेगी शायद घराने के खलीफाओं की तरह हमारा तो शायद बुलावा आ चुका होगा, लेकिन अब इस सुकून के साथ ये बूढ़ा ऊपर जाएगा कि जाते-जाते वह सारी सामग्री एक सुयोग्य लेखक शोधकर्ता को सौंप दी थी।

जीती रहो, फिर आना।

लास्ट वाक्य कहा गया जब पुतुल दी की आँख का इशारा देखकर हम दोनों जाने को उठे। चचा इतना बोलकर काफी कुछ निढाल नज़र आने लगे थे। अचानक उनकी बोलने की ताकत और इच्छा दोनों चुक से गए और भृत्य को गाली सहित पुकारकर चादर ठीक से ओढ़ाने को कहते उनकी आवाज़ में एक शर्मिंदगी से उपजी लरज भी सुनाई दे रही थी।

मिताली दी आँखें पोंछती रही रास्ते-भर। कहने को कुछ बचा ही न था।

इति!
विद्या

~७~

कोलकाता

प्रिय विद्या,

जब तुमने इतने खुलूस से मुझसे बचपन में देखे-सुने संगीत और संगीतकारों पर जितना बन सके उतना बड़ा लेख माँगा, तो हामी भरते समय मुझे कतई नहीं मालूम था कि लिखना, तिस पर भी आपबीती लिखना कैसा भीषण काम होता है।

कहा ज़रूर जाता है कि सदा सच बोलो, लेकिन आपबीती का कोई अप्रिय सच लोग झेल पाते हैं भला?

बचपन से यही बार-बार देखा कि लोगबाग बेबाक लेखन की तारीफ तभी तक करते हैं जब तक वह उनके अप्रियजनों के जीवन के कड़वे सच उजागर करता रहे। पर जब सच के उसी घूमते रोशन दायरे में अपना जीवन आया, तो वे ही लोग, भले ही बाहर समाज में उसी लेखक या लेखिका से अपने सघन संपर्कों को सगर्व बखानते रहे हों, तिलमिलाकर उसे कुंठित रोगी मन की काल्पनिक उड़ान करार देने और पारिवारिक किरदारों, सत्य कथाओं का बेबाक चित्र झूठा साबित करने पर तुल जाते हैं।

खैर!

तुम तो इतने समय से लेखन की दुनिया में रहते हुए यह सब पास से देख और शायद झेल चुकी होगी। फिर भी अगर परिवार-दर-परिवार, घराना-दर-घराना तेज़ी से बीत रही इस दुनिया के तमाम अन्तरंग और अनकहे राग-विराग साथ-साथ पेश करने का जोखिम मोल लेने की ठान चुकी हो, तो तुम्हारी हिम्मती लेखनी को मेरी शुभकामनाएँ! लेखन में लाया गया सत्य कैसा निर्मम तटस्थ न्यायाधीश होता है यह तुमको क्या बताना?

सुकुमार चचा वादे के पक्के हैं। वादा किया है तो बहुत जल्द तुमको सामग्री भिजवा ही देंगे। उनके दुर्लभ संस्मरणों के खज़ाने के सामने इस आलेख की क्या बिसात? फिर भी यह लिखकर खुद को बहुत हल्का महसूस किया। अपने विशाल परिवार और संगीत की दुनिया के उजले स्याह रिश्तों की यह कहानियाँ ईमानदारी से दर्ज करने में न जाने कितनी पुरानी यादों और खुद अपने आप से भी बार-बार

लड़ना पड़ा। पर फिर लगा, कि मुझसे कहीं बेहतर जानकारों से मिले उन जीनियस लोगों के ब्योरों के बीच के कुछ सीधे-सादे मानवीय अन्तरालों को शायद यह कहानियाँ चुपचाप भर दें।

मैं तुम्हारी तुलना में बहुत डरपोक हूँ, सो जहाँ तक हो सके, इन ब्योरों का तनिक कंजूसी से ही इस्तेमाल करना, प्रस्तावना और आभार प्रदर्शन में भी मेरा उल्लेख न ही करो तो बेहतर होगा।

खराब लिखाई के लिए भी अग्रिम माफी।

बरसों से घर में मौजूद होते हुए भी नामुराद कम्प्यूटर से अलबत्ता आज तक मेरी युति नहीं बैठ पाई है, इसलिए हाथ से ही लिखा है। राधा दादा जब कभी आता है मुझको कई महँगे एप्स देकर अनेकानेक तरह से अनेक भाषाओं में इंटरनेट के सदुपयोग के लिए लुभाता रहता है। पर यह सब दर्ज करने को बैठी तो अन्ततः अपनी टूटी-फूटी भाषा-शैली में पति की प्रिय कलम का सहारा लेकर ही लिख पाई। बहुत ऊहापोह के बाद शायद इस कलम पर उनके पुराने स्पर्श को ग्रहण कर इतना आत्मविश्वास जुटा पाई हूँ कि कहीं दूर-दराज़ छिपाई गई अपने उस राग-विराग भरे लम्बे अतीत से स्मृतियों को धूल झाड़कर निकालूँ और फिर यथासम्भव ईमानदारी से दर्ज कर सकूँ।

मैं न तो अपने पति की तरह तटस्थ वैज्ञानिक बुद्धि वाली अकादमिक हूँ न ही तुम्हारी तरह बहुभाषाविद् रचनाकार। पढ़ाई में यूँ तो अच्छी ही थी, पर फिर भी ब्याह-शादी के बाद करोड़ों हमउम्र औरतों की तरह मैंने अपना लगभग पूरा जीवन पति और पारिवारिक ज़िम्मेदारियों के ही गिर्द समेट लिया था। यह कितना स्वेच्छा से किया, कितना अनदेखे दबावों के तहत, आज कहना मुश्किल है। पर मेरे मन में अब उस विगत को लेकर कोई कड़वाहट नहीं। बार-बार तुम्हारे उकसाने से यह जो लिख रही हूँ, शायद तुम्हारे उच्चतम निखालिस बौद्धिक मानदंडों पर बचकाना या अधकचरा लगे फिर भी संगीत में डूबते-उतराते रहे अपने जीवन की कुल सच्चाई शब्दों में उतारकर आज मैं बहुत हल्का महसूस कर रही हूँ।

कई बार विगत की यादों से जूझते देखकर मेरे उदारमना पति मुझे ढाढस देते थे कि तमाम कड़वी मीठी-यादों के बावजूद साहित्य, संगीत, कला की त्रिवेणी के तट पर अपना शुरुआती जीवन बिताने का ऐसा सौभाग्य भला कितनों को मिलता है? पर यह फैसला करना मेरे लिए आज भी कठिन ही है कि आठों पहर एक तरफ गहरे कला प्रेम में उतराते और दूसरी तरफ धन और यश संचय की दुनियादार कामनाओं से घिरे लोगों का दुचित्ता जीवन अन्ततः परिवारों के लिए एक वरदान होता है या एक शाप?

दादा जी की उस कोठी से कहानी शुरू करती हूँ जो मेरे हीरो, और राधा दादा तथा मेरी शुरुआती ज़िन्दगी के हर खास मोड़ का घटनास्थल और साक्षी रही आई। उस घर की कुछ हल्की या गहरी याद तुमको भी ज़रूर होगी, पर तुमने उसे तब देखा जब दादा जी के बाद वह भव्य घर काफी श्रीहीन हो चुका था। दादा जी के रहते हमारे अम्मा-बाबूजी की स्थायी पर अनकही अनबन और परम प्रपंची हमारी बुआ लोगों की किटकिट पर एक शालीन पर्दा पड़ा रहता था। उनके जाने के बाद ज़ायदाद बँटवारे को लेकर कई मुठभेड़ें और नाटक शुरू हुए। वे निहायत अप्रिय थे। उस सबसे उखड़कर ही हमारे सदा के रणछोड़ जी रहे राधा दादा ने तो शहर ही छोड़ दिया और अपना प्रकाशन व्यवसाय सँभालने के बहाने दूर जा बसे। अब तो वे आए भी तो बस काम से ही कोलकाता या बाहर आते-जाते हैं।

हमारे बाद ताऊ चाचा ने भी कोठी के अपने हिस्से बाहरियों को बेचकर क्रमशः नाता तोड़ लिया, उस अतीत की साक्षी बुआ लोग भी एक-एक कर चली गईं। बच रहीं तो बस विगत के प्रेतों से घिरी हमारी अम्मा, जिनकी बाबत हमेशा की तरह किसी ने नहीं सोचा कि इतने दिनों से खुद को तमाम निर्मम पैरों तले पायदान की तरह बिछाती आई वह निरीह महिला उस उम्र में यकायक अगल-बगल आ बैठे दो नितान्त अजनबी परिवारों के बीच शेष ज़िन्दगी भला किस तरह किसके भरोसे काटेगी ?

धन-दौलत की ही तरह कला और सौन्दर्य के प्रति भी एक गहरी आसक्ति हम सबको घुट्टी में मिली थी। और साथ ही मिला था एक विकट दर्प, अपनी बुद्धि और खानदानी नाम का। सामान्य स्तर की कला हो या सामान्य सोचवाले लोग, वे भले ही कितने प्रेममय या सम्पन्न क्यों न हों, तमाम आवभगत के बाद हमारे घर के लोगों की जन सामान्य के कलाज्ञान को लेकर एक विनम्र लेकिन गहरी वितृष्णा कायम रहती। और हमारी अन्तरंग कलागोष्ठियों में एक अलिखित कानून के तहत उनकी पैठ वर्जित नहीं तो अन्त तक जबरन अनदेखी की शिकार ज़रूर बन गई थी। इस दंभी नज़रिये का सबसे बड़ा खामियाज़ा भुगता हमारी बेहद सामान्य रूप-रंगवाली माँ ने, जो बहू बनकर घरेलू कामों में पूरी प्रवीणता के बावजूद, अहंकारी कलाज्ञान के हमारे खानदानी मानदंडों पर असफल मानी गई। और सुन्दर रसिक प्रवीण अपने पति, यानी हमारे बाबूजी तथा उनके परिवार की नज़रों में अम्मा का साधारण रंग-रूप ही नहीं उनका कलाओं के प्रति कथित अज्ञान हमेशा एक अदृश्य पर अभेद्य दीवार बनाता रहा।

राधा दादा बड़े थे और मुझे माँ की बाबत अप्रिय पारिवारिक कथोपकथन से बचाने और खुद के लिए एक अलग ही भविष्य तराशने की जद्दोजहद से भीतर ही भीतर घुटते रहते थे। तुम्हारे दादा संजीव जैसे मित्रों के बीच लगातार घुलते-

मिलते और भारी अड्डाबाज़ी के बावजूद उनके निजी जीवन में परिवार को लेकर एक गहरी उदासीनता धीरे-धीरे घर करती चली गई, जिसकी वजह से वे अम्मा और मेरे अकेलेपन की लाख दुहाई देने के बाद भी अपना घर अपनी गृहस्थी बसाने से मुकरते रहे। वैसे हमारी अम्मा के प्रति उन्होंने अपनी तरफ से कोई कमी नहीं होने दी। पर उनका मन-संसार जितना ज़मीन से ऊपर है, उतना ही भीतर भी। और उसकी गहराइयों में संगीत के अलावा कोई और प्रवेश नहीं कर पाता। आज भी।

राधा दादा मेधावी थे और फिर खानदानी जुझारू जीन्स भी सक्रिय थे ही। घर के व्यवसाय से अलग हटे तो फिर लखनऊ जाकर प्रकाशन व्यवसाय खड़ा किया और आज उसमें भरपूर सफलता हासिल की है। लेकिन जीवन में सब कुछ रुपया-टका देकर ही तो नहीं सलटाया जा सकता?

ज़िन्दगी में रिश्ते-नाते भी बनते-बिगड़ते हैं। पर उसका कोई तर्कसंगत आधार नहीं होता है शायद। ऐसी अन्तर्मुखी सतत यायावरी ज़िन्दगी और अम्मा की सतत भयार्त खामोशी की आदत के कारण माँ-बेटे के बीच बहुत मोह के बावजूद कभी मानवीय संवाद का कोई पुल नहीं बन सका। अलबत्ता मेरे पति से, जो न उनकी जात-बिरादरी के थे और न ही बहुत बोलनेवाले अम्मा का एक बहुत गहरा स्नेह और भरोसे का रिश्ता बनता चला गया। दादा के शहर से जाने के बाद अम्मा की अनकही चिन्ता और अनागत के भय को उन्होंने मुझसे अधिक भाँपा और यह तय किया कि वे इस तरह नहीं रखी जा सकतीं। फिर उनकी सलाह से ही मैं अम्मा को उनके अन्तिम दिनों में अपने पास ले आई, और आज लगता है कि हम दोनों के साथ शायद उनके अन्तिम दिन निरानंद नहीं बीते होंगे।

कई बार जिसे हम एक कठोर नियति मान लेते हैं वह अन्ततः एक सुयोग साबित होता है। जब चौबीसों घंटे किसी न किसी की सेवा में हलकान रहने की उनकी बाध्यता मिटी, तो जीवन में पहली बार अम्मा खिलने लगीं। तभी मैंने राग-द्वेष से रहित उनकी टुकड़ा-टुकड़ा आपबीती और जगबीती पहली बार खाना पकाते-खाते, धूप में बैठकर उनके घुटनों में तेल मलते उनकी चोटी करते सुनी। जब पहली बार अपनी माँ को मैंने अन्तरंगता से जाना तो पाया कि जिसे संयुक्त परिवार में हमेशा वज्रमूर्खा अरसिक शिरोमणि मान कर दुरदुराया जाता रहा था, वह कम बोलने और बहुत गम खानेवाली महिला कितनी बारीकी से घर का भीतरी भूगोल ही नहीं उसके अनगिनत किरदारों के मानवीय पहलुओं को भी देखती-समझती रही थी।

अपने पुरखों की रईसी के इतिहास में गुँथी सालों-साल शहर में होती आई संगीत की बैठकों के ढाँचे और पुराने संगीतकारों की बाबत कई आँखें खोलनेवाली

जाने कितनी अन्तर्कथाएँ मुझे अम्मा से मिलीं। बड़े सरकार यानी कुँवर शार्दूल विक्रम सिंह की कोठी में जीवन और कला के बीच लगातार बनता-बिगड़ता यह अद्‌भुत द्वैत अम्मा जैसा संवेदनशील और चुपचाप तटस्थता से सबकी सेवा-टहल करनेवाला जीव ही देख और दिखा सकता था। अपनी यादों से अम्मा के दुर्लभ संस्मरणों को अपनी अकल के अनुसार गूँथने बैठी, तो लगा कि जयपुर अतरौलीवालों की गायकी की तरह एकाधिक रागों के जोड़ से बने विशाल फलक की तरह मैं अम्मा की स्मृतियों की मार्फत जीवन की जटिलता में दोबारा प्रवेश कर बहुत कुछ ऐसा सुन-समझ पा रही हूँ, जिसका स्वरूप अब तक अनुभूत और अपूर्व था।

माँ-बेटी के हर रिश्ते में, वह सघन हो या दुराव का, उनकी साझा यादों के कुछ बुनियादी सुर समूह सदा एक जैसे होते हैं। उनकी लहरों की मार्फत माँ की पीढ़ी की दुरंगी दुनिया के बीच बेटियों की सहज आवत-जावत होने लगी है और मन की आँखों के सहारे जैसे एक दुर्लभ जोड़ राग तैयार होने लगता है। इस लेख को भी मिश्रित राग गायकी का ही प्रकार मान लेना। और अगर कोई कण या मुर्की जी को खटके या अस्पष्ट लगे, तो अपनी लेखकीय तटस्थता के पैमाने पर परख कर वांछित सुधार कर लेना। यह हक तुमको देती हूँ।

अम्मा, मैंने उनसे एक बार डरते हुए पूछा था, 'बाबू और उनके भाई-बहनों ने जनम भर तुमको अपने से दूर ही रखा, तुम फिर भी उन सबकी इतनी सेवा-टहल कैसे करती रहीं?'

अम्मा की शर्मीली धवल हँसी मुझे अभी भी याद है। अपनों से प्रेम सीखना नहीं पड़ता बिटिया, आखिर मुझ जैसी गुणहीन बहू को उन सबने अन्त तक निभाया ही। बाकी अपना नसीब!

***

वापस लौटें। संगीत की बैठकों का आयोजन हो या कि किसी की शादी-ब्याह की तैयारियाँ, मेरे बचपन में सबकी बाबत आखिरी फैसले और उनके ज़मीनी निस्तार के लिए बारीक ब्लू प्रिंट हमारे विशाल संयुक्त कुटुंब के डायनिंग हाल में ही तैयार होते थे। और इस बाबत दो राय नहीं हो सकतीं कि उस दुनिया के राजराजेश्वर थे हमारे दादा जी, शहर के जाने-माने बारिस्टर रईस दादा जी राय बहादुर कुँवर शार्दूल विक्रम सिंह, उर्फ बड़े सरकार।

रोज़ सुबह टेबल के शीर्ष पर बैठकर जब बड़े सरकार अपनी कलफ लगी नैपकिन झटकारते हुए आजू-बाजू नियत जगहों पर बैठे लगभग पचासेक जनों के

कुनबे पर अपनी प्रेम-भरी पर तीखी निगाहों से दृष्टिपात करते हुए अपना पहला कौर तोड़ते, तभी हम शेष जन खाना शुरू करते। हर सदस्य की दिनचर्या और स्थान टेबल के गिर्द नियत था। यदि कोई भी अनुपस्थित दीखा तो तुरत उसकी जवाबदेही की जाती थी। सुबह-सुबह कहाँ गया? किसलिए? क्यों?

बड़े सरकार का रुआब ऐसा था कि उनको गलत जवाब से बरगलाना अकल्पनीय था। उनके पास हर सदस्य की उम्र, रुचि-अरुचि, स्वभाव और अपनी हर संतान के वैवाहिक जीवन का पूरा रोज़नामचा रहता था। अकड़ के बावजूद भीतर से वे न्यायपसन्द थे, इसलिए आर्थिक रूप से कुछ कमजोर सदस्यों, बाहरी परिवार से सादर लाई किन्तु हमारी माँ की तरह चिर विप्रलब्धा बनी पति की उपेक्षित बहुओं और उनके सहमे-सहमे बच्चों के हितों को लेकर वे खास तौर से सजग रहते थे।

हमारी असुन्दर माँ से उनकी विरक्ति के कारण बचपन से ही हमको पिता अनंतविजय सिंह की जो गहरी उपेक्षा और भद्र तंगदस्ती झेलने को मिली, उसने राधा दादा और मेरे व्यक्तित्व पर गहरा असर डाला। भले ही वह ऊपरी तौर से नज़र न आता हो। हमारे पिता की अपनी दूसरी पत्नी के प्रति रुखाई और उसके बच्चों के प्रति उनका गहरा उपेक्षाभाव विशाल कुनबे में किसी से छिपा न था। पर खानदानी स्वामिभक्ति का तकाजा सबके होंठ सिये रखता था। अलबत्ता मेरे पिता के दोनों भाई इस कड़वी सच्चाई की मार को अपने-अपने स्वभाव के अनुसार हमारे लिए कम तकलीफदेह बनाने का लगातार करुण जतन करते रहते थे। इसीलिए वे सब और दादाजी हमारे लिए ग्रह-नक्षत्रों के बीच चमकते सूर्य से कम हैसियत न रखते थे।

कहते हैं, भगवान् किसी को पूरी तरह वंचित नहीं रखता। हर कमी की कुछ न कुछ भरपाई कर ही देता है। भैया और मुझे भी पारिवारिक मेधा और संगीत के प्रति सुरीली संवेदना शायद इसी वजह से सब बच्चों की तुलना में कुछ अधिक मिली। इसको ही रेखांकित करने को सुबह नाश्ते पर लगभग हर दिन सबके सामने मुस्कुराकर दादा जी हमसे कुछ न कुछ सामान्य ज्ञान का सवाल पूछते और हमारा जवाब भला बन पड़ने पर सबके सामने इतनी शाबाशी देते थे कि हमको दिन-भर लगता कि अहा हम धन्य हुए। अब कोई हमसे कुछ भी कहे या करे, हमारे लिए तो ईश्वर की बनाई यह तमाम कायनात दादा जी और उनके पुत्रों की निगरानी में हमेशा बिलकुल ठीक-ठाक अपनी किल्ली पर उस तरह घूमती रहेगी जैसे कि उसे घूमना चाहिए।

दादा जी का चेहरा यूँ तो गम्भीर भावहीन ही रहता था, पर शाबाशी देते वक्त बहुत खिला-खिला बन जाता। जिस किसी दिन उनकी मुद्रा चिन्तातुर दिखी, हमारे

ही नहीं घर के सभी पुरुषों के माथे पर सल पड़ जाते थे। तुरत अनकहे उपालंभों की एक चेन-सी बनती, पति अपनी बीबियों की तरफ प्रश्नाकुल नज़रों से देखते, जैसे यह उनकी ही गलती हो। डरी हुई माँएँ मुँह टेढ़ा कर अपने बच्चों पर बेवजह आँखें तरेरतीं या मेज़ के नीचे से हमें बेवजह ठहोके देतीं, और बच्चे सबसे नज़रें चुराते हरचन्द कोशिश करते कि सारी पर आ गए इस भीषण संकट की इस घड़ी में हमसे कुछ भी ऐसा खी-खी ठी-ठा न निकल जाए कि दादा जी का ध्यान और उचाट हो और कोई भीषण अघट घट जाए।

कुनबा बड़ा था। और बातून रिश्तेदारों की बेसिरपैर की बतकहियाँ दिन-भर चालू रहतीं। हमारी निरीह अम्मा ऐसे में पारिवारिक निंदा अभियानों का सबसे सहज टारगेट बन जाती थीं। बुआओं के अनुसार हमारी दादी और उनकी माँ को बड़े बेटे अनंतू यानी हमारे पिता की परम सुन्दरी बीबी के निःसंतान और अकाल गुज़रने से भारी धक्का लगा था, जिससे वे उबर नहीं पाईं। उनके बाद, शायद सिर्फ वंश चलाने की इच्छा से अम्मा से हमारे पिता की बेमेल-सी शादी कर दी गई। अधेड़ावस्था में बीवी गुज़रने के बाद बड़े सरकार ने दोस्तों के कहने के बाद भी खुद तो दोबारा ब्याह नहीं किया था, बस उनके किसी इष्ट मित्र की सलाह से अम्मा से विधुर बाबू का रिश्ता करा दिया गया। शोक में डूबे बेटे से उसकी पसन्द-नापसन्द की बाबत कुछ नहीं पूछा गया।

इतना कह चुकने के बाद हस्बेबामूल कनखियों से अम्मा पर सैन चला कर कहा जाता, 'तब ही न आईं ये, वर्ना अम्मा के रहते...!' हिन्दुस्तानी परिवारों में किसी स्त्री को मर्मांतक चोट पहुँचानेवाली बात के क्रियापद हमेशा अधूरे छोड़ दिए जाने का रिवाज़ है। फिर भी बोल-बनाव कुछ इस तरह किया जाता है कि असल अर्थ किसी से छुपा न रहे, खासकर लक्षित जन से।

ज़माना तब ऐसा ही था।

हमारे बाबूजी उस दम वैसे भी अपनी सुन्दर पत्नी की मौत से एकदम बर्फ बन बैठे बड़े बेटे थे। पहली बिन औलाद गुज़र गईं थीं, सो वंश चलाने का सहज दबाव भी उन पर था ही। फिर भी पहली पत्नी की बरसी के तुरत बाद में हमारी अम्मा ब्याह कर आईं, तो उनको बस घर की चाभियों का बड़ा-सा गुच्छा थमा कर कह दिया गया—'अब यह घर और इसकी इज़्ज़त तुम्हारे हवाले हुई।' अपनी इज़्ज़त समेत खुद नववधू किसके हवाले की गई? स्वभाव से शर्मीली और ससुराल के वैभव से आतंकित अम्मा ने न कभी पूछा न किसी ने उनको बताया, न इस पर सोचा कि पहले से उखड़े बैठे पति से मन मिलाने में उनको परिवार के सहारे की भी दरकार हो सकती है।

जैसा कि मैंने कहा, वह ज़माना ऐसा ही था।

कठोर सास, हठीली ननद, लरिकैंय्या करनेवाले देवर, बहू का चोर निगाहों से हमेशा पीछा करती जेठनिया-देउरनियाँ जिन सबका ज़िक्र तुमने शायद सिर्फ संगीत की बंदिशों में सुना होगा, अम्मा ने प्रत्यक्ष देखी-भोगी थीं। घर के तीन-तीन बेटों के अलावा दादा की तीन गर्वीली रूपमती बेटियाँ थीं जो हमारे होश सँभालने तक अच्छे बड़े घरों में ब्याह दी गई थीं। अपने कला और संगीत के बड़े नामी संरक्षक और पीढ़ियों की रईसी वाले मायके की तुलना में वे कहीं न कहीं अपने-अपने पतिगृह को कुछ कमतर मानती हुई बरस-भर बार-बार किसी-न-किसी बहाने मायके आती-जाती रहती थीं।

बड़ी बहन शम्मो सबसे दबंग थीं। आदर से वे शम्मो बीबी कहलाती थीं। गोरा भभूका रंग, चौड़ा माथा और तोते की चोंच-सी सिरे पर मुड़ी सुतवाँ नाक। तनिक दाँत ऊँचे थे, पर हँसतीं तो गाल में दिलकश गड्ढा उभर आता। आज के पैमानों पर सेक्सी कहलाने वाली भरी-भरी लेकिन कटावदार देह की मालकिन थीं जिसे जतन से कीमती साड़ियों-गहनों से सजाना-सँवारना उनका प्रिय शग़ल था। ज़ेवरात की वे भारी शौकीन थीं और पारखी भी। लिहाज़ा घर के हर ज़ेवरात और उनकी गढ़ाई, वितरण में उनकी छाप रहना ज़रूरी माना जाता था। अपनी भद्र बोली-बानी और ब्याह-शादी के अवसर पर उनका अपने बूते रात-रात महिला गायन का सत्र चालू रखवाने में बिरादरी में कोई जोड़ नहीं था।

उनके बाद की बहन कम्मो बीबी कहलाती थीं। बहनों में वे सबसे अधिक छबीली, गंदुमी रंगत और सुतवाँ नैन-नक्शवाली, कमगो और भारी गुस्सैल स्वभाव की मालकिन थीं। हम उनसे थर-थर काँपते थे। अपने अकूत वैभव के स्वामी किन्तु साहित्य कला संगीत की दुनिया से कोसों दूर ठस्स ठेकेदार पति और उनके घरवालों से उनकी बहुत कम बनी। तिस पर नाना तरह के देसी विलायती इलाज और झाड़- फूँक के बाद भी उनकी कोख नहीं फल पाई। शायद हमारी संतान प्रसू अम्मा से उनकी कुढ़न की एक बड़ी वजह यह भी रही होगी। कुदरत ने उनको ठीकठाक आवाज़ देकर उनकी क्षतिपूर्ति करने की कोशिश ज़रूर की थी। उनको और कुनबे को उनकी गायकी पर बड़ा नाज़ था और यह बार-बार सुना कि शादी-ब्याह के पारम्परिक गानों का एक दुर्लभ भंडार उनके पास सुघड़ लिखाई में कई काले जिल्द वाली मोटी-मोटी डायरियों में लिखित में रखा हुआ था। घर की बैठक जमी नहीं कि कम्मो बीबी और उनकी डायरी की पुकार होती।

अम्मा का रोल इन संगोष्ठियों में चाय-नाश्ता परोसनहारी का ही रहता था। अलबत्ता महिला महफिलों में कई तरह के नैन-सैन चलाते हुए एक गाना उनको

बिठाकर ज़रूर गवाया जाता :

अजी काली कल्लो के सौ-सौ मिजाज, कालो रंग खूबहि खिले।

बुआ सुर उठातीं तो तीनों बहनें भाव बताती हुईं हमारी अम्मा की तरफ अर्थ-भरी निगाहों से देखती हुई अपने सुर भी जोड़ देतीं। और शेष महिलाएँ मारे हँसी के दोहरी हुई जातीं।

जैसा कि मैंने कहा वह ज़माने ही उस तरह के थे।

बाहरखाने दोस्ती हो या दुश्मनी, खुलकर कुछ नहीं दिखाया जाता था। अलबत्ता हँसी-हँसी में कई बार वह सब कुछ कहना-अनकहना कह दिया जाता जो किसी को जलाने-कुढ़ाने को काफी था। जलन गहराने को गवनहारी की बलाएँ ली जातीं उन पर रुपए के नोट न्योछावर कर चाकर टहलुओं को बाँटे जाते।

गोरी लुगइयाँ बच्चों को तरसैं, कल्लो की पलटन तैयार कि कालो रंग...।

रंगभेद, जातिभेद सब इन महफिलों में खुलकर गानों से बरसता। सास-ननद के प्रपंच, और तारणहार सैंया जी। ससुराल साक्षात् नरकवासा तो मायका बाबुल की ऊँची हवेली। गोरी संतानवती लुगाइयाँ हर चीज़ को तरसतीं, मिठाई, संतान, गहना, जो निगोड़ी हुनरहीन कल्लो, डोमिन चमाइनों तक को मिलता। अम्मा निर्विकार चेहरे से सर झुकाए सुनती सबको चाय, मिठाई और परछन के लिए ननदों को रेज़गारी पकड़ाती रहतीं।

बच्चों से महरूम हमारी कम्मो बुआ अपनी ससुराल कभी-कभी ही जातीं थीं। हो सकता है वहाँ उनकी रिश्तेदार महिलाएँ भी कुछ इसी तरह के गाने-ताने उनको सुनाती होंगी। उनका अधिकतर समय मायके की हवेली में ही बीतता, जहाँ उनकी ठसक सरमाथे रखी जाती थी। घर के सबसे बड़े आरामदेह कमरे में उनका डेरा रहता जिसकी लाइन ऑफ कंट्रोल बिना उनकी सहमति के पार करना एक अक्षम्य अपराध था। ठेकेदार फूफा जी तो यदाकदा किसी बड़े पारिवारिक उत्सव में शिरकत के लिए ही आते थे। उनका कद दरमियाना, आवाज़ कुछ नकियाती हुई और चेहरा चेचकरू था। हमेशा कुछ झुके-झुके चलते, अतिरिक्त विनम्रता से बीवी के रिश्तेदारों से पेश आते, भारी खाने के भारी शौकीन। पछांव के थे, सो पीली अरहर, मसूर या मूंग सरीखी हम लोगों की प्रिय दालों को वे नापसन्द करते थे। उनके लिए अलग से उरद की काली दाल अम्मा खुद अपनी निगरानी में खूब घी देकर बनवातीं और उनकी अकुंठ सराहना पातीं। बुआ की नज़र उनसे तटस्थ ही रहती। बकौल पारिवारिक दंतकथाओं के, चानमारी की गई

दीवार जैसा पति का चेहरा देखकर हमारी नाज़ुकमिजाज़ बुआ को पहले ही दिन फिट पड़ गया था।

शायद पारिवारिक मुआवजे के बतौर ही कम्मो बुआ को कोठी का सबसे हवादार खुशनुमा कमरा दे दिया गया था जिसमें इससे पहले हमारे पिता अपनी पहली बीवी के साथ रहते आए थे। उनकी मृत्यु के बाद से बाबू जी ने वह स्मृतियों से बसा कमरा त्याग दिया था और पास के अन्य कमरे में चले गए थे, जिससे जुड़ी उनकी एक अपनी बैठकनुमा लायब्रेरी भी थी। हमारे होश सँभालने तक उस कमरे में अम्मा बिना पूछे नहीं घुस सकतीं थीं।

हमारे जन्म के बाद से वे हमेशा अपने बच्चों के कमरे में ही सोती आईं। सयाने होने पर राधा दादा दूसरी मंज़िल के एक हवादार कमरे में चले गए थे। उनका ज़्यादातर समय कॉलेज और तुम्हारे संजीव भैया सरीखे दोस्तों के साथ ही गुज़रता था। तुम्हारी संगीत की मर्मज्ञ माँ के वे अनन्य प्रशंसक रहे आए, गो प्रोफेसर होने के नाते तुम्हारे रुआबदार पिता जी से वे संजीव की ही तरह खासा डरते भी थे।

कम्मो बुआ के कमरे में हम सबका अनिर्बाध आवागमन उनके रहते निषिद्ध ही रहा। कभी बुलाए भी जाते, तो वहाँ पहुँचकर हमको हाथ बाँधे चुपचाप, कम्मो बीबी जो कहें सुनना होता था। वे बैठने को न कहें तो अदब से हम खड़े रहते। उनकी किसी चीज़ को हाथ लगाने या खिड़की की झिलमिली से खेलने का तो कोई सवाल ही नहीं था। कम्मो बुआ की बड़ी-बड़ी खुमार-भरी आँखें और तराशे हुए से होंठ एकदम हमारे बाबू जी जैसे थे, और उनकी ही तरह वे शायद ही हमको देखकर कभी मुस्कुराती हों। बाबूजी की ही तरह उनके होंठों के कोने भी हमारी मौजूदगी में हमेशा एक ऐंठ-भरे विद्रूप से नीचे को मुड़े रहते। उनके हाथों की उँगलियाँ लम्बी, कलात्मक और लचकदार थीं। इन उँगलियों से यह समझा गया था कि यह बेटी कलाकार बन सकती है। लिहाज़ा कम्मो बीबी को उस समय के एक नामचीन गुरु जी से जलरंगों से पेंट करने की कला भी सिखलाई गई थी। गाना सिखाने तो गुरुजी आते ही थे। पर चरम लक्ष्य तो एक अदद पुरुष के पल्ले बँधना ही होता। सो कला प्रशिक्षण का यह क्रम भी बुआ की योग्यता को तराशने नहीं, उनको शादी की हाट में अतिरिक्त वज़न दिलाने का ही रास्ता बना, उससे अधिक कुछ नहीं। उनकी शादी इकौना वालों से होने तक यह सब चला, और उसके बाद पटाक्षेप, एकदम!

फिट पड़ने के बाद तो कुछ दिनों तक कम्मो बीबी के रंग और कूँचियाँ, उनका तानपूरा और हारमोनियम भी छिपा दिए गए थे जो धीमे-धीमे ही बाहर लाए गए।

यूँ हमारी कम्मो बुआ की कला परिधि ताउम्र घरेलू बैठकों तक ही सीमित रही। बुद्ध को कमलपुष्प अर्पित करती या उनके चरण आँसुओं से पखारती विविध सुंदरियों के चित्र घर के कई कमरों में टँगे थे जिनको ताक कर बुआ क्रमशः नाराज़ या उदास होती रहतीं।

'पेंटिंग तो क्या? हम तो कई आजकल की तुम सरीखी विदुषियों से बेहतर क्लासिकल गा सकती थीं', वे उसाँस छोड़कर कहतीं। 'पर उस ज़माने में सबको आपत्ति होती थी लड़की के बाई जी की तरह मंच पर आने से। बड़भागी हो भाई, तुम्हारे समय तक ज़माना बदल गया है।' हमारी पीढ़ी वालियाँ ही रह गईं दुविधा में। रवींद्र संगीत गाना परमिटेड होता तब तो आकाशवाणी में ए ग्रेड कलाकार तो हम बन ही जाते। खैर, सिंस माँ की ही तरह यू आर नो ग्रेट ब्यूटी, शायद संगीत तुम्हारी नैया पार करा दे।'

बाद को मेरी गुस्से-भरी बुदबुदाहट सुनतीं सुपारी कतरती माँ कहतीं, 'क्या फायदा बेटा? बेचारी कम्मो बीबी का खुद का नसीब भी तो ऐसे ही रहा।'

हमारी सबसे छोटी बुआ दम्मो हँसोड़ और सुन्दर थीं। वे ठठाकर हँसतीं तो गालों में लुभावने गड्ढे पड़ते। उनका दमकता रंग और नैन-नक्श बाबू जी की तरह तीखे थे, पर उनको अपने छोटे भाई की ही तरह, एक अलस-सी मस्ती और फक्कड़पना बड़े सरकार से मिला था। उनकी आवाज़ भी बेहद सुरीली थी। कहा जाता था कि उनके संगीत के भारी प्रेमी पति उनको किसी शादी की बैठक में राग चाँदनी केदार की बंदिश गुनगुनाते सुनकर ऐसा रीझे, कि तुरत शादी का प्रस्ताव भिजवा दिया। घर की महिलाओं में से बस वे ही निधड़क घर में अपने शहर की किसी बैठक में सुनीं नई पुरानी बंदिशें गुनगुनाती हुई घूम सकती थीं।

जब कभी वे मायके आईं तब हमको भी अपनी चिर उदासी में लिपटे बाबू जी की हँसी सुनाई देती। पिता की उस स्टडी में, जहाँ हमारी माँ तो क्या, चिड़िया भी बिन बुलाए पर नहीं मार सकती थी, बस दम्मो बुआ ही बिना इजाज़त धाड़ से घुस सकतीं थीं। संगीत के घरानों, उस्तादों, गायिकाओं और महफिलों से जुड़े ब्योरों पर उनको सैकड़ों रसीले किस्से याद थे। घंटों वे बाबूजी से उन पर चर्चा करतीं और रसमय अंशों पर खुलकर ठहाके लगातीं। उनके लम्बे कद के रुआबदार पति बड़े अफसर थे और कभी-कभार ही ससुराल आते थे। पर सच्चे कलारसिक थे। जब कभी आते तो उनकी बड़ी आवभगत होती। खास महफिलें उनकी खिदमत में लगवाई जातीं।

हमको एक और वजह से दम्मो बुआवाले फूफा के आने का इन्तज़ार रहता था। वे बच्चों के स्नेही थे। जब कभी आते तो राधा दादा और मुझको शहर के बड़े

जिमखाना क्लब में कबाब खिलाने और गोली वाला सोडा लेमन पिलवाने ज़रूर ले जाते थे। अंग्रेज़ों के वक्त के उस क्लब की सदस्यता बड़ी मुश्किल से सिर्फ आला अफसरों और शहर के खानदानी रईसों को ही मिलती थी। कम्मो बुआ के पति का आवेदन वहाँ दो बार ठुकरा दिया गया था और कम्मो बुआ ने हर बार हफ्तों तलक घर के नौकरों-बच्चों पर बेवजह बिजलियाँ गिराई थीं।

'बेचारी जिज्जी!' दम्मो बुआ कहतीं और बहुत कुछ अनकहा छोड़ देतीं जो देर तक तानपूरे के सुरों की तरह हवा में गूँजता रहता था।

दादा और मुझ पर दम्मो बुआ और उनके पति की खास कृपा की एक और भी वजह थी। उनके अनुसार हम दोनों ने न सही रूप, लेकिन स्कूली पढ़ाई और कला दोनों ही ज़रूरी कसौटियों पर दिमागी तौर से अपने आप को बचपन से ही अपने आला खानदान की अगली पीढ़ी के अलमबरदार होने लायक साबित कर दिया था।

बाबू की दिवंगता पहली बीवी फूफा के किसी सीनियर अफसर की इकलौती दुहिता थीं और दम्मो बुआ की अभिन्न मित्र रही आईं थीं। जब किसी शादी में उनको फिरकिनी-सी नाचते देख बाबू जी उनकी मुट्ठी-भर की कमर पर रीझे, तो उनकी पसन्द की बहू बनवाने में फूफा ही मध्यस्थ बने थे। अपने माता-पिता को झिझकते देखकर बुआ इतना अड़ीं, कि शरीर से बेहद कमजोर उस अपरूप सुन्दरी को ज्योतिषियों की सलाह दरकिनार कर लाड़ले भाई के लिए ब्याह कर घर में ले ही तो आईं। पर ज्योतिषियों ने उनकी अकाल मृत्यु की जो भविष्यवाणी कर हमारी दादी को कँपाया था, सही साबित हुई और चार-छह महीनों में ही किसी सांघातिक रोग ने उनको पकड़ लिया। जब लाख इलाज कराने के बावजूद हालत सँभली नहीं तो तय हुआ कि उनको विलायत ले जाया जाए। पर उससे पहले ही वे जाती रहीं।

इस हादसे के बाद अगली बार दादा जी ने बहू को रूप या कलाप्रेम के आधार पर नहीं स्वास्थ्य की कसौटी पर ही छाँटा। इस तरह बकौल बुआ के, 'खपड़ैल जैसे दाँतों और चाक सरीखी कमर वाली बेहुनर बहुरिया' हमारे पिता की दूसरी पत्नी और उनके बच्चों की माता बन गई। सौन्दर्य के विभाग में अम्मा की कमियों के चलते पहले ही दिन से उनसे बाबूजी उखड़ गए थे और दूसरीवाली के प्रति यह वितृष्णा वे कभी नहीं छोड़ पाए हालाँकि छप्पन बरस की उम्र में उनके दिवंगत होने से पहले हमारी माँ ने उनको दो बच्चों का पिता बनाकर उनके परिवार की वंशबेल बढ़ा दी थी।

हमारे एक मँझले चाचा भी थे, जो बड़े नामी वैज्ञानिक थे और कामकाजी

जीवन की शुरुआत में ही सपरिवार बाहर देश चले गए थे। वे अपनी पत्नी और बच्चों सहित गर्मी या दुर्गापूजा की छुट्टियों में ही घर आते थे, लेकिन दादा जी के अलावा जो कुछ अकृत्रिम प्यार हमको मिला, उन्होंने ही राधा दादा और मुझे दिया। उनके आने की खबर होते ही राधा दादा और मेरे कान खड़े हो जाते। हमको पता था कि नहा-धोकर खानपान से फारिग होते ही मँझले चचा और चाची हम सबको बुलवा भेजेंगे। फिर उनके विराट् ट्रंक से घर के हर बड़े, हर बच्चे के लिए उसकी उम्र और रुचि के हिसाब से सोच-समझकर खरीदे गए तोहफे निकलने का जादुई सिलसिला शुरू हो जाएगा। मँझले चचा कमगो थे और अपने बड़े भाई के अभिशप्त उपेक्षित परिवार का कष्ट समझते थे। शायद इसीलिए काम कितना ही हो, वे हमको घुमाने ज़रूर ले जाते, तमाम तरह के उपहार खरीदवाते, मेरा गाना और राधा दादा की कविताएँ सुनकर शाबाशी देते और माथा चूमकर दोनों को चमकीली चाँदी का रुपया बतौर इनाम देते। जिस साल मेडल या ट्रॉफी जीती हो, उनसे हमको सोने का सिक्का मिलता।

काश वे यहाँ रहते, बुआ लोग विदा हो जातीं मैंने राधा दादा से कई बार कहा। दादा खामोश रहते। घर की राजनीति वे मुझसे कहीं बेहतर समझते थे।

घर के सबसे छोटे बेटे और हम बच्चों के बहुत प्रिय थे हमारे चुलबुले हँसोड़ चचा प्रमोद बिहारी, जो घर के छोटे सदस्य की हैसियत से ताउम्र नन्हे चा' ही कहलाए। नन्हे चा' परम रसिक और शहर ही नहीं इलाके की तमाम बड़ी महफिलों, गोष्ठियों की जान थे। अनेक बाइयों और जानों से उनका अन्तरंग मेलजोल था और कई रसमय रिश्ते भी खुसुर-पुसुर में सुनाई देते रहे। बस एक ही कमी थी, बच्चे नहीं थे। उनकी पत्नी मंजरी मामी को अपने निःसंतान होने का गम ताउम्र सालता रहा, फिर भी कम्मो बुआ के विपरीत उन्होंने हमको हमेशा स्नेह से ही बरता। राधा भैया को मंजरी मामी के प्रेम में भी एक किस्म की चतुर करुणा दिखाई देती थी, क्योंकि वे जब-तब बाबू जी की हमारे प्रति बहुचर्चित उपेक्षा के किस्सों में रस ले-लेकर बुआ मंडली के बीच छींटाकशी की बाती उकसातीं रहतीं।

बुआ लोग मंजरी चाची को मान से बरततीं थीं। एक वजह तो यह कि वे बड़े खानदान से भारी दहेज लेकर कोठी में आई थीं, दूसरे उनका गला बड़ा ही सुरीला था। बारातों में बन्ना-बन्नी और जेवनारों में गारी गाने के लिए उनकी गुहार होती थी और जब वे टीप के मध्यम से फड़कती लय की चैती या बन्ने का मुखड़ा उठातीं, तो घर के लोगों के चेहरे गर्व से खिल जाते। बड़े की मर्दाना बैठक में बैठे लोग भी बेसाख्ता कह उठते वाह भई वाह! चाची के पास भी लोक संगीत और उपशास्त्रीय संगीत का भारी ज़खीरा था जो वे कम्मो बीबी को छोड़ किसी अन्य को नहीं देखने

देतीं थीं। एक बार कोई धुन सुनी नहीं कि उनको कंठस्थ हो जाती। वे छोटी-मोटी शायरा भी थीं और हमारे घर की कई शादियों में उन्होंने अनेक दूल्हों के लिए कई सेहरे रचे जो लाल कागज़ पर सुनहरी छपाई से मंडित कर बारातियों को बाँटे जाते थे। यह उन दिनों का चलन था। मंजरी चाची के पति हमारे नन्हें चा' खुद भी एक महाफितरती हँसोड़ आशुकवि थे। घर के सदस्यों पर लिखे उनके कई दोहे हमको कंठस्थ थे। कम्मो बुआ पर उन्होंने दोहा कहा था :

'कम्मो तुम घुन्नी बहुत, खात अधिक हो पान।
जात नहीं ससुराल को बात लेत नहीं मान॥'

दम्मो बुआ पर लिखा :

शम्मो की तुम ह्वै बहिन औ' दम्मो नाम कहाय।
पढति नहीं गावत फिरत ऊपर नीचे धाय॥

तुनुकमिजाज़ राधा भैया को वे छेड़ते थे :

राधा तुम इतने बड़े ढोढक भये सयान।
पै कछु भी अक्किल आई नहिं फकत करत हो मान॥

दम्मो बीबी के अफसर पति को छेड़ते :

हिन्दी की चिंदी करौ, औ' करौ फारसी धूर।
अंग्रेज़ी सर पर धरौ अफसरन इहै सहूर॥

इस विशाल कुनबे में राधा भैया घर के बड़े बेटे के पहले बेटे की हैसियत से जन्मना एक बड़ा दर्जा रखते रहे। पर मैं तो घर के बड़े पुत्र की उत्तम स्वास्थ्य की बेहुनर मालकिन और बेमन से स्वीकार हुई बीबी की पेट पोंछनी बेटी थी। लिहाज़ा पितृकुल के लिए मैं तब तक एक तरह की ऊहापोह का विषय बनी रही, जब तक अपने बुद्धि बल और सुरीले स्वर से मैंने स्वीकार्यता हासिल न कर ली। नन्हें चा' ने तब मेरे लिए भी दोहा कहा :

'सरस्वती की है बहिन पुतुलिया नाम कहाय।
पढति बहुत, बोलत तनिक, गायन नाम कमाय॥'

घर में बार-बार दी जानेवाली, 'चलो शकल नहीं तो इस अकल के ही बूते यह तो ठीकठाक हिल्ले से लग ही जाएगी' की इस टीप के 'तो' में छिपा डंक अम्मा

या मुझको समझ में नहीं आए, ऐसा न था। पर हमको इतनी टोकाटाकी के बीच जीने की आदत पड़ चुकी थी सो यही बहुत था मेरे लिए।

अम्मा शुरू से अन्त तक खानदान के इस अन्तरंग हँसी-मज़ाक और आशु कविताई के रसमय दायरों से बाहरिया ही बनी रहीं। फिर भी इस घर में कोई कल उनके घुमाये बिना नहीं हिल पाती थी। जाने कब घर का चौका, बाग-बगीचा, और तमाम तरह का हिसाब-किताब बिना शिकवे-शिकायत के उन्होंने चुपचाप सँभाल लिया था। नौकर-चाकर उनके ही निर्देशों से काम करते और आते-जाते, सुबह से हर काम के लिए घर में उनकी पुकार होती रहती। कब कौन-सा उत्सव या बैठक होनी है और किस तरह मनेगा? किस-किस सामग्री की दरकार होगी, कितने लोग क्या-क्या खायें-पहरेंगे? विधि-निषेधों से घिरे पारम्परिक घर की नियमित जटिल परेड के बीच न्योते गए कौन से उस्ताद या पंडित जी अलिखित प्रोटोकॉल के अनुसार किस कमरे में टिकाये जा सकेंगे, उनके लिए कैसा भोजन किस वाली रसोई में पकेगा, किसके लिए चुपचाप विलायती दारू या देसी पौव्वे की बोतल कहाँ से लाकर किस जगह रख दी जाएगी, यह अम्मा के तत्त्वावधान में साल-दर-साल खामोशी से सुनिश्चित किया जाता।

उनकी उपेक्षा पर मुँह फुलाए रखने के बावजूद बाद मुझको धीमे-धीमे यह समझ आने लगा कि इस तमाम आपाधापी के बीच समय निकालकर राधा दादा और मेरे लिए कुछ भी खास करने-धरने का उनके पास समय ही कहाँ बच सकता था? फिर भी हम दोनों को उन्होंने यथासम्भव कोई कमी महसूस न होने दी।

इतने सम्पन्न खानदान में भी घरेलू राजनीति के चलते अम्मा की निरीहता और अवशता इस बात से निरन्तर गहरी रही, कि हमारे पिता हमेशा खानदानी बटुए की डोरियाँ अम्मा के लिए तंग रखते रहे। पुराने महाराज जब कभी आकर कहते बहूजी अमुक जिनिस चाहिए या मुंशी छैलबिहारी फुसफुसाते कि रात बारह बजे से अमुक बाई जी ज़िद पकड़े हैं कि उनको स्टेशन ले जाने को बड़े सरकार की गाड़ी ही जाए तो बिना कहे उसके लिए तो बजट बढ़वा दिया जाता, पर बेतरह सिटपिटा कर हमारे लिए फीस किताबों या नई यूनीफॉर्म बनवाने के लिए जब अम्मा स्टडी के बाहर मृदु स्वर में खाँसतीं, तो उनका सतत अपमान करने को तत्पर पति कभी भीतर बुलवाते कभी नहीं।

माँ को देर तलक एक शर्मसार भिक्षुक रूप में स्टडी के बाहर खड़ी रखना, बच्चों के लिए फेहरिस्त पढ़कर पूरी आवाज़ में उनकी फूहड़ फिजूलखर्ची या हिज्जों में खोट निकालना उनका और कम्मो बुआ का एक प्रिय खेल था। जब जब कम्मो बीबी भी लायब्रेरी के भीतर मौजूद होतीं तो अम्मा की शामत आ जाती। स्कूली चीज़ों पर

हर बार उनको उलाहना सुनना पड़ता, 'तुम्हारे बच्चों के बदन में काँटे उगे हैं क्या भाभी? ऐ अभी पिछले महीने ही तो इनके मोज़े जूते और कपड़े मँगवाए गए थे।'

'जी बढ़ती उम्र के बच्चे हैं, लम्बे हो रहे हैं जभी जल्द तंग हो जावैं हैं कपड़े जूते।' अम्मा कहतीं। 'लो भाई। यह ताड़ जैसी लम्बाई तो हमारे खानदान में ये ही लाईं हैं। वो क्या मसल है कि सर बड़ा सरदार का, पैर बड़ा गँवार का! और कम्मो बीबी वो क्या दोहा है, बड़ा भया तो क्या भया जैसे पेड़ खजूर? 'अजी, पंथी को छाया नहीं फल लागें अति दूर।' बुआ सहर्ष चरण पूरा करतीं।

अलबत्ता जलंधर से आए किसी पंडत या उस्ताद के सम्मान के लिए पश्मीने का दामी शाल मँगवाने या किसी बाई अथवा जान को मुजरे के लिए पचासेक हज़ार का चेक पकड़ाने में किसी को कोई एतराज़ नहीं होता था, न ही खाँ साहिब को स्टेशन से घर लाने के लिए घर की पुरानी रोल्स रॉयस भिजवाने में हमने कभी कोई हिचक देखी।

बाबू की स्टडी से बाहर आती कम्मो बुआ की नक्की चिड़चिड़ी आवाज़ सुनते ही हमको साँप सूँघ जाता था। उनकी पतली तोते की चोंच की तरह कुछ मुड़ी हुई नासिका की नोंक हमारी गऊ सरीखी किन्तु असुन्दर माँ के सामने आते ही यूँ सिकुड़ने लगती जैसे कोई गिलगिला मेंढक देख लिया हो।

'ऐ लो,' वे सुना कर कहतीं, ' कैसा चाँद-सा हमारा भाई और राम, राम, कैसी हाथ लगे मैली होय थी उसकी पहली बीबी। जने दूजी बार कायमगंज से कैसी बहुरिया लाके उनके पल्ले बाँध दी गई। रंग साफ हुआ तो क्या, मरी भोंकरा-सी तो नाक हैगी। ऐ रात देख लो तो नींद ना आवे। अच्छी रसोई बनाने से क्या होता है? संगीत के नाम पर तो लिख लोढा पढ़ पत्थर ही हैं। उस रोज़ पंडित भातखंडे जी घर आए थे और ये खाना परस रही थीं उनको। बाबू ने लाड से बताया, कि बहू ये बड़े नामी संगीतज्ञ हैं, तो सर झुकाए बोलीं, जी लिखना-पढ़ना तो समय बिताने का बड़ा अच्छा हुनर है! बस हाथ के कौर हाथ में ही रह गए। हमारे लल्ला तो दिन-रात चोटी के उस्तादों और नामी-गिरामी गायकों को सुनते बड़े हुए हैं। हाय जभी अब बुझ से गए हैं।'

हमारे पिता खुद बड़ी नफीस उर्दू भाषा के जादूगर थे। ऐसी फूल की छड़ी-सी फब्तियों से पीटते कि गरीब अम्मा कभी उफ् न कर पाई। एक बार का किस्सा बताती हूँ। दादा जी के किसी बड़े संगीतप्रेमी ज़मींदार घराने के मुवक्किल के बड़े बेटे की शादी थी और बहूभात के दिन की महफिल में दो बड़ी डेरेदार गायिकाओं का गाना तय था। दादा जी के पुराने सेवक रामटहल ने जब आकर कहा कि बड़े सरकार ने कहलाया है घर-भर को न्योता भिजवाया गया है, लिहाज़ा सभी जाएँगे, तो दादा और

मैं कूदने लगे। शादी, उसमें भी दो-दो गायिकाओं का दंगल। वाह!

समय से पहले ही अपनी पार्टी की पोशाकों से लैस होकर हम दोनों अपने बारामदे पर रखी बेंत की कुर्सियों पर विराज कर मोटर लगने का इन्तज़ार करने लगे। अम्मा ने भी आज बड़े मनोयोग से हीरे का विलायती ब्रोच लगा कर संदल से महकती एक गुलाबी रंग की भारी बनारसी साड़ी पहनी थी, जो बेचारी शायद ब्याह के बाद एक या दो बार ही पहन पाई होंगी। साथ में भर माँग सिन्दूर और हाथों में मोती के कड़ों के साथ रेशमी काँच की सतरंगी चूड़ियों के चमकीले लच्छे। मैं देर तक उनकी साड़ी पर गाल मलती रही, कैसी तो चिकनाहट थी, और साथ में भीनी इत्र की खुशबू।

तुम रोज़ ऐसे कपड़े क्यों नहीं पहनती? मैं पूछती हुई रुक गई। पहले अम्मा पहनतीं ही कैसे? हमारे बाबूजी दोस्तबाश सामाजिक प्राणी थे। महफिलें उनकी आमद से ही गुलज़ार होती हैं ऐसा भी कहा जाता था, लेकिन वे हमेशा अम्मा को पीछे घर पर छोड़कर ही सभा सोसायटी की महफिलों में जाते थे। कभी छम्मो बीबी साथ हो रहतीं कभी राधा भैया, और कभी-कभार मैं, क्योंकि मेरी साधारण-सी शकल-सूरत के बावजूद मेरी आवाज़ सुरीली थी, और घर की बैठकों में भजन-वजन सुनकर उनके संगीतकार दोस्तों की पक्की राय बनी थी कि अच्छी संगीत की तालीम पाकर मैं एक उम्दा गायिका बन सकती हूँ।

तब तक भले घर से गायकी में उतरकर बंगाल की नैना देवी, साधना बोस और दीपाली तालुकेदार और महाराष्ट्र की दुर्गा खोटे जैसी मेधावी भद्रजन कन्याएँ हरिबल्लभ या आकाशवाणी संगीत समारोहों में गाकर नाम कमाने लगी भी थीं। और रेडियो पर गाना अब शर्म नहीं शोहरत का बायस बन चला था।

शायद इसीलिए यह बरसों बाद शुभ अवसर आया था जब मुझे और मेरे भाई तथा माँ को साथ ले जाने को हरी झंडी दे दी गई थी। पर जल्द ही साबित हुआ कि अम्मा को लेकर हमको गलतफहमी थी।

नियत समय पर बाबू जी की इंपाला पोर्च पर लगी और हम सब उसमें बैठने लगे। 'आओ ना?' राधा भैया ने माँ से कहा। बेचारी माँ पल्लू सर पर सँभालती अपने पति से स्वीकृति पाने का इन्तज़ार करती रहीं। उनको वे भैया या मुझसे कहीं बेहतर जानती थीं। मैं माँ को बिठाने के लिए सीट पर सरककर जगह बना ही रही थी, कि बाबू जी ने एक गुर्राहट के साथ आँखों से ही उनको रोक कर सर हिला बाहर रहने का इशारा कर दिया। सर झुकाए शर्म से सुलगती अम्मा अलग खड़ी हो गईं। शेष खानदान को गाड़ी में एहतियात से बिठाते हमारे बाबू के चेहरे पर पश्चाताप की कोई लकीर तक न उभरी थी।

रामटहल जी ने दरवाज़ा भिड़ा दिया और गाड़ी स्टार्ट हुई। सारे घरवालों, नौकरों के सामने अपमानित और खानदानी परिधि से वंचित की गई हमारी पीछे छूटी जाती माँ का वह कृश, म्लान चेहरा आज भी याद आता है, तो कलेजे में धधक उठती है जैसे तम्बाकू की पीक उगलने की बजाय गलती से निगल ली हो। बाबू के कोप और छम्मो बुआ की जली-कटी का डर न होता तो मैं शायद दरवाज़ा खोलकर गाड़ी से बाहर कूद पड़ती। दादा तो चेहरा भावहीन बनाए रखते थे, लेकिन मैं जानती थी कि उनको कैसा लग रहा होगा।

बहुत हुआ। उसी घड़ी मैंने तय कर लिया कि मुझे इन लोगों को खुश करने के लिए गायिका-वायिका नहीं बनना। बस।

मुझसे घर के लोगों को भारी उम्मीद थी कि इस घर से गायकी का चिराग बन कर मैं ही उजाला कर सकती हूँ। लिहाज़ा हमारे घर में जो भी संगीत उत्सव और जलसे बड़ी तामझाम के साथ और हर साल मनाए जाते थे उनमें मेरी शिरकत सायास कराई जाती। कोई भी उत्सव हमारे यहाँ बिना गाने-नाचने के पूरा नहीं माना जाता था। पहले गाना फिर खाना और पीना। इन सब काजों में घर के हर सदस्य का एक छोटा ही सही पर सुपरिभाषित रोल तय रहता। मुझे चूँकि दसेक की उम्र तक गाने-वाने में ठीकठाक और बोलचाल में नफासतवाली माना जाने लगा था, दादा जी ने शुरुआत में मुझे अपने द्वारा न्योते गए तमाम बड़े नामी-गिरामी गायकों की अगवानी करने बड़ों के साथ स्टेशन भेजना तय किया। उनकी तईं यह बड़ा भारी सम्मान था और इसका क्रम मेरी शादी तक जारी रहा।

इस दौरान कई नायाब लोगों से परिचय हुआ जिनमें उस वक्त के एक शीर्ष पटियाला वाले खाँ साहिब से सामना भी जुड़ा। उनके रिकॉर्ड में गुरु गम्भीर आवाज़ सुनकर मैं उनकी पक्की मुरीद बन ही चुकी थी, सो जब पता चला कि इस बार बैठक में वे आ रहे हैं तो बड़े उत्साह से तैयार हुई। अपना लाल शनील का सबसे सुन्दर फ्रॉक और मैचिंग लाल जूते पहने और चोटियों में लछमी बाई आया से मखमली लाल रिबन भी बँधवा लिए। समय पर पोर्च में गाड़ी लगी और मुंशी छैलबिहारी जी और नन्हें चा' के नेतृत्व में मैं भी खाँ साहिब को लेने जा पहुँची। पर यह क्या?

ट्रेन से जो शख्स सदल-बल उतरा, वह उम्मीद के एकदम विपरीत एक मोटा, थुलथुल जिस्म और भिंचे होंठों पर झब्बेदार मूँछों वाला कद्दावर बन्दा निकला। कचर-कचर पान चबाते, हक्-हक् कर पीकदान में पीक थूकते हुए उसने स्टेशन के शोर-शराबे के बीच पंजाबी मिश्रित हिन्दी में जो कहा उसका आशय यह था कि रेल के धुएँ से उनका जी बेहद घबरा रहा है। एक भद्दी गाली के साथ अपने किसी

पीछे रह गए शागिर्द से अपनी छड़ी लेकर थामी और मुंशी जी की तरफ लहराई, घर पहुँचते ही तत्काल गर्म पानी और उसके बाद देसी घी में बनाए गए निखालिस सामिष खाने की दरकार होगी। हाँ उसमें कोई हिन्दू रसोईवाली दाल या घसपत्ता शामिल न किया जाए, समझे। नहाना-खाना हो जाए तो उसके बाद उनको सीधे संगीत के नियत पंडाल पर पहुँचा दिया जाए। चलिए जनाब अब!

मारे अचंभे और विरक्ति के, अपने घर से उनकी तारीफ में जो कुछ स्वागती वाक्य रट कर चली थी, उनको कहना मैं एकदम भूल गई। नन्हे चा' को आदत थी। बड़ी नफासत से उन्होंने मामला सम्हाल लिया। 'जी जनाब सब हो जाएगा। हुजूर तशरीफ रखें।'

घर तक का मेरा अपना सफर चुप्पी में ही कटा। शाम के करीब आठ बजे होंगे जब खाँ साहिब बाजू पर एक विराट् तौलिया डाले मेहमान घर के भव्य गुसलखाने में दाखिल हुए और हम चचा-भतीजी बैठक में उनके निकलने के इन्तज़ार में जा बैठे।

छैलबिहारी मुस्तैदी से प्रबन्ध करने में लगे थे कि खाँ साहिब बाहर निकलें तो गर्मागर्म खाना चटपट चुन दिया जाए, जभी एक घबराया-सा चेला शयनकक्ष से निकला और बोला कि, बड़ा गज़ब हो गया! खाँ साहिब के नहानघर में वह खास मायसोर संदल साबुन नहीं था, जिसके बिना उस्ताद जी नहाते ही नहीं। नफासतपसन्द उस्ताद टिरेन की किरकिरी कोयले-भरी धूल से निजात पाने को नहाएँगे नहीं, तो फिर महफिल में बैठकर उनका 'सा' सही तरह से लगा पाना किसी तरह सम्भव ही न था।

छैलबिहारी यूँ ही हमारे घर के चाणक्य नहीं कहलाते थे। वे पहले खाँ साहिब को शान्त करने भीतर गए और जाते-जाते एक आदमी सदर में लाला जगतदयाल के हाँ' दौड़ा गए कि भैय्ये यूँ जइयो और यूँ अइयो भला? सौभाग्य से वांछित ब्रांड का कमबख्त साबुन उपलब्ध हुआ, ससमारोह बाथरूम के भीतर पठाया गया और खाँ साहिब की भूधराकार देह का प्रक्षालन सम्पन्न हुआ।

फिर खाना शुरू हुआ। ताकीद के अनुसार सारा खाना देसी घी में पकवाया गया था और शुद्ध सामिष था। घी में तैरता सालन, बिरियानी और कबाब।

कचर-कचर लार सलसलाते, बोटियाँ चिचोड़ते उस्ताद को देखकर मुझे लगा यह शख्स पवित्र शास्त्रीय संगीत की मुलायम बारीकियाँ क्या खाक अता कर पाएगा। पर नन्हें चा' भक्तिभाव से परोसते और उस्ताद की दिलजोई करते रहे। खाना खत्म हुआ तो पानों के बीड़े लाए गए और फिर रफ्ता-रफ्ता खाँ साहिब पंडाल में ससमारोह पधारे।

दुआएँ आदाब कुबूल हुए। फिर सुरमंडल पर हाथ फेर कर साहेब तानपूरों का मिलान सुनने लगे। जब सब कुछ उनकी मर्ज़ी मुताबिक तय हो गया, तो खाँ साहिब ने आखें मूँदीं और जो पहला षड्ज लगा तो लगा कि किसी भीतरी ज्योति से उनका सारा शरीर नहा गया हो। महफिल का मानों कलेजा बिंध गया।

दिनों तक लोग वह गाना याद कर आह-वाह करते रहे।

सुना पार्टीशन के बाद खाँ साहिब पाकिस्तान चले गए। जहाँ उनका जी कतई न लगा और सालेक के भीतर अल्ला को प्यारे हुए। खबर आई तो बाबूजी ने उस रोज़ खाना नहीं खाया। मरने से हफ्ते-भर पहले ही उनको खाँ साहिब का खत आया था जिसमें उन्होंने कुछ मेरुखंड के नायाब पलटे उनकी खिदमत में भेजते हुए इल्तजा की थी, कि धरम-करम के बूते चाहे मुल्कों की जो तकसीम कर दी गई हो, जब से इस तरफ आए, गंगा की कशिश उनको वापस खींचती है बार-बार। जी में चैन नहीं तो सुर भी भीतर ही उदास होकर रूठते जा रहे हैं। हुज़ूर कुछ वापसी का बन्दोबस्त जवाहरलाल पंडत जी से कह-कहा कर करवा दें तो दुरुस्त होगा।

जब तक यह करवाया जाता उनका इन्तकाल हो गया। खबर सुनकर छैलबिहारी जी भी रो पड़े थे और खाँ साहेब की याद में आयोजित खास नमाज़ में भागीदारी करने बाबूजी के साथ साथ वे भी गए थे।

खाँ साहिब के उलट पाकिस्तान के नाम से चिँहुक उठनेवाले हमारे मलंग सारंगी नवाज़ गुड्डन खाँ थे। ऐसे कई बड़े उस्तादों की तरह पार्टीशन के बाद वहाँ जाने की बजाय वे भले ही फटेहाली में रहना हो, इस साइड बने रहना बेहतर मानते रहे। 'अपना दर कैसे छोड़ें हम संगीतकार?' उन्होंने बड़े भोले विस्मय से नन्हें चा और छैलबिहारी जी से कहा था। 'अरे हम का कोई बिलार हैं कि जहाँ मलाई मिले उहीं अनतै चलि जाईं?'

मुनहना-सा जिस्म था गुड्डन खाँ साहिब का, सुतली से बँधी कमानी वाली ऐनक, तिर्छी तितलीकट मूंछें, सर पर टोपी या साफा और लखनवी पाजामे पर गुलबहार की अचकन। यह गुड्डन खाँ साहिब की पोशाक हमेशा रही। और उनका मनचीता साज़ तो मानो उनके ही धड़ का एक अभिन्न हिस्सा था। बसन्त की खुली निमैली धूपवाले दिनों में एक बार हमारे लॉन में फूलों की क्यारियों के बीच बैठे बैठे उन्होंने मुझे और राधे भैया को एक घंटे तक राग बसन्त बहार का क्या दिव्य रसास्वादन कराया था। वैसा मीठा हाथ फिर नहीं सुना। जब बाद को खबर आई कि उस्ताद बीमार पड़े हुए हैं, तो राधे भैया और मैं उनकी तबीयत पूछने भेजे गए। और उस दिव्य संगीत के देनहार की निजी ज़िन्दगी की बदहाली देख हम अवाक् हो रहे।

गन्दी बकरी की मेंगनियों से पटी गली में टाट पर्दे से ढँके दरवाज़े के पीछे खुले नाबदान वाला सहन था। वहाँ टूटे-फूटे से सहन के परे दो-तीन कोठरियों में उनकी बदहाल बीवियाँ और अनगिन बच्चे और रिश्तेदार कुछ खाते या बिसूरते बैठे थे। खुद गुड्डन मियाँ एक मैले तख्त पर चीकट रज़ाई में लिपटे खाँसते हुए बेहाल लोथ की तरह पड़े हुए थे। सहन पर बने चूल्हे का धुँआ सीधे उन तक चला आता होगा, पर इसका मानो किसी को इल्म ही न था। सब उनकी जान को हाय-हाय करते थे कि खाँ साहिब न रहे तो हमारा क्या होगा?

हमारी समझ में नहीं आ रहा था कि बैठें तो कहाँ?

'कैसे हैं उस्ताद जी?' राधे भाई ने पूछा तो तकलीफ के बीच भी भोले बच्चे की निश्छल हँसी से हँफनी दबाते उस्ताद बोले, 'अब तो चलाचली की बेला है राधे बाबू। बस लेटा-लेटा मेरुखंड के पलटों का खाली उँगलियाँ चला-चला कर रियाज़ भर करता रहता हूँ। लगता है कि हर राग के पलटों को हमेशा उलटा कर भी चलाना चाहिए। कई दफे राग को नया रस्ता मिल जाता है इससे। अब देखो ना कल मलुहा केदार बजाया तो शुद्ध निखाद लग के नहीं दिया। फिरंट हो गया। चल भई यहै सही। शायद किसी और दिन लग जाय। अभी तो हमसे निखाद कुछ रूठा हुआ है।' फिर भोले बच्चे जैसी दिव्य पोपली स्मिति।

परदे के पीछे से किसी बीबी का महीन नकियाता सुर आया, 'खान साहिब हमरे इहाँ एकै कमउवा हन, मुला इनका सुरन तुरन से फुरसत नाँय। घर में बड़ा दूसर कोई नाहीं अहै, औ' मुला बच्चे हन छः सात। कभौं हँडिया चढ़त कभौं नाँय। अब आपै जन कछू करैं बरना...' आगे की बात आँसुओं में घुल गई।

कुछ देर चुप्पी रही। क्या कहते हम?

बाबूजी का भिजवाया लिफ़ाफा उनके तकिये तले रखकर जाने को तैयार हुए और इजाज़त माँगी तो कुछ देर ताकते रहे। फिर धीमे से बोले, जैसे खुद से कहते हों। हमने पास झुककर सुनने की कोशिश की तो कहते थे, 'राजा हो कि फकीर, असल मिजाज़वाला ही गा-बजा सकता है। समझकर बरतने से सुरों की तासीर कुछ अलग ही हो जाती है।'

यह हमारी उस सुर गंधर्व से आखिरी मुलाकात थी।

आजकल अखबारी लड़के-लड़कियाँ पुराने सामंती ज़मींदारी सिस्टम की भरपूर बुराई करते हैं। उनसे मैं सहमत हूँ। उनके बाद जिन सौदागरी कम्पनियों ने संगीत को ओट दी है, उनकी वृत्ति भी कई सवाल खड़े करती है। फिर भी जितना इस दुनिया को पास से जाना और जिया है, उससे लगता है कि पुराने लोग शास्त्रीय संगीत को श्रद्धावश सहारा देते थे, पुन्य काज समझकर और खुद

भी बाकायदा गंडा बँधवा कर सीखते थे। आज संगीत को सहारा देनेवाली हर संस्था उस संगीत को बस अपनी अंटी में कस कर रखना और उसका भद्दा प्रदर्शन करना चाहती है। अभी राधा दादा बता रहा था कि लुधियाना के कोई बड़े अंडा व्यवसायी इन दिनों कीमती भारतीय पोशाकें पहनकर तमाम गजरे-बजरे के बीच शास्त्रीय संगीत की बैठकें आयोजित करने के लिए चर्चित हो रहे हैं। उत्सुकतावश वहाँ जाने पर उन्होंने पाया कि इन बैठकों में जितनी देर गायक या गायिका गाते हैं, पहले लगभग उतनी ही देर अंडा व्यवसायी महोदय अपने संगीतप्रेम और अज्ञान का समवेत प्रदर्शन करनेवाले भाषण देकर रसिकों को रुला देते हैं।

समाजशास्त्री समझते हैं कि संगीत बहती धारा है, पानी बदले तो बदले, तलहटी और पानी का स्वरूप वही रहता है। पर वह भी हमारे जीते जी बदलने लगे हैं। किसने सोचा था कि आगे जाकर सुकुमार चचा के या हमारे घराने के एन आर आई बने बालबच्चे तो कोलकाता लखनऊ नहीं, न्यूयॉर्क, शिकागो, गोआ या मणिपुर में पच्छिमी संगीत के फेस्ट आयोजित करेंगे। और उनके चोटी तिलक छापाधारी अंगरेज़ दोस्त कोलकाता से कैलीफोर्निया या केंटकी तक उस्तादों की चिलम भरकर डिजिटल तकनीक से ठेठ हिन्दुस्तानी मौसीकी के पेंचोखम अपने भीतर और बाहर भर कर यू ट्यूब पर उतारने लगेंगे। हमारे बड़े-बड़े कलाकार सड़क से संसद तक में भदेसपन की बौछार करनेवाले बेसुरे-बेताले नेताओं से पद्मश्री हासिल करने को चप्पलें चटखाएँगे, और उनके बच्चों की शादियों में नशे में धुत्त बारातियों के आगे बीन बजाएँगे?

हमारे अज्ञात कुलशील मीडिया समालोचक? वो इस सब पर क्या लिखें? वह तो खुद देर से महफिल में जाकर बगल-बैठों से पूछ कर कि क्या गाया-बजाया जा चुका है, चल देते हैं और दफ्तर में गूगल से कलाकार का प्रोफाइल निकाल कर हो जाती है उनकी समीक्षा कि कैसा अपूर्व गायन या वादन था। कलाकार भी खुश, वे भी। इतनी खुशी हमको तो नहीं सहन होती भाई।

इस भडासी कथन के साथ ही समापन।

अगली बार कब आ रही हो जल्द लिखना...तुमसे ऐसा मन मिल गया कि तुम्हारा बहुत-बहुत इन्तज़ार रहेगा।

तुम्हारी
पुतुल दी'

चि. विद्यारानी

तुम आईं, सुख हुआ। आज के वक्त में शोध-बोध दोनों में गम्भीरता और मेहनती वृत्ति काफी दुर्लभ है। खुश रहो। उस दिन शायद काफी बोल गया तुम दोनों को देखकर खुश हुआ यह बूढ़ा। पर कई बार कान पकड़कर संगीत की कोई खास चीज़ मुझे थमाते हुए बाबा एक जाने-माने बीनकार की सलाह दोहराते थे : कलावंत को बूढ़े गायक का गाना और बूढ़े बिरहमन का बड़बड़ाना, दोनों कानों से सुन लेना चाहिए। क्या पता, कब कैसा नायाब मोती हाथ लग जाए!

जिस तरह तमाम कष्ट झेलकर भी खुशी-खुशी दुर्लभ ब्योरे तुमने यथासमय मुझे भेजे, उससे काफी कुछ अन्दाज़ा बन ही गया था कि, रे सुकुमार! औरों को मिला हो न मिला हो, तुझे अपनी ज्ञान की थाती सौंपने के लिए एक उपयुक्त पात्र मिल गया है। हमारे परम शक्की ज़माने का गुरुकुली कायदा था कि अनाहूत शिष्य की पात्रता जाँचते समय गुरु पहले उस बन्दे के खानदान और बाप-दादा की मुकम्मल पहचान प्राप्त करे। पर उस दिन पुतुल के साथ अचानक जब तुम कालवैशाखी की आँधी की तरह सहज ज्ञान की दीप्ति से उद्भासित चेहरा उठाए मेरे कमरे में घुसीं, और मेरी बूढ़ी आँखों ने तुम्हारी दिवंगता माँ का सहज सौन्दर्य, तुम्हारे भाई की बुद्धि और पिता की ज्ञानगरिमा की झलक तुममें सहज उद्भासित देखी, तो मेरी अन्तरात्मा ने पहले तो कंजूस दुनियावी बुद्धि को धोबीपाट देकर चित्त किया और फिर मुझसे कहा कि रे बूढ़े, सूम की तरह जीवन-भर छाती से चिपटाई संगीतकारों की दुनिया की अपनी थाती जल्द अज़ जल्द इस लड़की के सुपुर्द कर दे।

लिहाज़ा आज मैं अपनी डायरियों, टुकड़ा-टुकड़ा लिखे नोट्स, तवायफों, अड्डेबाज़ दोस्तों और उन सबकी चिट्ठियों-तस्वीरों से जुड़ी लिखित-अलिखित स्मृतियों को अपने एक बेवकूफ आई टी प्रवीण भतीजे की मदद से ई मेल की मार्फत भिजवाने की व्यवस्था करवा रहा हूँ। नाना अनुभवों से भरा सुदीर्घ जीवन जीने के बाद अब मैं आदम के बेटों की अपेक्षा हव्वा की बेटियों की सहज बुद्धि और लीक छोड़कर चल सकने की क्षमता को लेकर अधिक आश्वस्त हूँ। सो जो खरी उम्मीद राधा और संजीव से नहीं, तुमसे पाल रहा हूँ, कि तुम कभी न कभी इन तमाम मालूमात की मदद से इस सारे रक्तरंजित, राग-विरागमय इतिहास को एक

पठनीय और ज्ञानवर्धक पुस्तक में ढाल सकोगी।

अपनी अनमोल निधि तुमको थमाने के लिए जुटाते हुए महसूस कर रहा हूँ कि हर कलावंत के मर्म में ज्ञान का अनकहा उफान गरम पानी के बुलबुलों की तरह बाहर निकलने को कैसा कुलबुलाता रहता है। काफी दिन की मैनेजरी के संस्कारों से बनी मेरी मुनाफालोलुप कृपण बुद्धि, कृष्ण की रुक्मिणी की तरह ज्ञान के यह दुर्लभ मोती बाँटने से मुझे अब तक रोकती रही है। पर उम्र के साथ अब उसकी जकड़बन्दी शिथिल होते-होते मिट-सी गई है। यह मुक्तहस्त होने की घड़ी है। पर इस घड़ी में कम ही उस्तादों-गुरुओं को वे तमाम अनकही बातें बाहिर उलीचने के लिए लायक किस्म के कानसेन मिले हैं।

हर मरणासन्न गुरु के पास सही समय पर तुम्हारे सरीखा कोई आकर वह सब बटोर गया होता, तो जाने हमारे मार्गी संगीत का नसीब क्या से क्या बन जाता। अभी तो मेरी पीढ़ी को भी कई वजहों से बिखर गया यह ज्ञान अनेकों जगह टुकड़ा-टुकड़ा रूप में ही मिल सका है। पर इस बूढ़े को अब कुछ उम्मीद बँधी है कि शायद किसी दिन तुम्हारी कलम टुकड़ों को जोड़कर लुप्त होने की कगार पर खड़े उस युग की कोई मुकम्मल तस्वीर बना पाएगी।

तुम्हारे परम संकोची भ्राता संजीव ने कई साल पहले धीमे-धीमे खुलने पर मुझसे कनफेस किया था कि असमय दिवंगत हुए तुम्हारे पिता जी, अपने गहन पांडित्य के बावजूद स्वांतः सुखाय पठन-पाठन को ही तवज्जो देते रहे। और यह भी, कि वे कुनबी तवायफों से जुड़े शास्त्रीय संगीत की भले घर की महिलाओं (जिनमें उनकी संगीतरसिक धर्मपत्नी यानी तुम्हारी माँ भी शामिल थीं) के कंठ से मंचीय प्रस्तुति के सख्त खिलाफ थे। कैसे एक बार जब तुम्हारी माँ ने बड़े मन से मायके से लाई केसरबाई की भैरवी की अमर चीज़, 'जात कहाँ हो', का रिकॉर्ड उनको सुनाया, तो उनका कमेंट था कि चार आदमियों के सामने बैठकर सारंगियों तबलियों की सोहबत में हाव-भाव सहित गाना सुनाना पेशेवर कुनबिनों की ही चीज़ रहे तो बेहतर।

शायद इसकी भी वजह थी, और अपनी जगह जायज़ भी थी। हिन्दुस्तान में संगीत-सम्मेलन के उद्‌घाटन को बड़े-बड़े नेता, अफसर भले ही बुलाए जाने लगे हों, इन नए संरक्षक श्रोताओं को शायद उन जैसे रिफाइंड रसिक ने कभी बहुत सोफिस्टिकेटेड नहीं पाया। एक तो यह नए संरक्षक खुद को शास्त्र और परम्परा से ऊपर की चीज़ मानने पर आमादा हैं, तिस पर अक्सर सभागार में उनको मंच से संगीत की भावसहित अदायगी करनेवालियों को निहायत भोगवादी नज़रों से तौलते हुए देख कर लगता है कि वे महफिलों का पुराना सामंती शिष्टाचार निभाने में कतई विफल हैं। कई बार तो जब वे बड़े चीप किस्म की, और अक्सर गलत जगह पर

दाद देने लगें तो मेरा भी मन करता है कि कान से पकड़कर उनको हाल से बाहर निकाल दूँ।

जहाँ तक उनको जान सका हूँ, तुम्हारी माँ का पीहर खासकर तुम्हारे नाना मरहूम पं. अंबादत्त त्रिपाठी परम्परावादी भले रहे हों, पर हठधर्मी नहीं थे। बोलते वे भी कम थे, लेकिन तुम्हारे वैज्ञानिक पिता के विपरीत सहज और परिहासप्रिय विद्वत्परम्परा के जीव थे, उनकी संक्षिप्त बतकही का भी अपना रस था। पुराने ग्रंथों पर आधारित दुर्लभ शोध से पाई सांगीतिक सामग्री को मेरे पिता और पुतुल के दादा जैसे अड्डेबाज़ सुजनों से शेयर करने में भी उनको कभी कोई कोफ्त-वोफ्त नहीं महसूस हुई। और न ही घरानेदार परम्परा के सुयोग्य मुसलमान उस्तादों से अपने घर की होनहार लड़कियों को संगीत की तालीम दिलवाना उनको निषिद्ध प्रतीत होता था। उधर यदि शहर की दंतकथाओं को सच माना जाए तो उनके अनुसार तुम्हारे वैज्ञानिक पिता के औरंगज़ेबी परिवार में तो किसी ने बाथरूम तक में गाने नहीं गाए होंगे।

हो सकता है यह अन्तिम बात चन्द दिलजले भँवरों द्वारा एक अतीव सुन्दरी, लेकिन पकड़ से परे कमनीय रूपसी के पतिकुल की बाबत खिसियाहट में फैलाई स्फीतिमय गप हो। सिर्फ मिस त्रिपाठी के दर्शन पाने को तुम्हारे नाना, यानी प्रोफेसर साहिब से नोट्स दुरुस्त करवाने के बहाने ऐसे कई भ्रमर गुनगुन करते उन दिनों तुम्हारे ननिहाल के चक्कर नॉनस्टॉप काटते देखे भी जाते थे जो बाद में कई दंतकथाओं को शहर की अड्डेबाज़ी महफिलों के रेगुलर खबरिया दरबारी बनकर हम तक लाते रहे। बहरहाल सच जो हो, यूनिवर्सिटी की इन खट्टे अंगूरवाली लोमड़ियों का दल काफी अर्से तक तुम्हारे रुक्ष मिजाज़ के पिता की तुम्हारी माँ सरीखी सर्वगुणसम्पन्ना कन्या से बनी युति को बेमेल घोषित कर, तुम्हारे पिता को कई योग्यतर अभिलाषियों की आशा पर तुषारापात करने का दोषी मानता रहा।

वैसे आज एक हद तक मैं भी तुम्हारे पिता की बात से सहमत हूँ। दिल्ली, कलकत्ता, मुंबई ही नहीं, न्यूयॉर्क या कैलीफोर्निया में भी संगीत की गोष्ठियाँ आज़ादी के बाद बदलती गईं हैं। पुराने रईस रसिक रहे नहीं। आज संगीत की सभी बड़ी बैठकों के उद्घाटनकर्ता और आयोजक आँख के अंधे गाँठ के पूरे वे नव धनाढ्य लोग बन चले हैं, जिनकी अमीरी का गोमुखी स्रोत, थोक में अंडा-मुर्गी बिकवाली, या होटल-रेस्तराँ-डिस्को का धन्धा या शराब या सिगरेट-सिगार या टी.वी. कम्पनियों की मिल्कियत, कहीं भी हो सकता है। जब हाथ में चार पैसे आ गए, कीमती म्यूज़िक सिस्टम लगवा लिया तो जनाब कला के जानकार संरक्षक भी बनकर अपना बटेरी सीना तनिक और चौड़ा करना क्यों न चाहें? पर अकल वही किरानियोंवाली!

हाल में एक बड़े नेता जिनके करकमलों से संगीत-समारोह का फीता काटा जाना था, समारोह में डेढ घंटा लेट तशरीफ लाए। माइक पर किसी सकपकाई आवाज़ ने बताया कि वे किसी बेहद ज़रूरी काबीना मीटिंग में फँसे थे पर बस चल चुके हैं और पहुँचते ही होंगे। हम जैसे पुराने लोग दिल मसोस कर भी एक उम्रदराज़ विदुषी का गाना सुनने जमे रहे, जिनके बारे में कोई नहीं कह सकता कि वे अब कितने दिन गाएँगी। आत्मसम्मानी गायिका ने अन्त में अल्टीमेटम दे दिया कि अगले आधे घंटे में जनाब नेता जी नहीं आए तो वे अपने संगतकारों सहित ग्रीन रूम से उठ जाएँगी। हमारी किस्मत कहो या कुछ और, अगले दसेक मिनट में नेता जी पधार ही गए। तुरत परदा उठवाया गया, नेता जी ने नकली बत्तीसी की छटा सहित नकली क्षमायाचना की, पर विदुषी गायिका का मन उखड़ चुका था। सुर लगाया भी तो अनमना सा। परिचित खनक उसमें नहीं थी। उनकी गाई घराने की खास चीज़ 'नेवर बाजो रे', तक में उस शाम रुपए में चार आना भर चमक ही दिखाई दी हम लोगों को।

ऐसे गायन के बाद महफिली कायदे से गहरी संगीत-चर्चा की बजाय शराब कबाब की पार्टियाँ फार्महाउसों, पाँचसितारा होटलों वगैरा में आयोजित करने का नया चलन भी उभरता देख रहा हूँ। उनमें होनेवाली घोर अभद्रता की बाबत कई वाकये मैंने खुद कानों सुने और आँखों देखे भी हैं।

दरअसल बढ़िया खानपान की परख की ही तरह पक्के संगीत की समझ भी पैदायशी नहीं होती। न ही भारी-भरकम थैली का मुँह खोलकर 'ऑन ऑर्डर' बेहतरीन गायकी की एक्सक्लूसिव झलक ली जा सकती है। तमीज़ के साथ संगीत अदायगी करने और खुले मन से उसे सुनने की क्षमता सुथरे समझदार घरेलू माहौल और सालोंसाल उस्तादी चरणों में बैठकर ही अर्जित होती है। हमारे समय में अधिकतर आम जनों और भद्र घरों की औरतों के लिए यह आकाशकुसुमवत् रहा। तुम्हारे नाना की कृपा से यह सौभाग्य तुम्हारी गुणी माँ को मिला तो, पर हमारी पीढ़ी की उन जैसी कई पतिव्रता प्रतिभाएँ शादी के बाद अकारण कहो या सकारण, एकदम खामोश हो रहीं।

राधा और पुतुल की माँ भी ऐसी ही दुर्लभ महिलाओं में से थीं। उनके पास भी अपने खानदान में बार-बार बुलवाए गए घरानेदार संगीतकारों और उनके संगीत की बाबत की विलक्षण जानकारियों का अनकहा भंडार था। लेकिन पति और ससुरालियों की साफ उपेक्षा के नीचे दबी-दबी मरहूमा कतई मुरझा गईं। कभी पुतुल से उनकी बाबत बात कर लेना। अन्त समय में माताएँ अक्सर बेटियों को बहुत कुछ ऐसा बता जाती हैं, जो कोई नहीं जान पाया। उनके पति पुत्र भी नहीं। मेरी मरहूमा पत्नी अन्त तक बेटी न होने से न कह पाई बातों का एक भरा भराया बादल बनी रहीं जो मन

भर कर बरस नहीं सका। सो पुतुल से कहो वह भी कुछ लिख भेजे। शायद कुछ अच्छी मालूमात हाथ लग जाएँ।

आज मेरी राय में बिना आवाज़ या हाथ उठाए सिर्फ एक अजीब से पति परमेश्वरीय ईगो के तहत राधा पुतुल की माता जैसी कई संवेदनामयी महिलाओं का संगीत जगत से सायास दूर खामोश कर दिया जाना, सद्यः आज़ाद भारत की एक अनकही ट्रेजेडी है। हिन्दुस्तानी संगीत जाने कितनी गायिकाओं और पारखी संगीत समालोचकों से इसलिए वंचित रह गया कि उन्होंने अपनी परवरिश के तहत या खटपट से बचने को ताउम्र एक, सो कॉल्ड, भले घर में चुपचाप रहना मंजूर कर लिया। खैर।

जहाँ तक मेरी और उसकी खानदानी हिस्टरी, भूगोल और समाजशास्त्र की बात है वह सब तो चि. पुतुल ने तुमको स्त्रियोचित भरोसे में लेकर या तो विशद् तौर से बता दिया होगा, या बतायेगी। अस्तु। अगर तुम्हारी भावनाएँ आहत भी होती हों, तो भी उम्मीद है, कि एक कलावंत की प्रखर ईमानदारी से तुम इस जैसी कई कड़वी सचाइयों को भी अपने पुस्तकीय खज़ाने में कहीं न कहीं ज़रूर शामिल करोगी।

मेरे पिता जी काली बाबू नामानुरूप पक्की रंगत के थे। पर उनके पिता यानी मेरे दादाजी काली रंगतवाले पुत्र के विपरीत साफ-सुथरी गोरी रंगत के, जिसे बंगाली 'खूप्प फॉर्शा रंग' कहते हैं, मालिक थे और गाँव में गोरा बाबू करके मशहूर रहे। जैसोर का परिवार था, माटी का घर, कुल्ल पिचहत्तर रुपया पेंशन। पर कीर्तन गायन और हवेली संगीत के पारखी गोरा बाबू का बड़ा मान-सम्मान था। माँ बतातीं थीं कि हर शाम नाव से बूढ़ी गंगा पार ढाका शहर जाते थे, भक्ति-संगीत सुनने को। जब तक वे पलटकर न आते मल्लाह नाव नहीं बन्द करते थे। बारिश हो तब भी कहते 'भैया अबहिन गोरा बाबू नहीं लौटे नाव कईसे उठाय दें भला?' जब वे पार उतर जाते तब नावें बन्द होती थीं।

बहरहाल संगीत और भक्ति के दम पर तो परिवार नहीं पाले जा सकते। स्कूली शिक्षा पूरी होने के बाद आगे ऊँची पढ़ाई के लिए उनके मेधावी बेटों ने अपनी महत्त्वाकांक्षी माँ की तरफ देखा। जैसा चलन था दादी ने चोरी-छिपे अपने समृद्ध मायके से रुपयों का जुगाड़ कर लिया और मेरे पिता अपने भाइयों सहित राजशाही के किसी रिश्तेदार के यहाँ पढ़ने को भेज दिए गए। बाद को उनमें सबसे मेधावी बेटे काली बाबू छात्रवृत्ति हासिल करके जा पहुँचे कलकत्ता।

संगीत के प्रति उनकी पिपासा अदम्य थी। इतिहास और दर्शन की पढ़ाई के साथ अपनी युवावस्था में उन्होंने पहले बंगाल के नामी ध्रुपदियों और कीर्तनकारों से बाकायदा संगीत की तालीम लेना जारी रखा। बाद को एक बड़ी राजबाडी के गायक नामचीन उस्ताद से तब तक लोकप्रिय हो चली खयाल गायकी भी सीख ली

और अनेक अकादमिक विषयों के विद्वान् होने के साथ ही संगीत के इतिहास तथा दर्शन के भी बहुत ही ऊँचे दर्ज़े के उदार पारखी के रूप में उभरे।

काली बाबू की एक बड़ी खूबी यह भी थी कि वे रसिक सुजन होने के साथ ही एक फितरतन अड्डाबाज़ शख्स भी थे। कला-संगीत पर लम्बी-लम्बी बहस चलाना उनका प्रिय टाइमपास और स्ट्रेस बस्टर दोनों था। उनकी अन्य खूबी यह थी कि वे बहुभाषाविद् थे और संगीतशास्त्र की घोर अकादमिक बहसों को भी अपनी धाराप्रवाह किस्सागोई से इतनी रोचक बना देते थे कि पुतुल के दादा बड़े सरकार, और तुम्हारे नाना सरीखे अन्तर्मुखी लोग भी उनकी हिन्दी-उर्दू और बांग्ला मिश्रित ज्ञान-गुंजलकों में फँसने को सहर्ष खिंचे चले आते। उनकी बैठकों में राधा के बाप चचा और मुझ जैसे उनका हुक्का भरनेवाले दुर्विनीत कानसेनों को भी एकाधिक कलारूपों पर चोटी के विद्वानों की धाराप्रवाह स्थापनाएँ सुनने का मौका बिन माँगे मिल जाया करता था।

मेरी माँ के भाई बंबई जा बसे थे। पर सौभाग्यवश अंगरेज़ी कम्पनी की मुलाज़मत करते हुए भी मेरे हिसाबी-किताबी नाना के विपरीत वे रसिक स्वभाव के और मार्गी तथा उपशास्त्रीय दोनों किस्मों के संगीत के सहृदय प्रेमी बंगाली बाबू थे। जभी अपने स्कूली दिनों में और बाद को लम्बी छुट्टियों के दौरान मैं उनके पास भागा चला जाता था। इस तरह मैंने लखनऊ कलकत्ता की सामंती महफिलों के साथ मुंबई की मध्यवर्गीय टिकेटेड महफिलों का भी लुत्फ उठाना शुरू किया, जो तब रंग पकड़ ही रही थीं। दरअसल सन् तीस के आसपास जब अंग्रेज़ पक्के पैर जमा चुके थे और बरतानिया के राजा को दहेज में मुंबा देवी का यह द्वीप (जो हाल में फिर मुंबई कहलाने लगा है) मिला, तो कल कारखाने का नया कलयुग उभरा और कोलकाता और पूर्वी उत्तर भारत के ज़मींदारों-रईसों की भी उलटी गिनती शुरू हो गई।

मेरे बंबई जाने तक यह महानगर पैसे वालों और अंग्रेज़ों की स्कूल पद्धति से तैयार, जात-पाँत और धरम-फरम के झमेलों से विमुख एक नए किसम के हिन्दोस्तानी मध्यवर्ग का पसन्दीदा घर बन रहा था। न यहाँ हिन्दू पुरातनपंथी लोग काबिज़ थे न ही मुसलमान मुल्ला। सब जमातों को उदारता से समेटने में समर्थ यह खाता-पीता शहर कलावंतों और गायकों की नज़र में भी आने लगा था। उत्तर भारत के दरबारों से उजड़े, गरीबी की जकड़ से निकलने को उत्सुक गायक और दक्षिण महाराष्ट्र के मन्दिरों से राजबाड़ियों तक जा पहुँची पेशेवर देवदासियों की एक बड़ी जमात भी यहाँ चली आई थी जिनको शहर के नए अमीरों ने सहर्ष पनाह दी।

उत्तर भारत से सबसे पहले आगरा घराने के कुछ बड़े उस्ताद मुंबई आए। उनसे अपनी हिन्दीभाषी होने के नाते सहज पटती थी। यहाँ आकर उनको पक्की महफिली

गायकी के अलावा यहाँ के गुजराती, मराठी, पारसी-हिन्दोस्तानी थियेटर और फिल्मों में भी अपने हुनर और कमाई के लिए नई-नई खिड़कियाँ दिखाई देने लगी थीं। उन दिनों संगीतकार घरानों की रिश्तेदारियाँ हमेशा अन्य बड़े घरानों से भी होती थीं। जब आगरेवालों का काम जमने लगा तो अन्य घरानों में मौजूद अपने दामादों, भांजों वगैरह को उनका सन्देश गया कि इधर अच्छा स्कोप है, आ जाओ। रामपुर, सहसवान और ग्वालियर घरानों के कई उस्तादों ने भी इलाकाई रजवाड़ों नवाबों की हालत पतली होती देख ली थी। लिहाज़ा उनने भी हवा बदलने की ठानी और इस महानगर की तरफ रुख किया। हमारी तो पौबारह!

इस शहर में तो समय की फिटन सदा से तेज़ दौड़ती रही है। और पैसा यहाँ पानी की तरह बह रहा था। हर किसम का। वो वाली महफिलें जिनमें लाखों खर्च होते थे और घंटों बड़े चैन से पक्की गायकी सुनी और सुनाई जाती थी, मिट चली थीं। अब तो नई तरह के कामयाब रईस बन रहे थे जिनमें अंग्रेज़ों के साथ मिलकर बड़ी-बड़ी कम्पनियाँ खोल रहे पारसी, गुजराती बनिए और कुछ महाराष्ट्रीय ब्राह्मण लोग थे। सारे देश में तब माल लाने ले-जाने को रेल लाइनें बन रही थीं, विलायत तक माल ले जाने को जहाजरानी का काम भी उठान पर आ गया था। उन ठेकेदारों की मौज हो रही थी जिनको अंगरेज़ बहादुर के घर पहुँचाई डालियों की एवज में भारी ठेके और पूरब से गाड़ी भर-भरकर आए कामगार मजूर बेहद कम दाम पर उपलब्ध थे। फिर लड़ाई का ज़माना आया। और उस दौरान अंग्रेज़ बहादुर का हुक्का भरने से कई तरह के अन्य नेटिव लोगों की किस्मत की लॉटरी भी खुल गई।

बस फिर क्या था? समझदार घरानेदार उस्तादों-बाइयों ने सन बीस' तक इस बूम टाइम का तेवर भाँप और मानाभिमान छोड़कर घराने की गायकी को नए सरपरस्तों की रुचि की खराद पर तराशना शुरु कर दिया। कुछ सफल रहे, कुछ असफल होकर बुझ गए। जो सफल रहे उन्होंने सिर्फ पराई महफिलों तक ही अपनी कला सीमित करने से तौबा की, और चार पैसे कमा लेने के बाद अब वे हॉल किराये पर लेकर टिकटिया महफिलें भी आयोजित करने लगे।

रईसी महफिलें भी होती रहीं पर चन्द चोटी के लोगों, जिनमें सेठ लोग, नामी वकील, डॉक्टर सभी शामिल थे, के घरों में। इस पर कुछ बड़े उस्तादों ने बारहमासी आमदनी बढ़ाने को पैसे के दरिया से दूसरी किस्म की नहरें भी खींचनी शुरू कर दीं। क्यों न करते? उनके साथ पुश्तैनी ठिकानों से उखड़कर आए लम्बे-चौड़े कई बीवियों, दर्जनों बच्चोंवाले परिवार थे। फिर उनके शागिर्द, साज़िंदे और नामाकूल रिश्तेदारों के लश्करी जत्थे सब उस्ताद से अनवरत खरचा-पानी माँगते थे। सो अब कई बड़े नामी उस्ताद और पंडित जी लोग शहर के रईसों की नखरीली बीवियों और

उनकी गुणी कलावंत रखैल डेरेदार तवायफों के ट्यूशनों की मार्फत मोटी माहवारी तनख्वाह कमाई करने पर उतर आए। इससे चार पैसे तो मिलते ही थे इसी बहाने अंग्रेज़ी बोलने-बरतनेवालों के बीच उठक-बैठक का सिलसिला बन जाता तो आमदनी की दूसरी-तीसरी नई राहें भी खुल जाती थीं।

फिर सबसे अधिक पैसा उगलनेवाली राह बनीं साहेब लोगों की नवस्थापित रिकार्डिंग कम्पनियाँ। अंग्रेज़ ठहरे पक्के बनिये। पहिले-पहल नेटिव गायकी सुनकर मुँह बनाते थे। फिर एकाधेक साहिब नेटिव ज़मींदारों और गायिकाओं की सोहबत में आकर हमारे ठेठ महफिली माहौल में रस पाने लगे। मेमों को छोड़कर आए कुछ साहेब लोग देसी बाइयों पर आशना हुए। भागलपुर साइड की एक बड़ी नामचीन गायिका जुगनीबाई उनमें से एक की बीवी बनीं और इस कदर बनीं कि अन्त में पति समेत बरतानिया जा बसीं। वहाँ सुनते हैं उनका एक बेटा हुआ जो बाद को पादरी बन गया।

परदेसी गोरे संगीतरसिकों में अंग्रेज़ों के बाद दूसरे नम्बर पर थे जर्मन। उनकी कौम ठहरी हमेशा से संगीत की आशना। कुछ बड़े संगीतरसिकों ने जब हमारी गायकी बड़ौदा सरीखे दरबारों में जाकर सुनी, तो वे बड़े उस्तादों के सरपरस्त बने। कुछ चर्चित परचों में उन्होंने मार्गी संगीत को एक 'हिंदू' धार्मिकता से जुड़ा प्राचीन कलारूप बताया। बात सौ फीसदी सच न होते हुए भी पर्चे की लन्दन तक धूम रही जिससे बड़ौदा के महाराजा भी प्रभावित हुए जो अब तक सिर्फ पच्छिमी गाने और रहन-सहन के शौकीन थे। अंग्रेज़ साहिब ने उनसे उम्दा देसी कलावंतों की देख-रेख को खास विभाग बनवाया जिसमें महाराजा के विश्वस्त दरबारी कारकुन अब फटेहाल कलावंतों को नियमित बेहतरीन सैलरी और रिहायशी मकान तक देते हुए उनका बाकायदा परफॉर्मेंस ऑडिट भी कराने लगे। एडमिनिस्ट्रेशन का काम कलावंत उस्तादों के बस का रोग न था।

आखिरकार एक भरोसेमन्द संगीत के प्रेमी पहलवान को पकड़ा गया। वे संगीतकारों के दरबारी आका बना दिए गए। राजमाता की पहल पर महल की लड़कियों के लिए खास तालीम की भी व्यवस्था हुई फिर पहले राज्य के कारकुनों और आम जनता की बेटियों के लिए संगीत विद्यालय बने। जब आग और घी का साथ हुआ तो स्कैंडल होने ही थे। एक सितारिये किसी सरदार की बेटी के साथ भाग गए। प्रेम में चोट खाई एक गायिका ने खुदकुशी कर ली। अन्त में अंग्रेज़ों की तरह भेदभाव भरी डंडाचलाई में निष्णात तहमदधारी पहलवान ही नए संगीत स्कूल के पहले सफल प्रिंसिपल भी बन गए और खुद के नाम के आगे जोड़ लिया प्रोफेसर! उनके बाद उनका बेटा उस ओहदे पर बैठा जो खुद को लिखता था डॉक्टर फलाँ फलाँ।

व्यापार तो व्यापार। वणिक् तो वणिक्। कलकत्ते हो कि बंबई कि अवध।

उधर अंग्रेज़ भी अपना बाजार ताड़ रहे थे। जब घूम-घूमकर रिकॉर्ड कम्पनियों के बड़े साहिब लोगों ने गाने के बिकवाली के बाजार का साइज़ परखा, तो दंग रह गए। हर हिन्दुस्तानी मानो संगीत का अघोषित रसिया! एक खेप दो कमसिन कलकतिया गवनहारियों के देसी गाने की उतारी गई, तो हाथोंहाथ बिक गई। खबर पाकर लाख के बने जरमन तवे पर संगीत भरवाने को बेका, सन डिस्क और एच एम व्ही कम्पनियों के और भी गोरे दौड़े आए। बड़े घरानों, डेरों से नामचीन उस्तादों-बाइयों को बुलावा भेजा गया।

यहाँ पर एज़ यूज़ुअल, आदम के बेटे उखड़ गए। एक जनाब खाँ साहिब ने तो बिगड़कर कहा कि वे कुत्ते के लेबलवाले रिकॉर्ड में अपनी आवाज़ भरना कुफ्र मानते हैं। और दूसरे उस्ताद ने भी यह कहकर, कि अल्लाह क्या अब घरानेदार गायकी की पाक बंदिशें गली-कूचे के पनवाड़ी, शोहदे और कलाल गुनगुनाएँगे? खुद ही जैसा हमारे एक गोआवासी सुपुत्र फरमाते हैं, अपनी वाट लगा दी।

लेकिन हव्वा की बेटियों ने मोटा हिसाब सही तरह पकड़ लिया और मार्केट में उनकी आवाज़ें दौड़ने लगीं।

गदग की जानकी बाई की गाई 'बिन बदरा बिजुरी', कलकत्ते की गौहरजान की होरी, बांग्ला की शशिमुखी, शशिबाला, इलाहाबाद की मुन्नीजान, बनारस की शिवकुंवर, पानीपत की मिस अमीरजान और आगरे की मल्काजान की गायकी का जादू उत्तर भारत के सर चढ़कर बोलने लगा। और देखते-देखते गाने के यह तवे मेरे-तुम्हारे ननिहाल सरीखे खाते-पीते घरों के स्टेटस सिंबल बन गए। सस्ते भी थे। एक रिकॉर्ड की कीमत दो रुपए बारह आने से लेकर तीन रुपए बारह आने तक थी। टॉप का मेहनताना उस ज़माने में, छः सौ रुपया था। बीस-बीस भाषाओं में गाकर अंजनीबाई सरीखी बड़ी गानेवालियों ने भरहाथ कमाया। हर तरह की मौसीकी। शास्त्रीय ही नहीं, बंगाली, गुजराती, ब्रज, अवधी हर भाषा का लोकसंगीत और नाट्यसंगीत रातोंरात बेस्टसेलर बन गया।

वर्ल्ड वॉर का ज़माना था, जर्मनी का हुक्का पानी बन्द हुआ तो हिन्दुस्तानी सेठ आगे आ गए। तवे के लिए लाख की ज़रूरत थी। उसके जंगल के जंगल किस दिन के लिए थे भला? मेरे संकलन में बाप-दादा के समय के कई रिकॉर्ड हैं तब से जब बेलियाघाट में पहली हिन्दुस्तानी रिकॉर्ड फैक्टरी लगी थी। लेबल था रॉयल और मिल्कियत मुखर्जी एंड मुखर्जी की।

माँ के भाइयों के बंबई में भी यूपी के सांगीतिक डायस्पोरा यानी मौसीकी की मुहाजिरी रंग दिखा रही थी। एक बड़े उस्ताद और उनके बड़े ही सुरीले भाई जो

फज़लू मियाँ कनकौव्वेबाज़ कहलाते थे, हरकिसनदास हस्पताल के लाशखाने के पास की बिल्डिंग में पास रहने आ गए थे। शहर की दो-तीन मशहूर तवायफों और बड़े सेठ की रखैलों की तरफ से उनको पाँच सौ रुपए माहवारी वजीफे के वादे के साथ संगीत का गंडा बँधवाई प्रस्ताव एक मोटी पेशगी के साथ भिजवाया गया। उन बाइयों को निजी तौर पर गरियाते हुए भी खाँ साहेब ने अपना गंडाबन्द शागिर्द बनाया। सेठों के घर पैठ बनी तो उन्होंने आज के राजनेताओं की तरह अपने रिश्तेदारों-दोस्तों को भी सामने कर दिया। उनमें से एक डेरेदार शागिर्द का, जो गुजरात साइड की किसी स्टेट की राजशाही गायिका रही थीं, सिलसिला भी शहर की रिकॉर्ड इंडस्ट्री में बिठा दिया गया और चल निकला।

आगरा, कोलकाता और बनारस की कई बाइयों की तरह एच एम वी रिकॉर्ड कम्पनी में राग नट कामोद और सूहा सुघराई जैसे रागों में खास अपने घराने की चीज़ें रिकॉर्ड कराने या गानों से भरपूर कमर्शियल पारसी थियेटर में रोल करने को यह बाई साहिबा भी खाँ साहिब की अनुकंपा से लगातार शहर में आने लगीं। तीसेक बरस यह सिलसिला चला। बाद को माटुंगा में उन्होंने अच्छा खासा फ्लैट भी ले लिया था। जब कई बड़े गायक शहर आते तो उनके पास ही ठहरते और हाथ तंग पड़ने पर उनसे सूद पर उधार लेते रहे। इलाके की गोआ-बेलगाम से शहर में पहले से बसी गानेवालियों से हमारी साइड की तवायफों के कई घरेलू या आपसी झगड़े बड़ी शायस्तगी से यही बाई साहिबा सुलझाती थीं।

पारसी सेठों की थियेटर कम्पनियाँ भी अब तक उभर रही थीं, उनकी गानेवालियों की, जो कमज़ात कस्बिनें ही थीं, उस नई-नई कामगर क्लास पर अच्छी पकड़ थी जो लोकगायकी का लुत्फ लेने आती थी। थियेटर में अच्छा पैसा देखकर कई डेरेदार तवायफें भी इस तरफ रुख करने लगीं।

लौटता हूँ हमारे शोध की केन्द्रबिन्दु कलकत्ते की अंजलीबाई पर। उनका ठसका इस नए दौर में भी, हर किसम की गायकी में सबसे ऊपर कायम रहा। रिकॉर्डिंग कम्पनियों के स्टूडियो हों कि महफिलें, हर जगह उनका डंका बजता था।

क्या तो स्टाइल!

ठीक समय पर उनकी एक दो-दो खूबसूरत घोड़ोंवाली फिटन गेट पर लगती जहाँ आयोजक हाथ बाँधे स्वागत को खड़े रहते। भरी-भरी देह के बावजूद बड़ी नाज़ुक अदा के साथ उतरतीं तो वल्लाह! तनिक सर झुकाकर किस दिलकश अदा से हमारे जैसों का सलाम कुबूल करतीं। हमारा तो वह सारा दिन सँवर जाता था। जब सभागार या स्टूडियो के भीतर बाई घुसतीं तो उनकी सोफिस्टिकेटेड वेशभूषा से लेकर उनके झिलमिल करते चुनिंदा ज़ेवरात तक सौ-सौ मुँह से घोषणा कर देते कि मलका-

ए-मौसीकी पधार रही हैं। बाप की गोरी रंगत और माँ हीराबाई का शाही अन्दाज़ क्या खूब था उनके भीतर। कोलकाता में जब पहली बार देखा बाई को तो टकटकी ही बँध गई। लगा स्वर्ग की अप्सरा हो। गोल चेहरा, तनिक ज़िद्दी ठोड़ी, घनी तनिक बीच से जुड़ी हुई भँवें, और हंस जैसी गरदन में दमकता था उनका प्रसिद्ध नौलखा हार। सुना कि नवाब रामपूर ने हार एक बेहतरीन महफिल के बाद उनको तोहफे में दिया था। मरालग्रीव किसे कहते हैं हार से चमकती उस ब्यूटी को ही देखकर जाना!

'मुँह बन्द कर बे गावदी!' मेरे मामू ने मुझसे कहा था।

कम्पनी के सांगीतिक नाटकों को अपनी गरिमा से नीचे डिक्लेयर करनेवाली अंजलीबाई सचमुच एक नायाब हीरा थीं। कोलकाता में टेलेंट खोजने आए रिकॉर्ड कम्पनी के गाइसबर्ग साहिब तो दादा जी के अनुसार उनसे इतना प्रभावित हुए थे कि उनकी मुँहमाँगी फी रिकॉर्डिंग तीन हज़ार की जो फीस उस ज़माने में बड़े-बड़े उस्ताद या बंगाली स्टेज की मशहूर दासीगण नहीं कमा सके, बाई को सादर ऑफर की गई।

अंजलीबाई शाहाना तबीयत की गायिका थीं और अन्त तक रहीं। लाखों कमाए, और लुटाए। ज़ेवरात की और सम्पत्ति की उनमें गहरी प्यास रही। शायद मजलूम बचपन इसकी वजह हो। बहरहाल बाई जल्द ही कोलकाता में तमाम भव्य बिल्डिंगों की मालकिन बनीं, कोई चितपुर रोड पर, तो कोई नखोदा मसजिद के बगल में। बाद को जब बाई के आशिकों और एक तथाकथित बेटे ने प्रॉपर्टी को लेकर उनसे मुकदमेबाज़ी का खर्चीला सिलसिला शुरू कर दिया, तो वकीलों ने उनको शार्क की तरह घेरना शुरू किया। मुकदमा जीतीं, लेकिन रफ्ता-रफ्ता सब ठाठ जाता रहा। वकीलों के कुछ कागज़ात मैंने पाए थे सो भेज दूँगा। खुद अपने बूते लक्ष्मी को साधनेवाली, मर्द आशिकों को भरहाथ खर्च से खरीदनेवाली एक विलक्षण महिला की अजीबोगरीब कहानी उन कागज़ों में टुकड़ा-टुकड़ा पैवस्त है।

खत लम्बा तो हो रहा है, लेकिन अंजलीबाई के उठान के दिनों में उनकी अपनी प्रमुख प्रतिस्पर्धी खाँ साहिब की शिष्या से एक बेहद सरस महफिली टक्कर, जो बंबई के एक बड़े जहाजरानी मालिक के घर सुनने को मिली थी, की बाबत लिखने का लोभ संवरण नहीं कर पा रहा हूँ। वह महफिल आज भी कानों में गूँजती है। मैं तब किशोर था। भींगती मसोंवाला। काफी हाथ-पैर जोड़ने पर ही मामा साथ ले जाने को राज़ी हुए। हम जब पहुँचे तब तक मंच पर छोटे गायकों के चमत्कारप्रधान प्रदर्शन शुरू हो चुके थे। यह आम महफिली चलन था। पहले नए लोग गाते-बजाते, बाद को सीनियर लोग। जो जितना बड़ा गायक वह उतनी देर से मंच पर आता। असली रसिकों का हुजूम कलेजा थामे उनका इन्तज़ार करता रहता था पर उनके मंच पर आते-आते अक्सर भोर फटने लगती थी।

इस बार की बैठक में एक मियान में दो बड़ी तलवारें थीं, दोनों एक ही उस्ताद की शिष्याएँ। एक बंगाल से, एक महाराष्ट्र से। कोलकाता की गायिका अंजलीबाई जिनकी तालीम पहले भी कई उम्दा गुरुओं के हाथों हुई थी, इन दिनों अपने मालदार सेठ संरक्षक के ज़हूरे से उस्ताद साहिब की शिष्या बनवाई गई थीं पर उस्ताद की दिली पसन्द उनकी बेलगामवाली महाराष्ट्रीय मूल की मुंदरीबाई बताई जाती थीं।

बड़े उस्ताद साहिब का मान रखते हुए अंजलीबाई ने इस महफिल में मुंदरीबाई से पहले गाना स्वीकार कर लिया था। डेरेदार बाई कच्ची गोलियाँ नहीं खेली थीं। जानती थीं कि वे उस्ताद को खफा कर यहाँ पकड़ नहीं बना पाएँगी। यह भी उनसे छुपा न था कि उस्ताद के गहरे ताल्लुकात मुंदरी से ही थे, और उसकी मार्फत वे जबरन शागिर्द बनवाई गई ऐठदार अंजलीबाई को पब्लिक के सामने उन्नीस साबित कराना चाहते थे। बारह-बारह घंटे इस महफिल के लिए उन्होंने मुंदरीबाई से रियाज़ करवाया था यह हम सबको पता था। पर अंजलीबाई के क्या कहने? जीवटदार गायिका ने अपने चेहरे पर शिकन न आने दी। गुरु के प्रति आदर-प्रदर्शन, सर पर टिका बेशकीमती बालूचरी साड़ी का पल्लू, नीची नज़रें, महफिली शिष्टाचार के लिहाज़ से उनकी हर भंगिमा त्रुटिहीन बनी रही।

हर पल महफिल में कुतूहल गहराने लगा : देखें आज दो शिष्याओं में से कौन क्या और कैसा गाती है? बंगाल दिल जीतता है या महाराष्ट्र?

खैर। राम-राम कर इन्तज़ार की घड़ियाँ खत्म हुईं और पर्दा उठा। पिछवाड़े के ग्रीन रूम से अपने साज़िंदों सहित अपनी बेशकीमती बालूचरी साड़ी पर अपना सिगनेचर हीरे का ब्रोच लगाए, जो उनको महिषादल के किसी राजपुरुष ने सादर दिया था, दैदीप्यमान बाई प्रकट हुईं। तालियों से गूँजते हॉल में आकर बाई ने आँखें मूँदे पहले मंच को छूकर सर से लगाया, फिर गुरु के चरण स्पर्श किए, फिर साज़िंदों को कुछ निर्देश देकर अपनी तीर-सी नज़रों से शहर के धनकुबेर रसिक सुजनों को हॉल में भाँप कर उनसे सलाम दुआ करने लगीं। कुछ देर यह सब चला फिर आँखें बन्द कर बाई ने माइक से मुखातिब होमन्द्र निषाद के साथ सुर छेड़ा। धीर गम्भीर, पौ फटते समय का राग ललित, विलंबित झूमरा ताल में झूमते घूमते उनके एक-एक मंद्र मंथर आलाप की अदायगी के साथ खुद-ब-खुद अपना शाहाना सूफियाना चोला हमारी आँखों के आगे साकार करने लगा :

भोरहिं आए जोगिया मोरे द्वारे, माथे तिलक लगाए, साँवरी सूरत, मोहिनी मूरत, अंग भभूत रमाये।

जय माँ दुर्गा, कैसी तो आवाज़, और कैसी ताल की पकड़! दो-दो मध्यमों के बीच वह अविश्वसनीय तौर से खुला कंठ एक हिंडोले-सा आन्दोलित हुआ तब तो आकार और भी चौड़े होते गए, बाप रे! पूरा आवर्तन एक ही साँस में? खरज पर

कुछ देर को टिकीं, तो हमको लगा कि हम सब बाई के साथ किसी गहरे समुद्र में डूब रहे हैं। कुछ देर को मानों पूरी महफिल की साँसें थम गईं। फिर अगला आवर्तन आया और हमको उबारता चला। फिर थोड़ी देर बाद आईं तानें, दानेदार ठुमकती सी तानें जिनका हर एक कदम नपा-तुला था, न कम, न बेशी। हर बार सम पर आतीं तो लगता कि राग की इसके अलावा कोई ठाह हो भी कैसे सकती थी?

बाई ने ठुमरी से समापन किया तो उसके बाद कुछ देर चुप्पी रही, मानो यकीन ही न हो कि सुरों को हम सबने इतने पास जाकर छुआ है। फिर यकायक हम सब जागे और तालियों की गड़गड़ाहट से हाल गूँजने लगा। दो-दो बार पर्दा गिरने तक हम सब खड़े-खड़े तालियाँ बजाते रहे।

इस विराट् स्वर-दर्शन के बाद जब खाँ साहिब की शिष्या मुंदरीबाई ने मंच पर आकर स्थान ग्रहण किया, तो किसी को भी शायद यकीन नहीं था कि इसके बाद भी कोई गाना जम सकेगा। क्या पता? शायद अपनी पेंचदार गायकी से श्रोताओं का दिल लूटकर प्रतिस्पर्धी को अकेला निस्तेज बनाना ही चतुर सुजान बाई का मंतव्य ज़्यादा रहा हो, बड़े उस्ताद की घरानेदार गायकी का सादर प्रदर्शन कम। पर मुंदरीबाई भी डेरेदार तवायफ सुन्दराबाई की बेटी और मिश्र रागों के उस जीनियस घराने की उतनी ही बड़ी प्रोडक्ट निकलीं। मंच पर विराजमान् हुईं तो उनके चेहरे पर भी चिन्ता या तनाव रंचमात्र नहीं था। उनका कुछ-कुछ लम्बूतरा-सा गोरा चेहरा, पतली ज़री की कन्नीवाली सात्विक सी सफेद चंदेरी की साड़ी, गले की मोती की लड़ और कानों में किरन छोड़ते उनके हीरे के कर्णफूल का जादू आज भी मुझे याद हैं। विहंस कर श्रोताओं से बोलीं, 'राजसी चाल वाला बंगाले का जादुई ललित तो आप लोगों ने सुन लिया, अब मुंदरीबाई से सुनें मध्य लय में पंजाब का ललित।'

फिर तालियों का रेला। टिट फॉर टैट! क्या गज़ब के अदब के साथ फूल की छड़ी मारी थी बाई ने!

सामने की सीट पर शागिर्दों के साथ बैठे उस्ताद से सीने पर हाथ धरकर बाई ने कायदे से उनकी इजाज़त ली और स्वर भरा। यह क्या? उनका ललित का आलाप वही वही सुर होते हुए भी एकदम फर्क तरह का लेकिन एक अद्भुत नई ऊर्जा से भरा हुआ। अंजलीबाई से सुने भस्माभूषित राग ने उनके सुरों में डूब कर सूफियाना तेवर के साथ एक प्रौढ़ प्रेमरस की गाढ़ी चादर भी ओढ़ ली थी मानो। नए रस में डूबते-डुबाते राग ललित के इस रूप ने भावानुरूप मध्यलय की तीन ताल में उमगता मुखड़ा पकड़ा :

'भान्दा यार दा जोबना, दूजे नज़र नहीं आवन्दा।'

दोनों मध्यमों में कभी आर्त प्रेमिका की याचना झलकती तो कभी प्रेमरस में निमग्न सूफी मुरीद की अपने पीर की जोत से अनवरत लौ मिल जाने का आह्लाद।

फिर घराने की खास फिरत की तानों की, कूट तानों की अनवरत झड़ी।

महफिली कान परम तृप्त हुए। एक ही राग के दो मुखड़े, दो स्वरूप दो तरह का चलन!

झुक-झुककर सराहना बटोर चुकने के बाद मुंदरीबाई मंच से जो उतरीं, तो हुमककर महा अहंकारी मानी जाने वाली बाई ने उनको अपनी पृथुल बाँहों में भर लिया और अपने गले से मोतियों की माला उनके गले में डालकर माथा चूम लिया। तब के बड़े कलावंतों के बीच प्रतिस्पर्धा अपनी जगह होती थी, लेकिन दिलों को तीर की तरह बींधनेवाले सच्चे सुर शत्रु पक्ष ने भी पेश करे तो दिली सराहना बरसाती नदी जैसी उमड़ पड़ती थी। मुंदरीबाई की भैरवी के बाद फिटन से आए रईस ही नहीं, सुबह की मिल्क स्पेशल पकड़कर दूरस्थ घरों का रुख करनेवाले श्रोता तक सब वाहन पर चढ़े और उतरे, तो पूरी तरह ललित के उन द्विमुखों से आविष्ट होकर गुनगुनाते, झूमते।

सुना बाद को कोलकाता जाने के पहले बाई ने खाँ साहिब से लड़-झगड़ और अपने आशिक सेठों का दबाव डलवाकर उनको कोलकाता बुलवा कर पूरे सवा लाख का बयाना दिया और उनसे स्वर लगाने के तरीके, तानों और बिलावल के कुछ दुर्लभ प्रकार सीख लिए। उधर मुंदरीबाई के मराठी मुरीदों से यह भी सुना कि मुंबई लौटकर खाँ साहिब हँस-हँसकर अंजलीबाई को गालियाँ निकालते हुए अपने शागिर्दों को बताने से नहीं चूके थे कि उस अहंकारी औरत को उन्होंने किस तरह जान-बूझकर कई बंदिशों के रागों का गलत नाम बताया था, क्योंकि वह सिर्फ पैसे के बूते उनसे उनके घराने का पुराना माल लूट लेना चाहती थी। 'असल गुणी तो मेरी मुंदरीबाई है।' वे कहते। मुंदरी को सिखाने का उन्होंने कोई बड़ा दाम लिया हो यह नहीं सुना। अलबत्ता उसकी माँ सुन्दरी और बाद को उनसे भी उस्ताद के मधुर सम्बन्ध रहे, सो रहे।

इन मुंदरीबाई का बेटा आलम, जो बाद को बीटल्स के साथ तबला बजाकर नामी-गिरामी तबलावादक बना और कैलीफोर्निया जाकर बस गया था, कहते हैं खाँ साहिब की ही औलाद था। लेकिन अपने बाप की ही तरह बेटा भी निर्मोही निकला। बाहर जाकर दोनों हाथों से कमाया लेकिन आखिरी दिनों में पैसे-पैसे को तरसती बेचारी मुंदरी बाद को किस बेहाली में कब मरी, कोई नहीं जानता। कुछ लोग कहते हैं कि अमीर खाँ की मुन्नी बेगम और भारतेंदु जी की मल्लिका दासी की ही तरह वह भी बनारस के किसी घाट पर जा डूबी थी।

ऊपरवाला इन तमाम दिलदार परित्यक्ताओं की रूहों को राहत दे।

एक बड़े कॉलेज के मराठी प्रिंसिपल भी बंबई में संगीत महफिलों के बड़े आयोजक बनकर उन्हीं दिनों उभर रहे थे। तीनबत्ती के पास उनकी कोठी में कई शानदार महफिलें सुनीं। पर पार्टिशन के बाद वे मराठी मूल हिन्दू के गायकों को कुछ अधिक तवज्जो देने लगे, और हर बार मुसलमान गुरुओं को पाकिस्तान भेजने को लेकर चार-छः भद्दी बातें भी, तो बाद को उधर जाना हमने त्याग दिया। दरअसल तब तलक मुल्क की राजनीति का घोड़ा हमारे अनजाने में शास्त्रीय संगीत के इलाके में भी घुस आया था। संगीत को हिन्दू गाना मुसलमान गाना में बाँटकर यह अश्व जाने कब ढाई घर की कूद लगाता शहर को बाँटने लगा यह कई हम सरीखे मूरख समय पर नहीं भाँप पाए।

1929 में जब पहली बार हिन्दू-मुसलमानों के बीच दंगे हुए तो भी नहीं सोचा, कि यह मनमुटाव अगले बीस सालों में भिंडी बाजार के कई भोले मुसलमान उस्तादों को भी डस लेगा जो अब तक ट्रेनें पकड़-पकड़कर गिरगाँव जा, वहाँ की भद्र महिलाओं को संगीत की तालीम देकर गुज़ारा कर रहे थे। वे लोग पहले अपनी अचकन छोड़ कोट-पतलून पहनकर काम पर निकलने को मजबूर हुए क्योंकि उनकी ट्यूशनें कायम रहीं। पर आहिस्ता-आहिस्ता जब समाज की फाँकें गहरी होने लगीं तो हालत यह बनी कि महफिलों में मुसलमान गायक मुसलमान साज़िंदे लेकर और हिन्दू गायक हिन्दू साज़िंदों के साथ ही आने लगे। लक्ष्मीबाग में उर्दू के शौकीनों का गज़ल सर्कल बना, तो जवाब में हिन्दुओं के लिए हिन्दी में भक्ति संगीत का आयोजन करानेवाली संगीत समिति गढ़ ली गई।

असल दंगे भले 1946 में शुरू हुए लेकिन सच कहो तो नूरजहाँ और रोशनआरा बेगम जैसी प्रतिभाओं के पाकिस्तान जाने की कड़वी नींव इन बरसों में ही डाल दी गई थी, जिनकी मेरी बदनसीब पीढ़ी चश्मदीद गवाह रही।

यह सब मौसीकी से सीधे तो नहीं जुड़ा, पर कहीं न कहीं संगीतकारों के दिलो-दिमाग, उनकी समझ को आनेवाले समय में बदलने से ज़रूर जुड़ा हुआ है, यह मेरा मानना है। और भले यह दुःखदायक हो, इस सबका ज़िक्र सिर्फ इसलिए किया ताकि सनद रहे।

कुछ खुतूत, खर्रे और फोटो बचे हैं, उनको स्कैन करवा के ज़िप पीडीएफ फाइलों के साथ जल्द भिजवाता हूँ। सुखी रहो।

तुम्हारा चचा

दिल्ली

प्रिय दादा लोग

सुकुमार चचा की यह लम्बी चिट्ठी तुम लोगों को फॉरवर्ड करने को ही थी, कि अचानक एक खासी चौंकानेवाली चिट्ठी हमारे रानीखेत विद्वत्परिषद् के हिम्मत सिंह 'निर्भय' जी की भी मिली। लगे हाथों वह भी संलग्न कर दी है।

विद्या

रानीखेत

परम आदरणीयासु

चरणनतल में हिम्मतसिंह 'निर्भय' का सादर नमस्कार। आगे अचानक विशेष पत्र भेजने का कारण यह, कि हाल में एक रपट के सिलसिले में जिला अल्मोड़ा के पास एक गाँव में जाना हुआ। इधर बाहरियों द्वारा पंचायती प्रधान की मिलीभगत से हथियाई गई ज़मीन पर खडिया की अवैध खुदाई से आसपास के खेतों को हो रहे नुकसान और गाँव की बहूबेटियों की सुरक्षा पर मँडरा रहे खतरों से इस इलाके के लोकल लोग लगातार बहुत चिंतित हो रहे हैं। वह सब मामले तो शायद आपके लिए प्रासंगिक न हों, किन्तु वहीं खदान के एक मुलाज़िम जसुआ से गोलू होटल में चाय पीते हुए मुलाकात हुई जिसकी कुछ कड़ियाँ शायद आपके शोध की केन्द्र गायिका हीरादेवी बागदी उर्फ बनारस की हीराबाई तवायफ के जीवन से भी जुड़ती हैं।

जसुआ ने बताया कि पिछले कुछ बरसों से खनन कार्य की ओट में इलाके से लड़कियाँ भगाकर उनको तराई के देसी चकलों में बेचने का धन्धा भी काफी चल निकला है। लड़कियों को फुसलाकर पटाने में एक कंजे का नाम लगातार लिया जाता है। पूछताछ से पता चला है कि वह बरसों पहले पहाड़ से देस को भाग गई किसी अंगरेज़ की बागदी घरवाली की गैरशादीशुदा बेटी के बेटे की औलाद है। औरत काफी पैसेवाली होगी जिसने काफी पैसा-धेला देकर बच्चे को जनमते ही कलकत्ते से यहाँ पहचानवालों के पास पलने पहाड़ भेज दिया था। फर्राटे से पहाड़ी और अंग्रेज़ी बोलनेवाला कंजा शाकिर उसी करमफुट्टे का बेटा है।

सोलह का होते-होते वह घर से भागकर इलाके का इनामी बदमाश बन गया था और वहीं चकले की कोई रख ली थी उसने जिससे यह हरामज़ादा कंजा पैदा हुआ। बाघ जैसी आँखें हैं उसकी लोकल बताते हैं। और बाघ जैसे ही दबे पैर वह नाना अवैध काम करने इधर आता है। धन्धे की कमाई चोखी बताते हैं सो मालामाल असामी हुआ, और पैसे की चमक दिखाकर यहाँ की गरीब सीधी सादी घर या ससुरालवालों की सताई लड़कियों को खूब मौज कराने वाला ठहरा।

कंजा खुद रहता फुल्ली औरतों के लिबास में है। कोई कहता है पुलिस को चकमा देने के लिए रूप बदल रखा है करके, पर हिरुआ टेलर का लड़का बता रहा था कि वह कहता है कि उसके भीतर किसी तवायफ की आत्मा आकर बस जैसी गई है जिसने उससे कह रखा है कि तू शरीर से लड़का भले हो, रहेगा तू सदा मन से औरत ही। विलायत से इधर गाँजा नशा करने आए उन जटाजूटधारी अंग्रेज़ों के टोले में देवी मन्दिर के पास शाम को उसका दरबार लगता है। उनके बीच वह डार्लिंग शाकिरा कहलाता है।

उस ठौर जाने से अब गाँववाले भी बचते हैं। बाघ के आगे क्या जाना? खाएगा ही छोड़ेगा जो क्या? कहते हैं वह लड़कियों के साथ ही नशे की चीज़ें भी इन अघोरियों को सप्लाय करता है। गाँववाले कहते हैं कि अंग्रेज़ी में अपनी झूठी-सच्ची जैसी भी है, रामकहानी सुनाकर उसने ऐसा काफी याराना गाँठ लिया है कि वो उसको अपने बीच छुपाए रखते हैं।

मैंने उसे खुद तो अब तक नहीं देखा, पर सुनी-सुनाई के आधार पर लगता है कि कहीं यह हीरा की बेटी अंजलीबाई के ताजुद्दीन से जनमे जारज बच्चे की औलाद तो नहीं?

शेष शुभ है। उम्मीद है आपका काम ठीक से रूप ले रहा होगा।

सादर
हिम्मत सिंह 'निर्भय'

~९~

क्वींस, न्यूयॉर्क स्टेट

प्यारी विद्या,

आपको अपनी एक अनदेखी सहेली हैदरी का सलाम। अमाल और मैं कोई महीना दो महीना पहले अम्माजानी और अपनी माँ और उनकी दुलारी बेटी बी अल्लारक्खी की कब्र पर फातेहा पढ़कर वापस अमरीका लौटे हैं। हमने तो कई बार कहा था अम्मा से, कि हमारे शुरुआती दिनों का मुश्किल दौर जाने कब का खत्म हो गया। यहाँ अमरीका में हम और अमाल और हमारी धेवती कोयल अब अच्छा कमा-खा रही हैं, उधर शेरकोठी रही नहीं, सो अब वहाँ क्या रखा है? वो भी क्यों न इधर हमारे पास आन बसतीं? लेकिन वो ज़िद पे कायम रहीं कि जहाँ की मिट्टी है वहीं आखिरी साँस लेंगी। फिर 'तपिश' साहिब की बड़ी नवाज़िश रही है, और शुबरातन नहीं रही तो क्या? रामदेई तो है ही सेवा-टहल के लिए।

लिहाज़ा हम माँ बेटी बी' के आखिरी दिनों में उनके पास न जा सकने का गम तो दिल में लिए ही लौटीं, और इस बात का मलाल भी, कि मखदूम आलम खान 'तपिश' साहिब और उनके घरवालों ने जिस तरह हमारी अम्मा के आखिरी बरसों में उनकी सेवा-टहल की, उसका मोल चुकाना हमारे लिए कतई नामुमकिन है और रहेगा।

चलिए, जैसा ऊपरवाले को मंजूर।

हमारी वापसी से पहले 'तपिश' साहेब ने हमसे पुरजोर इसरार किया था कि मेरे पास अपनी माँ और नानी की ज़िन्दगी और उनके फन के बाबत जो भी मालूमात हों आपको जल्द अज़ जल्द लिख भेजूँ। उनका कहना था कि पहले तो आपके खानदान की बाबत, फिर खानदान का जनाब कुँवर शार्दूल विक्रम सिंह के खानदान से भी पुराना जुड़ाव जान के, और आपको अपनी किताब के लिए खुद तमाम दौड़-दौड़कर आने से बी' बहुत खुश हुई थीं।

सो एक तो तपिश साहेब का तकाजा, फिर वापस आते ही जब खुद आपका निहायत प्यारा-सा खत भी मिला, तो इस बाबत जितना जैसे बन सका, अमाल को बोलकर लिखवा रही हूँ। वो कम्प्यूटर की पढ़ाई-लिखाई में मुझसे बहुत बेहतर है। वक्त काफी गुज़र चुका है और नोट्स रखने या डायरी लिखने की आदत नहीं रही।

इसलिए लिखने बैठी तो बरसाती पतिंगों की तरह यादों का एक पूरा झुंड ज़हन में उमड़ पड़ा। घबराकर कलम डाल दी। किस्सों का क्या ठिकाना कहाँ से कहाँ ले जावें? आखिर अमाल से कहा कि बिटिया तू ही लिख दे।

दरअसल इस चार दिन की ज़िन्दगी में भी हमको इतनी बार ज़ुबान बदलनी पड़ी है कि कुछ भी लिखने-बोलने से पहले हमें सोचना पड़ता है कि दिल की बात किस ज़ुबान में बयाँ करें? यूँ तो बचपन की ज़ुबान ही किस्सागोई की जान होती है। पर बचपन की हिन्दुस्तानी में तो वो आज बयां करना कठिन है। बचपन में ही वो ज़ुबान सीखी थी, पर होश सँभालते-सँभालते उस पर और हमारी मौसीकी पर, हमारे स्कूल की अंग्रेज़ी और विलायती धुनें किसी कदर तारी हो गईं। इससे अम्माजानी खुश हुईं क्योंकि यही वो चाहती थीं। लेकिन हमारी अम्मा हमको गुनगुनाता सुनकर काफी कुछ परेशान हो गईं थीं। पर करतीं तो क्या?

मुंबई के बोर्डिंग स्कूल में हमारे या तो मराठी चलती थी, या अंग्रेज़ी। शेरकोठी में पाई वो मीठी ज़ुबान मुंबई जाके हमने सही तरह पढ़ाई करने के ज़ोम में तकरीबन गँवा ही दी। फिर जब अमरीका पहुँचे तो पाया जिस किसम की बरतानवी अंग्रेज़ी जेसुइट नन्स से मुंबई में सीखी थी, रोटी कमाने के लिए न्यूजर्सी आ के उसे भी अमरीकी अंग्रेज़ी में ढालना होगा ताकि नौदौलतिये हिन्दुस्तानियों पाकिस्तानियों की यहाँ जनमी नस्लों को कुछ उनके मुल्क की चीज़ें भी सिखा सकें। सो साहब, एक बार फिर पुरानी ज़ुबान को भीतर छुपा के अमरीकी अंग्रेज़ी की आदत डाल ली। और विलायती धुनें छोड़कर पुरानी मौसीकी की तरफ रुख मोड़ लिया।

हम गवनहारियों के लिए तो जैसा देस, वैसा भेस।

लिहाज़ा हम और बेटी अमाल माफी चाहेंगी कि शेरकोठीवालियों की वो कहानी सुनाने को हमारे इस खत में सीधे अंग्रेज़ी की बजाय रोमन हिन्दुस्तानी में हमारी बेटी अमाल हमारी कही को इंटरनेट पर दर्ज़ करेगी। उसकी उँगलियों में यहाँ के ही हरूफ रचे-बसे हैं। और बरास्ते रोमन वो तमाम ब्योरे ई मेल में सीधे आपको भेजे जा सकेंगे। बोलकर लिखवाया गया यह हिस्सा अमाल अंग्रेज़ी में आपको अलग से लिखे गए अपने नोट के साथ भेज रही है।

खत की शुरुआत में अमाल ने लिखा है कि ममी का लिखवाया संलग्न है। आप उसका तर्जुमा जिस ज़ुबान में चाहें कर लें।

कही बी' हैदरी ने, लिखी अमाल खातून ने :

''बचपन में बड़ों की बातचीत के टुकड़े ही कान में पड़ते हैं। उनको जोड़कर तस्वीर मुकम्मल करने की कूवत बहुत बाद में आती है। हल्की-सी याद है जब मैं

करीब दस बरस की होऊँगी, जब एक रोज़ मुझे बताया गया कि तेरे पापा जो थे अल्ला मियाँ के पास चले गए।

फिर अगले दो-तीन बरसों में टुकड़ों में सुना कि उससे कुछ पहले वो शेरकोठी छोड़कर वापस अपने बीबी-बच्चों के पास रहने चले गए थे।

"वहाँ क्यों? यहाँ क्यूँ नहीं रहे?" अम्माजानी की उँगलियाँ चटखाते मैंने पूछा था।

उस उम्र में भी नाज़ुक चंपाकली सरीखी हुआ करती थीं उनकी उँगलियाँ, जिनमें से जब नानी ने दुपट्टा सर पर किया, तो एक बड़ा-सा हीरा किरनें छोड़ने लगा। कल्ले में पान का बीड़ा इधर-उधर करते बताया गया कि हमारे यहाँ कहते हैं कि अन्त समय सबको उनकी मिट्टी पुकारती है। वो तो बस तेरी अम्मा के प्यार में बँधा मोती पंडत नाम का एक फरिश्ता यहाँ चला आया था। जब लगा कि बुलावा आ गया ऊपर से, तो वापस अपनों के बीच लौट गया। हमारा क्या? हम यह अपने और अपनियों के साथ ऐसा इतनी बार होते देख चुकी हैं कि गिना नहीं सकतीं।

मेरा मुँह बिसूरते देखकर वो बोलीं, 'तू फिक्र क्यूँ करती है? हम सब हैं ना तेरे पास। चल जा के पलटों का रियाज़ कर ले। सही टाइम पर रोज़ रियाज़ करने से ही गला तीन सप्तक तक दौड़ पाता है।'

बस।

'मुझे हमेशा अचरज और अफसोस होता कि शेरकोठी में कहीं भी मेरे बाप मोती पंडत की कोई तस्वीर क्यों नहीं थी? होती तो साथ ले जाकर मैं भी वह तस्वीर अपने हॉस्टल के कमरे में सिरहाने पर रखती जैसी मुंबई में मेरी तमाम सहेलियाँ करती थीं। मेरे मरहूम बाप मेरे लिए एक परछाईं भर बने रहे, जिनका घर में कभी कोई खुला ज़िक्र न होता। दरअसल हमारी जैसियों के घरों में बापों की तस्वीरें दीवारों पर नहीं लटकाई जाती थीं। नानी अम्मा और अम्मा के उस्तादों, नामी गानेवालों, यहाँ तक कि फिल्म के कई एक्टरों की ऑटोग्राफ की हुई तस्वीरें ही कतारों में सजी रहतीं थीं हमारे दीवानखाने में। उन पर ही त्योहारों में माला चढ़ती, लोबान जलाया जाता। बचपन में पटर-पटर बोलनेवाली मैं यही कुछ देखते उस पर सोचते तबीयतन गुम-सुम होती गई।

अम्मा मेरी यानी बी अल्लारखी, हमेशा से खामोश तबीयत थीं। नानी अम्मा खूब बातून थीं और मुझसे खूब लाड़ लड़ातीं, किस्से कहानियाँ सुनातीं, गलती करने पर खुलकर फटकारतीं भी। पर मैंने जल्दी ही उनके मिजाज़ और उनकी नज़रों में अपनी असल वकत को ताड़ लिया था। नानी की डेरेदारनी वाली चौधराहट खुलकर तब सामने आती जब उनको अपने या अम्मा के लिए बड़े-बड़े घरानों की महफिलों-

बैठकों में भागीदारी और माकूल फीस और साज़िंदों के बन्दोबस्त करना होता था। दुछत्ती के एक बन्द कमरे में अम्मा और वो न्योता लानेवालों से भाव-ताव करतीं। महफिल में क्या गाया जाएगा और क्या पहना जाएगा इस पर बाद को वहीं उनकी आपसी बात होती। इस सारे दौरान उस कोठी में किसी के लिए मेरा होना या न होना कोई मायने नहीं रखता था।

अम्मा ने मुझको कभी ऊँची आवाज़ में धमकाया या टोका हो, याद नहीं आता। लेकिन गोद में भींचकर मेरी ज़िद नहीं सुनी, दुलार नहीं किया। नानी अम्मा ही ज़्यादा धमाचौकड़ी पर फटकार कर कमरे से बाहर भगा देतीं कि खुदा का वास्ता बीबी, इस वक्त तो हम लोगों को धन्धे की बात करने को खुला छोड़ दो।

इन्हीं सब बातों की वजह से हालाँकि शेरकोठी में मुझे कोई कमी नहीं थी, मेरे मन में बस अम्मा और नानी और शेरकोठी के माहौल को लेके इक अजीब सी फाँक पड़ गई। बार-बार मन करता कि जितनी जल्द हो, यहाँ से छूट निकलूँ और किसी एकदम नए माहौल में नई सहेलियों के बीच खो जाऊँ।

कोठी में तो दोस्त कहने को हमारी नौकरानी शुबरातन थी और उसकी तीन बेटियाँ—रहीमन, फहीमन और नूरी। बस उन्हीं के साथ खेलने-बोलने तक मेरी शुरुआती ज़िन्दगी सिमटी रही। शुबरातन मुझसे बहुत लाड़ करती थी। उसी से टुकड़ा-टुकड़ा जानकारियाँ कभी मिल जातीं। यह उसी ने बताया था कि मेरी अम्मा बनारस से जबरन यहाँ लाए जाने के बाद काफी गुमसुम रहने लगीं थीं। हमेशा दूसरों को खुश करने में जबरन लगवाया गया तवायफों का दिल किसी पर भरोसा नहीं करता। अपने सरपरस्त पर भी नहीं। लिहाज़ा बेटी को महाराजजू की परछाईं से भी अम्माजानी दूर रखतीं, मर्दज़ात का क्या भरोसा! आगरेवाली चंपाबाई की याद नहीं क्या जिनकी बेटी पर जागीरदार साहेब का दिल आ गया तो अकेले बुढ़ापा काटने को दरबदर कर दी गईं?

बुढ़ापा एक तवायफ का सबसे बड़ा डर होता है जो सपनों तक में उसका पीछा करता है। बुढ़ापे का इकलौता सहारा होती हैं हम लोगों की बेटियाँ। लिहाज़ा खुद महाराज जू के पास आकर मुजरा-महफिल छोड़ने के बावजूद अपनी बेटी के कंठ का हीरा तराशने और उनको महफिली बेहतरीन तालीम दिलाने का पूरा बन्दोबस्त अम्माजानी ने लगातार किया। डेवढी पर हमेशा एक भारी-भरकम शख्सियत का चौकीदार तैनात रहता। कोई ऐरा-गैरा भीतर घुसने की हिमाकत नहीं कर सकता था। होश सँभालने के बाद से हमने यही देखा कि बस या अम्मा के उस्ताद और साज़िंदे भीतर आ सकते थे या मेरे ट्यूटर। शुबरातन कहती थी कि बड़ी डेरेदारनियों की बड़ी बात। 'कोई टकहिया बिलार त नहीं हतीं हमार हुजूर कि अनतै जाय बैठतीं?' माना

कि महाराजजू के जीते जी अम्माजानी ने खुद तो कोई महफिली परफॉर्मेंस नहीं किया। पर दुनियादार थीं कि बेटी को उन्होंने हर हाल में उस खानदानी हुनर से कसकर जोड़े रखा जो दूर तक उनकी बुढ़ापे की लाठी का काम देता रहा।

अम्माजानी की नथ उतराई रसम शुबतरातन बताती थी, कि मेरे बाप यानी मोती पंडत ने की। क्या मरद था पंडत वाह! शुबरातन कहती, उनकी ही हँसमुख तबीयत के चलते वे कुछ समय तक अपनी खोल से बाहिर निकल हँसती-बोलती रहीं। पर अम्मा के उस आशिक ने भी जब अपनी आखिरी साँसें अपने घर में अपनी ब्याहता बच्चों के बीच ही लेना पसन्द किया तो अम्मा अपने आप में सिमट गईं और अन्त तक वैसी ही रहीं।

इनसानी फितरत अजीब है। अम्माजानी का मेरे जनम से पेश्तर महाराज जू से अलगाव हो चुका था, लेकिन शेरकोठी में तालीम और महफिली गाने की रवायत जारी भी रही। नानी मेरी बातून और साफगो थीं। कहतीं कि धन्धा ऐसे-कैसे छोड़ सकती थीं वो लोग? रियाज़, महफिली अदब कायदों की सीख और तालीम, सबकी बड़ी वो सख्ती से मॉनिटरिंग करतीं।

खुद मेरा गला साधारण था, रंग-रूप भी। तिस पर बदलते वक्तों में नानी को मेरी तालीम और तमाम तरह की दुनियावी बातें भी परेशान करती रहती थीं। उनकी बेटी का बुढ़ापा तो मेरी ही बदौलत कटना था न? पहले जब किसी बड़ी महफिल का बयाना आता तो अम्माजानी अम्मा को साथ लेकर जाती थीं। महाराजजू के बाद खुद मुजरा नहीं किया, कोई बड़ा आदमी गाने की कभी इल्तज़ा करता भी, तो अम्माजानी हाथ जोड़ देतीं, कि हुजूर अब इस कंठ में बुढ़ापे का घूँघरू खनकने लगा है। मैं खुद के लिए मुआफी चाहती हूँ। अलबत्ता बेटी अल्लारखी हमारी बेहद सुघड़ सुरीली है इस पे निगाहे-करम बनाए रखें।

अल्लारक्खी ने माँ को कभी नाउम्मीद नहीं किया।

अम्मा हमारी की तबीयत में गाना था। सलाहियत समझ लें कुदरत की तरफ से। या उनके बाप के खानदान की तासीर कहें। बाप उनके, यानी हमारे नाना जो थे, उनकी बाबत कहा जाता है कि वो हुबली साइड के कोई बड़े नामी उस्ताद थे। एक बार बनारस की किसी महफिल में उनका गाना सुनकर नानी उन पर मर मिटी थीं, हालाँकि वो तबीयतन काफी हिसाबी-किताबी और मरद ज़ात को अपने रूप-हुनर के चलते ठेंगे पर रखने की आदी थीं। बहरहाल खाँ साहिब की पाटदार आवाज़ में राग जोगिया सुनकर उनका खान साहेब पर दिल आ गया तो आ गया।

खाँ साहिब खुद काफी सूफियाना तबीयत के इनसान कहे जाते थे। उनके उस्ताद ने किसी दरगाह पर उनको बड़ा मीठा कलाम गाता सुना तो पकड़ लाए और

बाकायदा तालीम देने लगे। बच्चे की रूह में संगीत था। पर तबीयतन एकदम उदासी बाबा। उस्ताद की मौत के बाद कुछेक महीनों में वापस हुबली के करीब किसी दरगाह को चले गए। कुछ फकीरों के साथ बनारस जाना हुआ तो उनके साथ बुढवामंगल मेले में किसी बजरे पर गाने लगे।

उनकी आवाज़ सुनकर दिल कुछ यूँ मचला कि हमारी नानी ने अपना बजरा पास सटा लिया फिर उनके ही बजरे पर उतर गईं। नौ महीने बाद हमारी अम्मा का जनम हुआ।

जब कहीं से खोज-खाजकर दरगाह में खान साहिब को इत्तला दी गई, तो कहते हैं कुछ देर चुप रहे, फिर बोले 'ये तो अल्लारख्खी बच्ची है, गले से कायनात पे खुदा का नूर बरसाएगी।' फकीर आदमी की बात सच कैसे न निकलती ? शरीफन कहती। कुल नौ बरस की उम्र थी हमारी अम्मा की, पर तब तक उनके गले के हीरे की किरनें छुपाए न छुपती थीं। बड़ौदा से तशरीफ लाए उनके बाप के किसी शागिर्द ने उनको मुहर्रम के दिनों में नोहा पढ़ते सुना, तो कहते हैं कि रो पड़े थे, कि हाय खाँ साहिब की की तरह इस बच्ची की पुकार भी कलेजे में सीधे इक तीर सी उतर जाती है। वापस जाकर उन्होंने खाँ साहिब को बाबत इस बच्ची के बताया। खाँ साहिब ने किसी को भेजकर गंडा बँधवाने को बंबई बुलवा भेजा बच्ची को। और फिर तो चार बरस कंठ के हीरे को उन्ने जो तबीयत से तराशा, तो माशे अल्ला तेरह की होते-होते अम्माजानी की रोशन आवाज़ के चर्चे बनारस से कलकत्ते तक होने लगे। महफिलों की बाढ़ आ गई। ऐसी ही किसी महफिल में ही अम्मा की निगाहें मेरे बाप पंडत मोतीलाल मिसिर से मिलीं और नथ उतराई तक बात चलती चली गई। बाद इसके उनकी ज़िन्दगी का तवायफी कायदा, उनकी लय-ताल सब अचानक बदल चली।

मेरे बाप यानी पंडत जी रसूखदार ब्राह्मण परिवार से थे और उनका माँ बाप का दिया नाम था किरपा शंकर। वो सुना उस ज़माने के मोतीलाल एक्टर की तरह दिखते थे सो यार-दोस्त उनको मोतीलाल ही कहकर पुकारते थे। यही नाम सबकी जुबान पर चढ़ भी गया। पुरखों के समय से उनके घर में इत्र और सुंघनी का व्यापार होता था। शहर की पुरानी पेढी और करोड़ों का लेन-देन। उड़ती चिड़िया पहचाननेवाली अम्माजानी की अनुभवी नज़रों से यह इश्क कहाँ छुपना था ? पर वो डेरेदार घराने की दुनियादार खातून थीं। जब यह भाँप लिया, कि लम्बे-गोरे-चिट्टे शौकीनमिजाज़ मोती बाबू का दिल बाप की दुकान के बही-खातों में कम उनकी बेटी के संगीत में ही अधिक बस चला था, तब वो अम्मा को उनसे मिलने-जुलने के लिए न केवल तवज्जो देने लगीं, उनकी महफिलों में भी यह जताने से बाज़ नहीं आतीं कि बेटी

पर मोती बाबूजी सुंघनीवालों के करम रखते हैं। उनने तब नथ उतराई की बात चला दी। जब मोल लगाने की घड़ी आई तो उनकी उम्मीद के माफिक मोती पंडत ने मुँहमाँगी रकम देकर धूमधाम से मेरी माँ अल्लारखी को अपनी हमबिस्तर बना लिया। पर यह सब तब उस तरह नहीं होता था, जैसा फिल्मों में दिखाया जाता है। सारा मोलभाव बड़ी शायस्तगी के साथ किया जाता था तब, और नथ उतराई की कीमत लगानेवाले डेरेदार तवायफों के रईस सरपरस्त तब खुद भी मौसीकी और कलाम के बड़े गुणी ज्ञानी होते थे।

मुंबई से ही घरानेदार गायकी सीखी थी मोती पंडत ने और बेहद सुरीले थे। जब वो कभी रंग में आकर माँड में जयदेव की अष्टपदी गाते, 'क्षणमधुना नारायणमनुसर अनुसर मा राधिके,' तो अम्माजानी कहतीं थीं कि सड़क चलते राही थमक जाते, वल्लाह क्या सुर था! सुना कि पंडत जी कहीं से उनके लिए एक नया नया चला फोनोग्राम बाजा और उस पर बजाने के लिए तवे में भरा एक पंजाबी गाना ले आए थे : डाल गरे में बइयाँ मैं रोई रोई जानियाँ। यह गाना अम्मा ने किसी नाटक में सुनकर बड़ा पसन्द किया था। एक काले आबनूसी बक्से में सहेजकर रखी ढेरी से छाँटकर वह गाना इतनी बार सुना कि रिकॉर्ड ही घिस गया।

जितनी देर गाना बजता, अगर अम्मा कहीं आसपास होतीं तो उनकी निगाहों में पानी भर आता था। चुप बैठी सुनती रहतीं।

गोरी दा चित्त लगा चंबे दियां धारां।
चंबे दियां धारां पैणे फुहाराँ
याराँ दे नाल बहाराँ...

कभी शेरकोठी, कभी बनारस कभी मुंबई कामकाज के सिलसिले में घूमते हुए मोती पंडत को कम उम्र में ही फेफड़े का कैंसर लग गया सो जल्द ही वो दुनिया से रुखसत हुए। शेरकोठी में फिर वीराना पसर गया।

बस अम्माजानी, अम्मा और हम।

सच कहूँ तो मेरी अम्मा का मिजाज़ और उनकी गायकी खुद मेरे लिए एक ज़बर्दस्त पहेली ही बनी रही शुरू से अन्त तक। मेरे होश सँभालने तक बहुत इकलखोरी बन चुकी थीं अम्मा। सुबह-शाम के रियाज़ के आगे-पीछे ज़्यादातर खामोशी की चादर में लिपटी एक अनमनी परछाईं सी, शेरकोठी के बागीचे में अकेली टहलती रहतीं। उस समय मैं कुछ भी पूछती भी, तो बात का जवाब हाँ-हूँ से ही देकर, वे खामोशी से सुरों की दुनिया में ही वापस चली जातीं। लगता उनको अपनी औलाद या किसी और से जुड़ा कोई राग-विराग छू नहीं गया। न किसी के

लिए कोई चाहत या लगाव उनके भीतर बची थी। सिवाय अपनी गायकी के। अम्माजानी कहती थीं कि खाँ साहिब की फकीराना तबीयत उनकी बेटी पर भी तारी हो गई थी मोती पंडत के जाने के बाद से।

बहुत कम उम्र की बिछुडन का सारा दर्द, अचरज और दिली लगाव जब अम्मा संगीत के सुरों में उँडेलकर गातीं, तो मैं सारा मान-अभिमान भूल जाती थी। लगता सौ-सौ शमाएँ कमरों में जल उठी हों। खयाल गायकी में बंदिश में छुपा इमोशनल कंटेंट जिस तरह वे उघाड़ती-गातीं थीं, उसका आज तलक कोई जोड़ नहीं। पर यह मतलब नहीं कि सुरों से वाबस्ता न रहें। तानों तक में पल-भर को भी उनके सुर नहीं चूकते थे। आज से कोई चालीस साल पहले की बात है, एक सेठ के बेटे की शादी में शुद्ध कल्याण गा रही थीं। देर तक निषाद पर टहलने के बाद गाते हुए जब वे षड्ज पर आईं, तो मेरी बगल में बैठे एक जाने-माने तमिल संगीत समालोचक ने, जो हिन्दुस्तानी उत्तर भारतीय संगीत पर शयद ही कभी कुछ भली बात कहते हों, बेसाख्ता खुद से ही पूछ डाला, 'व्हेयर हैज़ शी बीन ऑल माय लाइफ?'

इस बात के सही माकूल जवाब के लिए अपने दामन में झाँकने पर आज बहुत कड़वी सचाई को सामने पाती हूँ। बेहद कम बोलनेवाली अम्मा से, मेरी शायद बेवजह की अकड़-भरी ज़िद से एक बेहद मुख्तसर-सी बोलचाल का ही रिश्ता बन पाया और वही अन्त तक कायम रहा। अम्माजानी की तेज़ निगाहों से यह छुपा न था। इसलिए जब अंग्रेज़ी तालीम के लिए अम्माजानी ने मुझे बंबई भेजना तय किया तो जानती थीं कि मुझे घर छोड़ते वक्त कोई बहुत अफसोस नहीं होगा। हुआ भी नहीं।

मेरी उम्र तब महज़ बारह की थी। अम्माजानी की राय थी कि ज़माना बदल रहा है। वो पुरानी महफिलें और रजवाड़े सब खत्म हुए, उर्दू या बिरज भाषा या अवधी की पुरानी सैकड़ों बरस पुरानी बावड़ियाँ भी मिट चली हैं, अब तो अंग्रेज़ी का ज़माना आनेवाला है। अय हाथ कंगन को आरसी क्या? वो देखो न, चाभी वाले बाजे में तीन मिनट का रागदारी संगीत और साथ ही अंगरेज़ी फरांसीसी गाने भरवा-भरवा कर कैसा भरपूर नाम और नामा कमा रही है हीराबाई की अंजली। सच पूछो तो हमारी अल्लारक्खी उससे बीस पड़ती है। पे उनके लिए दुनियावी चीज़ें कोई वज़न नहीं रखतीं।

अरी नादान, वक्त की चाल समझ, वे अम्मा से कहती रहतीं। तेरी ये अम्माजानी कोई अमरित की घरिया पीके नहीं आई है। हम शेरकोठीवालियों को भी बेटियों की किस्मत चमकाने को बदलते वक्त के साथ बदलना होगा। कुछ तो ऐसा हो कि अगला मुड़ के हमारी इस बच्ची हैदरी को देखे। ज़माना बदल रहा है बीबी, हमारे वक्त की वो रात-रात भर की महफिलें अपने चैनदारी के आलाप, बहलावा और

अति विलंबित की तालें सब रुखसत हो रही हैं। नए-नए रईसों को अब चाहिए चटपट की रागदारी। दाढ़ी बनाते-बनाते जी किया तो दरबारी सुन लिया या काफी की धमार। तीन मिनट के तवे में अब अंग्रेज़ वो ही सब भरकर घर-घर भेजता है और चाभी वाले बाजों पर वह हर कहीं बाबुओं के बीच बजाया जा रहा है।

अब अपनी अम्मा के आगे इसकी सूरत और सीरत मामूली भले हो, पर आनेवाले वक्त में हमारी अल्लारखी की बेटी जब अंग्रेज़ी में मौसीकी पर बोलेगी, तो सामने के सोफों पे बैठे नई नस्ल के लाट कमिश्नर भी इसके हुनर को आदाब करेंगे। हमारी राय है कि अंग्रेज़ी मशीनों से लाख के तवों में भरी जा रही यही गायकी काफिले को आगे ले चलनेवाली है। और रही अंग्रेज़ी, सो जान लो कि उसके भाव अंग्रेज़ों के जाने के बाद और भी उठान पकड़ेंगे। लिहाज़ा अभी से हमारी धेवती बंबई और अंग्रेज़ी को समझ ले तो ठीक।'

रिकॉर्डिंग पहले-पहल भजन, नात या चुटपुट ठुमरी दादरों तक की हुई, पर जैसे-जैसे बाजार बनता गया, काम बड़े गायकों के रचे मार्गी संगीत से जुड़ने लगा। हमेशा की तरह पहला उठाव कलकत्ते से आया, जहाँ ब्रिटेन की कम्पनी के बड़े अफसरों ने खूब देख-परख कर बढ़ते हुए देसी बाजार में हिन्दुस्तानी संगीत के रिकॉर्ड उतारने की ठान ली थी। हमेशा की तरह पुराने घरानों के खलीफाओं-फनकारों ने पहले इसकी मुखालफत की। तकरीबन सबकी राय थी कि अंग्रेज़ी तवे पर चढ़कर हर गली-कूचे में बजने से हमारे उस्तादों और उनसे सीना-ब-सीना सिखाए-सीखे गए इस हुनर की भारी तौहीन होगी। एक बार पक्का गाना हर किसी के लिए बन्द कमरों में जब जी चाहे यूँ मुहैय्या हो गया, तो उसके बाद टकहिया रंडियाँ और तमाम तरह के शोहदे भी उनकी सौ-सौ जतन से सँजोई घरानेदार बंदिशें तोड़-मरोड़कर गली-गली गाने पर उतारू हो जाएँ तो अचंभा क्या? एक बड़े उस्ताद ने तो रिकार्ड पर बने कुत्ते को देखते ही लाहौल पढ़कर कम्पनी के आदमी को बाहर का रास्ता दिखा दिया कि मियाँ क्या अब इस गलीज़ जानवर की सूरत के ठप्पे तले हम घरानेदार लोग गाएँगे?

अम्माजानी का खयाल इससे मुख्तलिफ था। इसकी एक बड़ी वजह यह थी, कि उनकी दोस्त और रकीब, हीराबाई की बेटी अंजलीबाई की शोहरत का नक्कारा बंबई से कलकत्ते तक बज रहा था जो उनकी बेटी की हमउम्र थी। अंजली की क्या औकात थी? कहाँ उनकी अल्लारखी का पैदायशी सुर जो उसके गंधर्व बाप ने उसकी रगों में भर दिया था, और कहाँ हीराबाई की मोटी भंवों वाली खुद को किसी मेम से कम न माननेवाली कंजी बेटी अंजलीबाई।

अम्माजानी की पक्की राय थी कि अंजलीबाई का बस सारा कमाल उस नाज़-

ओ–अन्दाज़ का है जो उनकी अल्लारक्खी जान मोती पंडत के बाद से त्यागे बैठी हैंगी। होगी मुई अंजलीबाई की रंगत गोरी भभूका। पर चार बढ़िया जोड़े पहन लिए, ज़ेवरात से खुद को सजा लिया और अदाएँ बिखराती हुई जा बैठीं महफिल में गाने को तो इतनी हाय हाय? अरे चकरदीदा तो हीराबाई की लड़की शुरू से थी, अम्माजानी कहतीं। जब जिससे आशनाई कर आगे बढ़ने की घड़ी पाई, मौका मिला, लोक लिया। अब देखो सुना फी रिकॉर्ड तीन हज़ार की फीस पाती हैं। तवे पर भरने लायक आवाज़ तो असल में उनकी अल्लारख्खी सरीखी सुघड़ सुरीली बेटी की थी। दमदार, उजाले से भरी–भराई।

जभी उनको पता चला कि अपने सरंगिए बुंदू मियाँ का बेटा वहीद सुना फिल्मों ही नहीं रिकॉर्डिंग वालों के यहाँ भी बजा रहा था, बड़े रसूख वाला बन गया था। बस फिर क्या? चटपट शेरकोठी से उसको खत डलवा दिया गया कि अल्लारक्खी की बेटी हैदरी यानी मेरा, बंबई शहर के किसी माकूल कानवेंट में दाखिला करवा दें ताकि कम से कम उसकी ज़िन्दगी की डोर तो इस भरहाथ कमाने–खानेवालों के शहर से बँधे। अल्ला ने चाहा तो उसकी ये जोगन बनी महतारी भी उस मशहूर शहर के चक्कर लगाने पर मजबूर हो ही जाएगी जहाँ फिलमों में सुना गायकी के भारी कद्रदाँ निकल रहे हैं। एकबारगी से ठान लेतीं तो हमारी अम्माजानी तब तक दम नहीं लेती थीं जब तक उनकी मुराद पूरी न हो जाए। लिहाज़ा जल्द ही मेरा दाखिला हो गया और उसके बाद एक दिन दो ट्रंक और फल–मेवे की टोकरी समेत बुंदू खाँ साहिब के साथ मैं शेरकोठी से बंबई विदा कर दी गई।

मेरे सीनियर केम्ब्रिज करते करते अम्माजानी का इन्तकाल हो गया। उनके गुज़रने के बाद हमारी अम्मा उस भाँय–भाँय करती शेरकोठी में एकदम अकेली पड़ गईं। पहले जैसे नामचीन गायकों–बजैय्यों से सजे–सजाए मुजरे और महफिलें सजानेवाले रईसों का ज़माना तो अम्माजानी के रहते ही बीत चला था। अम्मा हमारी को इधर–उधर भागादौड़ी कर महफिलें सजाने, गाहक बनाने में कोई खास इंटरेस्ट न था। मुख्तसर–सी उनकी आमदनी बागीचे के फल–फूल बेचकर हो जाती थी, बाकी गहना–गुरिया था पुराने वक्तों का, वही बेच–बाचकर काम चलाया जाने लगा। बदलाव के उन तकलीफदेह दिनों में जनाब 'तपिश' ने उनको बड़ा सहारा दिया, जिसकी वे खामोश तबीयत होने के बावजूद बड़ी शुक्रगुज़ार थीं। बाद को जब मैं यहाँ परदेस चली आई और शेरकोठी बिक गई, तब भी अम्मा को उन्हीं ने आखिरी वक्त में बड़े खुलूस से पनाह दी।

वो कैसा रिश्ता था जनाब तपिश साहेब और अल्लारख्खी का, कहना मुश्किल है। पर कम से कम तपिश साहिब के लिए तो उस रिश्ते की बुनियाद में जिस्मानी

मुहब्बत से कहीं ज़्यादा एक किस्म की परस्तिश रही आई। बेचारे तो बस इतने से ही खुश हो रहते कि बी अल्लारखखी जैसी कलावंत उनको अपना भरोसेमन्द सरमायेदार कहती-मानती हैं।

उम्मीद शायद अम्मा के दिल में यही रही होगी कि कभी तालीम पूरी कर के मैं बंबई से वापस उनके पास लौट आऊँ और अपने खानदान की मौसीकी की विरासत थाम लूँ। पर कानवेंट की साफ-सुथरी सादगीपसन्द तालीम के बाद मुझे उस सिसकती और लगातार दरकती दुनिया से खासी नफरत हो चुकी थी। अपने खानदान में मैं ही पहली थी जिसने अंग्रेज़ी में पढ़ाई की थी और अच्छे नम्बरों से नवाज़े जाने के बाद ऊँची तालीम की तरफ मुड़ना चाहती थी। मैं अड़ गई कि मुझे यहीं रह कर जो कुछ करना है सो करना है। तुम चाहो तो यहीं घर ले लो। वहाँ क्या बचा था? काफी दिन हमारी खत-ओ-किताबत चली। आखिरकार अम्मा ही शेरकोठी पुराने चाकरों के हाथों सँभलवा के कुछ अर्से को मेरे पास रहने बंबई आ गईं कि मन न लगा तो चली जाएँगी वापस। पहले-पहल हमने बांद्रा में एक घर किराये पर लिया जो नानी की पुरानी वाकिफ शरीफा जान की बेटी की बेटी रिफ्फत आपा का था। निचले तल्ले पे वो दोनों माँ बेटी लतीफन और रिफ्फत, ऊपर की मंज़िल में हम।

बंबई में पैसे की कमी हम लोगों को काफी परेशान रखती थी। सो मैंने और अम्मा ने प्लेबैक सिंगिंग की माँग पर गौर किया और रफ्ता-रफ्ता रिकार्डिंग कम्पनियों के चक्कर लगाने शुरू कर दिए। हमारी मालिकमकान, लतीफन खाला अम्मा की ही तरह गिरस्तनों वाले मर्दों की चोंचलेबाज़ी और उनके घरवालों की उन पर कड़ी पकड़ से बार-बार दो-चार हो चुकी थीं। और अब तक वे गाने के साथ-साथ कमर्शियल पारसी थियेटर में एक्टिंग भी करने की हिमायती बन चुकी थीं। उनका कहना था कि अम्मा भी चाहें तो वो उनको चन्द बड़े पारसी सेठों से मिलवा सकती हैं जो गवनहारियों की तलाश में थे। थियेटर में नाम और नामा दोनों भरपूर था। अलबत्ता हमारी अम्मा ने साफ कर दिया कि मुंबई में तो वे बज़िद मुश्ताक हुसेन खाँ साहिब और केसरबाई की तरह सिर्फ और सिर्फ गाने के लिए किया तो सिर्फ फिल्मों की तरफ रुख करेंगी। यह बात उन्होंने मज़बूती से उन तमाम कम्पनियों और सेठों से भी मिलने पर कही, जिनको उनकी तालीमी और वज़नी आवाज़ बहुत जँची थी, पर वो लोग डेरेदार तवायफों से भाव-ताव के आदी न थे।

मेरी एक टीचर मिस ड कॉस्टा के रिश्तेदार डेविड मनेज़ेस साहिब हमारे मददगार बने। वो तब एंपायर थियेटर में अंग्रेज़ी की सायलेंट फिल्मों के साथ पियानो बजाते थे और अम्मा के मुरीद थे। पर दिक्कत यह पेश आई कि वाडिया

मूवीटोन, बॉबे टाकीज़, मोहन स्टूडियो, फिलिमस्तान यह सब बैकग्राउंड म्यूज़िक माँगते थे। रिकॉर्ड कम्पनियाँ फी रिकॉर्ड सौ रुपया देतीं। और सितारिये हों या कि तबलिए, सबके लिए लगातार बिन ब्रेक के बजाना-गाना ज़रूरी था। नए वक्त की ये नई माँग भी पूरी की सबने! आज जिसे हम लोग शायद मल्टि टास्किंग कहेंगे। तीन चेनॉय ब्रदर्स ने भी इसी समय आगरे के नामी उस्ताद फैयाज़ खाँ साहिब को अपने स्टूडियो से गवाया। अलबत्ता किराना घराने के खलीफा मुकर गए। फीस वही सौ रुपए फी प्रोग्राम। उन दिनों सिर्फ रौशनआरा या अंजलीबाई के कद-बुत की गवनहारियों को नगद हज़ार रुपए की रिकार्डिंग फीस मिलती थी। अब इनमें से भी पहली तो चल दीं मियाँ का हाथ थामकर पाकिस्तान, बच रहीं बस अंजलीबाई। जलंधर के कोई बाली साहिब धुनें बनाते, वे गातीं। रुपया उन पर बरसता था।

उन्हीं दिनों रेडियो और रिकॉर्डिंग की दुनिया के एक दूसरे बड़े नामचीन शख्स, जनाब गुलाम हैदर अम्मा से मिले और इस कदर इम्प्रेस हुए कि उनकी इनायत से अम्मा को इंडस्ट्री में धड़ाधड़ काम मिलने लगा। अब जाकर हमारे माली हालात इतने सुधरे कि मैं अपनी पढ़ाई जारी रख सकी।

अम्मा का पहला गाना जनाब गुलाम साहिब के लिए ही रिकॉर्ड हुआ था, 'हाय मुझे कहीं का न छोड़ा'। जब रिहर्सल होता, तो गुलाम साहिब झूम-झूम के सिगरेट के टिन पर ठेका देते रहते। नसीब का खेल देखिए। लगातार सिगरेटें फूँकनेवाले गुलाम हैदर साहिब और अम्मा की जोड़ी हिट होने के साथ ही उनके घर पर भूचाल आ गया। अपनी बीबी से उनकी इस बनारसी तवायफ से उनके रिश्तों को लेकर दिन-रात खटकने लगी। हालात ऐसे बन गए कि हैदर साहिब की तबीयत नासाज़ रहने लगी। आखिरकार अम्मा ने हाथ जोड़ के उनकी बेगम से साफ-साफ कह दिया कि वो तो सिर्फ बराये अपने हुनर खान साहिब से लगाव रखती रहीं, अगर उनको नहीं सुहाता तो बहन आप अपने मियाँ को खुद ही सँभालें। आशिकी-माशूकी के चोंचलों से खुद उनका दिल काफी पहले ही उचाट हो चुका है।

इसके बाद जाने किस तरह अम्मा के नए जानकारों में एक रंगीनमिजाज़ और बड़बोले पंजाबी रईस जतिंदर हमारी ज़िन्दगी में घुस आए। मुंबई आने से पहले उन्होंने यू पी साइड की कई घुमंतू थियेटर कम्पनियों में पैसा लगाया-गँवाया था और अब फिल्मों में तकदीर आजमाने के ख्वाहिशमन्द थे। उन दिनों बँटवारे की धमक हर जगह थी सो रिफ्फत आपा मुंबई का घर बेच के पाकिस्तान जाना चाहती थीं। अम्मा से उनने कहा कि उनका घर हम खरीद लें। पर इतना पैसा हमपे उस दम नहीं था। वह घर बिक गया और फिर एक दिन हम जतिंदर चड्ढा साहिब के फ्लैट में रहने आ गए।

अब तक काश्मीर से तशरीफ लाए एक जनाब ड्रामानिगार और बड़े कादिरुलकलाम शायर साहिब से भी अम्मा का दुआ-सलाम बन गया था। अम्माजानी के साथ हमारी माँ को भी थियेटर देखने की गहरी लत लगी थी ही। और बेहद रसीले किस्सागो जनाब साहिब तो पारसी थियेटर की दुनिया के जगमगाते सितारे ही नहीं, एक नायाब डिक्शनरी भी थे। अम्मा सरीखी कमगो लेकिन मुगन्निय फनकारा से जल्द ही उनके काफी बेतकल्लुफ ताल्लुकात बन गए और आने-जाने का सिलसिला बँध गया। जतिंदर की त्योरियाँ चढ़ने लगीं, पर अम्मा की मशहूरी इतनी हो चुकी थी, कि कमीनापन दिखाने से उनकी ही हेठी होती। जब अम्मा और मैं उनके फ्लैट से एक नए घर में आ गए तो जनाब जतिन साहिब भी दहेज की तरह हमारे साथ-साथ चले आए।

जतिन सेठ बड़ा ही चिपकू इनसान था। मुझे कतई उसका साथ-साथ बने रहना नहीं सुहाया लेकिन मैं खामोश रही। इन तमाम वाकयात पर मुझसे अमूमन खामोश दूरी बरतनेवाली अम्मा से मेरे ताल्लुकात हमेशा से ही कुछ अजीब तरह से नाज़ुक थे सो उनसे इस बाबत क्या कहती? पर मेरी ही तरह हमारी पुरानी नौकरानी शरबतिया को भी जतिन सेठ अपनी शराबनोशी और बात-बात पर हाथ छोड़ने की आदत के चलते शुरू से नापसन्द था। उसे चैन था तो सिर्फ यह कि बीवी की ड्रामानिगार से करीबियाँ बढ़ते एक दिन उसका बोरिया-बिस्तर भी बँधना ही था।

पर जब बँधा तो बड़े भद्दे तरीके से। 'जानो बिटिया,' शरबतिया ने बताया, 'हमार बाई जी तो बस आपन रियाज़ रिकॉर्डिंग और मोहम्मद शाह साहिब के ड्रामों में खोई थीं। एक रोज़ पंजाबी मुसकाय के आँखी मार बेगम साहिबा से कहने लगा कि जानी, तुम इस आँख के अन्धे गाँठ के पूरे मियाँ जी से करीबी का फायदा उठाकर कोई मोटा रोल छाँट लो! सिर्फ पक्के गाने से कुछ पइसा टका नहीं मिलेगा। तमाम और तवायफें भी तो गाने के साथ एक्टिंग कर रही हैं, तुममें ही क्या सुरखाब के पर लगे हैं? कहो इस चालू चिकने मियाँ से कहीं टाँका भिड़वा दें तुम्हारा।

'जी नहीं,' हमारी बेगम साहिबा कह कर उठ गईं। वो भीतर जा रहीं थीं, कि नशे में चूर जतिन चड्ढा ने उनको तमाचा जड़ दिया। अब बेगम साहिबा तो हाय अल्ला, कर के कुर्सी पर बैठ गईं बस। तो हमको आया ताव! अरे हम भी शेरकोठी की गिज़ा खाए हैं। हलहला के बावर्चीखाने से निकले, हँडिया पकाते थे, हाथ में कड़छी थी, सो दन्न से उस नामुराद के वो कड़छी मारी कि सारा नशा हिरन हो गया। अगले ही दिन जोर-जोर से गालियाँ बकते अपने घर वापस चले गए जतिन सेठ।

ड्रामानिगार गुलाम मुहम्मद साहिब काश्मीरी थे पर पुरखे कालीन के व्यापार के सिलसिले में बनारस आन बसे थे। मिजाज़ में शुरू से रंगीनी थी, और कोठों का

आना-जाना भी रहा। संगीत के अच्छे जानकार थे और अम्माजानी और उनकी बनारस से बाहर बड़ा नाम कमा रही बेटी यानी हमारी अम्मा अल्लारक्खी का भी नाम सुने हुए थे। जब से उनकी बेगम का इन्तकाल हुआ वे खुद को दिन-रात अपनी लिखाई-पढ़ाई और थियेटरी काम में मसरूफ रखने लगे थे। मुझे उनसे कोई प्रॉब्लम नहीं था। पढ़े-लिखे तहज़ीबयाफ्ता इनसान थे और अम्मा से बड़ी मोहब्बत से पेश आते थे। उनसे बनारस अंग की गायकी से लेकर खाने के प्रकारों तक पर घर में काफी अच्छे लेविल की गुफ्तगू हुआ करती थी। उन दिनों थियेटर की दुनिया में आई कमज़र्फ टकहिया बाज़ारू औरतों की आमद से एक तरह का उजड्डपना और लालच आ गया था, जिससे वो दूर रहना बेहतर समझते थे।

पारखी आदमी थे। किताबों के बेहद शौकीन, हमारी अम्मा की ही तरह। जल्द ही कोई न कोई बढ़िया किताब देने के बहाने हमारे घर आने-जाने लगे। मुझसे अलबत्ता हमेशा आँख का पर्दा बनाए रखा। और कभी सामने पड़ भी जाते तो मुझसे की गई उनकी हर बात में मिठास, आजिज़ी और हश्रियत होती। झूठ क्या कहूँ उनकी आमद ने हमारे घर में गुलाम हैदर साहिब के घरेलू झगड़ों और जनाब जतिंदर चड्ढा की नाकाबिल-ए-बरदाश्त हरकतों की यादों से पैदा हुई कड़वाहट काफी हद तक मिटा दी।

अपने इकलौते और पहले आशिक मोती पंडत की मौत के बाद पहली बार एक पढ़े-लिखे, निहायत पुरलुत्फ बातचीत करनेवाले उस फनकार से अम्मा की हर मुलाकात अपनाइयत के नए दरवाज़े दोनों के बीच खोलने लगी। इत्तेफाक से उन्हीं दिनों अम्मा के पेट में शिद्दत से दर्द रहने लगा। डॉक्टरों ने बताया कि पेट में पथरी है जिसे आपरेशन कर जल्द अज़ जल्द निकलवाना होगा। अम्मा अस्पताल जाने से पेश्तर आगा साहिब से मिलने गईं तो वे घर पर नहीं मिले। वो दो सतरें लिखकर छोड़ आईं कि आज मैं ज़िन्दगी और मौत से लड़ने जा रही हूँ। अगर ज़िन्दगी जीतती है तो ज़रूर फिर मिलेंगे, वर्ना खुदा हाफिज़।

नर्सें अम्मा को स्ट्रेचर पर लिटा के ऑपरेशन थियेटर को ले ही जा रहीं थीं कि साहिब भी आन पहुँचे। बड़े घबराए लहजे में नर्सों से कहने लगे कि क्या आप मुझे इनको ऑपरेशन थियेटर ले जाने की इजाज़त देंगी? वो तमाम जनीं साहिब की शख्सियत से वाकिफ थीं, मान गईं। भीतर भेजने से पहले साहिब ने उनका हाथ थाम के कहा कि अल्लारखी जान तुमको कुछ नहीं होगा। फिर शेर पढ़ा :

'सब कुछ खुदा को माँग लिया तुझको माँगकर,
उठते नहीं हैं हाथ मेरे इस दुआ के बाद।'

जब अम्मा अस्पताल से ठीक हो के घर वापस लौटीं, तो साहिब का नया नाटक फिर हिट रहा था। अम्मा को एक बेशकीमत हीरे की अँगूठी पहनाकर साहिब ने कहा कि ये आपकी सेहतयाबी और हमारी कामयाबी की खुशी में। और ये मशहूर मिसरा भी कहा कि मैं सारी ज़िन्दगी खुद को एक अधूरा मिसरा समझता रहा, पर तुमसे मिलने के बाद शेर बन गया हूँ। अम्मा के नसीबों में ये सुख भी अधिक दिन को नहीं बदा था। हफ्ता भी न बीता होगा कि एक सुबह अचानक कहर बरपानेवाली खबर आई। आगा साहिब का नींद में ही दिल का दौरा पड़ने से इन्तकाल हो गया।

इसके बाद हमारी अम्मा का मन बंबई से कतई उखड़ गया।

'बस तेरी पढ़ाई हो जाए तो मिट्टी डालें इस नाचगाने के पेशे पे, जिसकी वजह से हर ऐरा-गैरा सीधे कलाई पकड़ने को घर के भीतर चला आता है।' वे एक दिन बोलीं।

जाने क्यों मेरे भीतर अचानक सालों से दबाया गुस्सा बाहर उमड़ने लगा। क्यों? क्या उम्र-भर मैं अब आपके कहे से शहर-दर-शहर भटकती ही रहूँ? पैसा कमाने को हर तरह के मर्दों के आगे जूतियाँ चटखाने का शौक आपको मुबारिक हो। मुझे अब बख्श दें। बहुत हुआ। पुरानी नन्स सुबह बच्चों को डांस म्यूज़िक सिखाने की एवज में मुझे एक ठीक-ठाक हवादार कमरा देने को तैयार हैं। मेरी फिक्र छोड़ें, कल की जाती आप आज ही रुखसत हो जाएँ।'

बाद को शुबरातन को सुबकते देखा तो शर्मसार होकर सोचा कि उनके हुनर और शेरकोठी छोड़कर यहाँ चले आने के बूते ही तो मैं यह उम्दा तालीम पा सकी, उनसे ही खानदानी हुनर भी तो सीखा। फिर मन में कंकर-सा कुछ गड़ा, मुझे अपना कब समझा इन्होंने? साथ रहेंगी तो फिर दिन-रात की किटकिट। अम्मा का सामान बँधने लगा। मैं खामोश रही। जाती बिरिया भी उनसे माफी नहीं माँगी (मोती पंडत का अड़ियल सुभाव जो ठहरा!) बस यह वादा ज़रूर किया कि मौसीकी का दामन नहीं छूटेगा और मैं हर शाम लोकल पकड़कर बदस्तूर भिंडी बाजार अपने उस्ताद के घर भी जाती रहूँगी।

अम्मा और शुबरातन जाने को तैयार ही थे कि जभी अचानक बुंदू मियाँ का बेटा वहीद का, जो तब तक अमरीका जाके वहाँ अपना नाच-गाने का स्कूल चलाने भी लगा था, खत आया। उसने लिखा था कि खाला, राजे ज़मींदार तो रहे नहीं, इन भाँडों-दलालों की इस दुनिया को छोड़कर आप और हैदरी क्यों न अमरीका चली आवें? मुल्क में तो सच्चे फन की कदर घटती जा रही है, पर यहाँ हालात ऐसे बन गए हैं कि हर हिन्दोस्तानी पाकिस्तानी बांगलादेशी, सबके सब अपने-अपने बच्चों को क्लासिकी हिन्दुस्तानी नाच-गाने की तालीम दिलवाने को हर कीमत देने को

तैयार हैं। मौसीकी का पीढ़ी-दर-पीढ़ी कमाया यह गहरा फन और इतने बरस सीखी हैदरी की अंग्रेज़ी भी तो बहुत काम आएगी। हमने बड़ा-सा घर लिया है आपके आने से कुछ रौनक और हो जाएगी।

मुझे लगा कि वाह, यह अच्छा रहेगा। इस हूश जंगली माहौल से बाहर होकर नए सिरे से साँस ले सकेंगे हम लोग। उस मनहूस शेरकोठी में कौन जा बसना चाहेगा भला? पर अम्मा राज़ी नहीं हुईं। हम वहीं भली, बस इतना ही कहा।

आखिरकार तय किया गया कि मैं तो यह ऑफर पकड़कर बाहर ही चली जाऊँ और वो शेरकोठी चली जाएँगी शुबरातन को लेके। तपिश साहिब को खत लिखा गया। उसके पहुँचते ही वो अम्मा को लिवाने चले आए। सोच-विचार के बाद तय हुआ कि अम्मा वापस जाके सब का पुराना हिसाब-किताब चुकता कर, शरबतिया को आउटहाउस में आबाद करा के शेरकोठी एक बड़े बिल्डर के हवाले कर देंगी। इसके बाद वे तपिश साहिब की कोठी के एक हिस्से में ही खुसूसी से किराये पर रहने को चली जाएँगी। तनिक झिझक के बाद अम्मा ने कहा जैसी ऊपरवाले की मर्ज़ी।

मेरा अमरीका का टिकट कटा दिया गया।

यहाँ आके शुरू के दिन अच्छे ही रहे, पर फिर वही चक्कर।

अचानक एक दिन वहीद मियाँ बोले कि वो मुझसे निकाह करना चाहते हैं। काज़ी घर पे आके ही कलमा पढ़वा देगा। मेरी हालत अजीब। ना कहें तो घर में अनबन हो, हाँ कहने में दिल की नाइत्तफाकी। आखिर बड़ी मुलायमियत से कह दिया कि ये तुम्हारी फराखदिली है। पर मियाँ, हम ठहरी डेरेदारनियाँ। हमारी राह किसी भी गिरस्त में कैसे समा सकती है? तिस पर तुम्हारी दो-दो बेगमें आँखों आगे बैठी हैं, उनकी बददुआ हम ना लेंगी। बस उनको सलाम किया और सामान बाँधकर न्यूयॉर्क चली आईं। दो महीने बाद बेचारे वहीद मियाँ एक मोटर एक्सीडेंट में इन्तकाल फरमा गए। भले आदमी थे, ऊपरवाला उनकी रूह को सुकून दे।

अमाल के मरहूम बाप की जानिब हम कुछ नहीं कहेंगी। उनसे कुछ दिनों को दिल मिला फिर उखड़ गया। हमारे नसीब में यही था शायद।

आज मेरी बेटी अमाल अमरीका में ही 'दि ओरियेंटल डांस एंड म्यूज़िक स्कूल' चला रही हैं। यहाँ देस को पीछे छोड़ आए हिन्दुस्तानी परिवारों के बच्चे बड़ी तादाद में हिन्दोस्तानी नाच-गाने की तालीम लेने को भेजे जाते हैं। गो' सच तो ये है बीबी कि जिस मिट्टी में जनम हुआ हो वही हमारी जड़ों को पकड़ पाती है। हमारे संगीत या नाच में अमरीका की पैदाइश वाले बच्चों का दिल नहीं रमता। पराई हवा पानी में पके उनके बदन का लोच कहीं खो गया है, ज़ुबान भी फर्क तरह की बन

चुकी है न उसमें नुक्ते हैं, न ही त या ट हरफों के बीच कोई फासला। फिर भी ऊपरवाले की नवाज़िश है कि हर चारेक महीने में फीस बढ़ा देने के बाद भी हिन्दुस्तानी जड़ों के वाल्दैन की एक भीड़ चली आती है। खुद अपनी जड़ों में मट्ठा डालने के बाद अब अचानक अपने बच्चों को जड़ों से वाबस्ता कराना चाहते हैं। अम्मा की प्लेबैक गायकी का यहाँ भी सिक्का चलता है, उनकी तस्वीर के आगे हाथ वाथ भी जोड़ जाते हैं।

खैर। लगता है हमारी ही तरह यहाँ की जोड़ियों की किस्मत में भी उम्र-भर का साथ नहीं लिखा है। घर-घर बिना मरद की औरतें या बिना औरतों के मर्द मौजूद हैं जो अपने अकेलेपन से जूझते हर रात नींद की गोलियाँ खाकर सोते हैं।

इधर कुछ बरसों से अपने यहाँ की फिल्मों का जादू इन नौदोलतियों के सर पर सवार है। हमारी एक स्टूडेंट की माँ पिछली गर्मियों में बड़ी मनुहार से बॉलीवुड से आए स्टार्स के जलसे में ले गईं। कुछ देर हम दोनों बैठीं फिर चली आईं। उस तरह के नाच-गाने से हमारा हिसाब नहीं बन पाया, न बनेगा। पर अब तो वही रास्ता बन चला है। गाने में बंदिश के नाम पर फूहड पंजाबी चुटकुले, नाच के नाम पर भीड़ की भीड़ में स्टेज पर उतरे कई-कई जनखे जैसे छोकरों और अधनंगी लड़कियों का कूल्हे मटकाना।

रात-भर जागती रहीं हम दोनों अगल-बगल। पर उन चन्द नेक बच्चियों को ऊपरवाला खुश रखे जिनकी तालीम के लिए हम दोनों माँ-बेटी अब भी सोहनी की तरह कच्चे घड़े लेकर संगीत की नदी में उतर पड़ती हैं। जो पगडंडियाँ ये तलाश रही हैं, वही तो हम सब भी तलाशती आई हैं।

बस यही कुछ यादें हैं।

आपको यह खत लिखते हुए बहुत सारा दर्द-ए-दिल जो अम्माजानी और अपनी अम्मा को तब न सुना सके, खुद-ब-खुद उमड़ पड़ा सो दिल बड़ा हल्का हो गया है, शायद यही बी' चाहती होंगी। कोई बात नागवार गुज़रे तो बी' अल्लारखी की बेटी मान कर मुआफ कर देंगी।

आपकी बहन
हैदरी, बकलम अमाल

~१०~

प्रिय राधा दादा, संजीव, विद्या

सुकुमार चचा के घर से अभी लौटी हूँ, बहुत क्लांत, अशान्त।

पिता के दिवंगत होने की सूचना पाकर दोनों भाई तुरत आ पहुँचे थे। बाँटुल की बगलामुखी किसी सेमीनार में पेरिस गई हुई थी, सो नहीं आई। अच्छा ही हुआ। जीते जी ही चचा को कौन-सा स्वर्ग दिखाया था उसने?

फोन पर ही यह भी बताया गया मुझको कि एयरपोर्ट से दोनों भाई पंडित सहित सीधे शवघर ही चले गए थे, और वहीं से बिना घर लाए शीतगृह में रखी गई चचा की मिट्टी लेकर घाट जाकर दाह संस्कार भी कर दिया गया था। शायद चचा खुद भी बिना शोरशराबे और अर्थहीन आँसू-बहाई के अपनी उपेक्षिता मिट्टी को राख बनाकर जल में विसर्जित कर देना ही पसन्द करते। कोई श्रद्धांजलि सभा या श्राद्ध कर्म? पूछा, तो भाइयों ने कहा कि उनके पास अधिक रुकने का समय नहीं है। और वैसे भी दोनों जड़ रूढ़ियों में यकीन नहीं करते, सो आनन्दबाजार पत्रिका और टेलीग्राफ में खूब बड़ा-सा एक रंगीन इश्तेहार देकर सब शुभचिन्तकों मित्रों से निवेदन भर कर दिया है, कि वे भी दिवंगत की आत्मा की शान्ति के लिए प्रार्थना करें।

फिर भी मन नहीं माना। सो कल वहाँ चली गई मिलने मन मार के। दोनों मुझे देख तनिक असहज हो गए। कमरे में सुरिंदर खन्ना नामक जानामाना बिल्डर शोभायमान था और ढेरों कागज़ात सहित चचा के पुराने मित्र सॉलिसिटर सेन भी। शायद भाइयों को लौटने से पहले मकान बिक्री का तय करना ज़रूरी लग रहा था, सो शायद वही चर्चा चल रही थी। उनकी कसमसाहट देखकर चाय-वाय तो क्या ही पीती, रुलाई रोक कर दो-चार रस्मी बातें कीं और वापस आ गई।

आज मेरा ड्राइवर खबर लाया है, कि चचा का मकान कई करोड़ में खन्ना बिल्डर ने खरीद लिया है और हफ्ते भीतर तुड़वाई का काम शुरू हो जाएगा। राधा दादा प्लीज़ अगर किसी तरह चचा की संगीत वाली दुर्लभ सामग्री को आकर बचा सको तो बचा लो ताकि उनकी अन्तिम इच्छानुसार हम वे दस्तावेज़ विद्या तक पहुँचा सकें।

मन बहुत भारी है इसलिए अभी इतना ही।

तुम्हारी
पुतुल दी'

कोलकाता

प्रिय संजीव, विद्या पुतुल

बाहर बारिश की झड़ी, फ्लैट के एकान्त में गोद में धरे बैठा हूँ सुकुमार चचा का लुटा-पिटा खज़ाना जिसका पहुँचने पर एक अंश भर ही मिल सका। चचा जैसा व्यक्ति यूँ बिन कहे-सुने यकायक चला जाएगा, यकीन नहीं होता। उनके जाने के बाद पहुँचा तो धूप का चश्मा लगाए एक सुपरवाइज़र किस्म का शख्स कबाड़ निकलवाकर ट्रकों में लदवा रहा था। चचा का बउदी का प्रिय घर उजड़ रहा था मेरी नज़रों के आगे। कुछेक ट्रक चले भी जा चुके थे। कुछ एंटीक एथनिक सामग्री बताया गया कि बगलामुखी के पति अमरीका को शिप करने का आदेश दे चुके हैं। बहुत चिरौरी के बाद कागज़ात की एक बाहर कोने में पड़ी फड़फड़ाती ढेरी तलाशने की इजाज़त मिली। वहाँ बस एक दो कार्डबोर्ड के डब्बे भर बचे थे जिनको ले आया हूँ। जो मिला वह बस एक किसी कदर लुटा-पिटा छिन्नमस्तक खज़ाना है।

चचा के घर का डिमॉलिश होना मेरे लिए किसी बहुत बड़ी प्रयोगशाला के उजड़ने सरीखा है, जिसकी तलाश करनेवालों को वहाँ बस चन्द अधभींगे अधफटे धूलधूसरित दस्तावेज ही हवा में इधर-उधर भटकते दिखाई दें। फॉर्मूले समय की भेंट चढ़ गए। रसायन पानी में बह गए।

जो मिला विद्या को भेज रहा हूँ। देखो शायद अब भी गहरी पड़ताल करने पर तुम्हारी संधानी दृष्टि इनसे उस विशाल ज्ञान धरोहर का कोई छोर पा सके।

काश पहले मालूम होता कि घर बेचने की उनके बेटों को इतनी उतावली थी। जब सब आना-पाई गिननेवालों के हवाले कर दिया गया तो उनको इन नोट्स, तस्वीरों, पीले जीर्ण मुड़े-तुड़े खतों, कभी लहर उठने पर लिखे गए फुटकर नोट्स, कतरनों या कचहरी के चन्द पुराने कागज़ातों मे दर्ज़ त्रासदी का मोल क्या समझ में आता? भला हो उस सुपरवाइज़र का जिसने इधर-उधर पड़ा इतना सामान भी मुझे ले जाने दिया। अब विद्यारानी ही इस रहस्यमय जोड़ राग के पेंच खोल सकेगी यदि खुले तो। एक छोर भी पकड़ पाई तो एक भूले-बिसरे समय की यह गुत्थी किसी हद तक समझी-सुलझाई जा सके शायद।

लिखनेवाला काम तो स्थगित किया जा सकता है। पर जब एक दुस्साहसी विदुषी अछोर समन्दर में एक डोंगी पर ही उतर ही पड़ी है तो उस डगमग यात्रा का भी तो अपना ही स्वाद होगा?

सो विद्या रानी, तितीर्षु दुस्तरं उडुपेनास्मि सागरम् कहकर तुम भी कालिदास की तरह यात्रा शुरू कर डालो। मैं कण्व ऋषि की तरह यही शुभकामना दे सकता हूँ कि, शुभस्तु ते सन्तु पंथानः।

राधा

दिल्ली

राधा दादा, संजीव, पुतुल दी

अभी अपने चिर बेतरतीब कमरे में बैठी मैं इन धूलिहा कई हाथों के पसीने-भरे स्पर्श से गुज़र कर दागदार बने डब्बों से झाँकती सामग्री को बस गद्‌गद्‌भाव से निहार रही हूँ जैसे कोई गायक परफेक्ट रूप से मिले हुए तानपूरे की ध्वनियों और सुरों के अनुरणन को सुनकर तन्मय साधना में खोने लगता है। एक घुमन्तू शोधकर्ता होने की वजह से बरसों से ज़रूरत-भर के सामान वाले अपने छोटे और बेतरतीब घर को इस सामग्री पर मनन-चिन्तन के लिए आदर्श समझती हूँ।

तरतीब मुझे कभी रास नहीं आई। न जीवन में, न लेखन में। बड़े जतन से पहनी गई पोशाकें और रंगे गए चेहरे हों या कि बहुत करीने से सजाए गए घर, होटल कक्ष या लिखने की मेज़, इन सबका त्रुटिहीन वंध्या सौन्दर्य मुझे कभी लुभा नहीं पाता। इसलिए अच्छा ही है कि दादा की भेजी दुर्लभ थाती बेतरतीब और बीहड़ है।

जाने से पहले चचा एक कुशल नांदीपाठ की तहत बहुत कुछ हमको बता ही गए थे। फिर शेरकोठी से लेकर रानीखेत की विद्वत्परिषद् से निकली जानकारियाँ भी हैं। अब तुम लोग भी मेरे साथ-साथ उस अचरज लोक की सैर करते रहो जिसे मैं क्रमशः इन बक्सों से पन्ना-दर-पन्ना, तस्वीर-दर-तस्वीर बरामद करती हुई तुम सबसे लगातार शेयर करूँगी।

लिखना और तरतीबवार क्रम बहुत बाद में।

सस्नेह
विद्या

तस्वीर 1 :

तनिक त्रिभंगी मुद्रा में खड़ी अंजलीबाई और एक अन्य महिला को एक साफेदार तीखे नैन नक्श वाला शख्स फूल का गुच्छा पकड़ा रहा है। तस्वीर के पीछे चचा की लिखाई में कुछ पंक्तियाँ हैं। इबारत बताती है, यह साल 1911 में दिल्ली दरबार के आसपास खींची गई होगी। तब विलायत के बादशाह दिल्ली पधारे थे, और उनकी शान में आयोजित भव्य जलसे में जानकीबाई के साथ मिश्र खमाज में सुर से सुर मिलाकर अंजलीबाई ने गाया था, 'ये जलसा ताजपोशी का मुबारक हो मुबारक हो।'

मौके के अनुकूल अंजलीबाई एक ज़री की कन्नीवाली बेशकीमती कलकतिया जामदानी साड़ी में हैं। उनका सर खुला है और पल्ले को पारसी महिलाओं की तरह एक हीरे के ब्रोच से माँसल कन्धे पर टिकाया गया है। अपना चेहरा उन्होंने जानकीबाई से एक तनिक विद्रूप-भरी मुस्कान से परे कर रखा है। सदी के बाद भी तस्वीर में गर्वीली ठोड़ी जताती है, कहाँ यह कहाँ वे? अंजलीबाई की बगल में विनम्रता में सिमटी खड़ी जानकीबाई तनिक पक्के रंग की दुबली-पतली महिला हैं। दरबार की शान में उन्होंने गरदन में कई लड़ों का बेशकीमती सोने का भारी हार पहना है, नाक में छोटी-सी नथुनिया है, और भारी-भरकम माँगपट्टी के अगल-बगल तनिक घुँघराले तेल से चिकनाए बालों पर आँचल के तले बड़ी शालीनता से ढँके दिखते हैं। चेहरे पर एक घबराया-सा भाव है। अंग्रेज़ी समेत बाईस भाषाओं में गानेवाली अंजलीबाई के साथ गा-बजाकर बगल में एक गैर डेरेदार जमात की गवनहारी का खड़े होना शेर की सवारी है। जने खाये कि छोड़े?

अगला पुर्ज़ा 1910 का। मित्रों के बीच का मनोविनोद है शायद।

कागज़ के ऊपर एक नामी कानूनी फर्म का नाम धुँधला होते हुए भी आतशी शीशे से देखने पर पढ़ाई में आता है। मेसर्स चाटुर्ज्ये एंड संस के सॉलिसिटर माधवकांत चाटुर्ज्ये साहिब ने अंग्रेज़ी में हाथ से लिखे गए इस खत में अपने मित्र काली बाबू को जो लिखा है उसे अविकल हिन्दी में दे रही हूँ :

'डियर काली, संगीत और गवनहारियों में तुम्हारी रुचि के चलते हियर इज़ ए वेरी अम्यूज़िंग केस फॉर युअर इयर्स ओनली। (बड़ा रोचक मामला सिर्फ तुम्हारी जानकारी के लिए पेश है।) गए महीने जिला अदालत में बनारस से कलकत्ता आई मशहूर तवायफ हीराबाई ने अपनी बेटी अंजलीबाई, जो अभी कानूनन माइनर है, के कथित पति ताजुद्दीन खान पर दावा ठोंका है कि वह बदचलनी की वजह से ताजुद्दीन वल्द शेख मुहम्मद से बेटी को तलाक दिलाना चाहती है। ताजुद्दीन खान के वकील का कहना है कि मुताह की शर्तों के हवाले से अंजलीबाई की ज़ायदाद उसके खाविंद की बनती है।

ताजू मियाँ की पार्टी ने इस बीच काफी अफवाहें फैलाईं, जिनमें से एक यह भी थी के इस शादी से उनको एक औलाद भी हुई थी, जिसे हीराबाई ने जनमते ही गायब करवा दिया क्योंकि उनकी नीयत अपनी बेटी को तलाक दिलवा के उसे भी डेरेदार तवायफ बनाने की थी। हमारी फर्म ने उल्टे हीराबाई की तरफ से यह बिला सबूत खबर छापनेवाले अखबार पर मानहानि का और अदालत के विचाराधीन मुआमले की खबर देनेवाले पक्ष पर अदालत की तौहीन का दावा ठोंक दिया। सारा कोलकाता गनगना गया और अंग्रेज़ अफसरों तक ने नोटिस लिया। अब जब मामला हाईकोर्ट जा पहुँचा तो बाई ने हाईकोर्ट में पैरवी के लिए नाचीज़ को बुलवाया। मोलभाव के बाद फीस हमारी तय हुई 510 रुपया फी अपियरेंस। तुम कहोगे कि यह तो लूटना हुआ। पर मियाँ, यह वही बड़बोली हीराबाई हैं जिन्होंने खुद इस सूबे के गवर्नर से सरेआम कहा था, कि हुजूर आपको जितनी तनख्वाह मिलती है, उतनी तो मैं एक रात की महफिल से पा लेती हूँ। ईज़ी कम, ईज़ी गो!

(खत के हाशिये पर यहाँ पेंसिल से लिखी सुकुमार चचा की टिप्पणी है, 'यह चलन कोई नया तो नहीं। बुद्धकालीन एक गणिका जनपदकल्याणी की फीस भी कभी उस वक्त की काशी की आधी आमदनी के बरोबर तय की गई थी, लिहाज़ा मोहतरमा रसिकों के बीच 'अड्ढकाशी' नाम से मशहूर हुईं।')

देखने में अंजलीबाई के शौहर और उनकी कथित लापता औलाद के बाप ताजुद्दीन मियाँ गोरे, बाँके लहरिया बाल वाले छैले हैं, विद ग्रेट रेप्यूटेशन एज़ ए यंग फ्लर्ट अमंग बाजार वीमेन।

उनके खिलाफ हमने हीराबाई की मदद से दो गवाह पेश किए। दोनों ही उनके कूचे से थे। एक खानसामा सदारत खान, जो उनका छुपा आशिक भी बतलाया जाता है। दूसरा कोई हकला वली मुहम्मद चौकीदार, जिसे तोते की तरह बयान रटवाना पड़ा कि जनाब को कहना क्या है। मामला चलता रहा, अफवाहें भी। तारीख पर तारीख पड़ती रही। आखिर जब बिल बहुत लम्बे होने लगे तो जाकर हीराबाई मेल-मिलाप को राज़ी हुईं और हमने उस ठगिश कैरेक्टर को उनका एक बड़ा तिमंज़ला

मकान दिलवा कर मामला अदालत के बाहर रफा-दफा करवाया। दौलतमन्द होते हुए भी हीराबाई हर मोड़ पर भारी भाव-ताव करती रही। फीस पर भी और देनदारी पर भी। कहती थी मैं कोई कंचन या रंडी नहीं, डेरेदार तवायफ हूँ। अपनी खून-पसीने की कमाई को शोहदों पर ऐसे कैसे लुटा दूँ? आखिर कड़ाई से उसे समझाना पड़ा कि एक रात में हज़ारों रुपए कमानेवाली और शहर में आधा दर्ज़न बड़ी इमारतों की मालकिन रईस तवायफों की आशिकमिजाज़ी का नाजुक मामला सबसे बड़ी अदालत में जा उछला, तो न तो अदालत को, न ही शहर के भद्रलोक को कोई खास सहानुभूति होगी। बेटी अंजली का उभरता करियर तबाह हो जाएगा सो अलग जो अभी से अपनी खूबसूरती और गायकी के लिए शहर के रसिकों में चर्चा का विषय बन चली है।

घनी, बीच से जुड़ी भवोंवाली अंजलीना की कंजी आँखों में मुझे उसके शिकारी अंग्रेज़ बाप की रंगत और फितरत का अक्स साफ नज़र आए। सलीकेदार है, लेकिन बला की खुदगर्ज़ और मगरूर। धड़ल्ले से हिन्दुस्तानी और अंग्रेज़ी बोलती है। और सुना बीसेक भाषाओं में गा सकती है। अपनी दुनियादार माँ की चालाक तालीम मिलती रही तो मोहतरमा जल्द ही हीराबाई से भी दूर जाएगी।

सब कुछ परखने के बाद मैंने हीराबाई को कहा कि बेहतर हो वे समय न गँवाएँ। दूसरी पार्टी बेहद लालची है और जितनी दूर घसीट सके मामले को घसीट सकती है। बेहतर हो कि वो अपनी नखौदावाली तिमंजिली कोठी दामाद को देकर इस गले पड़ी बला से अपना पिंड छुडाएँ और आगे की सुध लें। इतना हम तय करा सकते हैं कि मकान जैसे ही उसके नाम हो, ताजू मियाँ और उनके घरवालों को किसी तगड़े खरीदार से मिलवा दिया जाए और फिर गारंटी लेकर, कि पैसा बटोर कर वे सब शहर से चलते बनेंगे, उनको शहरबदर कर दिया जाए। हमारा अन्दाज़ सही था। अच्छे दामों की बात सुनकर ताजुद्दीन तुरत हमारे हत्थे चढ़ गया। हमारे एक रियासती मुवक्किल को शहर में ठहरने को एक कोठी की दरकार थी उनसे जल्द ही उसका सौदा भी पट गया।

इस तरह जैसे-तैसे ताजू जनाब दल-बल सहित हीराबाई और अंजली की दुनिया से विदा हुए। वह मिथिकल बच्चा सच में जनमा था कि नहीं, शायद कभी जगज़ाहिर नहीं होगा। मेरा दिल कहता है कि बेटा रहा होगा जभी हीराबाई ने गायब करवा दिया। बेटी होती तो यह नहीं करतीं शायद। पर जैसा कि हमारे दादा मरहूम संसकीरत में कहते थे, नृपनीति की तरह वारांगनाओं के भी कितने रूप होते हैं, कोई नहीं जान सकता।

कब आ रहे हो इधर?

तुम्हारा,
माधवकांत

एक और पुर्ज़ा। कालीबाबू की लिखाई में :

—'कल चुलबुल के घर महफिल में सालों बाद कलकत्ते की हीराबाई का रेयर गाना सुना। कनपटियाँ सफेद हो चली हैं, और चेहरे की वह पुरानी उदासी हल्की सलवटें बनाने लगी है। यूँ अब बहुत कम गाती हैं बाई, सुना अंजली को ही आगे बढ़ा रही हैं, पर वाह क्या बात है पुरानी शराब की। दुआ सलाम के बाद सम्पूर्ण मालकौंस उठाया, 'ए बरज रही मैं तोको...', । सीने में भीतर तक गायकी कटार सी उतर गई। करुणतम स्वरों में कौन किसे बरज रहा था, राधा ढीठ लंगर कृष्ण को ? कि माँ एक बेलगाम बेटी को, जो सुना ताजुद्दीन से जबरन तलाक दिलवा कर शहर बदर करवाए जाने के बाद माँ से इस कदर नाराज़ है कि सीधे मुँह बात नहीं करती ?

पर क्या तो राग, वाह हीराबाई जियो !

आसनसोल

प्रिय सुकुमार बाबू

आपने नाचीज़ से मरहूमा हीराबाई कलकत्तेवाली, और उनकी बेटी अंजली बाई की बाबत कलकत्ते से कुछ मालूमात भेजने को कहा था, सो पेश हैं।

उस वक्त तीन हीराबाई गवनहारी कर के मशहूर हुआ करती थीं, मिर्ज़ापुर की हीराबाई, चुलबुली हीराबाई और कलकत्तेवाली हीराबाई। पहली दो तो उधर बनारस, मिर्ज़ापुर की बैठकों, रईसों की महफिलों में गाया किए थीं, पर बनारस से कलकत्ता आने के बाद अपनी होशियारी से तीसरी यानी कलकतिया हीराबाई ने शहर और इलाके के बड़े रईसों के बीच मकाम बना लिया। मटियाबुर्ज़ की भी किरपा उन पर रही सो रही। कलकत्ता 1911 तलक मुल्क की राजधानी रहा, सो उस वक्त इस शहर की रौनकों और रईसों का क्या कहना ?

चार ऐसे ऐब उन लोगों के मशहूर थे जिन पर उनको बड़ा गुमान था, खाना कलकतिया पान, रखना पास पतुरिया, अदालतबाज़ी और कर्ज़ ! चार्वाक् के यह नए ज़मींदार बेटे भारी कर्ज़दारी का घी पीते हुए पीढ़ियों तक मुकदमे लड़ते थे। उनके ज़हूरे से कलकतिया, पटनिया वकीलों की चाँदी कटती रहती थी। यह तो आपको

पता ही होगा कि आपके दोस्त माधवकांत के बाप-दादा ने किस तरह अंटी के पूरे अकल अन्धे ऐसे ही कुछेक भारी भरकम ईगो वाले मुकदमेबाज़ मुवक्किलों को निचोड़ा और अपनी अगली पुश्तों के लिए कामधेनु समान कानूनी फर्म चाटुज्या एंड संज़ खड़ी कर ली थी।

हीराबाई पर लौटता हूँ। शुरू में किराये के मकान में चन्द साल गुज़ारने के बाद बाई ने धरमतला रोड पर किन्हीं हाजी साहेब की कोठी चालीस हज़ार में खरीद ली। इधर-उधर से बार-बार उजड़कर बाई को ज़मीन खरीदने की हवस सी हो उठी थी। कलकत्ता आकर जब तनिक जम गईं तो सम्पत्ति बटोरने का लम्बा सिलसिला शुरू हुआ और कुछ बरसों में माँ बेटी की मिल्कियत गाने-बजानेवालों की जमात में भारी हिरस का बायस बन गई। अपनी एक बिल्ली की शादी में बाई ने 1200 रुपए खर्च किए बताते हैं। बिल्ली जब ब्याई तो फिर एक दावत पर 20 हज़ार लुटाए। यूँ फितरतन कंजूस थीं और अपने बीसेक खिदमतगारों साईसों की ढिबरी टाइट रखती थीं।

कलकत्ता आईं तो अंजलीबाई का सिन कोई चौदह बरस का था। यह तो पता नहीं चला कि ताजुद्दीन, जिससे अंजलीबाई ने माँ से छुपा के नथ उतराई से पहिले ही मुताह किया और जो उसकी नथ उतराई कैंसिल होने का बायस बना, उनके साथ आया था कि नहीं, पर सुना शुरुआती दिनों में हीराबाई को उसने और उनकी मुँहलगी नौकरानी के बिगड़ैल लड़के फेंकू ने लगातार परेशान रखा। बाई लोग का पैसा और ज़ायदाद, तिस पर दबी अफवाह यह भी थी कि अंजली पेट से थी। जो हो, माँ-बेटी में लगातार खटक होने लगी। आखिर एक दिन ताजुद्दीन शहर में दिखाई दिया और पता चला कि वह अदालत जा रहा है कि उसे उसकी बीबी को उनका कानूनन जायज़ हिस्सा दे दिया जावे। लम्बी मुकदमेबाज़ी में सारे शहर की तवायफों, अखबारनवीसों और वकीलों के दो गुट बन गए। एक हीराबाई के साथ था, दूसरा ताजुद्दीन के। पर कमसिन अंजलीबाई की राय या भागीदारी की बाबत क्या कहना था, इसका कोई ज़िक्र कहीं नहीं मिलता था। अखिरकार ताजुद्दीन को अपनी नखौदावाली तिमंज़िली कोठी दे दी बाई ने जिसे उसने तुरत एक लाख में किन्ही ज़मींदार घराने को बेचा और इसके बाद वह कलकत्ते से कहीं रफूचक्कर हो गया।

अब रहा दुश्मन नम्बर दो, यानी हीराबाई की मुँहलगी खादिमा रहीमुन का बेटा फेंकू। उसको रहीमुन बी के रोने-गाने पर एक चीनी मिट्टी के सामान की दुकान खुलवा दी थी हीराबाई ने, पर बिगड़ैल लड़के ने साल बीतने से पहले ही दूकान का माल गाँजे-चरस में उड़ाकर धर दिया। रहीमुन की मौत के कुछ ही महीने बाद

वह अचानक गायब हो गया और कुछ दिन बाद डॉकयार्ड के पास उसकी सड़ी-गली लाश बरामद हुई। शहर में काफी दिन उस पर खुसुर-पुसुर होती रही। फिर लोगबाग भूल गए। अलबत्ता कहते हैं हीराबाई की तबीयत इन दो मौतों के बाद से गिरने लगी थी, और साल खत्म होते-होते सारा महफिली गाना-बजाना उनकी निगरानी में उनकी बेटी अंजलीबाई ही करने लगी थी।

अंजली तबीयतन चालाक और ऐंठदार रंडी बताई जाती है। कम उम्र से ही अपनी माँ को इतनी बार धोखा खाते देखकर वह अपनी ज़ायदाद और आना-पाई का हिसाब लेकर काफी चौकस भी रहने लगी थी। कलकत्ता आकर उसकी नथ उतराई तो हुई नहीं, पर सुना पहले वह घुटियारी शरीफ साइड के किसी ज़मींदार के पास कुछ महीने रही, फिर शहर के बनारसी साड़ीवाले छग्गन साहू के साथ भी उसने कुछ महीने बिताए। पर साहू से ज़्यादा दिन पटी नहीं, मनमुटाव रहने लगा। माँ की बढ़ती शराबनोशी और लिवर की बीमारी की भी अंजलीबाई को लगातार खबरें मिल रही थीं। आखिरकार वापस आकर वह फिर धन्धे में लग गई।

तब तकरीबन उन्नीस बरस की होगी, उठती जवानी और बेपनाह हुस्न। न आशिकों की कमी न सरपरस्तों की। रुपया बस उस पर बरसा किए था। गला था भी बेहतरीन और अदाएँ तो कहना ही क्या? गोरा गुलाबी रंग बाप से उसे उसकी सलेटी आँखों के साथ मिला था, और माँ से नुकीली नाक और लम्बी छरहरी गढ़न। पर ताजुद्दीन से गहरी चोट खाई अंजलीबाई का दिल मानो बर्फ की सिल्ली बन गया था। अलबत्ता माँ की मौत से वह काफी दिन सदमे में रही बताई जाती है।

अब तबीयत ठीक नहीं रहती सो आसनसोल अपने छोटे बेटे के यहाँ आ गया हूँ। कोलकाता में अब रहा भी क्या? सब कुछ तो उजड़ चुका उस समय का। वृंदावने कृष्ण नेई तो किछू नेई।

नखौदा मस्जिद के पास छग्गन साहू के चचाज़ाद भाई शिब्बन शायद बाबत दोनों माँ बेटी के आपको कुछ और बता सकें। भाभी को सलाम कहिएगा।

आपका,
शिवचरण

दो नारंगी सी रंगतवाली बड़ी पुरानी सीपिया टोन की तस्वीरें हीराबाई की :

एक में हीराबाई पहाड़ी लिबास में सर पर साफेनुमा दुपट्टा मरोड़कर बाँधे हुए कैमरे के परे टकटकी लगाए देखती हुई। गले में बेशुमार मनकों की मालाएँ, नाक में बुलाँक, हाथों में आस्तीन के ऊपर की भारी ज़ेवरात सजाए हुए एकदम सतर बैठी सुन्दरी। गर्वीली चिबुक, खड्ग-सी नासिका, बड़ी-बड़ी हॉटिंग आँखें।

दूसरी फोटो हीरा के हीराबाई बनने के बाद की है। इसमें वह पेशवाज़ और मोतियों के बेशकीमती ज़ेवरात पहने हुए फिटन में बैठी है। अगल-बगल तमीज़ से सर ढँके उसकी दो मुँहलगी बाँदियाँ, खैरुन और नजमुन कुछ मुसे कपड़ों में लैस बाई के आजू-बाजू बिल्लियों-सी सटी बैठी हैं।

एक और खत शिब्बन बाबू का :

भाई सुकुमार बाबू,

अहोभाग्य, दिनों बाद आपने याद किया और खुद आपके करकमलों का लिखा पत्र मिला तो बहुत खुशी हुई। शिवनारायण जितनी मालूमात तो मुझ पे नहीं, लेकिन अपनी जवानी के दिनों में हम सभी अंजलीबाई नाम की शमा के पतिंगे हुआ किए थे। मेरा उनसे तआर्रुफ 1911 के बाद का है, जब तलक हमारे मुल्क की राजधानी कलकत्ते से दिल्ली चली गई थी। राजधानी के साथ ही बंगभूमि के इस महानगर की लक्ष्मी भी मानो उधर ही, पच्छिम को सरक चली।

अंजलीबाई अनुभवी और चतुर कारसाज़ बाई थीं। उनको इलहाम हो चला था कि अब इन पुरबिया तिलों में बहुत तेल नहीं निकलनेवाला। और जहाँ सरकार बहादुर का तम्बू उठा और नौकरियाँ और तिजारत कलकत्ते से बाहर चली गईं, तमाम रईसी महफिलें उठ जाएँगी और पुरानी देसी बोली-बानियाँ भी बड़ी तेज़ी से अंग्रेज़ी लपक लेगी। खुद बाई अंग्रेज़ी जानती ही थीं, अंग्रेज़ ट्यूटर रखाकर ताज़ा अंग्रेज़ी और बरतानवी तहज़ीब सीख ली। इस समय तक विलायती मेमसाहबों और पादरियों के असर से अंग्रेज़ सरकार भी पेशेवर गाने-नाचनेवालियों के धन्धे को बदनाम मान कर उनको बन्द करवाने में लग गईं थीं। जब पुराने ज़मींदार उजड़ चले

और उनके नए अंग्रेज़ीपरस्त देसी बच्चों और बड़े मुलाज़िम भी अंग्रेज़ बहादुर का रुख भाँपकर महफिलों और तवायफों से दूरी रखने लगे तो अंजलीबाई ने रिकॉर्ड कम्पनियों के मालिकान से मेलजोल बढ़ाना शुरू किया जो बड़े संगीत घरानों के उस्तादों-गुरुओं के चाबीवाले बाजे के लिए गाना भरवाने को कुफ्र ठहरा देने से परेशान थे। हिन्दोस्तान के संगीत के खरीदारों का एक भारी बाजार उनके सामने था, पर नकचढ़े बड़े गवैय्ये उनको घास नहीं डाल रहे थे। सही कहते हैं कि खाली जगह कुदरत ज़्यादा देर बर्दाश्त नहीं करती। ऐसे नाज़ुक वक्त पर जब हमारी अंजलीबाई ने जवाब भिजवाया कि वो अपना गाना तवे पर उतारने के लिए सही फीस मिलने पर राज़ी हो जाएँगी, तो सबकी बाँछें खिल गईं। कुछ दिन जमकर दोनों पक्षों के बीच भाव-ताव हुआ और आखिरकार 1000 रुपया फी रिकॉर्डिंग फीस पर रज़ामन्दी बन ही गई।

बस फिर क्या था, साल-भर के भीतर अंजलीबाई के बांग्ला में 'मोने मोने मोनेर माने' से लेकर अंग्रेज़ी में 'गॉड सेव द किंग' तक और मराठी नाट्यसंगीत से लेकर 'राधेकृष्ण बोल रे मुख से क्या लगेगा मोल मनवा, क्या लगेगा मोल' जैसे मधुर भजनों के तवे बाजार से निकलकर घर-घर में बजने लगे। कलकत्ता में झंडे गाड़ने के बाद बाई ने बंबई का रुख किया। वहाँ अब तक भारी तिजारती कम्पनियाँ खुलकर रुपया बरसाने लगी थीं : शिपिंग से लेकर टेक्सटाइल तक में अंग्रेज़ों के साथ देसी सेठ भी कूद पड़े थे। उनकी फर्मों में मोटी तनख्वाह पर देसी साहिब मुलाज़िम बन गए। अदालतों में भी देसी वकीलों की जमात चाँदी कूटने लगी। यह तमाम आँख के अन्धे पर गाँठ के पूरे, रईस लोग अपनी रुचि का ठप्पा बिठाने के लिए अपने घरों में शादी-ब्याह से मुंडन तक के लिए बड़ी बाइयों को थैली भर रकम देकर न्योतने लगे। ऐसे ही एक शिपिंग उद्योग के एक बड़े पारसी रईस के घर हीराबाई की बेटी को सुना। झपताल पर अंजलीबाई की गाई राग लक्ष्मी तोड़ी की चीज़, 'तुम हज़रत ख्वाजा, सब राजन के राजा,' और कार्यक्रम के अन्त में परज कलिंगडा के जोड़ राग की बंदिश आज तक कानों में है।

क्या दिन थे वह भी! गाना ही गाना यहाँ से वहाँ तक बहता था। संगीत कॉन्फ्रेंसों में ही नहीं, फिल्मों में, थियेटरी नाटकों में, यहाँ तक कि सुराजी जनसभाओं में भी।

पर हमारी नई पीढ़ी का हाल यह, कि हमारे पोते जनाब ने हाल में अपने बाप को लिखा, 'मैं आप हिन्दुस्तानी संगीतवालों की वॉल से बचने अपने पुराने होम पेज को ही त्याग चुका हूँ।'

सो लो भाई यह ढहती वॉल अब तुम्हारे हवाले करता हूँ।

भाभी को नमस्कार शैतान बंधु द्वय बाँटुल शाँटुल को एक-एक प्यार-भरी चपत,

तुम्हारा पुराना यार,
शिब्बन

एक खत इलाहाबाद से किन्हीं बाबू जगतनारायण का चचा के नाम :

प्रिय सुकुमार

जिस ज़माने का तुमने ज़िक्र किया, तब मेरे एक इंजीनियरी पास संगीतप्रेमी चचा इलाहाबाद रेडियो स्टेशन के मुलाज़िम हुआ करते थे। इलाहाबाद एक अजीब-सा शहर है। जब अंग्रेज़ों ने विद्रोही लखनऊ की बजाय इस शांत-सी पुरबिया तीर्थनगरी को अपनी कूटनीति के तहत हाईकोर्ट, यूनिवर्सिटी और अनेक गिरजाघरों से लैस कर रातोंरात युनाइटेड प्रॉविंस की राजधानी बना दिया, तो निपट साहिबी और कस्बाती मिजाज़ के दो पाटों के बीच पिस कर एक उलझी हुई मानसिकता वाला शहर गंगा-जमुना के तीर अकबर के किले को चुनौती देने को रफ्ता-रफ्ता उभर आया। मम्फर्ड गंज, कर्नल गंज, दारागंज, सिविल लाइंस सरीखे मुहल्लों के नामों में आज भी शहर की उसी अंग्रेज़ी बनाम देसियत के बीच झूलते दो ध्रुवीय 'बाई पोलर डिसऑर्डर' रोग से ग्रस्त आत्मा की कहानी दर्ज है।

इस अजीब तरह के कभी घोर रंगभेदी, वर्गभेदी, भाषाभेदी तो कभी परम समाजवादी, आदर्शवादी और विद्रोही शहर के मशहूर 'कम्पनी बाग' की विक्टोरिया स्मारक वाली सीढ़ियों पर बिठा-बिठाकर चचा ने मुझे साल 1910 के बाद से इस मनचले शहर के कई यादगार संगीत जलसों के कई-कई किस्से सुनाए थे जिनकी कुछ भुलाए न भूलनेवाली यादें अंजलीबाई की थीं। तुमसे क्या छुपाना, चचा खुद उस वक्त के कई दूसरे रसिकों की तरह बीस से ज़ियादा भाषाओं में गाने रिकॉर्ड करानेवाली हुस्नमन्द गायिका अंजलीबाई पर सौ जान से कुर्बान थे। वो सिर्फ खूबसूरत ही नहीं, अपने वक्त की कई गवनहारियों से कहीं ज़्यादा पढ़ी-लिखी भी थी। चचा ने बताया कि अपने एक रेडियो इंटरव्यू में बाई ने ठुमरी की जो बारीक व्याख्या की, सुनकर वे दंग रह गए थे। ठुमरी तो मूलतः ग्वालियर की चीज़ है उनका मानना था।

लखनऊ और बनारस में तो वह बाद को जाकर पली-बढ़ी। फिर दो-तीन ठुमरियाँ गाकर उन्होंने अपनी बात स्पष्ट भी कर दी।

अंजलीबाई कविता की पारखी थी, शायरी की भी। महफिल का मूड भाँपकर ही उस दिन की गायकी का स्वरूप तय करती थी, चलन या फैशन के हिसाब से नहीं। अलबत्ता अपनी अन्तिम भेंट में चचा को वो बड़ी थकी और उदास सी लगीं। सुना कि पैसा कम होता जा रहा था, लूटनेवाले कम नहीं हो रहे थे। मुकदमेबाज़ी के कारण दो कोठियाँ बेचकर कर्ज़े चुकाने की भी नौबत आ गई थी। सुना पथुरियाघाटा वालों ने चोरी छुपे काफी मदद भी की, पर अंजलीबाई स्वाभिमानी तवायफ थी, उसका मन इन दुनियावी झमेलों से उखड़ चुका था। चचा को इस मुलाकात में उन्होंने शेर सुनाया था :

'हम तो मर कर भी किताबों में रहेंगे ज़िन्दा,
गम उन्हीं का है जो मर जाएँ तो गुज़र जाते हैं।'

अन्त समय में अपनी एक देवदासी सहेली की मदद से दक्षिण की एक बड़ी रियासत में राजगायिका बनकर शरण ली और वहीं से इस दुनिया से कूच कर गईं।

बाद को हमारे चचा ने अंजलीबाई की मौत की खबर पाकर शिमला की किसी धर्मशाला में अपने कमरे के खिड़की दरवाज़े ढँक कर भीतर पक्के कोयले की अँगीठी जलवा कर अपनी मौत तय कर ली थी। गो परिवार इसे एक एक्सीडेंट मानने पर आमादा रहा। यह अन्दर की बात है कि कमरे से एक नीले पैड पर अंजलीबाई की तस्वीर तले मरने से पहले चचा अमीर खुसरो की लाइनें लिखकर धर गए थे : 'गोरी सोवे सेज पर, मुख पर डाले केस, चल 'खुसरो' घर आपने रैन भई या देस।' पुलिस दारोगा ने घर की इज़्ज़त महफूज़ रखते हुए इस पुर्ज़े की बरामदगी बाहर ज़ाहिर नहीं की और दुर्घटना का केस बनाकर बात रफा-दफा की।

बस अभी इतना कुछ ही याद आ रहा है। बाद को कुछ और जानकारी मिली तो बताऊँगा। उम्मीद है खैर से होगे,

तुम्हारा
जगतनारायण

~११~

उपसंहार

प्रिय राधा दादा, संजीव, पुतुल दी'

अभी तमाम सामग्री फैला कर माथापच्ची जारी थी, कि कल अचानक हैदरी बी की बेटी अमाल की यह मेल आई।

किताब जब जिस तरह से लिखी जाए, अमाल का यह खत ही शायद इसका सही उपसंहार बन सकता है।

हिन्दी अनुवाद अवलोकनार्थ अटैच करती हूँ।

सस्नेह
विद्या

क्वींस, न्यूयॉर्क स्टेट

प्रिय विद्या,

आपने लिखा था कि मैं अपनी तरफ से भी आपको अपने बीते और आनेवाले कल के अनुभवों, यादों, सपनों की बाबत कुछ लिखकर भेजूँ। आपकी इस सदाशयता के लिए धन्यवाद।

मैं तो हमेशा अपनी माँ की ही छाया में पराये मुल्क में जनमी, पली और बढ़ी। पिता कौन थे यह सवाल इतनी बार पूछने पर भी कोई जवाब नहीं पाकर पूछना छोड़ दिया। इसलिए शायद अम्मी या नानी के बरक्स मेरी यह रामकहानी आपको कई तरह से अजीब लगे। सेकंड हैंड जानकारियों पर तो वह टिकी हुई है ही।

होश सँभालते ही इतना जाना कि हिन्दुस्तानी पाकिस्तानी भीड़ से भरे-भराये सफेदपोश गरीबोंवाले जैकसन हाइट्स कस्बे में हमारे सगे कोई नहीं थे। कोई बात एक सरीखी थी तो यह, कि हम सब कहीं दूर-दराज़ इंडियन सबकॉन्टिनेंट से उजड़ कर यहाँ बसने आ गए थे। बस। शुरू के बरसों में किताबों या प्रदर्शनियों में लगी तस्वीरों से ही मैंने उस देश को जाना, जितना जान सकी। पहली प्रदर्शनी जहाँ अम्मा मुझे ले गईं, एक फ्रेंच फोटोग्राफर की खींची राजस्थान की तस्वीरों की थी। केसरिया फिल्टर के साथ कैमरे का पकड़ा हर चेहरा, हर हवेली और हर थूहड़ एक अजीब नारंगी रोशनी में नहाया हुआ था। एक तस्वीर में कुछ स्याह रंगतवाले लोग हाथों में साज़ थामे बड़ी-बड़ी आँखों से कैमरे को ताक रहे थे। एक बूढ़े ने, जिसकी आँखें बन्द थीं दोनों हाथ ऊपर उठाए हुए थे जैसे हवा से कुछ खींचता हो। ऊपर खिंचे नारंगी से आसमान का असली रंग जानना कठिन था।

वापसी में माँ ने बताया था, कि हमारी नानी और उनकी अपनी माँ इंडिया में अपने वक्त की बहुत बड़ी गानेवाली ही नहीं संगीत के फन की गहरी जानकार भी थीं। खुद माँ का बचपन कमोबेश घर के पुराने नौकर-चाकरों के परिवारों के बीच ही गुज़रा था और आखिरकार उनकी नानी ने उनको दूर मुंबई में बोर्डिंग स्कूल अंग्रेज़ी तालीम लेने भेज दिया तो एकदम दूसरी तरह की ज़िन्दगी शुरू हो गई।

स्कूल में माँ को पहली बार जर्मनी की नन्स की देखरेख में प्यार नाम की चीज़ तो उतनी नहीं, लेकिन खुद को सँभालने और रुपया-पैसा कमाने-सँजोने की पक्की तालीम ज़रूर मिली। माँ ज़हीन थीं और उस अपनी देसी तरबियत से दूर होने में उनको देर नहीं लगी जिस पर नन्स काफी नाक सिकोड़ती थीं। स्कूली पढ़ाई खत्म होते-होते माँ अंग्रेज़ी तालीम में बिलकुल डूब गईं। और जब तक पढ़ाई खत्म हुई अपनी पुरानी ज़िन्दगी से एकदम कट चुकी थीं। पुरानी ज़िन्दगी शायद शेरकोठी में भी मिट रही थी, सो काम की तलाश में मेरी नानी भी शेरकोठी से मुंबई आ गईं। इसके बाद काफी बरस माँ-बेटी मुंबई साथ रहीं। लेकिन अफसोस कि उनका आपसी रिश्ता गहरा और भरोसेमन्द नहीं बन पाया। वजह एक तो नए शहर का नया सा माहौल, दूसरे अरसे से दोनों के दिलों में दबी हुई ख्वाहिशें और खानदानी नाराज़गियाँ।

लगातार टकराव होने लगा जिसका सीधा असर मामा की खानदानी संगीत की तालीम पर पड़ा। अम्मा का गला अच्छा था और ज़हीन तो थीं ही, पर शायद अपने मान को दोनों कभी नहीं समेट पाईं।

जहाँ तक मेरी बात है, मैं तो दोहरे अलगाव की वजह से अम्मा को मिली

तालीम का भी एक अंश ही विरासत में पा सकी। अलबत्ता ज़िन्दगी के तमाम थपेड़े सह कर भी अपने हुनर और खुद को लगातार वक्त के साथ बदलते हुए, हर हाल में सर उठा कर जीने की ज़िद जो मुझमें है वह ज़रूर डेरेदारनियों के खून की ही देन है।

बचपन से मैंने अम्मा को दूसरे रिश्तेदारों के ज़िक्र से हमेशा कतराते पाया। नानी की मौत पर जब उनके घर गई तब जान पाई कि इसकी सॉलिड वजह थी। बड़ी मनुहार से अम्मा को अमरीका बुलानेवाले ये लोग सब तबीयतन पेशेवर गाने बजानेवालों की वे औलादें थे जिन्होंने बहुत अपमान झेल कर, बड़ी जद्दोजहद से अपने लिए दरबारी सामंती माहौल में जगह बनाई थी जो अब इंडिया में भी मिटती जा रही थी। बहुत जुगाड़ के बाद वे यहाँ आ सके और तरह-तरह के तल्ख अनुभवों ने उनको तब तक हद दर्ज़े का खुदगर्ज़ और झगड़ालू बना डाला था। वे बहुत उम्मीदों के साथ अमरीका में सोना बनाने को लपके तो चले आए थे, लेकिन यहाँ पहुँच कर पाया कि एक देसी कला के साथ यहाँ के कलाकार जगत में जमना इतना आसान नहीं था। सीखी तालीम में बदलाव लाने लायक पढ़ाई-लिखाई हुई नहीं थी, अंग्रेज़ी भी टूटी-फूटी ही बोल पाते थे। लिहाज़ा उनमें से बहुत कम कलावंत पनप पाए।

कई ने गोरे स्पॉन्सर्स को खींचने के लिए जो तमाम तरह की चोंचलेबाज़ी और तिकड़में लगातार अपनाई थीं, उन्होंने काफी हद तक उनका हुनर और शरीर दोनों तबाह कर दिया था। अम्मा के संगीत से ज़्यादा उनको उनकी अंग्रेज़ी तरबियत का फायदा उठाने की इच्छा थी। लेकिन सिर्फ चाहने से क्या होता है? खुद उनकी कूढ़ तबीयत, मिजाज़ का दोहरापन और उठना-बैठना सब निखालिस भदेस था। मेरी पढ़ी लिखी तहज़ीबदार और सेंसिटिव अम्मा की इनके बीच सचमुच कोई जगह नहीं बनती थी।

लोग शुरू में जब जी चाहे बी हैदरी बी हैदरी करते हुए घर पर चले आते पर जहाँ बातचीत का सिलसिला शुरू हुआ, वाही तबाही ढाढी किस्म की हरकतों पर उतरने लगते। तमाम पेशेवर गानेवालियाँ उनके लिए एक जिस्म थीं ज़हीन हमपेशा नहीं, जिनसे वे अपना अदब या मालूमात शेयर कर सकते। ज़्यादातर की निगाहें अम्मा, और उम्र सँभालने के बाद जिस तरह मुझ पर टिकती रहतीं, यकीन मानें उनमें कोई अपनापन नहीं, एक वहशियाना तेवर ही दिखाई देता था। अम्मा ने एक दो बार तीखेपन से टोका तो कई लोग फैल गए कि 'बी' यहाँ बाहर आ के सुहागवंतियों के तेवर क्या दिखा रही हो, हम जाने हैं तुम्हारी नस्ल को!'

यह सब ज़्यादा बढ़ा तो आखिरकार अम्मा मुझे लेकर यहाँ चली आई।

मेहनती तो थीं ही। खुद अपना हिन्दुस्तानी संगीत की तालीम देनेवाला स्कूल खोला, घर घर जा के छात्र बटोरे, मुझे काउंटी के स्कूल में दाखिला दिलवाया और विलायती संगीत के साथ ही घर पर अपने संगीत की तालीम भी मेरी अनिच्छा के बावजूद जारी रखी।

तब मुझे उनका तीखे तेवरोंवाला रहन-सहन, उनकी कड़ी अनुशासनपसन्द तरबियत बड़ी नागवार गुज़रतीं। लेकिन आज मुड़कर देखती हूँ तो उनकी नानी की ही तरह उनका यह दूरंदाज़ फैसला भी सही था।

आज संगीत ही मेरी बिना बाप की बेटी, कोयल के अलावा मेरा सब कुछ है।

स्कूली पढ़ाई के दौरान मेरा यहीं के एक लड़के से मेलजोल बढ़ गया था। डेविड भी एक तलाकशुदा माँ का बेटा था। बुरी तरह पति से पिटती रही कैथरीन किसी तरह जान बचाकर डेविड के बाप से दूर हो पाई थी। यहाँ जल्द ही वह अम्मा की पड़ोसन और सहेली बन गई। अम्मा ने पाया कि अच्छे घर की और कम उम्र में खासी ज़हीन रही कैथरीन को लगातार मार खा-खाकर नशे की लत लग गई थी, जिसे वह छोड़ना चाहती थी। अम्मा उनको डि-एडिक्शन सेंटर ले गईं। आखिरकार बहुत बहादुरी से जूझकर वह उस लत को छोड़ सकी पर तब तक अल्कोहल ने उसका जिस्म तबाह कर डाला था। हमारी दरिद्र बस्ती में वह अपना बेटा और अपनी गिरस्ती जैसे-तैसे पालती रही। फिर बेटा सत्रह का होते-होते उनने दूसरा घर कर लिया और मुहल्ला बदल दिया।

अपने नए बाप से डेविड की कतई नहीं पटती थी इसलिए अधिकतर हमारे ही यहाँ पड़ा रहता। कैथरीन की तबाही के दौरान हमारी अम्मा से उसका बहुत प्यार का रिश्ता बनता चला गया था और अम्मा भी उसे बेहद चाहती थीं। कई बार वह कहता था कि मेरे उसके रिश्ते को जोड़नेवाला गोंद अम्मा के बीच का प्यार ही था। इस तरह का अपनाइयत-भरा प्यार शायद उसने कभी अपने घर में नहीं जाना। अब तक अम्मा का स्कूल भी चल निकला था, और तरक्कीपसन्द अम्मा चाहती थीं कि किसी तरह मुझे कॉलेज भेजें। पर मैं अड़ गई कि मुझे तो गिरस्तिन बनना है।

स्कूली पढ़ाई खत्म करते ही डेविड और मैंने शादी कर ली और बेटी पेट में आ गई। फिर कॉलेज क्या जाना था? अब उसने सेना में भर्ती होना तय कर लिया और बाद को वह इराक़ की किसी लड़ाई में मारा गया।

आज उस सबकी याद हमारी बेटी कोयल कैथरीन तक ही सिमटी रह गई है। वही मेरी जान है और मेरे जीने का लक्ष्य भी। देस छोड़ कर परदेस में ज़िन्दगी की इस जंग में दिन-रात मुब्तिला हमें इससे बड़े सपने देखने का समय ही कहाँ है? सपने देखने के लिए भी तो औकात चाहिए, ताकि कामना के मर्तबान में कीमती

मसालों से वह सब सेफ रखा जा सके जिसे हम कायम रखना चाहते हैं : संगीत हो कि जुबान।

बंदिशें समझाती अम्मा की मीठी हिन्दुस्तानी सुनकर कई बार मन करता था कि काश यह जुबान मुझ तक पहुँची होती। पर जब जब कोशिश करती, तो लफ्ज़ छिपकली की तरह बस अपनी दुम मेरे पास छोड़कर खुद गायब हो जाते थे। परदेस आकर जुबान का खो जाना ऐसा है जैसे कि किसी सूखी नदी के किनारे खड़े-खड़े सोचना कि शायद अब भी ज़मीन के भीतर कहीं बहुत गहरे में कहीं न कहीं खुश्क पत्थरों के नीचे पानी होगा।

शेरकोठी की वह साँवली लड़की जो हमारी ट्रेन छूटते साथ देर तक प्लेटफार्म पर दौड़ती रही थी अब भी मेरे भीतर कई बार रात-रात भर दौड़ती रहती है।

आज की मेरी जुबान कतई परदेसी है। और मैं जानती हूँ कि वह कभी उन सुरों को ठीक उस तरह सामने नहीं ला पाएगी, जैसा कि मैं करना चाहती हूँ।

यह भी अपनी ही तरह का खालीपन है जिसे हम अपनी अपनी तरह से भरने निकल पड़े हैं। गए साल पहले यहाँ ब्रुकलिन के किन्ही जनाब आकाश अगरवॉल साहिब ने हमको सोशल मीडिया पर अपनी साइट के हवाले से सूचित किया कि उन्होंने कई संगीत के शौकीनों के साथ मिल कर 'दि इंडी रागा मासिव' नाम का एक ग्रुप बनाया है, और वे लोग हर शनिवार लोकल पबों में गाते-बजाते हैं। क्या हम इसे जॉइन करना चाहेंगी?

हमने कहा, क्यों नहीं?

खुद अगरवॉल साहिब बड़े सफल बिज़नेसमैन हैं और एक हेजफंड चलाते हैं। शौकिया ड्रम और तबला बजाते हैं, पर सोशल मीडिया की मदद से उससे भी चार पैसे और कमाना नहीं भूलते। पर ईमानदार हैं और वह कमाई बराबर बाँटते हैं। लिहाज़ा घरानेदार संगीतकारों के साथ पच्छिमी तर्ज़ का इंडो शीक, ग्रुंजे और जैज़ के कई शौकीन और संगीतकार भी उनके साथ हो लिए हैं। उनकी ही तरह कोई सॉफ्टवेयर इंजीनियर है, कोई बैंकर तो कोई डॉक्टर। एकाध बूढ़े लोग भी हैं जो पैसे की दौड़ में जवानी में यहाँ आन बसे थे, और अब फिर फुरसत के पलों में अपनी जड़ों की तरफ मुड़ना चाहते हैं। हाथ लगे चार पैसे कमाना भी उनको बुरा नहीं लगता।

सो अब हम सब आपसी मशवरे के बाद समय तय करते हैं फिर वीक एंड पर न्यूयॉर्क से न्यूजर्सी तक किसी पब में मिलते, गाते-बजाते, जैम सेशन करते हैं। सेशन के बाद जिन नए संगीतकारों का स्तर सुहाया उनसे कार्ड लेकर उनको कार्ड देकर 'दि इंडी रागा मासिव' का बाकायदा पक्का सदस्य बना लिया जाता है।

अगरवॉल साहिब सुलझे हुए बिज़नेसमैन हैं। पीढ़ियों का वणिज से उपजा डी एन ए उनमें भी है। हम और जिसे अम्मा कहती हैं, हमारा भानमती का कुनबा, लगे हाथ इस बदलते और मिले-जुले समाज के मिजाज़ से कदमताल कर सकनेवाला मिला-जुला संगीत बनाते रहते हैं। और उस हुनर से अच्छा मुनाफा तो हो ही रहा है, बाहर की मज़ेदार ट्रिप भी लगा आते हैं।

इन दिनों अगरवॉल साहिब शादी करानेवाली साइट्स से टक्कर लेने के रास्ते तलाश रहे हैं और अपनी खासी पॉपुलर साइट पर युवाओं को लगातार बताना नहीं भूलते कि वे चाहें तो हमारी बैठकों में आकर अपने लिए किसी उम्दा गायक, शहनाईनवाज़ या तबलावादक को, बात बन गई तो जीवनसाथी भी चुन सकते हैं।

हिट्स बढ़ाने को हमने हिन्दुस्तानी या कर्नाटकी, हर तरह के क्लासिकी संगीत से जुड़ी कई पारम्परिक बंदिशों को भी हटा दिया है। जब यहाँ का टाइम वहाँ से बारह घंटे पीछे है और मौसम भी कतई फर्क तरह के तो क्यों न अब हिन्दुस्तानी ज़मीन पर बना रागदारी संगीत भी यहाँ हम हर समय हर मौसम में मन्दिर या स्कूली परिसरों से अधिक अप्रोचेबल और हर तरह से खुले नए स्पेसेज़ में गाएँ बजाएँ?

सच कहूँ तो अम्मा को इस तरह की खुली बातों को लेकर कुछ झिझक ज़रूर है, लेकिन कई बैठकों की शिरकत के बाद अम्मा ने भी यह भाँप लिया है कि नई तरह के सुर-ताल का नई तकनीकी से तालमेल अपने भीतर लाकर ही हमारी पिछड़ती जा रही मौसीकी के लिए आगे नए सुननेवाले खींचे जा सकते हैं।

अब उनके साथ हर जाड़ों में हम कुछ हफ्ते दिल्ली और गोआ में भी बिताती हैं जहाँ उन्होंने पुराने गाँवों और पारम्परिक घरों को करोड़ों में टुकड़ा-टुकड़ा खरीदकर परदेसी डिज़ायनरों की मदद से उनको चार या पाँच सितारा होटलों में बदलना शुरू किया है। अगरवॉल साहिब का कहना है कि किसानी तो पहले ही गाँववालों ने छोड़ दी थी। अपनी बची-खुची ज़मीन और खँडहर बनती पुश्तैनी हवेलियाँ मोटे दामों पर बेचना उनको बुरा क्यों लगेगा?

इस तरह के गाँव और हवेली हेरिटेज होटलों के बार हमारे ग्रुप के और उसके देसी-परदेसी सुननेवालों के लिए एक दुर्लभ संकरण से उपजाए ऑर्किड की हैसियत रखते हैं जहाँ हर दूसरी दूकान या तो पब है या रेस्तरां। वहाँ जब शाम शाम नहीं हुई होती और न ही रात पूरी तरह से रात, गाहक रसिकों के लिए हर हफ्ते दो दिनों के लिए यहाँ न्यूजर्सी या ओरेगन से उड़कर आया 'रागा मासिव म्यूज़िक' अवतरित हो सकता है। शास्त्रीय-गैर शास्त्रीय हिन्दुस्तानी, अंग्रेज़ी, इस्लामिक, मोरक्कन और न

जाने किस-किस तरह की जानी-अजानी श्रुतियों से रचा गया यही संगीत 'यू ट्यूब' के महासागर में भी समा रहा है।

और क्यों न समाये?

अब तो यहाँ अमरीका में बैठे हज़ारों मील सात समुद्र और चौदह नदियाँ पार नेट सर्फ कर रहे मेरे जैसे अनिद्रा के मारों को इंटरनेट पर सही बटन दबाने भर से पंजाबी बाग या माटुंगा का कोई जोधपुर की रंगीन पगड़ी के साथ 'सेव दि टाइगर' की टी शर्ट पहने अधमुँदी आँखोंवाला इंडियन रैपर, एक बीड़ी जैसी पतली सपाट छाती वाली योरोपियन छोकरी के साथ गिटार और तबले के समवेत सुरों में गाते हुए मिल सकता है।

फिर हम सुनते हैं उन सुरों में दुनिया-भर में जान हथेली पर रखकर असली आज़ादी और मुहब्बत की खोज में भटकती रूहों की कहानी एक नई मिली-जुली जुबान में...।

जी भर के रोऊँगा इक दिन, खुशी के आँसू रोऊँगा इक दिन, गुड़गाँव की किसी बिल्डिंग में...।

राग मिश्र खमाज में कुछ विवादी डिजिटल सुर। गाना वायरल होना गारंटीड!

रात-रात भर लिंक पोस्ट होती हैं।

चौबीस घंटे जागता शेयर बाजार, अनवरत साहूकारी लेन-देन और लेट नाइट सनीमे के रतजगे मनाती दुनिया में कहीं भी श्रोताओं का अकाल कैसे होगा जनाब, अगरवॉल साहिब कहते हैं।

सच है। हम मिडनाइट के चिल्ड्रन के चिल्ड्रन दुनिया में हर कहीं अनिद्रा रोग लिए लिए जनमे हैं।

हमारी माँ नानियों के दुःस्वप्नों, कीचड, पेशाब, पसीने, बेला के गजरों, लोबान और इत्र से एक साथ महकते पुराने गली-कूचों, कस्बों का कोई व्याकरण आज की इस गायकी पर क्योंकर लागू हो? जबकि दुनिया के हर बड़े शहर में बार-बार उजाड़े गए रिफ्यूजियों के लिए तनिक उठंग कर हर कहीं नाबदानों और खाने पीने के ठिकानों के बीच संगीत के लिए कुछ ठौर तो निकल ही आती है।

दुर्दांत संकरित अवध्य साँड जैसे आज के सुख-दुख देखते-देखते संकरित डिजिटल बीजाक्षरों में उन्मुक्त डकराते सुर कहाँ किस वक्त नहीं फिरते? रात के पुराने सन्नाटे की बहाली की हर कोशिश क्या आज हर शहर में सींगों पर उठाकर दूर किसी झाड़ी में नहीं फेंक दी जाती?

यह नए बनते राग ब्रॉड बैंड की जटाओं से टपकते जलकण हैं। वे अब किसी यार के दर पर मौज में टहलते हुए आए अधेड़ रसिक की तरह चैन-भरी रहस्यभरी

थाप नहीं देते। वे ड्रमर की बीट के साथ धड़क, धड़क, लोहे की सड़क, कहती पुरानी कोई परन को भी एक हिंसक रेलगाड़ी की लय में बदल डालते हैं।

हाँ, कभी-कभार पीली रोशनी में बंदिश के भीतर गठरी बने बैठे शून्य को निहारते उदास राग बेनकाब होने लगते हैं।

और कई बार सुर-ताल पटरी पर फेंके गए सिक्के जैसे सपाट और अनगढ़ आकार बनकर भी रह जाते हैं।

पर विद्या जी, नींद से महरूम, घर, परिवार, मुल्कों तक को पिघलते देख चुकी हमारी पीढ़ी आज किसी छत पर अटकी एक बेघर बिल्ली है। कभी वह चाँद की तरफ मुँह कर अपने नसीबों को रोती है, और कभी अपनी ही तबाही का जश्न मनाती हुई मटककली मसककली बनकर ठुमकने लगती है।

अजब-सा जलसा है यह भी। न शब्द हमको हमेशा समझ पड़ते हैं, न तालों की लयकारी, सब सुननेवाले भी पूरी तरह बाहोश हों, यह भी नहीं। फिर भी स्वरों की झड़ी के बीच कोई एक ही भटकती सुर लड़ी बिजली की तरह कौंध जाती है और बस...

'कहाँ हो ?' यही सवाल जो अपने अदेखे दिलबर के लिए उम्म कुलसूम ने अरबी में गाया है, अंग्रेज़ी में मारिया केरी और अंधे सूरदासी अमरीकी गायक स्टीवी वंडर ने, फिर फिर सब दोहराते हैं : 'माय वर्ल्ड इज़ एम्पटी विदाउट यू।'

आज हम सब गाने-बजानेवाले मानो किसी दूर-दराज़ अनाम प्लेटफार्म पर खड़े हैं। आखिरी ट्रेन जा चुकी है, अगली कब आएगी इसका भी कोई ठिकाना नहीं, फिर भी इस बेसुरे बेताले वक्त के बीच हम सब सुर-ताल का दामन पकड़े खड़े हैं...और अलग-अलग ज़ुबानों में अपने अनदेखे रसिक सुननेवालों को पुकार रहे हैं :

'सहेला रे आ मिलि गाएँ...' इतनी ही साझेदारी बहुत है इस एक जनम के लिए।

आपकी
अमाल

—इति—